佛印禅师

吴仕民 著

作家出版社

图书在版编目（CIP）数据

佛印禅师 / 吴仕民著 . -- 北京：作家出版社，2020.4
（2020.10重印）

ISBN 978-7-5212-0522-0

Ⅰ. ①佛… Ⅱ. ①吴… Ⅲ. ①长篇历史小说 – 中国 – 当代 Ⅳ. ①I247.5

中国版本图书馆CIP数据核字（2019）第080713号

佛印禅师

作　　者：吴仕民
责任编辑：宋辰辰
装帧设计：意匠文化 · 丁奔亮
插　　画：陈　虹
出版发行：作家出版社有限公司
社　　址：北京农展馆南里10号　　邮　编：100125
电话传真：86-10-65067186（发行中心及邮购部）
　　　　　86-10-65004079（总编室）
E-mail:zuojia@zuojia.net.cn
http://www.zuojiachubanshe.com
印　　刷：玉田县嘉德印刷有限公司
成品尺寸：152×230
字　　数：333千
印　　张：21.75
版　　次：2020年4月第1版
印　　次：2020年10月第3次印刷
ISBN　978-7-5212-0522-0
定　　价：52.00元

目录

第一章

出家宝积寺

了元，佛印禅师，字觉老，浮梁林氏……幼出家宝积寺，礼沙门日用师试法，受具游庐山……

——《饶州府志》第三十三卷

家居浮梁

江浪日夜竞逐，林叶新旧相催。

标识中华朝代的滴漏指向了北宋。这是一个有着盛唐遗韵余响的朝代，即便在佛教丛林也是如此。盛唐佛界的天空，高僧大德如群星璀璨。宋代虽已无此盛况，但也时有巨星照眼，那浮梁县便闪现出一颗光芒四射的佛天星斗。

浮梁县位于如海浪连绵的江南丘陵之中，属江西道饶州府，设于唐初武德年间。县名的来历是"以溪水时泛，民多伐木为梁也"，从这县名便可约略看出这个县的自然面貌——山林相拥，江溪众多且时常泛涨。民众代代延续的传统是"摘叶为茗，伐楮为纸，坯土为器"。在唐代，此邑的瓷器和茶叶便已名闻天下。产自此地的瓷器有"假玉器"的美誉；白居易以他的如椽大笔在《琵琶行》中写道："商人重利轻别离，前月浮梁买茶去。"可证茶业之盛。丝绸之路上的主要货品为丝、茶、瓷，浮梁县三有其二。正是由于浮梁在王朝中的独特地位，从唐开元起，浮梁的县令便特别地享受五品官的恩荣，而不是通常的七品官的待遇。这浮梁县与其他县邑的许多不同，使之成为了一个大有故事的地方。

浮梁县众多的河溪之中，有一条美如缎带的河流——昌江。从县治沿昌江上溯四十里，有个林家村，背山而面水，宁静而秀丽。这个村子居住着一个大户人家，户主因在众兄弟中排行第九，得名为林仁九。这林仁九家有良田百亩，山林三片，乃是方圆十几里内的一户富裕人家。他幼时读书多年，长成后亦酷爱捧读诗书、习字为文，在当地也算得上是一个饱读诗书之人。但他并不喜爱做官经商，追求的是耕读传家，并钟情于授业解惑，在村中开了一家私塾，招生授徒，成了一名受人尊敬的教授。他的学问与敬业，使远远近近的农商乃至官家子弟纷纷慕名而来求学。

但这林仁九自己却有一桩心事在怀，难以放下，并且随着岁月的流逝，这心事像雨中的棉花担子日渐沉重，近日更是焦虑深深。他年过四十，却是膝下无子，夫人方氏已生过两个孩儿，却都在不到三岁时夭折。且喜夫人已怀第三胎，临盆在即，是男是女姑且不论，他最为担心的是新生儿的命运。

这一日，他又在课堂上给学生们授课。他一到课堂，面对求知若渴的一张张天真可爱的面孔，便忘了心中之忧，肠中之结。今日讲授的是励志故事，仁九引经据典，教导学生当从小立志，发愤读书，应举求仕，以光宗耀祖。特地讲了"五子登科"的典故：在五代后周时期，燕山府有个叫窦禹钧的商人，心地无良，明欺暗骗，昧心行事，以致年过三十，也未生育儿女。后来有人劝他改恶迁善，他便幡然悔过，为商公平交易，为人多做善事，甚至在路边捡拾到一袋银子也想尽办法交还失主。还在家里办起私塾，延请名师为远近孩童授课。后来他居然生下了五个儿子，并一个个都登科及第，故被赞誉为"五子登科"。因为他是燕山府人，便被人唤作"窦燕山"。讲到这里，他不由得联想到自己依然无儿无女，不免心中怆然。正在这时，有族人匆匆来告："夫人生了。"

仁九一阵惊喜，紧接着问："是男是女？"

"弄瓦之喜。"族人略一迟疑，作了回答。

又是女孩。仁九多少有点遗憾，但旋即又觉得，有女总强似无子无女，且喜母女平安，便离开学堂匆匆赶回家中。

林仁九将襁褓中的新生儿抱在手中，细加端详，但见头发浓密，五官清秀，眼睛虽不是双眼皮，却是大而明亮，眼角上翘，这是典型的丹凤眼，他当即给女儿定下了一个美丽的名字——"林凤"。他知道，夫人再生育已是很难，盼望着这女儿能成为人中之凤，女中之杰，中国历史上不也有读书扬名的女性像星辰闪耀在天际吗？他立下心愿，悉心抚养，精心培育，将来让女儿好好读书，成为知书达理、承继良好家风的贤妻良母。

门前的树一年年长高，女儿也一日日长大。林凤一岁时学步，既而便能开口说话，口齿伶俐，聪慧过人。仁九十分高兴，但他心中有时却有阴云堆积，前面生的两个女儿也都聪明漂亮，却不幸皇天不佑，过早夭亡，他十分担心老天不公，魔咒难逃。他心惊胆战地度过了女儿的三岁生日，这才慢慢放下心来，也许时来运转了。可万万不曾想到的是，实在是时乖运蹇，又出事端。可爱的林凤满五岁时的夏日，一日午后，和她一起嬉戏的小孩跑到家门口哭着大喊："林凤掉进河里了！"

仁九闻讯，扔下书本，冲到河边，入水将林凤捞起，紧紧搂在怀中，一声重似一声地连连呼唤："林凤，林凤，睁开眼睛，看看你娘，看看你爹！"可是千呼万唤，连拍带摇，林凤那美丽的眼睛却是永远地闭上了。

对仁九全家来说，真如天塌地陷一般。仁九夫妇痛哭了三日三夜，直哭得江水呜咽，林鸟悲啼。不过，时间乃医治创伤之良药，随着晨昏更替，他的心境逐渐平复。他还自我解嘲、自求解脱：文武之道，一张一弛，家族兴衰，亦是如此。自己这一代，林家有九个男儿，世所罕见。所以自己的下一代便必不能再延续上一代的气象了。女儿年幼殒命，也许阎王爷的生死簿中早已写实载明的，那就认命吧。

林教授不愿耽误学生的课业，两日后便强打精神为学生讲课。学生们发现，自己敬畏的教授一下变得头发稀疏、面无华色，老了许多，就像那霜后的秋草。讲到《孝经》故事时，有学生提问："林教授，孟子说'不孝有三，无后为大'。这'三'所指何事？"

仁九以东汉人所作《十三经注疏》作答："阿意曲从，陷亲不义，一不孝也；家贫亲老，不为禄仕，二不孝也；不娶无子，绝先祖祀，三不孝也。三者之中，无后为大。"仁九说到这里，触动心事，竟忍不住放下书本，以手掩面，泪水从指缝中外溢，滴到地上。学生们惶恐地看着教授，不知如何是好，更想不到平日面带威严的教授竟会有如此表情。孩子们当然无法理解教授此时大山般的忧伤与痛楚。

日子无论是苦是甜、是酸是咸，总得一日日地过。仁九振作精神，更加尽心竭力地为学生传道授业，但子嗣之思之忧始终如磨盘在心，十分沉重且难以放下。

一日，有亲戚来告：县治北面的宝积佛寺，香火旺盛，且十分灵验，求风得风，求雨得雨，求财得财，求子得子，不妨到那里烧香拜求一番，或许能遂心如愿也未可知。

仁九对鬼神等事信奉的是孔子的态度，"敬鬼神而远之"，他只看重人的诚信与努力，并不相信冥冥之中另有不可知、不可见的鬼仙怪力存在。然，夫人方氏也认为不妨一试，反正纵然无益，亦无害。

　　恰似俗语所云，慌时不择路，有病乱投医，仁九终于动了心思，决定一试。他选了个黄道吉日，买了上好香烛，以百般虔诚之态，千般期待之心，一步一步走进了宝积寺。

　　这宝积寺确是大有名气。唐宣宗大中年间，一位得道高僧云游天下，走到了浮梁县县治之北约五里处。但见这里山环水绕，景色秀奇，不远处几座高低相连的峰峦恰似一尊卧佛。山峦前的昌江弯弯曲曲，流经那卧佛身旁，日间如祥云相绕，夜晚似香烟飘忽。这僧人留恋这山水风光，不愿离去，便坐在一棵已历五百年风雨的茶树下，一边欣赏风景，一边阅读经卷。几阵微风吹过，那僧人惬意中带着困倦，蒙眬睡去。不知过了多长时间，但闻天空隆隆有声。睁眼处，但见金银珠宝如雨下雪飘，落个不停。不一会儿，便铺满一地，自己的身边触手便是宝贝。出家人应远离财货，他赶忙起身离去。这时，他惊醒过来，原来是做了一梦，又见手中经卷翻到的正是大乘佛经中的宝积部。他觉得这是吉兆，亦是佛旨，遂立下宏愿，在此立寺设坛，弘扬佛法。寺的名字也同时想好了——宝积寺。

　　那高僧开始四处化缘，历经十八年时光，宝积寺方才得以建成。从此这江南丘陵中的昌江之畔便新增了一座不大不小的佛寺。二百年来，香火相继，代代不熄，成为许多善男信女求福祈愿的有名寺院。这寺里供有宝积佛，宝积佛是释迦牟尼过去修行的菩萨行。《大智度论》里说：宝积佛降生时，大地遍生珍宝奇石，天上也降下珊瑚、玛瑙等各种宝物，故称作宝积佛。

　　仁九偕方氏双脚踏进山门时，心里便开始祈祷，可谓一步一声求，字字句句真。待进到大殿里，点燃香烛，在佛像前五体投地，三跪九叩，立誓许愿："我仁九夫妇年过四十，依然膝下无子，虽曾生育三女，却皆在幼时夭亡。但愿佛陀保佑，送我一子。若能遂愿，定将变卖家产，为佛像重塑金身。"

　　人在无奈之时，往往也会滋生无奈之念。拜毕起身时的那一刹那，夫人方氏在心里忽闪过一个念头：倘若生的是男孩，如与佛有缘，将奉献于佛前，让他出家为僧；若生的是女儿之身，则落发为尼。此时主导她整个身心的是，只要再得儿女，便没有不可应允之事，就是奉上自己的身家性命也在所不惜。她知道，自己的身子正似枯树干泉，怕是已很难再滋养生命了。

　　仁九夫妇从寺中返家后，为表示对佛的信诚，每月的初一、十五都戒斋用素。同时，带着疑虑与希望，朝朝暮暮，苦苦盼等。

丁原降生

三个月过后，方氏微感身体不适，时生倦怠，早起时恶心欲吐。她不由得心中暗想：或是有喜了？经郎中号脉判定，方氏确是有了身孕，全家人自是喜不自禁。但随之又有烦恼相生，因为过去了整整十个月，腹中胎儿依然没有要落地降生的征兆。方氏腹部奇大，犹如倒扣了一只箩筐。行走时，她总要小心而费力地用双手托住这"箩筐"，似是担心掉落地上。村中有饶舌的妇人窃窃私语：是怀了鬼怪，还是怀了天子？莫不是如母猫母狗，怀了三胞五胎？

无奈之中，仁九照着夫人的吩咐，在一日黎明时分，又到宝积寺佛前跪拜，重复了布施钱物、再造金身的承诺。待仁九从寺中返回家时，日出山林，朝霞漫天，但见自家房顶上似有彩云飘过，屋子里有如点亮了蜡烛的灯笼一般，发红透亮。仁九刚进家门，便听屋里传来一阵大声哭啼，婴儿降生。仁九完全没了平日的斯文，如奔牛走马，冲进家门，见接生婆手里抱着的是一个男儿，生得脸圆口阔，又白又胖。接生婆喜滋滋地说："这小子一脸福相，体重足有十斤，长大后定是大富大贵。"仁九顿时喜极而泣，全家人自是万般欣喜，连院子里的猫叫鸡鸣都是欢悦之声。

三朝日起名，仁九几经思考，将孩子取名为丁原。这名字中寄托有仁九的无限希望：盼这传宗接代的男丁能像原野一般平阔厚重，养育万物。当然，他没有忘记，到寺院还愿。仁九将家中田地、山林卖去一大半，将所得银两悉数捐献给了宝积寺。

大喜过后，前几个孩子夭折的阴影依然像重雾积云，挥之不去。仁九夫妇几乎是一日日拎着心、提着胆熬日子，只要孩子有个咳嗽发热、寡语少食，哪怕是多打了几个喷嚏，便会心里发紧、喘气不匀，甚至全身惊恐。

这般担惊受怕的日子一日日过去，转眼间到了丁原满周岁之时。这是人生的一个重要节点，因为孩子要在人间度过第一个周年，一周岁也正是孩子开始说话、学步的时间。仁九循俗为孩子大办酒席，庆贺生日，也表达对孩子的美好祝愿。

这一日，众多亲友前来道贺，屋里屋外一片热闹，人人脸上一派喜气，房顶的小鸟、地上的鸡鸭也都欢快地叫个不停。庆贺周岁生日最重要的仪式是抓周，丰盛的早宴过后，爆竹又一次响过，堂屋里被欢声笑语灌满，抓周仪式隆重开始。在方正的八仙桌上，两支大红蜡烛忽闪着热烈而喜庆的火苗，桌上摆满了各种物件，有书本、笔砚、算盘、戥子、尺子、印章、银钱。另外还有四个用糯米糍粑做成的浑圆大饼，这大饼海碗口沿般大小，上面有仁九用红色墨水分别书写的"长、命、富、贵"。这四个字的书写大有讲究："长"字写得瘦长，字的上部和下部分别顶靠着大饼的上沿和下沿；"命"字写得工整端庄，稳稳地立在大饼中央；"富"字写得肥厚，笔画之间的空隙细如丝线；"贵"字上下失衡，"贝"这一部分占了整个字的绝大部分。这饼上四字可谓笔笔情深，字字意重，凝聚了家族的全部希望。

小丁原的脸和手洗得干干净净，身上穿着崭新的衣服，头戴一顶红绿黄三色相间的虎头帽，脚蹬一双虎头鞋。仁九把孩子抱到桌边的椅子上站定，让他去抓取或触摸摆好在桌上的物件。在人们的眼里，孩子抓取何物特别是首先抓取的物件，便预示着他的职业与命运：抓了书本与笔墨、印章便是喜爱读书，长大后可能成为读书做官之人；抓了戥子、算盘、银钱，便是善计能算，成年后也许会成为腰缠万贯的富人。还希望孩子能摸一摸、动一动那写有"长命富贵"的大糍粑，且那四个大饼放在了桌子边沿，离孩子的距离最近。

一家人带着喜悦、期待，又未免有几分紧张地盯着丁原的双手。丁原白嫩的小手伸出去了，但并没有落在糍粑上，也没有落在桌子上备好的任何物件上，而是悬在空中。此时，小寿星一双瞪得圆乎乎的大眼睛，兴奋而专注地看着那对燃烧的大红蜡烛，那对红蜡烛在他清澈的眸子中映出明晰的影像。丁原用手不停地指着红蜡烛比画着，嘴里也兴奋地喊叫着，小脚把椅子踏得啪啪作响。仁九心里响起了小鼓：儿子为何只对大红蜡烛感兴趣？那烛光照着丁原的身影正好落在了仁九的胸口，更有淡淡的阴影落在了仁九的心头。仁九还是极力引导孩子抓取桌上的东西，还有许多客人连比画带喊叫："抓书！抓银子！"

此时，丁原抓取或是触及桌上的任何一件东西，都是美好的象征，对家人来说，都是一种喜悦，一种希望，一种安慰。

动作与言语的诱导似乎起了作用，丁原的两只小手伸向了铜钱。铜钱特地准备了两枚，且都是面值以一抵三的"当三钱"。丁原把两枚铜钱都抓在了手里，就在大家叫好的时候，出人意料的一幕出现了，他把抓到的铜钱"啪"地扔到了地上，那两枚铜钱在地上像车轱辘一样打着转，最后躺在了墙角边。这让全屋子的人心里隐隐不安。好在这时丁原的手伸向了书本，仁九心里顿时一喜，赶忙把书移到了丁原的近前。却不料丁原又做出了一个让人未曾料及的举动，"哗"的一声，他用小手把书扯破了一页，众人顿时一愣。但有一位读过书的客人做出了美妙的解释："小寿星撕书破书，好兆头也。古人说'读书破万卷'嘛，书就是要读破。"

这一解释，让仁九由疑变乐，由忧转喜，既而希望儿子还有新的动作。这时丁原把双手从书本上挪开，高高地抬起，然后用力落下，同时拍在了那四个大糍粑中的一个之上，那是第二个大糍粑，上面写的是"命"……

丁原长到两岁多。仁九发现孩子不仅健康如常，而且极为聪明，便试着教了他一首当地最为流行的儿歌：

> 景德镇，浮梁管。
> 夏日长，冬日短。
> 画瓷工，无暑寒。
> 憋口气，手不缓。
> 连画二十四个花杯碗：
> 一个花杯碗，
> 两个花杯碗，
> 三个花杯碗，
> ……
> 二十四个花杯碗。

这里的每一个幼儿都会学也都会念这首儿歌，但要学会却非易事，因为学会这首儿歌不仅需要记忆能力和表达能力，更需要识数和计数能力，故一般的两三岁幼儿，无三五个月的时间难以学会，可这丁原只学了三日便倒背如流。这让仁九好生高兴。待他满三岁后，便把他带到私塾，和比他大三四岁的孩子跟班上课，丁原学业丝毫不落下风，甚至还在许多学生之上。放学回家后，仁九又是精心施教，这让孩子的知识大大超出常人。到五岁时，已能背诵许多诗文，对李白、白居易的诗歌最有兴趣，因而也记得最多。

丁原六岁生日的早上，朝霞落满院子，父子俩一起洒扫庭除。仁九随口说道："打扫庭前地。"

丁原正在打开鸡笼，放鸡早出觅食，便很快接了一句："放出笼中鸡。"

仁九一愣复一喜，便又接着说："地当日日扫。"

丁原接续应道："鸡可处处飞。"

扫了一阵后，仁九又开腔道："地扫房院东。"

丁原的对句也脱口而出："鸡飞篱笆西。"

仁九见旭日高升，院子已打扫停当，便又说道："地如镜面洁。"

丁原则快速接道："鸡同凤凰飞。"

这一番场景式的对话，实则是对联语、对诗文，让仁九进一步看到了儿子超出常人的天赋。于是有了一个甜蜜而明确的想法：要让孩子读更多的书，更难的书。仁九渐渐觉得自己的学力不足，对丁原提出的许多问题，已无法妥为作答。三年后，便把丁原送到县城的书馆，拜在一个曾经中过举人的吕教授门下，学诗学文。此时举凡办私塾、开学馆招生授徒的，皆被尊称为教授。

吕教授高兴地收下这个学生。几天后便发现这丁原天资过人，读书为文极为用功，心中甚喜，大概天下为师者尽皆喜欢聪颖好学的学子，于是悉心施教。丁原也不负父亲和教授的期望，学《诗经》，读《论语》，既而习《大学》，攻《中庸》，犹如一棵幼苗，一日日勃然向上。

在林家村通往县城的路边，有一片茂密的竹林，竹林里有一个不大的佛寺，寺的名字便叫竹林寺。每日从寺中传出钟鼓和诵经之声，这使丁原动了好奇之心。在一个夏日的假期，他进到了竹林寺里。只见大雄宝殿里，光烛照耀，香烟缭绕，佛像慈眉善目，菩萨神态各异。一个和尚正在讲经，听众中有僧人也有居家信众，他便站在一旁静静听讲。和尚所讲的经文他不能完全听懂，但却听得极为认真，有时竟也连连点头，觉得大有其理。

几日后，他又来听经。听经结束，见一个架子上摆放着许多经书，便习惯性地翻阅起来，一页接着一页，竟忘了天色渐暗。一位僧人担心丁原天黑回家不便，便说："你若喜欢这经书，可以取走阅读。"

丁原便高兴地取下一本《楞严经》，在苍茫的夜色中出寺返家。自此每有空暇，便开始阅读经卷。

转眼间，丁原已长到十岁，并且身体强健，四肢有力，个子比同年龄的孩子高出半头。这让仁九十分欣喜，那心头担忧孩子幼时会遭不测的阴影也如风吹晨雾暮霭，渐次散去，心中一片晴朗。

孰料又是天有不测、地有不测、人有不测。丁原十一岁刚过，一日半夜，突然发烧，全身滚烫，好像能把床单被褥烧出洞来。赶快请来郎中，扎针拔罐，服用汤药。好几天后，烧才慢慢退去，但仁九却惊骇地发现，丁原张着嘴巴，用手指着自己的口腔，痛苦地嗷嗷叫喊，却完全听不清楚他说的话语是何意思。一场大病，竟夺去了儿子的语言能力，使他成哑巴了？仁九立时心如箭穿，初始还认为，这只是生病后暂时落下的毛病，过一阵子就会康复如旧。但，过了一日又一日，熬了一月连一月，如水浇铁石，月照山川，丁原的失语之症不见有任何变化。

仁九夫妇陷入了痛苦的深渊。仁九不思茶饭，夜夜难眠，转眼间变得形容枯槁。一日他忽然想起，妻子未怀丁原时，曾在宝积寺许愿：若得子当变卖家产，为宝积佛再塑金身。莫非是捐银太少，不敷使用，从而招致惩罚？他又一次筹资还愿，将自家的山林、田园除留下几亩茶园以维持生计外，全部变卖成银钱，捐给了寺院。

仁九觉得心愿已了，便期待着奇迹发生，儿子有一日能够开口说话。但冬去春来，叶枯叶荣，只是一日日失望相续，痛苦叠加。转眼间时光又过去一年多，儿子仍然只是有口无言，张嘴无声，不见有一丝半毫的改变。不过，让他略感安慰的是，儿子依然在刻苦读书，并且学业并不因失语而丝毫有碍。仁九想到如此聪慧、本可大有作为的儿子可能终生成为哑巴时，悲痛与绝望日日加深，以致一病不起。三个月后，带着无尽的痛苦与遗憾离开了人世。

父亲离世后，丁原依然苦学不辍。母亲则为日蹙的生计担忧，对儿子终生可能成为哑巴的苦痛更是一日甚于一日。一日，儿子回家时，她看见有人在背后指指点点，还称丁原为"哑子"，她差点晕倒在地。

有人劝她：当年是向宝积寺许愿求子之后，才得了这个儿子。不妨再求一次，求佛保佑丁原开口说话，或许又会灵验哩。

走投无路，只好又临时抱佛脚了。方氏领着丁原又一次进到了宝积寺，跪倒在佛像前。在灾祸面前，为避祸就吉，方氏曾经只在脑际一闪而过的念头，此时化作了明确的心愿，她轻声说道："慈悲的佛祖，救苦救难救我儿。倘若儿子能够成为常人，开口说话，又与佛门有缘，定让儿子出家为僧。"这番话，她重复了三遍。

拜过大雄宝殿的大佛，方氏领着儿子在宝积寺里，将供在寺中的所有佛像都至真至诚地跪拜了一遍，然后走到了院子里的一口井边。

这口井可是大有故事，且是非同一般的故事：当年建寺时，在院子里掘井以求水源，但连续挖井三口，深达数丈，依然未成。其中一井挖到的全是岩石，不见有水；另外两口倒是挖出水来，只是那水面上漂着油锈，还发出腥臭，连猪和牛也拒绝饮用。后来有一道士云游至此，运动道眼，施展法术，用手中拂尘在地上画了一个不大的圆圈，让人再挖，结果是水源丰饶，并且清冽甘甜。据说，这口井极深，与鄱阳湖相通。一年汛期，有个胆子包着身子的渔人，为证传言真伪，往井中倒下一箩筐红稻谷糠，紧接着又划船到鄱阳湖中察看，果见从一处漩涡里漂出许多红色谷糠来。还有更神奇之事，请和尚们念过经后，许多人在井口对着井里一看，发现井下如镜的水面上，照出的竟不是自己的面容，多为怪异之相，有的甚至是牛头马面。

远近皆知的传闻是，这井能照见人之三世：前世、今世和后世。井中显出的形象乃是六道轮回中的一环，因而这井可称为"三世井"。据说有一个穷秀才不信，他虽有功名，却穷困潦倒，衣食不继。所以，他很想看看自己的上一世或下一世是何模样。在请和尚们念经之后，他到井口俯身一看，在忽明忽暗、忽动忽静的水波中，见到的是一个形容枯槁、眼窝深陷的脸型，是一个浑身皮包骨头、犹如柴火拼凑的人形，活脱脱一个饿鬼的模样。这秀才大叫了一声，登时晕倒在井后。兹后再也无人请和尚念经后观井，甚至连靠近井沿都心生畏惧。当然，也有人说这些只是和尚编造的故事，为的是护水源、策安全，尽量让香客远离井边。

今日方氏领着丁原路过井边，也不敢走近井圈。不料那丁原却快步走到了井台上，靠着井圈的口沿向井里探望，但见井水幽深，平静如镜。突然，方氏听到了让她惊喜万分的声音："看见了，看见了！"这是丁原嘴中发出的声音。

方氏立即问："儿子，你说什么？"其实她并不在乎儿子看见了什么，而是要证实一下刚才的声音是否真的来自儿子的口中。

"娘，我看见井里头好像有一个和尚。"丁原的回答清晰明确。

啊，菩萨保佑，儿子真的开口说话了，她听到了儿子久违的呼唤，听到了自己久盼的声音，顿时心如潮动，继而泪如泉涌。她也贴近井圈，探身向井里纵目，但见到的只是幽亮的井水，还有自己和儿子略为变形的面容，除此以外，不见有任何图影，更不见有和尚的面孔。井中平静如镜，她心中却是陡地波起浪涌：儿子说看见井中有和尚的面容，这莫不就是儿子真实的影子？看来儿子注定要成为佛门中人。她在佛前的许愿变得更为明确和坚定：如儿子真的与佛有缘，就让他出家。

剃度出家

方氏没有离开寺院，而是领着丁原反身来到方丈室，向宝积寺的住持日用禅师细说曲衷。儿子是否皈依佛门，她要当面听听方丈之意。

这方丈乃佛教禅宗中云门宗的禅师。云门宗传自禅宗六祖慧能弟子行思所创的青原系，青原系的一大特点是兼收并蓄，博闻并吸纳各宗各派的宏论精义。那行思禅师修为极深，曾把参禅悟道的过程总括为三个阶段：未悟时，看山是山，看水是水；初悟时，看山不是山，看水不是水；彻悟时，则看山还是山，看水还是水。这段话在僧俗两界皆大有影响。只是时至今日，这云门宗已显疲态，故日用禅师发愿以光大云门宗为己任，着力发现和擢拔良木俊才。

日用禅师双手合十，说了声："阿弥陀佛！"便凝神纵目，仔细审视站在面前的丁原。但见这男孩身材魁梧，十二三岁年纪便有了男丁模样，脸上已少有稚气，目光如炬却平和清澈，透着与他年龄并不相称的成熟。便问道："小童你可愿意入寺为僧？"

"愿意。"丁原平静地回答。这时，丁原认出，眼前的禅师便是曾在竹林寺讲过经的和尚。

"听闻你酷爱读书，已习过不少儒家经典？"

禅师的问话把丁原的思绪从竹林寺拉到了近前，他轻声回答："甚爱，只是读得太少。"

"你若用功苦读，将来或可通过科举入仕，出将入相。"

"我不爱敌万人之技，也不求御万人之术，只愿读能福万人之经，做能度众生之事。在我读过《楞严经》之后，进入佛门之愿，日渐强烈。"

这一番答语，让日用禅师暗暗吃惊：这个尚未成年的男孩大志不凡，语出惊人。既而暗喜，若寺中有这等人才，乃佛门幸事也。于是他转而对丁原的母亲说："孩儿出家，实非小事，你们母子回去好生细作商量。若果真有心，与佛有缘，改日再来。"

这时丁原又开口了："读经诵经，明了佛法，需要融通文史，通晓儒学，对此我根基尚浅。我想再在书馆苦读三年，然后再皈依佛祖，不知可否？"

日用禅师听了这一番话，频频颔首。心想这男孩年纪不大，却是见识不浅，便微笑着说："大可随缘。"

丁原返家后，更加用心读书，"五经""四书"，汉赋唐诗，都在攻习之中。在佛学方面，除了常读《楞严经》，还涉猎到了《金刚经》《华严经》等典籍。

吕教授看到丁原有时阅读佛经，很觉意外，便问缘由。

丁原的回答让吕教授大为惊骇："三年后我将入寺为僧。"

吕教授一时无语。心想，若果真如此，诚足可惜，便一直在想着如何劝阻。眼见三年期近，他便把丁原叫到自己室内，细加开导："这佛道神仙之事，虚实难辨。你天资聪慧，且很勤奋，还当好好读书，以博取功名，报国报民，这方是人生正道。只要守正尚德为善，便可人生顺达，身心安泰。"

丁原回答道："读了《楞严经》等经书后，我向佛之心如山中竹笋，朝朝生长，且日坚日强，愿为十万人搭桥，令悉蹈我上度去。"

这一回答，让吕教授称道、惋惜，真乃过人之论，便略作思考后说："以佛修心，以道养身，以儒治世，乃是当今许多读书之人的苦志追求，你何不仿而效之？"

丁原却列出了入佛门的又一个理由："母亲亦已在佛前许诺，不可失信。"

吕教授这时又说："人世间，信佛者有之，不信者更众。向仁向善，未必定要读经学佛；读经学佛，也未必定要出家为僧。就连六祖慧能也在《坛经》里说过：'若要修行，在家亦得。'"

"教授常喻我等，当有兼济天下之志，救世报国之心。我之学佛修持，乃为救世、救人、救己也。"丁原一字一句皆朗朗，回答得认真而又郑重。

吕教授无语。看来，丁原出家心意已决，不可动摇，于是长叹一声，转而由劝说改为了叮咛："愿丁原以救己、救人、救世为愿，并成一代宗师。"

"教授之言，学生定铭记不忘。"

三年期到。母子再次谈起入寺之事。其实，母亲心思早定，丁原也已一心向佛，故入寺只是个日期的择定而已。但丁原却想起自己出家入寺之后，母亲将孤身一人，心中痛楚，不断垂泪。母亲却是反倒劝慰儿子："娘怀你时，已默许将你献与佛门，儿断不可因娘而有退葸之心。至于娘的居家生活，不必担忧，我自能应对。"

入寺的日子选定，丁原又特到书馆向吕教授辞行。吕教授此时没有劝阻之言，只是致美好祝愿，一字一顿地说了八个字以作勉励："为僧为儒，尚仁尚善。"

丁原答道："学生定当终生记之、奉之。"说完，向吕教授磕头跪拜，以谢教诲之恩，亦为道别之礼。

天亮后就要离家入寺了。入夜，丁原躺下以后，无法成眠。估摸着母亲已然安寝后，便悄悄起床，来到母亲的房门前，双膝跪地，如同一支蜡烛立在烛台，又似一炷高香插在香炉。因为明日遁入空门后，便不能再行跪拜父母之礼了，即使母亲仙逝，也不能叩头拜别了。他要以一个长跪来报答母亲的养育之恩，也弥补将来不能跪拜母亲的缺憾。这双膝一着地，便是整整一个通宵，直至听到母亲起床的声音，他才悄悄回到自己的房里。

其实，母亲也一夜未眠。孩子出门，当备办些什么？俗人出家，本可由家里或供养人置办衣被、坐具，但日用禅师说过，林家已为宝积寺捐出了几乎所有家产，故这次丁原出家入寺所需物件皆由寺里供给。但身为母亲，这个时刻还是想为孩子做些事情，聊表心意。几番思忖之后，特地到布店买了几尺青布，缝制成一个包袱，今晚她又仔仔细细地检视了这青布包袱。为求结实，她又连夜将包袱由一层改为两层。又在两个对角缝上又长又窄的带子，以便于包扎捆缚。缝好后，母亲一整夜都把这青布包袱捧在怀中，泪水把包袱几处打湿。

第二日一大早，母亲精心准备了丰盛的早饭，其中有丁原最爱吃的荷包蛋，共有三个，寓意着一切圆满。但丁原却吃得很慢很慢，他真切地觉得，鸡蛋的味道比平日更为可口，但却又似夹有沙砾，难以下咽。饭后，丁原接过了母亲缝制的包袱，但见针脚细密均匀，锁边如同用尺子画的线条般整齐，顿时心中犹如浪涌，情思难禁，不由得想起了孟郊的《游子吟》：

> 慈母手中线，游子身上衣。
> 临行密密缝，意恐迟迟归。
> 谁言寸草心，报得三春晖。

但，自己并非等闲游子，登上的将是没有归期的旅程，自己也无法成为回报春晖的方寸之草，他心中涌起难言的悲怆。为了不让母亲过于伤心，他忍住眼泪，将包袱平铺在桌上，放上正在阅读的书籍，心慌意乱地摆正扎牢，又快速看了一眼母亲正在变得苍老、满含忧伤的脸庞，然后猛地转过身，出门而去。

一路心事重重，去意彷徨。当他快近宝积寺山门的时候，忽闻背后有人大喊："丁原止步，我有话要说。"

丁原不由得停下脚步。气喘吁吁地连走带跑过来的人姓施名风，乃邻村人，是一个富商之子，正和丁原一同在吕教授门下求学，二人相处甚笃。他听闻丁原要到宝积寺出家后，便心急如火，急急地追了过来，他想把这个自己喜欢而敬佩的好友留在世俗之中。

"丁原，听说你要去当和尚？"施风喘着气，急切而又关切地问。

"是也。"丁原平静地回答。

"踏入寺院，就是进入另一个世界。离家别亲，便没有了人世间的情感与快乐了。"

"是这样。但也就没有了人世间的忧愁与烦恼了。"丁原回答。

"人生在世诚然有忧愁烦恼，但亦有摆脱之策，多少人不都一代一代走过来了么？"

"也许人世间百事皆有定数。"

"定与不定，皆在人定。"

丁原很感激好友的关切，但他入佛门之心早已铁定石坚，便回答说："山泉流出山中，便不可回也。"

"若不能回，改流向可也。我劝你还是改换主意，或者暂勿入寺。你家里若有什么难处，我可倾力相助。"施风说得情真意切，他也知道，丁原的家产已近罄空。

丁原便以恳求的声调说："我出家后，母亲孤身一人，如有可能，恳请代我时为照看。"

施风连连应诺，答道："此事何难？你母即我母。"

唯一的担心如石头坠崖了，丁原跨进佛门的意愿更坚，心里也更为坦然，挥手向施风别过，便迈着坚实的步子，一步一步向宝积寺走去。

施风像被冻住了一般，双脚许久没有挪动半寸，双眼连眨都没有眨一下，直愣愣地看着丁原的背影由大变小，由清晰而模糊，最后隐没在寺院之中。

日用禅师自从第一次见了丁原之后，便不时惦念，等待着他如约出现在山门。这一日，日用禅师掐指一算，丁原允诺入寺之时至今日正好整整三年，他料定丁原近日必到。今日一大早便在大雄宝殿坐定，并着寺中四大班首、八大执事在侧，盖因为度人入佛，需得四大班首、八大执事同意，任何僧人不得私自收徒受戒，方丈亦不例外。

果然，刚入巳时，侍者来报，一个叫丁原的人求见。日用禅师示意引进。

不一会儿，丁原背一青布包袱入殿，对着佛像和众僧，他前胸微倾，后腰略弯，双手合十施礼。

日用禅师抬眼望去，但见这丁原与三年前相比，又是一番面貌，已浑如一成年男子，浑身充溢阳刚之气，面部表情从容，略无不定之色，举止似儒似僧，于是徐徐问道："你来何事？"

"三年前晚辈曾与禅师约定，皈依佛门，今日为践约而来。"丁原作答。

"既然向佛，你对佛与佛经是否有所知晓？"

"略知一二。"

俗子出家时，为察慧根慧性，一般都需接受关于对佛法的认知和对为僧态度的简单测试，并以此作为可否准入佛门的重要依凭。

"何为佛家三宝？"日用禅师开始发问。

"佛、法、僧是也。"丁原回答。

"何谓一花开五叶？"

丁原略一思索，回答说："佛教自东汉从天竺传入中土后，经几百年的时光，与中土儒、道诸学多有交融，至隋唐大为繁盛，形成众多宗派，其中一宗为禅宗。禅宗后又繁衍成五个宗支，即所谓一花开五叶也。宝积寺属云门宗，乃禅宗五叶之一也。"

"这'花开五叶'乃谁人之语？"

丁原答道："祖师达摩。为修持成佛，祖师在嵩山一个山洞里面壁苦修九年，在将西归天竺时，把衣钵传给了慧可禅师，并作一偈曰：'吾本来兹土，传法救迷情。一花开五叶，结果自然成。'"

日用禅师微笑点头，接着问道："你为何出家？"

"一为了却母亲佛前之愿，二乃自身读经有悟，三为解脱人间烦恼，四为给佛光添烛。"丁原一气罗列了诸多理由。

日用禅师听罢，心中欢喜，不需再问了。便转而问身边各位班首、执事："可有发问之事？"

众僧皆表示无再问之事。日用禅师便吩咐侍者，今日是二月八日，乃佛陀出家之日，亦乃吉喜之日，可为丁原行剃度之礼。日用禅师很看重丁原的慧根、慧性，要亲自为丁原剃度。本来，要求为僧者，一般都是从寺中找一个受过比丘戒的僧人为"依止师"，再由这"依止师"剃发并行领带、帮教之责。

顿时，大殿灯烛明照，佛像沐浴华光，佛乐声声响起。随着便是众僧的梵呗之声，诵的乃是《贤愚经》，经文曰：

> 出家功德，高于须弥，
> 深于大海，广于虚空。
> 若人出家，能脱三界轮回，
> 证寂灭安乐，度无量众生。

丁原坐定，日用禅师提剪在手，但没有立即伸向丁原头发，而是轻轻告曰："你现在可于门槛边遥对父母叩头三次。"

丁原明白，这是作为俗子对父母的感谢和道别，昨夜他已真情地行过此礼了，今日还可循佛门之规，再行一次人子之礼，好也。于是徐徐跪下，对着母亲居住的方向，虔诚地磕了三个响头，然后起身坐在了一条禅凳上。

日用禅师张开剪刀，对着丁原乌黑绵密的头发"嚓嚓嚓"三剪，三蓬头发飘然落地。丁原不觉心中一动：青丝坠地，便是烦恼坠地，从此便可消烦去恼；青丝坠地，便是步入空门，从此便是佛门弟子了；青丝坠地，便是人生转折，从此便离家别亲了。想到这里，不由得心起波澜，双眼欲泪，但他强行忍住了。

三剪过后，日用禅师把剪子交给了身边一位僧人，最后的剪与剃便由这位僧人完成。

剃毕，日用禅师给丁原起法名为"了元"。这个名字意蕴深厚："元"，乃万物之始之首；"了"者，明白通晓也。整个名字便是探求、通晓万事万物本原之意。从此，俗界少了一个叫"林丁原"的男儿，佛门则多了一位叫"了元"的僧人。

接着，日用禅师便为了元授"沙弥"戒，此戒共有十条，包括：不杀生、不偷盗、不邪淫、不妄语、不饮酒、不眠坐高广大床、不涂饰打扮、不观听歌舞、不非时食、不蓄金银财宝。这些戒律详实而具体，对俗子来说，似很严苛，但对佛门中人来说，这还只是最基本、最初级的戒律。

但，剃发净须并不意味着俗子便已成为僧人，这只是进入寺院、开始出家人生活的起步，需经过一定时间的学习、适应、考查，再受比丘戒后，方为真正进入佛门，真正成为僧人。这个过程对了元来说，并非一帆风顺。

持戒修炼

削净头发、穿上僧衣之后，了元便意识到自己已是佛门弟子了，必须放下一切凡念，专心修行。但要完全适应寺院的生活，尚需时日，入寺后经历的第一件事便让他终生难忘。

剃度之后，已近正午，一位僧人在前面引导，并告知：现在去过堂。

"过堂？"这让了元心里一颤：刚一入寺门便要让皮肉受杖打鞭笞之苦么？不敢多问，径来到一幢房子前，但见门楣上写的是"斋堂"，难道是在吃饭的地方受刑？进入斋堂，见许多僧人已在桌边坐定，手执碗筷。了元暗暗想道：看来是要在众僧人面前遭责打了，定是既为惩处自己，也为警诫众僧，这也太让人羞辱难堪了。可自己入寺才约摸一个时辰，并无过错也，却为何要过堂受罚？难道这是通行的入寺之礼么？

这时，侍者让他在餐桌边坐下，示意端钵提筷，并轻声交代：不得有任何言语。这下他明白了，让他吃饭。莫非等到饱餐后再过堂用刑？这佛门果然慈悲也。

斋堂也称"五观堂"，取僧人进食时当存五观之念：一思食物来之不易；二思德行有无欠缺；三思有无贪食之念；四思饭乃疗饥之药；五思此食乃修持道业。这时斋堂里响起了念经声，僧人们在同声齐念供养咒、偈，以提醒自己当依规正意受食，不可贪求美味。

念经毕，有端着饭桶菜盆的僧人走了过来。了元便学着身旁的僧人，口不出声，只以筷子在碗底点了一下。布饭僧略一迟疑，给了他只盖住碗底的饭菜。了元很不明白，为什么给别的僧人那么多，给自己的却只是不足一大口的一小坨？是因为自己是新始入寺、要受处罚的弟子么？

原来，斋堂给饭的规矩是：僧人用筷子在碗的某个部位点画一下，便是表示饭菜需要多少，筷子点画在哪里，饭菜便会装到哪里。一般僧人会点画在碗的口沿边，便是表示需要装满。了元不明就里，用筷子只在碗底上任意点了一下，布饭僧便认为他只需要极少量饭菜。很快饭毕，僧人又是齐声念结斋偈，然后纷纷起身离去。

了元没有立即走开，在等待着过堂，但见并无什么动静，不见有管事的班首、执事，也不见有提棍执鞭的僧人，心里好生奇怪，便问那引他进入斋堂的僧人："不是要过堂么？"

得到的回答是："刚才已过堂了。"

了元很是奇怪，无鞭无笞无断喝，便是过堂了？不过他很快明白了：过堂便是吃饭。

原想的是饱餐后受刑，不料结果恰好相反，未有鞭笞加身，却是几乎没有进食。他等待着晚餐，但直到上床歇息也不见晚上的过堂。寺院每日只食两餐，过午不食。这样，他入寺的第一日便是在饥饿中度过的。

第一次离家夜宿，肠肚因无食物而阵阵收缩，了元几乎一宿未睡。天色未明，四周一片寂静。寺中钟响鼓起，香板敲击，便是一日开始。起床洗漱后，集体诵经。天色微明后，便是早上过堂。然后是打坐诵经，再听师父讲经。刚入午时是中午过堂，接着是诵经或打扫庭院，进行劳作。入夜后，则有晚上功课。至戌亥之交时，击鼓敲钟，香板再响，便是一日的结束。

生活异常刻板地重复着，了元以坚忍的意志适应着。僧众每日修行的功课主要为两项：一是学习佛经；二是练习禅定，禅定包括打坐和经行。坐禅的姿势有坐、立、行、卧及随意五种，而以坐式为主，故称坐禅，这是每个僧人必须练习并熟练掌握的功夫。但这只是坐禅的外在形式，坐禅更重要的是内在功夫。究竟何为坐禅？《坛经》里说的是："心念不起，名为坐；内见自性不动，名为禅。"

初入佛门的了元当然无法理解坐禅的真正含义。不过，了元把打坐的姿势做得十分认真，他把足背加压于腿上，两掌相扣，左右大拇指相触，置于脐下位置，这称作"定印"。手足摆好后，不曲不僵，鼻与脐对，不偏不斜，头不低不昂。然后张口吐出浊气三次，再上下唇齿微微相触，舌抵上腭，双目微闭，既而调心调息静坐。这打坐的姿势称"跏趺坐"，每次坐禅的时间为一炷香燃尽的时间，大约半个时辰。

初始，稍作久坐，了元便觉腰背酸痛，体力难支，身体摇摇晃晃，气息不匀，不得不一次次停下来，变换动作。旁边打坐的是一个叫了空的僧人，脸上带着轻蔑之色，并一瞪眼，一张口，对着了元轻轻地吐出了一个"笨"字。了元并不介意，出家的人十戒中不是有不妄语么？我自忍耐，坚持习之。但你这了空作为僧人，作为师兄，亦当有宽忍之心才好。了元还有没说出口的，因为打坐时，他常常听见从了空嘴里发出的不是惯常的气息声，似是或重或轻的呼噜声。看来，这位师兄打坐时，有时竟然睡着了。

打坐的不适几个月便过去了，他很快变得和其他僧人一样行止自如。极让他满足的是师父讲经。这一日，日用禅师结合十戒讲《四十二章经》。这《四十二章经》便是东汉使者从天竺用白马驮回的佛经，被誉为传入中土的第一部佛教经典。这部经卷文字不长，却生动有趣。如讲到戒贪戒色时，日用禅师就着经文解释说："贪求财色，就好像舔尖刀利刃上的蜜糖，那蜜糖也许能让你感觉到一点点甜味，但刀刃却会无情地割破你的舌头。"又说道："恶人害贤人，就好比那仰天吐唾沫，天不会因污秽而失去洁净，唾沫却会掉到吐唾沫者自己的脸上。"这些寓意深刻的故事，让了元觉得大有所得。也由此想到这与儒家的理论教义，在许多方面竟是相通的。比如，这两个故事和因小失大、得不偿失、害人亦是害己之论很是相似。

当然，这些只是简明的经文故事，随着学习的深入，则是更丰富的内容，更深奥的道理。这一日，日用禅师在讲"三界六道"，这是佛教中很重要的、基础性的论述。讲的是：佛教将世界分为三界，即欲界、色界、无色界。欲界是指具有淫欲、食欲等欲望的人居住的地方；色界则是远离欲界中的淫、食二欲，但仍然具有清净色质即物质形态的众生居住的地方；无色界则在色界之上，共有四重天，即空无边处天、识无边处天、无所有处天和非想非非想处天。六道则为天、人、阿修罗、畜生、饿鬼、地狱，芸芸众生便在这六道中轮回。

初听，了元如堕五里雾中，既而似懂非懂，其后慢慢如见灯影烛光，眼前明亮，心中豁然，这大概便是所谓的"悟"。每悟一次便如站在了又一个高坡上，极目远望，许多事物看得更清晰了然，心中又多了几分欣喜。

了元天生好学好问，因对"阿修罗"一词不解其意，便向了空讨教。不料这一问，问出麻烦来了。

这了空俗名金晗，比了元年长三岁，本是官宦子弟。他父亲曾任饶州府太守。饶州府地处鄱阳湖畔，五年前，饶州府所辖地界有数县洪水肆虐，造成饥民无数，饿殍载道。这位金太守却私吞了一批救灾银两，结果被朝廷查究定罪，家产被官府抄没，人被流放三千里，不久便死在流放地。金晗从小骄奢淫逸，一下坠入人生深渊。生计无着，便入宝积寺削发为僧，僧名了空，和了元属同一辈分。他在俗时读过诗书，故寺里会让他做些涉及字算的事务。只是幼时养成的积习太重，入寺之后，每每觉得受不了寺院的清苦和规矩，故并不好好念经学佛，有时还会做出违规犯戒的事来，也会对其他僧人表现出轻蔑厌弃之色。僧人们虽不便在执事或住持那里将他告发，但对了空暗生鄙弃，有僧人甚至背地里称他为"阿修罗"。这"阿修罗"意译为"非天"，是魔神，虽然能力超强，但多怒好斗，本在天国，因失去了应有的德行，从而被赶出了天界。

当了空听到了元问"阿修罗"为何意时，不觉心中泛起一阵恼怒，认为这是了元听了其他僧人的蛊惑，有意以这个名字挖苦自己，但他压住了自己的不快，而是故作平静地说："大概是指初入佛门者，如你是也。"

了元连连点头："是也，刚入寺院，既非僧，更非佛，所以不能称作'僧人'，便要称作'阿修罗'了。"

了空见了元认可自己的解释，心里一阵暗笑：哼，惹恼了我，可没有你的自在。厚厚的经书，你慢慢瞧吧。

转眼是农历四月，树滋花放，水起波扬，是万物生发繁荣的季节。四月十六这一日，全寺僧人集合一处，诵经祈祷，进入共同修习的安居之期。僧人无一外出，只是每日上午在五观堂诵《华严经》，一连几天都是如此。

了元初来寺中，便问原因。了空悄声告诉了元："每年四月十六到七月十五这三个月，寺里僧人皆不得外出。"

"如果寺里有事，比如那柴火不足怎么办？"了元不由得问。

"但像师弟等初入寺的沙弥尚不属僧人，可以外出，并当在这期间负起打柴负薪之责。"了空一本正经地回答。

了元频频点头。心想既然如此，自己就应在这个时期多做些事情。第二日天刚放亮，了元便拿着扁担绳索，走出寺门，来到山上。时值春尽夏始，百草繁茂，那点缀在山林间的杜鹃，旧花凋落，新蕾又开，一片片如彩霞铺地，一朵朵如烛光摇影。那一竿竿挺立的毛竹把绿云碧涛直送到半空，鸟在天上快活地飞翔鸣叫。长满山谷山坡山峰的松树新枝勃发，生机盎然，正是这连山连片的松林，为浮梁烧窑制瓷提供了取之不尽的优质木柴。了元又见那山间缓坡上的茶树一丛丛、一行行，献碧吐翠，春茶已经采过，很快又可以采取夏茶了。他不由得想起了自己家里的茶园，更想到自己的母亲。出家数月了，母亲孤独一人，衣食可全？早晚可安？他禁不住爬到一棵高大的松树上，向自己家的方向眺望，但看到的只是泛着白光流淌的昌江，露出白墙灰瓦的村落，还有从屋顶上冒出的袅袅青烟。他一阵伤心，眼眶湿润。一阵山风吹过，林涛作响，他微微一怔，很快扼住了思乡思亲的念头。

他下得树来，攀折枯枝，拔下干草。正午时，他将满满一担柴草挑回。入到寺里，但见众僧人皆露出奇怪表情，虽不是怒目横眉，但了元能感知其中的惊疑、不解和怪嗔。他惶然了。正在这时，日用禅师走了过来，对柴担在肩的了元喝道："放下！"

了元本能地放下柴担，惊恐地望着师父。

师父告诉了元：每年农历四月十六至七月十五，乃是佛寺的结夏安居之期。这期间僧人不得外出，目的之一是防踩杀踏灭虫蚁和草树新芽。

了元恍然大悟，知道已犯寺规，也知道是了空有意捉弄自己。他把目光转向僧众中的了空，了空却若无其事，甚至眼中跃动着几分幸灾乐祸的神情。了元收回了自己的目光，错在自己未能多想善问，不得怨尤他人，他在学会宽恕。

日用禅师让所有的僧人排队立定，让侍者从了元挑回的柴草中抽出一把扔在地上，然后喝令了元跪下，认错赎罪。

经过这次受罚，了元对遵守寺规有了深刻的体验，也对了空算是有了更深的了解，但他没有因此对了空生厌恶、离弃之念，而是觉得当以佛僧之心，助这位师兄脱离迷津，远离泥沼。但事情却并不简单。

林中遇蟒

在暮鼓晨钟中，时光的河流不紧不慢地流淌着，流淌着，流过了三百六十日。在这一年中，了元身心如一，刻苦学经，并多有所得。这让日用禅师十分满意。

再一年，又由日用禅师主持，让了元受比丘戒。这就意味着他正式皈依如来，成为佛门中人。这也激励他更加专心事佛，用心钻研佛经。

人间事往往如大风吹江，波涌浪起，佛门中有时也并不风平浪静，这播风起浪者又是那了空。了空自恃读书多年，聪明过人，所以自认为在佛学的修为方面超过其他僧人，因而时常在众僧人面前表现出聪敏、博学和傲慢。然而，由于了元的出现和表现，了空在心底的深处，有了忧虑。他已细细审视过每一位僧人，无论识字断文，还是学佛习经，无人能及自己。照此趋势，自己不久即可获得优于其他僧人的地位，或可接钵日用禅师，日后成为宝积寺住持，但由于了元的入寺，一下变得没有把握了。了元已为大家认可，山有势，水有向，如此下去，了元将极有可能超越自己。佛门中人本当放下名利之心，但了空却是难以放下。

其实，在寺院，或为个人名利，或为传宗弘法，觊觎方丈之位、争夺宗师衣钵之事之僧亦曾有过。如，那禅宗五祖弘忍到了晚年时，便有多位僧人渴求成为传灯之人。五祖选定六祖慧能为自己的接钵者后，为免起纷争，是在夜半把慧能悄悄叫到身边，密授袈裟、法器和《楞伽经》的。慧能接得衣钵成为五祖传承者之后，为避免众多僧人对衣钵的争夺，便连夜起身南下，直奔岭南。不料竟有数以百计的僧人追赶，欲夺法衣。慧能设法得脱后，遂在曹溪宝林寺修炼弘法，他的禅法后来被称作"南宗"。

了空渐渐把了元看作了一块大石头，一块挡住自己前行的大石头，他对这块石头感到厌恼，这种厌恼随着时间的推移而日渐加深。

入唐以后，许多禅寺农禅一体，寺院有自己的土地、山林，耕作管护，还赁人耕种收取田林租金，以从中取得衣食之资。这对禅宗的传承和发展，作用甚大。中唐以后，佛教各宗多呈衰落之势，而禅宗独盛，究其原因，其中一端在于禅宗有通过劳作自养自供的传统。江西百丈寺的怀海法师主持制定的《百丈清规》中，指明僧人当"一日不作，一日不食"，因而许多寺院便出现了老僧在田边地头说法、信众扶着锄头铁犁听经的景象。这不仅使禅宗僧众衣食有凭，而且也孕育和强化了禅宗精神，提升了僧人的生存和适应能力。在禅宗大师们看来，修行者若不能自悟、自救、自我解脱，安能成佛？又安能普度众生？因而许多禅宗寺院奉行"冬参夏学""春种秋收"之制，这宝积寺自不例外。

但劳作对于了空却是一件很觉痛苦的事情，在俗时，他何曾摸过犁耙锄锹？所以入寺以后，每逢劳作，他都厌倦连连，拈轻而怕重，甚至借故闪避。

又是秋收时节。这一日，众僧人到寺田里收割稻子。先用白晃晃的镰刀将金灿灿的禾稻放倒，再用力将稻把在形似四方木桶的禾斛上撞击以脱粒，然后再把聚落在禾斛里的谷子装到箩筐里挑回。了元年小力亏，了空则是心懒力弱，于是各挑了大半担稻谷落在众僧后面。二人实在体力难支，便停在路边小歇。

了空揩了一把汗，唉声叹气，抱怨说："想不到入寺为僧，还须如此负重劳作。那天竺的僧侣不都是持钵行乞，不用劳作而衣食无忧么？"

了元便解释道："在天竺国确曾是如此。但佛教传入中土后，便因中土的风土人情而有了改变。僧人劳作，可让僧人体味劳动的艰辛，收成的不易，戒除一些人意在通过入寺为僧而厌弃劳动的邪念；还可以减少施主的负担，尤其是宗教兴盛、寺院里僧人众多时，更是如此。故生产劳作已成为众多寺院的规矩，这也可理解为度人亦自度啊。"

了空听了不以为然，并隐隐觉得了元的话中有梗带刺，但了元讲得有理有据，不便反驳，只是转而嘟囔着："我觉得几乎日日在饥饿和劳顿之中，远不如在世俗的日子。看，我挑这些稻谷太吃力了。"

了元便说："师兄，把你挑的谷子放一些到我的箩筐里吧。"

了空也不客气，真的将自己挑的稻谷捧出一部分放到了了元的箩筐里。

了元的担子更重了，走起来肩上沉重，脚下发虚，全身上下左摇而右晃，他几乎是三步一停、五步一歇，直到傍晚时分才跌跌撞撞地把稻谷挑回寺里。

那了空说寺中生活远不如世俗，自是实话。他自小衣丰食足，穿绸吃肉，这清苦的修行对他确是件痛苦难耐的事情。虽然他也在无奈中慢慢适应，却时时思念过去，还会做出一些有违寺规的举动来。

一日，在晚课之后，他最后一个离开大殿，四顾无人，便顺手抓了一把供桌上的糖果，放进衣袖里，这恰被了元不经意间瞥见。

了元一如往日般睡下。睡梦中，他忽然听闻耳边传来似是老鼠啮物的声音，不觉惊醒，又闻到有糖果的味道阵阵传来。他明白了，是睡在邻床的了空正在食用偷拿的供果。偷拿供果已是一错，晚上食用便是错上加错。了元重重地翻了个身，接着故意轻轻咳嗽了一两声，意在提醒了空：你已错也，当改当止。

了空觉察到了元已知晓自己的违规行为，心里慌乱，此事若传出去，必遭重罚。但他迅速有了办法，估摸着了元已经睡着之后，便悄悄然起身下床，蹑手蹑脚地将几块糖果塞到了了元的枕边。一为以此堵住了元的口舌，二为使了元有瓜田李下的顾忌，从而不敢把此事告知执事或其他僧人。过了一会儿，了空见了元并无反应，便放心入睡。当晨钟响起，了空起床时，却在枕边触摸到了一小坨东西。他明白了，了元不知何时又把那糖果送回来了，不由得心底又起波澜，也伴生怨恨。走出僧舍时，他有意靠近了元，轻轻说了声："愿师弟有海天之量。"

了元没有作任何反应，了空的话犹如一粒灰尘跌落在水波之中。

了空心中却已灰尘层层，自己所做的违规之事，看似无人知晓，但实则有人了然，于是坐卧难安。但他感到庆幸的是，了元并没有把此事张扬出去。

打柴是寺院中的僧人经常要做的事情。这一日，十几个僧人又一次上山打柴。了空告诉大家，在一个草木遮掩的山洞里，住着一只大蟒，听说不仅吞食过百姓家的猪羊，还曾有路人亦被那蟒蛇吞入腹中，问众僧人敢不敢去那附近打柴。

这些僧人大都年轻，对蟒洞蟒蛇自有几分好奇，加之人多势众，便都欣欣然表示愿到蟒洞前打柴，顺便把那蟒与洞一看究竟。

了空便把众僧人带到了蟒洞前。初始僧人们心中很有几分紧张，但良久未见任何动静，便渐渐忘了蟒蛇之事。可就在他们捆好柴草，准备返寺时，见蟒洞前如有劲风吹过，过膝的荒草纷纷向两边偃倒，一条长若两丈的巨蟒游出洞中，"唰唰"地冲了过来，口中还摇动着灰中带红的芯子。众僧人扔下柴担，舍命逃跑。但了空心里慌张，动作稍慢，落在后面，大蟒向他扑了过来，已看见大蟒的巨口利牙了，他一下瘫倒在地。了元一看，放下柴担，口中大喝了一声，反身冲上去要救了空。那大蟒见状，便改而向了元游了过来。了元见无法奔逃，便急中生智，闪身在两捆柴火之间，席地而坐，双手合十，双目微闭，等待大蟒来袭。这时他忽然记起小时候读到过的一则故事：唐代有个叫王令望的，笃信如来，行走之时也常手持一本《金刚经》。一日，在山中猝遇一只饥饿中的猛虎，步步向他靠近。面对危难，他没有拔腿逃跑，而是双脚立定，翻开经卷，念起了《金刚经》。那老虎抬起脑门、龇着利牙、瞪大眼睛看了他好一会儿，又抬腿扭腰，绕着他走了一圈，最后竟然无声无息地拖着尾巴走了，口中的涎水流了一地。想到这里，了元便也开始默念起了《金刚经》：

> 佛说一切法，无我、无人、无众生、无寿者……我皆令人无余涅槃而灭度之，如是灭度无量无数无边众生，实无众生得灭度者。

可那大蟒并没有像王令望碰到的老虎那般停止动作，而是很快靠向了元，它惯用的招式是用长而有力的身子先把猎物紧紧缠住、挤压，然后再张开血盆大口，囫囵吞下去。

因了元坐在两捆柴火之中，那蟒蛇的身子先是裹住了柴草。不知是柴火中树枝的坚硬、枝上的尖刺让蟒蛇身体难受，无法发力，还是了元的念经起了作用。那蟒蛇用力缠压了一会儿，便松开身子，抬起如人拳头般大小的脑袋，看了一眼了元，然后离去。了元忽又想起，那"天龙八部"是佛教中所说的八类天神，是指天众、龙众、夜叉、乾闼婆、阿修罗、迦楼罗、紧那罗和摩呼罗迦，那摩呼罗迦便是由蟒蛇修炼而成，莫非那蟒蛇心有灵性，见我乃佛门中人，因而临时改了主意？

　　了元喘了几口大气，擦了擦额头上的汗水，定了定心神，然后挑起柴担，往寺中走去。不料，刚走几步，忽听前面又有柴草作响，还有枝叶晃动。莫非又有蟒蛇或是老虎出现？

了元离寺

　　了元心有余悸，不由得扶担抬头细看，原来是今日同来打柴的师兄师弟，惊跑了一阵之后，不见了元，便又反身来寻找，只是其中没有了空的身影。

　　众僧安然回寺。了空却是心情复杂，今日之事使他在心中泛起了对了元的感谢和敬佩之意。但无波无澜地过了一段时间后，了空依然是俗根难除，凡心难泯，又做出一件违规犯戒的事来，并且偏偏又被了元看了个一清二楚。

　　虽然兼事农耕以自养，但一些寺院依然让僧人每年都得有一定的时间走出寺院，化缘乞食。这不仅是为了承袭传统，也是为了让僧人磨炼心性，更好地知佛向佛，结缘信众。了元足踏八耳芒鞋，身着灰布长衫，手捧圆钵，开始在寺外的村庄化缘。记得他入寺后第一次乞食时，尽管知道这是佛寺之规，尽管他已修行一段时光，但当他鼓起勇气、壮着胆子把僧钵伸向施主的时候，仍然是心颤气虚手抖，但现在他已变得泰然自若了。当然，也有僧人并非如此，了空便是。

　　这了空在俗时，自是断不会有捧钵伸手向人乞食之事，所以游走化缘时，他不但觉得难以张口，而且内心觉得羞惭难堪。每年的出寺乞食，对他都是一场极大的身与心的折磨。但他也自有应对办法，他一般走进亲戚和昔时朋友家，在饭桌边同大家一起进食，甚至连荤腥也不回避，因为他觉得这发生在亲友家厅堂之事，不会有外人知道。

　　这一日，了元来到一户人家，正是午餐时分。主人很是热情，着家人盛取饭菜。这户人家已在用饭，了元不经意地看了一眼，想不到师兄了空也在餐桌边，正举箸大食，他面前甚至放有酒杯。

了空略为有些慌乱，但他很快招呼并坚持着让了元坐了下来，带几分尴尬地解释说："这是我姐姐家，师兄也是万般无奈，才在姐姐等人的再三劝导下，用此一餐。"

了元双手合十，双眼微闭，连连说着："善哉！善哉！"

了空接着说："虽今日一时不慎，弃戒违规，但我向佛之心、修行之志并未有丝毫动摇。正如有诗曰：'酒肉穿肠过，佛祖心中留'。"他背起了这两句诗文，显然是想以此为自己开脱。

了元这时不由得睁眼开腔了："非也。道济禅师的诗偈共为四句：'酒肉穿肠过，佛祖心中留。世人若学我，如同进魔道'。后两句才是诗偈的真意所在。"

了空听了这话，大惊失色，原来竟是如此。顿时心中有了愧意和恐慌，便立即放下碗筷，以央求的口吻说："感谢师弟为我点悟开导，今后当谨记矣。只是此次还请师弟关照包涵。"

了元一言不发，捧着自己的僧钵，从容离去。

了空不自在了。看来真是有因果机缘，自己屡屡犯戒，却屡屡被了元察见，难道此人专为克己而来？如此看来，因了元的存在，自己想接任方丈的心愿肯定会成雾成烟，甚至在寺中修行也会有阻有碍。他不由得陷入深深的苦思苦恼之中：大慈大智的佛祖，我了空当如何因应？但接下来发生的事情，则完全让他不曾料到，喜出望外。

寒来暑往，转眼间了元受比丘戒过去两年有余，他已十九岁了。这几年间，他潜心修持，苦学经典，佛学造诣大进。日用禅师看在眼里，喜在心头，直觉得了元可成为云门宗的法嗣，更可在自己身后接任宝积寺住持。但随着暮鼓晨钟时敲时息，春夏秋冬替换轮回，他对了元有了更多更深的了解，这位很有慧眼和胸襟的大和尚作出了另一种选择和安排。

一日讲经后，日用禅师把了元叫进了方丈室。这方丈室本意是窄小的居室，是寺院的住持居住之所，所以住持因此也被称作方丈。

了元不知何事，恭敬地站立一边，等待着。

日用禅师紧盯着了元看了好一会儿，这才徐徐开口："疏林难栖凤凰，浅水难养蛟龙。了元慧根慧性过人，不宜在此久留。"

了元先是一惊：听这口气，师父是要让自己离开寺院，难道自己犯下什么罪错？便答道："弟子自入寺以来，只是专心修行，不敢也不曾有半丝邪意妄念。"

日用禅师的脸上挂着不易觉察的笑意，说："非因此也。要成为一个有学识、有修为的僧人，不可久居一寺。你佛缘甚深，当云游天下，广结善缘，如海纳百川，山聚众土，以广学识，以弘佛法。"

了元连连点头。云游以广学，这不很像儒学中的行万里路，读万卷书？其实他心中也曾萌动此念，想不到今日师父竟然明示，真是大师恩师也，便直言应答："禀师父，弟子亦忽闪过这念头。但不知该向何方云游参学，请师父明示。"

日用禅师对此已有考虑，回答说："有语曰，'不到庐山不为僧'，去往江州庐山方向可也。"

日用禅师的这句话不仅道明了了元云游的方向，而且一语中的，清楚明白地道出了佛教的现状。南北朝以后，江西道江州所管辖的庐山一带成为了南方佛教中心，建有东林寺、西林寺、开先寺、承天院、归宗寺、真如寺、圆通寺、百丈寺、宝峰寺、慈化寺等一大批著名寺院，僧人众多，高僧辈出。

庐山在中国佛教中的地位，从那东林寺便可一窥其貌。东晋之时，中土南北分治，天下纷纷扰扰，许多人为避乱出世，遁入空门。庐山一带风景秀丽，便兴建起许多寺院，引来众多僧人。东晋太元年间，时江州刺史桓伊专为名动僧界的慧远大师建起东林寺。慧远大师以东林寺为道场，三十余载迹不入俗，人不出山，修身弘道，著书立说，并缔结白莲社。白莲社有一百二十三人，皆有往生净土的瑞相，一个个学识不凡，对后世影响极大。正因为庐山有众多名闻天下的佛寺和高僧，便有了"不到庐山不为僧"之说。

当时佛界高僧大德和俗界诗人大儒交往甚多。那个有名的田园诗人陶渊明就常到东林寺拜访慧远大师，并就与儒、佛相关的论题广作交流切磋。慧远大师十分欣赏陶渊明的学识、诗文和人品，曾劝他入白莲社。陶渊明称自己乃是酒中豪客，不宜入寺为僧。想不到那慧远大师竟然石破天惊地允诺：如陶渊明入佛门，可破戒喝酒。然陶氏终是追求身心自由，志在过无拘无束的生活，未作应允，并攒眉而去。后人便据此作《陶渊明攒眉图》，并成为名作传世。

庐山的寺与僧一直声名远播，自然亦是了元向往之地。

"师父可有具体指点？"了元此时首先想到的便是去东林寺，便又道，"去东林寺可乎？"

但，日用禅师略加思索后说："诚然可。但最好去开先寺，这寺久负盛名，更兼现任的住持善暹禅师学识宏博，是云门宗的传人，对弟子要求极严，可师也。但他却极少讲经授徒，了元若与他有缘，拜为师父，大幸也。"

了元点头应允。

日用禅师又亲自修书一封，将了元荐与善暹禅师。

了元把师父的信札和宝积寺开具的戒牒妥为收执，谢过师父，便择日远行。僧人远足，本无累赘羁绊，仅有身上之衣、手中之钵而已，但了元却观近虑远，在临行时特地做了几件僧人们不曾想到的事情。

他在山林里精心挑选了两棵小柏树，移种寺中，并告知众僧人：当这两棵柏树的枝叶相拥在一起时，便是他回寺之日。他又栽下九棵桂树，并在桂树边种了三十六株茶树。

看来，这了元对宝积寺情感殊深，未出寺门便在想着返寺，这让僧人们对他平添了一份难舍之情。但有一僧人却是与众僧完全不同，他是万般盼着了元尽快离寺，并且走得越远越好，这僧人便是了空。了空想的是，只要了元一走，便无人知晓他了空的违规之事，也无人能与他竞争住持之位了。他心中暗喜：真是不曾想到，自己心头的担忧就这样意外地、圆满地消失得无影无踪，真是因缘有常亦无常也。当了元种下柏树，称要在适当时候返寺时，了空心里却在窃笑：了元师弟，你可能永远也回不到宝积寺了，因为那两棵柏树也许永远都不会有枝叶相连的那一日。

第二日一早，寺钟响过，天色微明，宝积寺在晨光中早早醒来。苍翠的树上有鸟在放声啼唱，然后舒展翅膀，飞向空中；那寺前的昌江卷着清波，奔荡远去，发出歌吟般的轻响。了元一身灰色长袍，手捧僧钵，肩上背着的是那个入寺时母亲缝制的青布包袱，包袱里有经书，还有一身换洗衣服。他以一手成掌，指尖向天，举到脸的前方，向师兄师弟们行礼道别。最后，他跪倒在日用禅师面前，叩头三次，感谢师父的训教开导之恩，亦是谢别。

那日用禅师略为定了定神，对着了元细细审视了几眼，然后缓缓说了两句偈语：

　　四九可就，六七则成。

　　了元不明其中的含义与玄机，这四、九、六、七几个数字，往往与佛理禅机相连，其中定有奥妙。但不便向师父求问，只能自己揣摩、意会，并等待日后验证。他缓缓站起来，转过身，不紧不慢地出寺而去。众僧目送他的身影消失在冬日清晨的轻岚薄雾之中。

第二章

云游陷险境

了元游庐山，谒开先善暹，遂嗣之。再谒圆通居讷禅师。

——《江西通志》卷四十六（光绪本）

路遇变乱

　　年轻的僧人，第一次走出寺院，心情轻松，脚步轻快。走过阡陌，穿过山岭，越过江河，径向他追寻的目标前行。

　　庐山使他倾心仰慕，不仅因为这山是佛寺众多的天下名山，也因为这山乃风光奇绝的天下美山，还因为这山是傲于四海的天下文山，许多名望盖世的人曾放足庐山，留下璀璨诗篇。更有许多名人在这一带与佛僧结缘，以洞察人生之智，以超然出世之态，或在此隐居，或在此盘桓，低吟豪唱，为诗为文。这些精英难计其数，难尽其名，其中有一人是了元熟知的白居易。白氏曾任江州司马，江州就在庐山脚下。白居易与东林寺僧人交厚，写有《东林寺白莲》诗作，后自号"香山居士"。白居易与浮梁还曾有一段因缘，他的哥哥白幼文曾任浮梁县主簿，白居易幼年曾随哥哥在浮梁居住多年，所以才能写出关于浮梁茶叶和茶商的诗句。这一切的一切，都使了元身心如沐春风，如浴佛雨，心中怡然。他顾不得观赏沿途的山光水色，心里催促自己一步不停地快步前行。但不曾想到的是，接下来的路途之中，他竟身不由己地卷入了一场险风恶浪之中，并几近遭了灭顶之灾。

　　此时的北宋，立朝已近百年，外观上依然显现繁盛之象，但实际上却正处在内忧外患之中，危机暗藏。对外，与西夏、辽等塞外政权对峙，边境狼烟频起，在战场上屡屡失利，被迫每年向辽、西夏贡纳大量丝绢、银两、茶叶等物；在朝，由于冗官、冗兵、冗费，致使财政拮据，府库虚空，甚至难以支付官员的俸禄。然而，国家的大船却不能垂帆停橹，要使国家大船前行的唯一办法便是攫取民财民力，加重百姓赋税。于是激起民愤，导致民变，一些农民揭竿而起，攻州夺县。朝廷有兵力，无战力，少军费，缺刀马，便敕令地方官府和豪强，自行组织武装，对起义农民进行镇压。

了元这时已进到江州地界，忽见有人成群结队急匆匆而来。这些人一个个面如土色，慌慌张张，扶老携幼，有的还肩挑箩筐，箩筐里装着破旧的衣被，有的还有幼童，一副躲劫逃难的模样。前面发生什么事了？正狐疑间，有一位五官端正、身材伟岸的彪形大汉走了过来，边走边急急地告诉了元："和尚，不要再往前走了，前面正在打仗，那豪强兵丁不分青红皂白，见人就杀。他们很快就会追杀到这里，逃开为好！"说罢，他握了握手中的长刀，带着一些人匆匆离去。了元心想：这人显然不是官兵，也不是豪强武装，不知是何来路。原来，这人便是起义农民军的首领，名叫铁耙头，因敌不过官军和豪强武装，被迫离阵退逃。

了元停下脚步，抬眼朝不远处望去，果见远远近近许多人在狂奔，后面有人在追杀，呐喊声、惨叫声、刀枪撞击声阵阵传来。呜呼！世人又蒙兵燹，生灵又遭涂炭之厄也。

这时，了元发现，在路边一棵树下，围了一些人，一个身材高大的男子带着哭腔大喊："我的小祖宗，你早不来，晚不来，为何偏偏在这个时候来到人世？"

了元再一细看，发现这男子手里正抱着一个刚刚出生的婴儿，那婴儿浑身血污，眼睛尚未睁开，张口哇哇大哭。此时正值冬季，寒风凛冽，弱小的身体不停地发抖，皮肤很快发黑发紫。男子连卸带扯，三下两下脱去身上满是破洞的棉袄，小心翼翼却又是十分拙笨地将婴儿裹住，这样他自己便光背露臂，很快冻得全身瑟瑟发抖，嘴唇发黑。

了元连道"阿弥陀佛"，然后从肩上卸下自己的包袱，十分利索地打开，将包袱里所有的衣物都递给了那新生儿的父亲。那男子以感激的目光看了看了元，接着僧衣，略作犹豫后，套在了身上。

正在这时，有人挥动着长枪短刀，狂喊着朝这边冲了过来。了元抬眼一看，从装束可以看出，是追杀农民军的武装。追兵中有一个骑在马上的人高声大喊："别放走了那铁耙头！"

一阵马蹄声"嗒嗒"地作响、骤停，一个骑马持枪的汉子带着几十个人来到了近前。那汉子勒住马，以长枪指着那抱着新生儿的男子大声喝问："你是谁？"

"我……我……"那汉子因为紧张，竟然说不出完整的话来。

"你是不是铁耙头？"骑马人更加凶狠地喝问。

"我？我，我不是。"那汉子慌乱地回答。

骑马人一声冷笑："谁知道你是也不是？老子也没有工夫弄清哪是狐狸哪是狗。看你身板便很像。"说着朝旁边的兵丁一努嘴。一个兵丁沉下脸，抿紧嘴，把手中的大刀用力握紧，向上举过头顶，然后那大刀带着一道白光向那汉子扑了过去。那汉子一声惨叫，脑袋便"咚"的一声掉在了地下，像离开瓜藤的西瓜一般在地上滚出好远，他的身躯随之像一根烂木桩倒在了地上，了元送给他的僧衣顿时血污一片。但他的双手仍然紧紧地抱着自己刚刚出生的儿子，那因包裹了父亲的衣服而止住了哭声的新生儿，又一次哇哇大哭，并且全身抖动，但俄顷便变得声音沙哑。产妇一下昏倒在地。了元痛苦地闭上双眼，从心底里涌出两句话来：宁为太平犬，不做乱世人。

这时，一个兵丁把那汉子的脑袋拎起，放进了事先准备好的麻袋里，为的是到江州太守那里去领赏。那麻袋鼓鼓囊囊，已近装满，从底部渗出发黑的血污。

骑马人这时指着了元喝问："你是谁？"一如刚才对那已身首异处汉子的问话。

了元一掌竖起，头部略为前倾，似答非答地念着："阿弥陀佛！"

"什么拖佛推佛，回樊大人的话，你是何人，为何来此？"那提着滴血大刀的人喝问。

了元回答的依然是"阿弥陀佛"。

"樊大人，要不然一并办了？"提大刀的人又一次把手中的刀攥紧。

那樊大人点了点头。那拿着大刀的人便以双手紧握大刀的长柄，向了元走近。

了元见状，料想今日是在劫难逃了，又是双手合十，不紧不慢地说："小僧即将西去，当有僧人仪态。"便扫视了一眼四周，挑一个稍高的地方以坐禅的姿势盘脚坐下，双眼轻闭，等待着大刀飞来。

那抢大刀的人一见了元的这副模样，倒有了几分心颤，心想：如若这真是僧人，那将来可要遭报应。便对了元说道："我也不知你是真僧人还是假僧人，这都是你自作自受，本怨不得我。"杀人者认为，说了这些话便可减轻甚至卸脱自己的罪责。

他把刀高高提起，半闭着眼睛向了元的脖子挥去。

"枥木棍，且慢！"这是骑在马上的樊大人的声音。那樊大人审视了一眼了元，像是对枥木棍又像是对自己说："这人外貌、举止倒有几分像是个和尚，但却是真假难断。"

"管他是真是假，那被砍了头的刁民穿的是这和尚的衣服。仅凭这一点，定他个通贼之罪便不为过。"依然举着大刀的枥木棍说道。

那樊大人没有立即作出决断，他正在思考着是否应对这僧人施以刀斧。如果真是僧人呢？看来他对佛道、僧人心存敬畏。他又开口了："反正这人是蒸笼里的蛤蟆，蹦不走的。先着人押回庄子。"说完便又拍马追赶残敌。

了元被两个乡勇押着，足足走了两个时辰，来到了一个山环水绕的村落，接着进了一个很大的院子。

这个院子的主人便是刚才那骑马的樊大人。这樊大人的名字叫樊雄，家有良田三千亩，山林数片，是远近闻名的豪强。农民起事后，攻击官府，劫富济贫，他家也大受冲击。租种他土地的农民因为歉收，不仅拒交租子，还黄蜂般地结队成伙，把他家的粮仓打开，将里面的粮食尽数散给穷人。于是，他便照着官府的旨意，组织起两千多人的民团，与农民军作战。今日一战，大获全胜，击溃了农民军，还俘获了一个和尚模样的人。

了元被关进了一间不大的小屋，这屋子是整幢房屋中最边上的一间。屋子里整齐地码放着比人还高的一大堆劈柴，看来这是一间柴火房。其实这柴火房还有一个用处，就是用来吊打拷逼交不出租子的佃农，那带头起事的铁耙头，就曾在这里被关押拷打了两日两夜，出去后不久，便扯旗造反。

了元朝屋子里打量了一番，见小屋子里除了柴木之外，还有绳索、棍棒，门被关上以后，显得阴暗。但有一个很窄小的窗户，窗户上有四根结实的木条，这样，透进来的本就不多的光亮，被分割成了或明或暗的好几片。从小窗户吹进来阵阵寒风，使屋子里更显阴冷。他忽然想到，当下时令正是四九寒天，莫不是正应了日用禅师临别所赐的偈语：四九可就。可那另一句"六七则成"是什么意思？莫非要在这里被关押六七四十二日？他想不明、悟不透。从小窗户往外看去，远处是层层叠叠的山峦，或许那便是庐山吧。近处有一个不大的水塘，水塘里有鹅鸭在悠然自得地游来游去，还不时尾部朝天、把脑袋钻进水里觅食。这些鹅鸭大概并不知晓人间的动乱与血泪，因而叫得欢悦，游得惬意。

了元不知接下来会发生什么，也不去思虑那么多了，何必自寻烦恼、预作痛苦？他打开了包袱，包袱里的僧衣都已送人，只剩下一部随身携带的《金刚经》。他靠近窗户，翻开经卷，就着透进来的黯淡亮光，默默地念诵起来。

不知过了多长时间，忽然小窗户边有了动静，一个吃饭用的瓷碗出现在窗格边。再一看，端着碗的是几根小小的手指，顺着小手指再看，他看见了一张小脸，这是一个八九岁小姑娘的脸。小姑娘的嘴张开了，露出洁白的牙齿，发出了温柔而脆亮的童声："小和尚，喝水吧。这是我们家老太叫我给你送的。"

了元早已觉得嗓子在发紧冒烟，太想喝水了，但窗格太小，碗递不进来。小姑娘便说："把嘴伸过来，我喂给你。"

了元觉得这倒是一个办法，但当他把脸贴向窗户的一刹那，他又停住了，不可。便赶忙把头缩了回来，然后把一只手伸至窗外，握住那碗，再把嘴张开，凑近碗沿。就这样，手在外而头在内，以嘴就着碗沿喝了起来。碗里的水很快一滴不剩，只是其中的一多半洒在了地上。

他把碗还给了小姑娘。姑娘又把一只小手伸了进来，递过来的是几个花生，随着手进来的还有小姑娘的声音："我抓了几个花生给你吃，你一定饿了。"

当小姑娘要转身离去的时候，了元便向那小姑娘问道："小妹，你叫什么名字？"

"我叫寒芸。"

了元在心里默念了两遍：寒芸。接着又说："寒芸，那篱笆下有蔷薇的干枝，你捡一截给我可好？但小心，别被刺扎着。另外，再捡几根鸡毛给我。"

小姑娘忽闪着宝石般明亮的大眼睛，问："你要蔷薇干枝和鸡毛何用？"

"写字。"了元回答。

小姑娘没再说什么，快速地跑到了篱笆前，拾起一枝干枯的蔷薇和几根鸡毛，以左手递给了元，右手的食指却放在嘴里，并用她那薄薄的嘴唇，不停地吮吸着。

了元便问："你为什么噘自己的指头？"

"刚才被蔷薇的刺扎破了，流血了。这样噘着，可以把血吃到肚子里，血就不会白白流走了。"

了元不由得说："真对不起，愿佛保佑你。"

"多谢。"寒芸说完像一只蝴蝶，飞进了另一幢房子。

这个名叫寒芸的姑娘，从小聪明伶俐，但却命属黄连。生母在她五岁时去世，父亲续弦后不久也去世，狠心的后母在她七岁时把她卖给了樊家，给樊雄的母亲做贴身丫鬟。这姑娘年纪虽小，却很是乖巧懂事，甚得樊母喜欢。樊母是个吃素把斋、烧香拜佛的优婆夷，家中还专设有佛堂，供奉着观音菩萨。今日听说儿子抓回来一个和尚，便叫寒芸去送水。

了元一整天没有进食了，想起了小姑娘送的花生，便剥了开来。当花生壳被剥开的时候，他像突然发现了什么，自言自语地说着："仁也，仁也。"他从这个花生仁中似乎参悟到了佛理，感悟到了人生。

傍晚时分，樊雄战罢归来，便想着如何处置那抓来的和尚模样的人。就在这时，樊母走了出来，对樊雄说："儿啊，听说你抓了一个和尚？还不赶快放了。"

樊雄组织民团剿杀起事农民，杀人甚众，被乡人送了个"樊将军"的大号，但他对母亲却是极为孝顺。母亲笃信佛教，每日朝夕念经，这是他今日在路边没有杀死了元的原因，但他也决不肯轻易放了。于是他对母亲说："娘，这人当时就在战场，是真是假，难以判定。如果真是和尚，可不杀他，押送官府定夺；如果是假和尚，就只能把他的脑袋送州府了。"

"儿子，多行善事，杀人总是不好。"

樊雄回答道："我不杀他们，他们就会杀我们。并且，这是官府下令让杀的。"

母亲无言以对，便交代说，那你快快弄清楚，倘若这和尚是真的，便马上放了。

樊雄点了点头，便琢磨着：如何判定和尚的真假呢？

逃出樊家

樊母方走数步，身后传来了樊雄的声音："娘，你帮我去一辨那和尚的真假。"

樊母回转身，连连摆手："为娘的如何辨得出来？"

"自有办法。是木是铁，火炉里立见真相。"樊雄说完，又喊来了那个惯使大刀、名叫枥木棍的头号家丁，三人一起来到了柴火房边。

樊雄指挥枥木棍猛地把门打开了，他要亲眼看一看，这自称和尚的人在干什么。他看到的一幕是：那人正端坐在木柴堆边，手里拿着那又干又硬又尖的蔷薇刺，刺开指尖，再用鸡毛梗蘸着指尖上的血，在一本厚厚的书上全神贯注地书写。那泛黄的经书上，在原本没有字的空白处，已经出现了一行行血字，他是在以自己的鲜血抄写经书。

樊雄喝问："你可真是和尚？"

了元不由得抬起头朝这人看了一眼，这回他看得更清楚了：这樊雄长得五短三粗，个头不高却显得壮硕有力，胡子满腮，眉毛浓黑而短粗，一对眼珠浑圆且微微发红，满脸刚烈暴戾之气。了元徐徐答道："阿弥陀佛！然也。"

樊雄一把夺过那经书，但见封面上方有《金刚经》三字，然后随手翻到一页，叫了元念诵，他自己则看着经书验证。

了元双眼微闭，念了起来。樊雄看着经卷，虽然上面的文字他认不完全，但他觉得这人念得是对的。

他很快叫了元停了下来，说："此乃你日日随身携带之物，你自然记得，你再把别的经文念一段给我听听。"

"请问，欲听何经？"了元发问。此时，他显得镇定自若，并不认为自己是在接受一场生死测试，而是当作一次讲经说法了。

这樊雄自然说不出什么经书的名字，但他想起了母亲常常放在佛堂供桌上的经书，封面有一长串文字，他记不完全，只记得前面仨字，便道："你就念一段'大般若'经吧。"

了元明白，樊雄要让自己念的是《大般若波罗蜜多经》，这是了元熟读过的经典。此经便是唐玄奘当年从西天取回并加翻译的重要经卷，简称《般若经》，共六百卷二十万颂。了元咽了一口唾液，开始背诵起来：

> 如是我闻，一时薄伽梵住王舍城鹫峰山顶，与大苾刍众千二百五十人俱，皆阿罗汉。诸漏已尽，无复烦恼，得真自在心善解脱慧善解脱，如调慧马亦如大龙。已作所作，已办所办，弃诸重担逮得己利，尽诸有结正知解脱。至心自在第一究竟，除阿难陀独居学地得预流果，大迦叶波而为上首……

念到此处，樊雄示意了元停下，转而问母亲："娘，他念得如何？他念的可是娘日日诵读的佛经？"

樊母一脸茫然，嘴唇动了几次，却没有出声。原来，樊母识字不多，她放在观音像前的佛经是从江州开先寺请回来的，她不会念，也听不懂。她只是常在庙里听和尚念经，因而记得几句，便日日反复不停地念诵，以表示自己信佛和对佛的虔诚。

樊雄自己对《般若经》更是一窍不通，本以为母亲日日捧着经卷，念念有词，或许熟知一些经文，能听出个一二来，想不到母亲和自己竟也相差无几，这母亲信佛到底是怎么回事？对这个真假难辨的和尚如何发落呢？

这时，那栎木棍悄悄地对着樊雄耳语了几句。樊雄连连点头，然后和樊母等一起离去。

第二日早饭时分，栎木棍给了元送来了饭食，是半碗菜粥，里面特地加入了猪肉末。送这种饭食，是栎木棍想了好半天抠出来的主意。这似真似假的和尚已一日多没有用饭，今日给他点荤食，看他吃也不吃。只要端碗动箸，便是假和尚了。

过了一会儿，栃木棍又来到了柴火房，看见那肉粥原样不动地放着，他只好有些懊恼地端了回去。但他很快又向樊雄献了一计，樊雄又一次点头。近午，栃木棍又一次向柴火房走了过去。

午饭后，栃木棍急急地回来了，告知樊雄："那和尚吃了……"

"吃了？"樊雄把右手的五个指头变成掌，然后做了一个下劈的动作——砍了。

"不不不，只是吃了皮。"栃木棍赶忙把话说全了。原来，这次栃木棍给了元送去的是糯米粉做成的大团子，里面的萝卜丝馅里有肉丁，想让了元吃下，以证明了元并非僧人。想不到那了元虽然饿得早已前胸贴着后背，中间似乎没有了任何空间，也只是吃了些糯米团子皮而未曾吃馅。

樊雄有些失望，复把手掌握成了拳，重重地砸在了茶几上，带气地说："哼，这个秃头看来还有点难对付，确是真假难断哪。"

栃木棍通过这两日的观察，也觉得这了元与俗人有很大的不同，便说："看来真是个和尚。"

樊雄反问道："如何见得？"

"生死难卜，依然读经，并刺指以血写经；饿成这个样子，居然连肉团子也不肯吃下。是可证也。"

樊雄摆了摆手说："未必。既然他一开始便自称是和尚，自然要一装到底。因为他心知肚明，不装成和尚脑袋就要搬家了。"

栃木棍连连点头，接着问："那当如何处置？"

"即使是真和尚，也不一定便是只念阿弥陀佛，而不杀人放火。我已听闻，那袁州参与乡民闹事的，便有和尚。明日一早将这人送交江州府勘问发落。"樊雄回答。他知道，凡送到江州的，经简单盘问后大都被砍了脑袋，不死的也多被打了个半死。

再说那了元，虽然如陷囹圄，处境凶险，却并不恐惧慌乱，依然一丝不苟地读经、抄经。晚上，屋里没有灯烛，他打坐了一会儿，准备歇息。这时，他忽然听见窗户边又有动静，轻轻传进来的还是那个女童的声音："小和尚，你过来。"

了元几乎是本能地靠近了窗户，寒芸轻声细语却是语速急促地说道："老太让我告诉你，他们明日天亮后就会把你送往江州。叫你赶快逃跑。"

了元先是一愣，继而一想：逃跑？这屋子窗户窄小，门被反锁，门口还有人看守。想逃，却是少了翅膀。即便是有了翅膀，怕是也飞不出去。

寒芸接着说："老太还说，那木柴堆下面有一块木板，木板下面有一个洞，撬开木板进到那个洞里，就能出到这院子外面。"小姑娘正要反身离去，复又靠近窗户，补充说："把你送到江州后，你可能就会被杀了。小和尚快走吧。老太让我说完话便快快回去。"

了元看着寒芸小小的身影消失在夜色中，心里涌起了乱云：走，还是不走？为佛可不惜身，但遭冤屈而蒙难就又当别论了。佛本度人、救人，为僧亦当度己、救己，若不能度己、救己，又何能度人、救人？今番逃出去以求活命，这与寺院僧人种稻植桑以自食自养同出一理。

这时，一轮不太圆的月亮升起来了，从那小小的窗口透进来清冷的光辉，使屋子里的一切显得影影绰绰，朦胧可辨。了元开始搬动那些劈柴，这时他觉得木柴实在是太多了，又怕弄出声响，他只能一根一根地轻取轻放。直到听见鸡叫了三遍以后，累了个浑身酸痛，方才把那些木柴堆挪到了屋子的另一侧。他模模糊糊看见了小姑娘说的那块木板，那就意味着，木板下面便是洞口，心中一阵喜悦。但他很快失望了，那木板一多半的地方还压着一个沉沉的石磨。

原来，樊家的祖上修这所房子时，为防不测，像许多有钱人一般，在地下修了通往院子外的通道，每一间屋子都有连通地道的洞口。这间屋子的洞口上放置了石磨，石磨边设有机关，只要轻轻触动，很容易挪开石磨而见到洞口。但倘若不明就里，想用人力去挪动这沉沉的石磨，却是挑着重担登梯——难上加难。了元使出全身力气，也移不动这石磨分毫。这似乎不是一个石磨，而是一座石山。他向窗外望去，启明星已经高悬，发出明亮却是带着惨白的光芒。这是寺院平日上早课的时间，不多一会儿天将放亮。

他又手肩合使，对着石磨使了一会儿劲，依然如蚁移秤砣，毫无作用。他放弃了努力，歇了一会儿，把《金刚经》拿在手中，然后准备在磨盘上打坐。这厚重圆实的石磨很像一个蒲团，倒是个打坐的好地方。他在磨盘上稳稳坐定，将双脚盘起后，却不料那石磨忽然转动起来，原来他触动了不知设在什么位置的机关。那石磨转动后，徐徐挪开了位置，一块两尺见方的木板，如水退石出，全部显露。他不太费力地把木板揭开，见到的是一个黑洞洞的洞口。这时淡淡的曙光已照进屋里，屋外已传来急促的脚步声。了元便跳进洞口，在地道中摸索着前进，脑袋和身子不知在洞壁洞顶碰撞了几回，以致多处疼痛，疼痛处还渗出了黏糊糊的东西。什么也顾不得了，只是跌跌撞撞地手足并用，舍命前行。终于，前面微有亮光冲进双眸，意味着已接近地道的尽头。他用力连吸了几口气，加快了脚步，但见那光亮越来越强，终于走出了洞口。其实，这地道的出口离那樊家的院子还不到半里地远。

一大早，枥木棍便提了大刀和绳索，带着两个兵丁来到了关押了元的房门前。当把门打开时，却见屋里空空，不见有人影，又见柴火垛挪了位置，石磨也换了地方，立即明白了是怎么回事，便急急地从洞口进入地道。

无发无须，穿着僧服，标志明显，不难发现。这下，枥木棍判定逃走的那人定是一个假和尚。要不然昨日要砍他的头，他装作毫不在乎的样子；今日却是怕死惜命，像蛇蚁般钻入地道逃遁。今日逮住，就一刀砍了，不用押往州府，省了麻烦。

枥木棍等追出洞口，天已大亮。用目光向四处一扫，便见不远处有一人在快速疾走，虽然路边的小树野草有时会挡住他的身子，但他那光光的脑袋却是十分醒目，便大喊着追了上去。

了元发现了后面的追赶者，跑得更急了。了元年方十九，正是血旺力劲的年纪，脚下生风，跑得飞快。这让枥木棍追得很是吃力，追赶者与逃跑者的距离在逐渐拉远。但枥木棍并不担心那假和尚逃脱，因为前面不远处便是天下闻名的长江，河宽水深流急，且这一带江岸陡峭，此时又正是寒冬腊月，那假和尚如果想渡江逃走无异于自寻死路，即使他熟习水性、善于游泳，也定会冻死江中。这假和尚已是插翅难逃，他甚至招呼另外两人稍稍放慢了脚步，积攒下些力气，以便最后更好地制服那假和尚。

枥木棍追到了河边，向前后左右一看，却不见了那假和尚的身影，难道这家伙身怀绝技，会使法术，踏浪过江了？听说过去曾有一个大和尚使起法术，能踩在一片芦苇叶上渡过长江，莫非此人也有这等法力？若真的是一个和尚，那跑了也就算了。但现在看来是一个假和尚，便不能让他不明不白地跑了。他瞪大眼睛往江上巡看，但见江水汹涌，流波浩荡，漩涡翻卷，不见有人的影子，只有少数几只早行的帆船高张篷帆，或逆流而上，或顺江而下。

再细看四周，发现岸边有僧衣芒鞋，还有一本经书。枥木棍等又在僧衣僧鞋周遭几番细细搜索，甚至希望发现一个地穴，从地穴中找出人来。但仍是无任何发现，便分头沿着江岸追寻。直到太阳升得很高，他们这才停止搜寻。便提了那僧衣僧鞋，还有那本《金刚经》，回去向樊大人复命："那假和尚跳入长江，被水卷得不见了踪影。"

樊雄听了骂道："你们真是蠢牛笨驴，连一个和尚也看不住、拿不住。不仅损失了一笔赏钱，要真是一个闹事者逃了，被江州太守知晓，还免不了要被责罚。"

说完，朝每个人的脸上"啪啪"扇了两巴掌。但这樊雄觉得也有一样收获，那就是白捡了一本《金刚经》，他自己对此并无兴趣，不过可以孝敬母亲。果然，母亲见到经书，十分高兴。

不过，樊雄此时最关心的是：那似真似假的和尚究竟下落如何？

入开先寺

再说那了元没命地奔逃了好一会儿，抬眼一看，暗叫不好：不是天尽头，却是地尽处。一条大江横在前面，江宽水急，激流奔涌，追拿自己的人已越来越近。他顾不得多想，快速卸去外衣，脱下芒鞋，准备入水。却担心经书水浸被毁，略一迟疑，将《金刚经》从包袱中取出，小心地放在僧鞋之上。然后将包袱系在身上，深深吸了一口气，纵身跃入江中，一个鱼鹰入水，从很远的地方浮出水面，凭着小时候练就的水性，拼命向对岸划去。但江水刺骨，且连日少食少睡，已是身心疲劳，这冷水一激，更是从头到脚觉得难受。游不多时，便觉得浑身乏力，手腿发麻。又拼尽全身力气，挣扎着游了一阵，渐渐变得双手无力划水，双脚无力蹬波了。看来是逃得了刀兵灾，脱不了水牢关。他不由得想：要是有达摩祖师一苇渡江的法力就好了。就在他感到绝望之时，一只运货的帆船经过这段江面，见有人落水，便转舵靠近，把他捞到船上。

这船家是个职业驾船人，姓梁名力，往来江州与浮梁之间，把瓷器和茶叶从浮梁运到江州。江州通江达海，商人再由此把瓷茶等货品输往他州他县乃至海外邦国。当船家听了元述说自己是浮梁的出家人时，便多了几分亲近感，因为这梁力也家住浮梁。梁力款待了元茶食，又给他衣服御寒。知道了元的目的地之后，梁力便告诉了元，前面不远处便是江州，江州州府所在地浔阳离庐山很近，那一带有很多寺院。了元连连合掌致谢。

船靠江州浔阳港溢浦口码头。这是江州最为有名的码头，不仅水深岸阔，而且岸头有一个漂亮的亭子。了元抬眼一看，见亭子上有"琵琶亭"三字，便立即想到，这便是当年白居易浔阳江边夜送客的码头，是产生过不朽诗篇《琵琶行》的地方。他不觉心生感慨，又一次和白居易有缘。然，此时天色已暮，夜宿何处？更兼自己僧衣僧鞋、度牒戒牒和师父的书信尽皆丢失，了元感到自己此时很像一片跌落江中的树叶，飘忽无依，心中一阵酸楚。在船家的殷勤劝留下，他留在了船上。

见到这个同乡的船家，了元又莫明其妙地想起了浮梁的昌江、山林、茶园，想起了宝积寺，想起了母亲。这已属思乡恋家的俗人之常情了，他扼住了自己的念头。晚上，他坐在船头，开始打坐。天上繁星点点，耳边江风阵阵，这是从未有过的体验。他很快进入了自己的境界，涛声化作了经文，月光融入了佛理，他忽然觉得对《金刚经》的一些经文有了更为深刻的体会与感悟。

江雾轻轻，一轮火红的太阳涌出江面，江上的雾气渐次散去。了元谢别船家，离船登岸，向开先寺走去。

这开先寺规模不是很大，名气却是不小。这里曾是南唐中主李璟读书的山房，李璟虽然诗文之名不及他的儿子后主李煜，却也是一个很有诗才文情的小国君主。他亦读经信佛，长大当了南唐的皇帝之后，便把这里改作了佛寺。

这开先寺的住持善暹禅师，从小出家，不避艰险，以一钵一衣，遍访名山大寺。师从多位禅师，学问高深，但却是一位个性耿直、脾气有些古怪的大师，人称他"住一寺而小天下丛林"。善暹禅师极少讲经授徒，在他看来，天下少有人能真正听懂他讲的佛理禅机，更少有人值得他施教开导。

这一日，善暹禅师打坐完毕，侍者来报："有一游僧求见方丈。"

善暹禅师淡淡地说："可让他挂单数日，见老僧就不必了。"

侍者出去后又走了回来，说："这游僧年纪不大，但似乎性情执拗，表示见不到禅师，便不离去。"

"何因？"善暹禅师一边问，一边暗忖：这等僧人倒是少见。

"他说久仰禅师大名，可以错失玉璧，不可错过大师；并且说是由浮梁宝积寺方丈日用禅师推荐而来。"

这几句话对善暹禅师产生了作用，他略作停顿后说："若如此，那就一见。时间一盏茶的工夫。"

善暹禅师走向客堂，便见门口有一年轻僧人谦恭地立定。善暹禅师抬眼一看，微微有些诧异，这僧人年纪不大，却显得刚毅沉稳，还带几分秀气，不过脸上有几处伤痕；穿的是江州一带人在家常穿的半旧衣裳，脚上蹬的是一双半旧靴子。如果不是剃削了头发，分明是一个寒酸落魄的俗家秀才。

了元向善暹禅师深深施礼，复又恭敬地站立在一旁，不由得偷偷看了善暹禅师一眼，只见他身材魁梧，脸如石块雕就，棱角分明，少有表情。目光炯炯，犹如深不可测的水潭。那眉毛已是银白之色，恰似寒冬屋檐下凝结的冰雪。这和日用禅师的慈眉善目，大有差别。了元不由得产生了几分敬畏。

善暹禅师嘴里"嗯"了一声，算是还礼，却并不礼坐，径问道："你是何人？"

"末学乃僧人，法号了元。"

"见老僧何事？"善暹禅师的话不冷不热。

"宝积寺日用禅师荐末学来向善暹禅师学法。"

"可有书信？"

"有。只是已失于亡命途中。"接着便开始述说自己途中遇险之事。

不料，善暹禅师未等了元讲完，便插话道："你可读过《百喻经》？"

"读过。"了元轻声回答。他不明白，善暹禅师为何要问起这个与今日之事不太相干的话题。

"你的经历可以写进《百喻经》。"善暹禅师说罢，脸上露出的是令人难以捉摸的表情。

那《百喻经》是一部传扬大乘佛法的经书，列举有一百个故事，多是离奇惊险或与动物鬼怪相关的故事，以事释法，以事论理，用于劝喻世人尊佛向法。了元听闻善暹禅师此言，登时明白了，看来这禅师认为自己是在编造离奇故事了，便解释说："日月在天，江河在地，末学之言语绝无半点虚妄。"

这一辩白性的话，不仅未起作用，反倒让禅师的气恼似乎又上蹿了几分。他提高了声调说："若果真为佛之信徒，当舍命而护经，舍生而护法。岂可苟生偷逃，并且失去佛经、僧衣也在所不惜？"

了元觉得有口难辩了，对禅师的责难之词、愠怒之色，他只能无言地承受，也不想再作解释了。因为他觉得，此时的任何解释都无济于事。

善逼禅师转而对侍者说："我佛慈悲，发给僧衣僧鞋，准允挂单三日。"说罢起身离去。

三日后，侍者又向善逼禅师禀报："那了元和尚今日当离寺，但他想再拜谒禅师，一为致谢，二为面听禅师之教。"

善逼禅师沉吟不语：看来这还是个谨守礼规、有志学法的僧人，殊不多见。不过，他不愿再花时间和精力见这个来路不明的年轻僧人，便说："老僧近日无暇，如有机缘，今后再会。"

侍者去了一会儿，复又跑回，告知善逼禅师："那了元说，等待远缘不如成就近缘。若禅师近日无暇，他愿安心等待。"

老禅师不觉发笑："他愿等几日几时？"

侍者立即接话："可以等到衫破、履烂。"并又补充说："这是他的原话。"

善逼禅师暗想：从未遇到这等僧人，或许与老僧有缘？

这时侍者又告："这三日中，那了元一直随众僧起居修业，无半点懈怠，且修为不浅，熟知许多经典，与僧人不多的交谈中也显露出其对佛学经典的深刻理解。"

这些话引起了善逼禅师的注意，他念了一声"阿弥陀佛"，便确定：在方丈室再见见这个年轻的游僧。

不一会儿，了元入门，施礼后站立一旁。善逼禅师便问："尔欲何往？"

"山高地宽，道远路长。"

善逼禅师听出这话蕴含禅机，便接着又问："佛、菩萨、罗汉，尔欲成何果？"

这个问题很不好作答。佛教中的果位分为佛、菩萨和罗汉三个层次："自觉、觉他、觉行圆满"三项尽皆具备，便是佛；菩萨缺最后一项；罗汉则缺后面两项；凡夫俗子则三项全无。回答这个问题不但要明白佛、菩萨、罗汉的含义，还要明确表达修行者的意志和追求。然而，追求的目标当高当低？这最难把握。

了元略一沉思，回答说："佛法无边，我佛庄严。一切皆有缘定，末学只是但修善事，不问前程。"

听了了元的回答，善逼禅师便示意了元坐下。看来，他满意了元对刚才提问的回答，且还要继续交谈。

果然，善逼禅师沿着已开始的话题继续发问："佛祖释迦牟尼有十大名号，可知晓？"

"这十大称号为：如来、应供、正遍知、明行足、善逝、世间解、调御大夫、天人师、佛、世尊。其中如来和世尊最为常用。"了元几乎是不假思索地一一道来。

"那'如来'是何意？"善暹禅师紧接着问，其实他想要问的乃是这个问题，开始所问只是铺垫。

"如来者，无所从来，亦无所去，故名如来。"了元据《金刚经》而答。

"何为菩萨的修行方法？"

"四摄和六度。"

"可对六度稍加叙说。"

"四摄乃为化导众生，使众生产生亲近和向佛之心而应做的四件事情。六度乃六种渡过生死苦海、达到涅槃彼岸之法，包括布施、持戒、安忍、精进、禅定、多慧。这些都记载在《梵网经》和《华严经》中。"了元从容回答。

善暹禅师听了，心中暗想，这个入佛门不过三四年时光的年轻僧人，看来修为颇深，诚为难得。他没有再问一般的常识性问题，而是问了佛经中更深奥的问题。已谈了四摄六度，接下来，善暹禅师问了一个与五有关的问题：

"在佛之神通中，何为五眼？"

了元娓娓道来："五眼系佛教论说中的五种眼。其一为肉眼，指常人所具有的眼睛，能见粗浅的一般之物；其二为天眼，能见肉眼所不能见的细微之物；其三为慧眼，能看见、理解空无自性的智慧；其四为法眼，是比慧眼更有洞察力的智慧之眼，不仅能见空无自性之物，而且能从空无中看到物之存在；其五为佛眼，乃佛所独具的智慧之眼，可无所不见，无所不知，无所不察。"

善暹禅师心里轻轻地叫着"善哉，善哉"，便又问了一个难度很大的问题：可知《浮屠经》？"

《浮屠经》系在西汉末年传入，且是由佛学大师在天竺口授中土僧人后，再传入国内，比东汉传入的《四十二章经》时间还要早。但长期以来，未见此经踪影，故少有人传习。因而对一般僧人而言，不仅未曾见过此经，甚至未曾听闻过有此经卷。但了元博览群书，知晓此经及其故事，便答道："'浮屠'一词后世译作'佛陀'，亦即'佛'，故《浮屠经》便是《佛经》也，讲述的乃是佛祖释迦牟尼的故事。由口传进入中土后，有人整理成经卷，但亡佚于西、东晋之交战乱之时，诚为可惜。"

善暹禅师心中对了元的称道又进了一层，于是问了更为宽泛、更为深奥的问题。了元这下觉得自己学力太浅，一些问题不能作答，但却因此敬服禅师学问的广博与精深，有时无奈地摇头，有时则直接回答："末学不能答也。"

善暹禅师却很满意，因为这些问题难度实在太大，非一般僧人所能理解、所能回答，对了元坦诚地回答"末学不能答也"也很满意，可见此乃诚实的僧人。善暹禅师本有一桩心愿：如同孟子那般，得天下英才而教之，收徒授业。只是一直未得其人，今日看来，这了元乃合适之材也。于是暗定心愿：老僧要破戒了。便对了元说："或许你与老僧有缘。你可以留在开先寺，老僧愿意收你为徒。"

了元立即从座上站起，跪倒地下，连连叩头。

当了元站起来走出方丈室时，他发现自己的僧衣已全为汗水浸湿，紧紧地贴在前胸后背。

但，这只是了元学法修道又一段历程的寻常开步。

藏经阁里

了元开始了在开先寺的修行。日常起居、诵经、打坐看似与在宝积寺并无区别，但他却真切地感到差别甚大。这种差别不在表而在内，不在寺而在僧。这善暹禅师端的学问高深，无论听他讲经，还是向他请教，都常常能感到自己的心里如同暗室，霎时被灯烛之光照亮。随着斗转星移，他又觉得自己犹如登山，步步走向高处，目光看得更高更远，胸怀变得更宽更广，他甚至隐隐约约地觉得，自己在一步一步地接近佛学的高峰了。

这一切，早被善暹禅师看在眼中。一日，他把了元叫到方丈室，让他坐下，又开始了一次难得的对话。

"了元，你到开先寺已近三年矣，在学经修为方面自觉如何？"

"弟子愚钝，但未敢懈怠，自觉多有收获。"接着他列举了这两年多来研习过的经卷以及自己的心得，然后带着颇为自得的口吻说，"佛藏丰富，卷帙浩繁，然只要定心坚志，勤学苦修，便可知精髓而得真谛。"

善暹禅师暗暗摇头：你了元从入宝积寺算起，到现在总共只不过六七年时光，竟敢妄称对佛学知精髓、得真谛？谬也。于是不动声色地问："了元已学过哪些佛教经典？"

"已学过《大般若波罗蜜多经》《金刚经》《妙法莲华经》《华严经》《楞伽经》等。"了元一一数来，细细道出。

善暹禅师没有再说什么，只说了声："且随师来。"

了元纳闷：师父今日之言行有异于常日，不知何故？

善暹禅师带着了元走向藏经阁。这藏经阁是寺院的重要建筑，矗立在大雄宝殿之后，是收藏经书的地方。但凡规模宏大、历史悠长的寺院，都建有藏经阁。了元是第一次踏进藏经阁。第一层，触目所见，全是佛像：以年代论，远至东汉，近迄宋朝；以材质论，有石有木，有瓷有铜，还有的是泥土塑就；以体积论，大的高过一丈，小的不足一尺；以相貌论，有大佛、菩萨、金刚、罗汉；以神情论，则有喜笑、怒目、庄严、神秘，各不相同。

这些佛像中，有一件最为珍贵，且大有故事：那件佛像用产自印度的小叶紫檀雕成。檀木多为中空，雕刻者匠心独运，对中空部分做了极为高超的处理，雕成人体内的五脏形状。有大富的三兄弟居士，特地捐了一百两黄金，做成人拳大小的心脏装在佛像腹中。但消息传出去后，在人们好奇、赞叹之余，也陡生了风波。有盗贼和寺内一和尚两相勾结，在一个风雨之夜盗走了这尊佛像。出寺门后，风狂雨急，这紫檀佛像本就十分沉重，加之地面泥泞，二人脚下一滑，掉进了寺门口的河里，立即被雨后变得湍急的河流冲得不知去向。那尊佛像却依然稳稳地立在河边淤泥之中，犹如平日矗立在藏经阁里一般，第二日被僧人请回藏经阁。了元知道这个故事后，一直很想观瞻这尊神奇的佛像，但今日师父在旁，他不敢作此要求。

拾级来到二楼，这是藏经阁的核心部分，佛学经典皆陈列于此。抬眼望去，全是一排排大柜子，里面放着的尽是经卷。有的竖放，有的横陈，有的成套多卷放在书柜之中，有的则单册单卷装在木匣纸函之中。简直是书山书海。

善暹禅师对脸上变得已有几分惶惑的弟子说："了元先略加浏览，哪些经书读过，哪些没有读过。"

了元一踏进藏经阁，看到这么多经书，立即感到震惊，心生敬畏。再细一看，才知道自己读过的经书只不过是这其中很少很少的一部分，许多经书自己不但不曾读过，甚至没有听闻过其名，顿时为先前自己说过的话感到心虚脸红。

此时，善暹禅师双颊紧绷，以他常有的威严之态告知了元："佛教经书浩如烟海，总称为《大藏经》。'大'表示佛教经典穷天地之极致，无所不包；'藏'译自梵文，意为放东西的箱笼等器具；'经'则是梵文'贯穿'之意。这'大藏经'三字，了元当好好记之、思之、品之。"

了元还没有来得及思考或品味，善暹禅师紧接着告诉了元，《大藏经》大致分为四类：第一类为佛教的基本知识；第二类属佛教戒律；第三类系关于佛的传记、故事；第四类乃是经书，其结构体系按大小乘经、律、论来安排，大致包括大乘经、大乘律、大乘论、小乘经、小乘律、小乘论、圣贤集传。

善暹禅师接着又举例说："仅那经书便何止千卷万函？以那《大乘经》为例，便包括大般若部、宝积部、大集部、华严部、涅槃部五大部。"

善暹禅师说到这里，有意停顿了一下，再接着说："又仅以大般若部为例，共六百卷，共包括大小十六部经典，故亦称作'十六条'。当年唐玄奘翻译此经时，觉得太繁太难，弟子劝他删繁就简，他亦表示赞同。不料此念一生，当夜便做噩梦，梦见自己欲坠悬崖，还梦见猛虎食人，惊出一身冷汗。故后来不改不删一字，原样译出。"

了元听到这里，也惊出一身冷汗。原来佛经真如泰山之雄、沧海之阔，自己读过见过的只不过是泰山之一尘、沧海之一滴。他为自己的浅薄深深忏悔，也知道了善暹禅师带自己来藏经阁的用意，便以十分真诚而又自责的口吻对禅师说："师父，请恕弟子无知无识，现今直觉得无地自容。进到这藏经阁，眼界大开，心志弥坚，弟子定当尽心竭力，苦学精思，以不负先师之教。"

善暹禅师点了点头："善哉，从今日始，了元当常来藏经阁，细细阅读这阁中所藏。"

了元遵从师嘱，但凡做完日常功课，便走进藏经阁，将一本本厚厚的经书取下、打开、阅读。他如海里游龙，在佛学的汪洋大海里纵横驰骋；他又如山中树苗，佛学的甘泉雨露将他浸润浇灌。有时到了深夜，便在藏经阁中打坐，积蓄精力后继续读经，待闻晨钟响起，再去和众僧一起早课。

大雄宝殿前的菩提树荣枯三次，了元几乎是在藏经阁度过了三个寒暑。这一日，当他正沉浸在经卷中的时候，善暹禅师出现在藏经阁。

"这三年，了元感觉如何？"善暹禅师向了元发问。

"自觉多有收获，但更觉所知甚少，真是学然后知不足。"

"然也。"随之，善暹禅师双眼睁大，剑眉上扬，很是严肃地说，"但，对经卷熟读牢记固然重要，对经卷的领悟则更为重要。"

了元连连点头，自忖：自己对经典只是做了"读"这一步，"悟"这一步，还少有所得。而对学经而言，悟经是比读经更重要，也更有难度的一步。

不料，善暹禅师又谈及了一个足以让了元汗透僧衣的话题："学佛修行，乃'一禅二诵'，即重在坐禅和读经两端。即使熟读了所有经卷，能够倒背如流，但如无禅定功夫，依然是远离正果，难有所为。古之许多高僧，常年在山洞、坟墓中修禅，一生中大部分时间在坐禅中度过也。"接着又讲了当年佛陀禅修的故事：佛祖在觉悟成佛之前，经常在树下坐禅，并发誓，若不觉悟，便不起坐。佛祖端坐如山，一动不动，连呼吸都难以觉察。有一日，当他从禅定中觉起时，发现自己的头上居然有了鸟巢，巢里已有鸟蛋。如果自己这时息禅起身，不仅鸟儿不会再来，那鸟蛋也必然破碎或是腐坏。于是佛祖再次入定，直到鸟蛋孵化成幼鸟举翅飞走后，方才起身。

了元听明白了：既要读经，更要悟经；既要悟经，更要禅定。而禅定比读经更为重要，因为对经卷的领悟离不开禅定，即使对经书烂熟于心，无禅定功夫，也至多是修了一半，就像小时候村里人说的，属半吊子功夫，不成大器。而禅定，他自觉修为太浅，因为这不是一般的打坐，修禅习定，关键在定在悟，当下功夫学习禅定。但如何去学才可得要领，可得真谛呢？

善暹禅师已对了元学习禅定功夫有了安排，说："江州治下的圆通寺有个居讷禅师，乃我师弟，他的坐禅功夫名闻禅林。几日后了元可去圆通寺，拜他为师，练习坐禅。"

在走下藏经阁，路经第一层收藏佛像的大殿时，善暹禅师引着了元来到了一尊佛像前，指着那木雕佛像说："三年前你第一次进这大殿时，很想礼瞻这尊紫檀佛像吧？今日可也。"

了元微微吃惊，善暹禅师真是大有慧眼慧心，三年前自己一刹那的念头竟然被师父洞察无遗，并一直记于心上，今日又旧事再提，要让自己了却当年的心愿。自己这几年痴迷于经卷，似乎已将此事搁置心外了。这让了元对师父十分感激和敬佩。了元便对那尊紫檀佛像先行一礼，然后细加观瞻，但见这佛像如人体般大小，岁月的沉淀，僧众的参礼，已使佛像呈酱紫之色，呈现出铜般的质地，山般的沉稳，云般的从容。整个雕刻线条流畅，僧袍微微飘动，佛的五官匀称逼真。此木此雕此像，确属佛家珍品，他又不由得想起自己听到过的故事，这佛的心脏真是黄金做的不成？

　　善暹禅师又似乎察知了元的心思，这时说道："关于这尊佛像被盗一事，多有故事，其实颇多臆断虚妄之言。这檀木的中空部分并非嵌有黄金心脏，而是刻有经文，这经文便是黄金，更胜似黄金。确曾有人对这佛像起过窃取之心，但将这尊佛像抬起，刚刚走出藏经阁时，陡地刮起狂风，飞沙走石，既而大雨倾盆。偷盗者心生畏惧和悔意，便复又将佛像抬回原处，并在佛前忏悔，可证为盗贼者亦可有善心，人人皆有善缘也。更为要紧的是，世间事若有若无，时有时无。究竟有无，耳闻不足为凭，须靠自己细加体察领悟。"

　　了元听到这里，心中醒悟：善暹禅师旧事重提，乃是以此尊佛像之故事开悟自己，引导自己如何读经修佛，如何辨事明理。真个大师也。

　　尽管了元对开先寺和善暹禅师有着深深的依恋和感恩之情，但僧人却不能像常人那般表露自己的情感。当他走出开先寺时，他几次向山门、向方丈室回望。

闭关修炼

　　了元来到了圆通寺。向居讷禅师呈上善暹禅师的书信，说明来意，并行叩头之礼。

　　这居讷禅师年龄五十上下，个头不高，却是身材匀称，手臂长而有力，行走脚步轻快，似是习武之人。他本是蜀地人氏，为求佛求悟而向难而行，穿越三峡，走出四川，浪迹五湖。他对《法华经》几乎字字熟记，禅定功夫尤其了得，可双手按地支撑起身体而入定；做跏趺坐，脚掌可至腋下且持续一日一夜，故而坐禅入定在丛林号为第一。不仅如此，学问也是好生了得，欧阳修游庐山过圆通寺，二人彻夜长谈，以至那识人、荐人无数的欧阳修称他为"林下遗贤"。正是在这次长谈之后，欧阳修对佛的看法大有改变，由轻佛反佛渐渐转为崇佛信佛，晚年还自号为"六一居士"。

　　了元这时猛然发现，有一只浑身斑斓的金钱豹出现在方丈室门口，他心生惊恐，不知如何是好。但居讷禅师轻轻地喝了一声，那豹子便转入后山去了，原来这是居讷禅师豢养的豹子。

　　居讷禅师同了元作了不太长的对话，感觉到这了元虽然年纪不大，但在佛学方面功底深厚，是足堪造就、可当重任之才，便欣然收留在自己门下深造。恰在这时，担任寺里书记的僧人离寺，居讷禅师见了元不仅学佛有成，且很有文史修养，还写得一手好字，便让了元接任寺中书记之职。

　　书记职掌书翰文疏，寺里但凡文字方面的事务都由书记负责，包括记录大事，抄写戒律，书写对外文告诸事。这非一般人所能胜任，但对于了元来说，这却是犹如敲钟击鼓般简单的事情。由于他的用心无怠，任书记不到一月，他便得到寺内寺外的高度称许。

很多人喜欢了元的漂亮书法，寺中新近张贴的文告，每每会被拜佛者悄悄揭走。一为喜爱那字，二乃认为这来自佛寺的文字张贴在家，可保平安，可得吉祥。以致后来时常有人向他求索书法作品，了元皆尽力予以满足。

一日，了元刚张贴完一份文告，走过来一老一少两个女子。那少的走到了元身边，细声地开言道："小和尚，可还记得我？"

了元的脑子在急速地转动：这个姑娘是谁？

"我是寒芸。"那姑娘接着补充说道，又指了指身边的老太太说，"这是我家老太。"

啊，是寒芸和她服侍的老夫人，这两人可是于自己有救命之恩哪。他眼前立即浮现起六年前受困于樊家大院的情景。寒芸明显长大了，该是十四五岁年纪了，依稀可以看出她过去的模样。了元正身站立，双手合十，轻轻地说着："阿弥陀佛。"

这时，寒芸又继续说道："我家樊老爷已到江州城做官了。老太对佛越来越虔诚，听闻这儿有座佛寺很灵验，便烧香来了。"

了元只是轻轻点了点头，没有多言，寒芸便搀着老太向寺外缓缓走去。了元好像想起了什么，便快走几步，对寒芸说："施主稍等，小僧送给你等一样东西。"说完，快速铺纸提笔，写下了一副十个字的联语：

向佛即向善
修持乃修福

了元把写好的字折叠后交给了老太，这让她十分高兴，向了元弯腰深深地施了一礼以示感谢，不过她并未认出这个赠字的僧人，便是那当年曾受困于自家柴火屋的年轻和尚。

几天后，又一个有救命之恩的人出现在了元面前，不用猜，是梁力。他是慕名而来求字的，听说圆通寺里有个和尚的字写得好，并且贴上他写的字便可得富贵吉祥，保太平安然，便特地赶来寺中。他驾船往来江州和浮梁，越鄱湖，过长江，一路时有风浪激流、险滩暗礁，便来求一幅字以保行船时顺风顺水，平日里康泰安宁。但他不曾想到，这个字写得好的和尚竟是和自己相遇于长江的僧人。

了元一见，很是高兴，知道了梁力的来意之后，便立即提笔写下一联：

船行正道乘风踏浪千里去
人作善行举桨张帆万福来

梁力接过字，脸上的皱纹如菊花般绽开，又热情地告知了元，自己船上便是家，经常会停泊在浔阳溢浦口码头，若有机缘路经码头附近，请到船上一坐，共品浮梁好茶。

了元点头应诺，并连称："阿弥陀佛。"

求字的人越来越多，居讷禅师觉得不能再如此下去了，这会影响了元修行，寺院也不能成为求字的馆舍。此时恰好到了水寒成冰的冬日，乃是僧人的修禅季节。他已想好了，要安排了元做一件僧人十分向往，却非每个僧人能结缘的事情——让了元入闭关院修禅。

但入闭关院之前，先要做"禅七"，即在禅堂连续禅坐修炼七个七日。这"禅七"和一般的在大殿、僧寮参禅大有不同，做"禅七"的僧人集中于幽静的禅堂，由四大班首引领修行，开示佛法；专有僧人负责维持纪律，昏睡、嬉笑、交谈者，便会遭香板击打；还安排有僧人专事送水送饭等事。"禅七"正式开始前，修行者要向方丈告生死假，因为此行可能有去无回。盖因有寺院出现过在禅堂里往生之事，往生者的尸体便置于禅凳之下，等做完"禅七"才作处理。做"禅七"一共七七四十九日，对僧人的身体意志都是极大的考验。做"禅七"每日的大致程序是：早起起香；接着引香，绕禅堂中间的佛像行走一支香的时间；然后打坐，精思妙悟，亦是一支香的时间。如此循环往复，至子时开静歇息。

钟鼓作响，昼夜更替，眼不观窗外，足不出禅堂，了元和几个僧人终于完成了四十九日在禅堂的"禅七"。"禅七"即将结束的时候，僧人围着佛像站定，由班首逐个提问，这叫"考功"。问的题目同一："念佛者是谁？"乃是考问做过"禅七"者的感悟与应对。

答案没有预设，因而大有不同，有的答自己佛号，有的答白云流水，有的则无言以对。班首由此判定做过"禅七"者是否开悟有成，如考试官判定考生是否通过。随口乱道的，还会有香板击打的处罚。了元回答的是："云中一鹤。"

班首认为此语蕴含禅机，并有新意，立即点头认可。意味着对了元来说，"禅七"已然顺利完成。但接下来的闭关修行却非比寻常，其难度超过"禅七"不知几何。

　　闭关修行，是修行到一定层次、极少数有缘分的僧人践行的修持方式。这种修持方式是，进入寺院专设的闭关院，在一室独处，上香、读经、打坐、悟禅。只由指定的僧人从一小窗口递进水与食，修行者不与任何外人接触，时间少则一年，多则三年。

　　这闭关修行，不只是空间狭小，一身独坐，更重要的是，这种独身打坐重在参悟，参禅者以这种特别的方式专注地去感悟世界，领悟佛理，透悟禅机，体悟人生，觉悟自我，从而离佛更近。那佛祖释迦牟尼、达摩祖师都是在禅坐中自觉自悟，修成正果，因而成佛的。

　　这是了元所期待的。但怎的在闭关院参禅修持而求得觉悟，他却没有底。居讷禅师给了他悉心的指教，包括打坐、观想、数息、念佛等，但他还是觉得这种修持实在高深、神奇、难得要领。

　　居讷禅师指了指不远处的佛塔，问："了元，那山门边的佛塔你可见到？"

　　"见到。"了元点头作答。

　　"但在修禅时，你应当感觉不到有这座塔的存在。"

　　"嗯。"了元似是而非地应了一声。

　　居讷禅师指了指大雄宝殿，又问："那大雄宝殿旁有佛塔乎？"

　　"无也。"了元据实而答。

　　"那在禅修时，你应当能真切地感知到那里有一座高高的佛塔。"

　　了元听了个似懂非懂。

　　居讷禅师接着说道："于有中见无，于无中见有，万千之物，似有似无，有便是无，无也是有，缘心而变，随机而变，都可由禅定修得，也是禅定境界。了元自悟去吧。"

　　了元没有再问，心想：那就边修边悟吧，既然有僧人在闭关院修炼过，我亦可为之也。

　　他以几分期待而又不安的心情走进了闭关院。这闭关院在寺院的一个僻静处，乃是院中之院，外有围墙圈定，并专有僧人值守，是一个与外界隔绝的地方。

　　闭关院里是一个个单独、狭小的房子，每个房间只有一床一桌一椅，外加便溺器具。桌小床窄，坐椅却宽，为的是便于禅修者打坐。关上门以后，变成了一个幽暗、无声的世界，极像一个山洞，只有那传递食物的小窗口能挤进来不多的光亮，晚上则可以透过这窄窄的窗口，看到窄窄的、显得更加辽远的天空，看到天穹上不多的星星。

入闭关院之初，了元觉得和在禅堂的禅七修炼并无二致。但很快便感觉到了不一样，那无声的寂静、窄小的空间、长时间的独处，给人的身心以极大的磨砺。在凡人看来，这无疑是一种残酷的折磨，犹如独处荒郊莽林，又如身在牢舍监房。只有那意志坚定、修行高深的僧人才能忍耐、承受，并不断有所悟、有所得。了元还没有达到如此境界，他有时很难完全入定，甚至会期盼着那窗口出现响动，哪怕是一片枯叶落在草地上一般的轻响。晚上会听见如虎叫狼嚎的声音，那是居讷禅师养的金钱豹发出来的吼声，一般人听来，带几分瘆人，了元却很愿意听到这种声音，因为传进来的任何声响都可以破几许寂寥，从而感知自己与世界同在。尽管送水送食的僧人只把僧钵放下便即离去，并不轻易与修禅人对语，但就是那一点点动静，那引起光线宽窄明暗的几个动作，都是他所企盼的，都会有神奇的作用，都能使他减少孤寂的感觉。但他很快明了，这些都是应当毅然拒绝的。他必须心无旁骛，眼中无物，耳边无声，心中无念，进入到只有自己，不，没有自己、只有意念的时空之中，进到一个极度封闭的却又无限广阔的时空之中。

他不时以数息的办法调理心绪。禅修时把呼吸分为四个层次：风、喘、气、息。呼吸粗重、出入有声的称之为风；出入无声，但呼吸伴有结滞不通的谓之喘；出入无声、顺畅无阻，但仍然有能被感知的轻微气息，这叫作气；出入之气细微绵密，很难感觉到气流飘动的称为息。数息便是心里默默数着难以感觉的呼吸，但只是数呼或只是数吸，由一数到十，再从十数到一，不停不歇地循环往复。经过不断地练习，慢慢地，他能自如无碍地控制自己的身体，控制自己的意念，控制自己的气息，控制自己的醒睡。

他忘却了自己身在何处，忘却了日月昏晨，忘却了春夏秋冬。一日，侍者又从小窗户递进来饭食，他下意识地朝小窗户外看了一眼，竟然是漫天飞雪，原来入闭关院已是一年了，这时他才感觉到了几丝寒意。

他时时会感觉不到自己的存在，身体如一片毫无重量的羽毛，在浩瀚的空中飘忽不定。时而穿过群山，时而飘过大海，时而在云彩之间，时而在悬崖边上。他无从知道，一种神秘的力量将把自己带往何方。这时他似乎又变得无法控制自己，也不想控制自己，觉得这是灵魂的舞蹈，意念的遨游，或许由此便能使自己进入佛国。只有听到小窗口的响动，他才会回到现实的世界，意识到自己正在修禅。

居讷禅师提示的方法之一是观想，这是一种意念的活动，心灵的行止。了元着力将意念高度集于五行之一的火，把自己想象成一架枯骨，要让那想象中的火焰吞噬焚烧，使己身归于寂无。起始，那火是惯常的形状与色彩，但随着意念的蠕动和无规则的弥漫，那火苗在变化，由状如水滴变作一汪水面，徐徐向四周扩展，洇散成一片，继而在膨胀，快速向上升腾，衍成了一片火海。既而那火海在收缩，变成流动的带状，转而成为像大雨中屋檐的水滴，连续不断地滴向一个深不见底的空洞。那火此时已是湖水的碧绿之色，既而又成了杯中的透明无色。而水、土、金、木也无一不在意念中变了形态，换了颜色，改了味道。莫非这便是万物不灭却又是万物皆空，非有非无，非生非灭，不生不灭，不常不断，不一不异，不来不出？他把那火引向想象中的自己的枯骨，那火在白骨的四周熊熊燃烧，白骨被火烧灼、焚烤，慢慢地变成了粉末，他觉得自己已被焚化在烈焰之中……

他又缓缓地清醒过来，归于常态。然后开始行香，诵读经文，再将经卷轻轻放在一边，复又以跏趺坐入定。

他有时把意念集中于水，把自己想象成污秽不堪之物，要用洁净之水来冲洗涤荡。他首先感知到的是大海的辽阔无边，海水的纯正深蓝。但这是正常的水，不是他在意念中应当感知的水。他像锥子入木般地继续专注于水，专注着、专注着，慢慢地，那海水在涌动，但不是波涛汹涌，而是海面上有河、有溪在平缓地流动。流动中有许多不规则的隆起，随之那海水不再是通常的蓝色，也不是涌浪的白色，而是淡红色、深红色，紧接着成了火焰浓烈的红色。既而不只是火的颜色，而是实实在在的火焰，眼前一片大火，却是平静地燃烧，没有火本有的翻腾、飘忽、跳跃。他自己毫无意识地蹈入那火海之中，没有烧灼的疼痛，没有烟雾的呛人，反而是让人感到惬意和适然，但他分明感受到了火的温度，温暖而略带燥热。既而这流动的火焰变成了一股股水柱，带着巨大的冲力，朝自己连连喷射而来。于是从自己身上流出了泥垢、污水、脓血，既而全身变得纤尘不染，连五脏六腑也都变得洁净无比……

"了元师傅！"有人在呼喊，他慢慢睁开眼睛，向飘进声音的窗口望去，接着又有声音传来，"这水和饭好几日都没有动了，师傅可安好？"

了元明白，是送水送饭的侍者担心他出了什么意外而有意呼唤了他。

他徐徐回答："一切安好。"

这时窗外传进了夏蝉喧腾的鸣叫，他身上穿着的却还是春装，他觉得有些闷热了，便卸去春衣，改换夏装，再取下放在窗口的一壶、一钵，开始进水进食。此时他觉得水和饭已不是过去的滋味。什么滋味？他难以言状，因为这是从未感知过的滋味。

放下钵与箸，他在室里点亮油灯，开始诵经，一遍一遍又一遍。接着又是打坐、入定、醒来、参悟，再入定。

时间在禅定、读经与行香中悄然逝去，他无法感知在闭关院里究竟待了多长时间，他只觉得自己和空间、时间已融为一体，一切变得自然而适然，他已忘记了闭关修禅还有一个预定的三年期限。他只是无念地、随心地、下意识地做着一切的一切。这些看似重复，但他自己却觉得没有任何重复，他的意念乃至他的灵魂每时每刻都在完全不同的空间停驻、游动、飘忽。经卷的义理，佛祖的论说，宇宙的博大，生命的真谛，在他的心中逐渐变得清晰、晓畅，他像擎了一盏日夜不灭的明灯向前行走，眼前脚下皆是一片光华。

窗口又有响动，这声音让他感到陌生而又稔熟。

"阿弥陀佛！"这是居讷禅师的声音。随着，门被打开，透进来光亮，居讷禅师踩着自己的影子走了进来。了元赶忙起身施礼。

"了元，闭关坐禅的时间已足，可以出关也。"

啊，已经三年了，何其速也！了元大有烂柯之感。

居讷禅师认真地看了他一眼，发现了元经过这三年如黄金入炉般的熔炼，已多有变化。他的脸变得白皙而瘦削，眼窝下陷，但眼神却变得平和而深沉，犹如秋天的深潭；他双肩耸起，但似乎更有力量，可以承受住任何重负；整个身体骨骼外露，像山体中突兀的岩石，挺拔而坚硬。

几天后，居讷禅师为了元授菩萨戒。

又一个月后，居讷禅师告诉他，穿上袈裟，去往承天院接受一次考试。一项重大的佛家使命正等待着了元去担承。

特别考试

原来，江州的另一座古刹承天院新近缺了住持，善暹禅师和居讷禅师共同推荐了元。此时通行的做法是，选任寺院住持需得到当地官衙和信众的允可。而江州官方认为，了元年仅二十八岁，自身修为和德行恐怕都不足以服众，并非承天院住持的最合适人选。尽管两位禅师细加解释，那居讷禅师甚至明言，了元虽然年轻，但学识广博，修为深厚，德行高尚，皆在老僧之上矣，足堪重任；且曾任承天院住持的白云守端禅师升座时，也是二十八岁，但地方官吏依然不允。不过彼此形成约定：由官方和信众代表会同僧方一起，对了元进行一次面对面考试，以决定是否选任。

了元如约走进了承天院。这承天院历史悠久，在江州的众多寺院中，堪称别具一格。寺始建于南朝武帝年间，至宋代，仁宗赐名"承天禅寺"。寺中有八大景观，其中有堪称奇绝的石船铁人。传说开山祖师在梦中见有铁人驾石船而来，甚觉惊异。第二日便着僧人到江边察看，果见有一石船泊在岸边，船上有铁人端坐。于是将铁船石人一起迎请入寺院，加以供奉。寓意为佛法无边，石船亦可浮江；僧人当心如铁坚，舍生向佛，这样便以石船亦能度人。寺院中还有唐代修建的七层佛塔。因佛寺面对庐山，便有人写下一副大气磅礴的对联：

七层宝塔柱天乃为佛家禅杖
一座庐山立地堪做僧人钵盂

佛堂里，灯烛大放光明，地方官员和信众、僧方代表端坐于堂，气氛肃穆，即将进行一场少见的考试。

了元不慌不忙地步入佛堂，向众人施礼。众人抬眼看去，但见这了元气宇不凡，既有出家人的慈眉善目，又兼儒生的英俊潇洒，既有佛家之相，又有儒家之风，先有了三分好感。也有人暗想：外表不凡，但不知内囊如何？

当了元用目光朝四座缓缓地扫视了一遍后，心里微微一惊，因为在座的人中，竟然有那个樊雄。原来，那樊雄因养兵用勇、压制民变立功，已升任江州团练。这次选住持，江州太守听闻樊雄母亲信佛，认为樊雄可能对佛教之事知晓一二，便派他作为江州官方代表出席。

一个士绅模样的人首先提问："了元和尚，僧人礼佛、信众拜佛时都要持香上香，以至民间有语曰：'人好奉承神好拜'。难道佛也犹如俗人，喜欢送礼趋迎乎？"

这位士绅提出的是一个十分常见却不易回答好的问题，尤其要让佛门之外的人听明白个中道理，更非易事。

了元稍加思索后回答："看来施主亦是学佛向佛之士，问了一个看似简单、实则并不简单的问题。"

在座的众人确也大都这般认为，不由得把目光齐刷刷投向了元。

了元答道："僧人烧香，在于表示对佛的尊敬、感激与怀念，去念成净，觉悟人生；也表示虔诚地供奉三宝，以此接引众生，传心愿于虚空法界，感动十方三宝加持。上香燃香，对僧人而言，还表示燃烧自身，倾力奉献，并默誓勤修戒、定、慧，熄灭贪、嗔、痴。但对于普通信众而言，敬香只是一个礼节，亦是一种布施。香点燃之后化作烟雾不知所终，无声无形，乃是以此表达上香者之诚意；还认为通过飘动的烟雾，可以使自己的愿望让佛知晓也。"

那士绅脸上微微露出了笑意。

了元把看似复杂高深的问题，说得明了而简洁，使所有在座的人一下对这个年轻的僧人有了好感。

有一信众问："菩萨中，有光世音菩萨、观世音菩萨、观自在菩萨、观世自在菩萨、观音菩萨，称呼如此之多却又大致相同，这到底是同一个菩萨还是几个菩萨？"

了元答："这只是几种不同称谓，其实指代的是同一个菩萨，即'观世音菩萨'。至唐代，为避唐太宗李世民的名讳，略去了'世'

字，便称作观音菩萨。"

这观音菩萨的名气和影响，超过了众多神祇，在民众的心目中，她是救苦救难、最常亲近的神灵。但对观音的外在形象，民众多有不解。于是又有人接着问："观音像似男似女，观音究竟是男耶、女耶？"

了元答道："观音在天竺时，本是英俊的男性形象，初传中土时，亦是如此。但到南北朝后开始演化，慢慢变成女性形象。到唐代后，更演变成人人熟识的温柔慈祥的美妇人形象，手持宝瓶，以柳枝沾洒甘露，普济众生。由此可见，佛教自域外传入中土后，亦与我中土民风民俗相融合而有所增损。以佛教之语言之，这也可称为一种随缘也。"

众人频频点头。

又有信众问："何为有求必应？上香拜佛确能有求必应乎？"

这是许多佛教信众关心的问题，甚至追求的目标，但这个问题的回答却得大费心思。笼统地回答"必应"，欺众；简单地说"难应"，则忤佛。

了元略为定了定神，回答说："有求必应乃信徒追求。对佛有所求，皆因有所苦，有苦去苦正是佛教的仁慈之处和教义所宗。生老病死皆为苦也，求佛以去苦存乐，人之性也。这里重在如何理解'应'。在小僧看来，这个'应'乃是'应承''回应''应答'之意。即，如何去苦得乐？如何去祸得福？佛会给予悲悯，给予关切，给予提示，从而使信众找到去苦去祸之道，获得乐得福之方。因而'应'并不能简单地理解为'灵验''应允''给予'等义，并非求什么便可得到什么。这求与应的关系犹如学生求教于教授：'如何读书做官？'教授可以给学生知识，教学生做官的本领，但并不能直接给学生官职也。"

众人又是纷纷点头，有的人脸上漾出笑意，口中发出笑声。接着又不断有人提问，内容涉及佛教戒律、僧门人物、历史掌故，甚至包括诗词文赋，了元皆一一作答，许多问题回答得恰切而精彩。

又有信众问了一个入寺常见、一般人并不在意的问题："寺里除了撞晨钟、击暮鼓，为什么还会敲击木鱼，这木鱼可有特别意义？"

了元答道："古人认为，鱼乃日日不眠不休。故以木鱼之声来提醒修行者，当如鱼之不眠不休，常行精进，勿生懈怠，不可停歇。"

想不到这小小的木鱼里竟然蕴含着大道理。

这时一个男子郑重其事地发问："佛教强调性空。僧人可以性空，若诸信众和居士也尽皆性空，岂不断了人间香火？"

这一问，犹如竹篙落水，溅出一阵声浪，不过这声浪乃是笑声与议论声。

待大堂里复归宁静，了元不慌不忙地答道："性空乃佛经中阐发的一大要论。此处之'性'，系指世界一切事物的自性、本性，无关传宗接代。"

一听此语，大堂里又起声响，有人发出"啊、呦"之词，有人作着小声交谈，亦有人脸上显出怪异表情。

了元看了一眼大家，略作停顿，接着说道："佛教认为，万事万物皆变动无已，并无一个恒定、常一的性状，故曰性空。当然，性空不是说事物都是全然虚无，是说诸事诸物幻化不实，若有若无，若实若虚，故也可称作'幻有'。比如，人世间的荣华富贵便是如此，如那金银珠宝、良田美宅，一场灾难便可能化为无形。故富贵不可留恋，功名不可秉持，更不可为富不仁，因为功名富贵本空也。"

听完了了元的回答，有的人轻轻击掌，有的人若有所悟地点头，有的人则目光茫然。

有人又陆陆续续提出了一些问题，多不是佛学义理问题，而是以俗人眼光看待佛、法、僧而想探知的问题，了元也都认真地作了回答。

在这场考试快要结束时，作为官方代表的樊雄开言了："佛讲仁慈，普度众生，很是宽恕；但又讲因果报应，这就显得很像俗人的计较了。这当如何解释？"

啊，这就是樊雄，就是那个杀人无度、差点置自己于死地的樊雄。了元不由得看了他一眼，他依然是那副峻烈的面孔，带着凶光的眼神，在这庄严的佛堂里，在慈眉善目的佛像边，他更显得面目狰狞，犹如恶魔厉鬼。但他强忍住了自己的憎恨和恶心，回荡在胸中的意念是"宽恕、宽恕"，学佛为僧必须大度，如海天空阔，容得下难容之人之事。要是在九年前，了元一定会简单明确地回答：善恶有报。善者会上天堂，恶人定下地狱。但他已不是九年前的了元，今日的场合也非同一般。于是他徐徐答道："天寒则水冷，风起则波兴；种瓜得瓜，种豆得豆。果为因生，因必有果。此乃天地、人间、佛道之通理也。故《周易·坤》有言：'积善之家，必有余庆；积不善之家，必有余殃。'可见华夏之学历来倡导仁义善良，并道出了为仁为善与贫富祸福的关系。据此观之，儒释道对因果报应的认知阐发，同理也。如善恶无别，良莠不分，何以让人向善？诚然，佛重宽恕、倡仁慈，也是以惩恶扬善导人弃恶从善也。故而有因果报应，亦是为了让人远恶行，得善果，是以仁慈之心引人作仁慈之行。"

那樊雄眨了眨眼睛，复又问道："自古至今，亦多有为恶者未遭报应、为仁者未得善果之事。此当如何解释？"

了元说到这里，未加思索，便接续说道："佛之讲因果报应，并非简单的善恶必报、善恶立报。报有现报、生报、后报之分。今世之报应，可能乃前世之善恶；今世之善恶，可能在后世报应。但善恶必报，不可移也。"

樊雄听了，无语。他只是认真地看了了元几眼，似乎在想什么。他觉得这了元有些面熟，似曾见过，他在脑海里极力回忆，又在心海里苦苦搜索，却又实在想不起何时何处见过这个僧人，也许是自己的目力有差、感知有误。不过，几年后他还是弄清楚了此僧其谁，这留待后面再表。

考试结束。佛殿里，灯影烛光更显光辉灿烂，庄严的如来佛面带笑意。从此，承天院又有了一个年轻的住持。

第三章

住持于名刹

佛印名了元……二十八为开先嗣。继迁之斗方，润州之金山、焦山，袁州之大仰，庐山之归宗。

——《江西通志》卷四十六（光绪年间修）

真如禅寺

荒年施粥

　　当双脚迈进方丈室之后，了元便感觉到了诸多的变化。不只是住的地方不再是多僧合住的僧寮，而是单独的居室，更大的变化是，他要读经坐禅，还要讲经传道，更要负责寺院的诸多事务。身心的负担如柴上叠石，骤然加重。倘若一切如常，遵制循规，诸事并不难料理。但如同世俗一样，寺院亦会有难测之事、难解之题。了元小心翼翼地妥加应对，诸事还算顺遂。但天上会有乱云，江上会有急浪，半年以后，很不正常的事态，很是棘手的难题，像乱云急浪一般涌来。

　　十二月初八是佛的成道日，也称之为"法宝节"。每至这个日子，承天院和许多寺院一样，除了浴佛、斋会、放生等事项外，照例还要施粥。施粥之习的来源是：释迦牟尼成佛之前，坚忍苦修，忍饥挨饿，一次竟饿得奄奄一息。一个放牧的女孩儿送给他乳糜，他才得以脱死向生，恢复体力，继续修行，并于十二月初八这一日成道。许多信徒便在此日以米豆等物混合煮粥供佛，称作"腊八粥"。寺院也会在这一日向信众施粥，以纪念这个重要的日子，以示对信众的慈爱。今年的施粥也在准备之中。

　　这一日，晨曦初起，寺中安静，做完早课的了元在铁佛殿前凝视着一块大石头。这石头不是一般的石头，略呈方形，高约三尺，在石的上部有一个椭圆形洞穴，系由几百年间屋檐之水滴注而成，名唤"雨穿石"。这石与寺院同龄，被视为承天院中的珍宝之一。

　　了元不仅从这石头上看到了寺院的古老，更从中感悟到了佛理：读经学佛亦如雨水滴石一般，需有坚韧持久的功夫，方可有成；只要锲而不舍，专心如一，便可以收到水滴石穿之效。

正在这时，八大执事之一，主管厨房、斋堂事务的典座释智法师匆匆来到了元面前。这释智身材高大，膂力过人，十五岁便成了庐山挑夫。攀岭登山，一般人恨不得把汗毛也剃了，以减重助行，但他挑着一百多斤的担子，如履平地。承天院维修，他受雇挑砖挑瓦上山，从晨至暮，往来山下与寺院之间，不知苦与累，汗洒山中路。到维修工程完结时，他放下肩头的扁担，在承天院当了和尚。他不仅身强力壮，且生性聪慧，机敏过人，读经参禅，优于其他僧人，故寺院前任方丈便安排他任典座之职。

释智带几分忧虑地向了元告知："方丈，寺田里的稻子，在十月刚刚成熟时就大都被附近的百姓收走了。"

了元知道此事。今年时岁不顺，碰上荒年。上半年是水灾为害，下半年是旱灾相连，所以便有饥民夺谷之事。便说："此事山僧知晓，僧人种的稻谷饥民吃了，亦是善事。忙你的事去吧。"

"还有重要的事情需要禀报。"释智没有挪动脚步。

"何事？"

"几日后便是大佛成道日。今年的施粥还进行乎？"释智先说稻田亏收，再问是否施粥，其用意很是明显。

"为什么要停下呢？"了元看着释智发问，然后又指了指旁边的雨穿石，说，"雨水若停，岂能穿石？"

释智见方丈确定今岁腊八还要施粥，便又据实禀告："因为今年进仓的晚稻很少，现在寺仓里粮食已所剩不多。且今岁灾荒严重，一旦施粥，来受粥的人定会甚众，不仅寺里现有的粮米不足敷用，就是饥民的秩序也可能不好维持。"

了元可是第一次碰到这样的难题，现在需要他尽快作出决断。他脸色凝重，开始思考，并不停地转动手里的念珠，在"雨穿石"边走了起来。怎么办？怎么办？处置这等事情，既无经书可查，也无师父可问，更无法得到佛的旨意。

手中的一百零八颗念珠捻了一遍又一遍，最后他的手停了下来，没有看释智，而是紧盯着雨穿石，语气平缓却是很肯定地说："施粥一如往年。"

释智没有再说什么，下意识地看了看雨穿石，然后移步离去，按方丈的交代进行准备。

十二月初八这一日，当寺里的钟鼓在凌晨的寒风中响起，斋堂里的僧人们便忙碌起来，取米洗米、架柴烧火，开始熬粥。平常极少使用的巨大铁锅早已——刷洗干净，每口锅里足足放进了五担水。水开后，每个锅里放进一大箩筐浸泡过的大米，然后用巨大的铁铲在锅里来回搅动。寺里僧人们忙得不亦乐乎，寺门外早已人头攒动，待粥的饥民如长蛇之阵，足足排了一二里长。

大灶里的木柴猛烧了一个多时辰，大锅里的米粥终告熬成。这时，太阳已如一个巨大的圆饼，架在无叶的树枝上。一些饥民在想，如果那太阳真是一个大饼，并掉落地上，该有多好？僧人们用木桶装上热气腾腾的稀粥，一桶又一桶地抬到寺门口，一勺一勺地分发给面黄气虚、骨瘦如柴的饥民。木桶里的粥由热变温，由温变凉，更由满变浅，由稀变稠，最后木勺碰着了桶底，又将木桶倾斜，把所有的粥倒了个一干二净。桶底粘有几个饭粒，一老者抖动着干枯的手指，细心地取下，塞到身边小孙子的口中。但等待施粥的人却不见减少，似乎还有所增加。原来，因为遇灾，一些寺院粮食不多，只好停止施粥，或是少量施粥。许多人听说这承天院一如往年，依然慷慨施粥，便闻风而至。此时不是僧多粥少，而是人众粥少了。

见许许多多的饥民还蜂集蚁聚般站在寺门前，瞪大眼睛、伸长脖子，苦苦地等候，切切地期盼，释智便又急急地跑进了方丈室，告知了元："桶干粥尽，尚未得粥的众多饥民依然不肯离去，何以应对？"

"仓里可还有米？"

"有，只是已不多了。"释智犹豫了一会儿作答。

"那就继续熬煮，施济饥民。"

"那寺里僧人将无粥可食了。"释智故意放低了声调，并带着无奈，似是自言自语，又似是在提醒方丈。

"先解眉前急。"方丈的话简单明了。

听了元说完，释智便快速来到斋堂，安排僧人继续熬粥施粥，但他同时交代僧人，锅里少放五升米而多放半桶水。粥一大锅一大锅地接续熬熟，又一大锅一大锅地不停给散，如此往返数次，直到仓里已无米下锅，这才停下火来，饥民也才渐次散去。此时，天已近断黑，寺院复归往日的宁静。

忙于施粥的僧人一个个累得精疲力竭，当求粥者散去的时候，自己肚子里却依然空无一粒米粮，这时直觉得身体如柱损之楼、糟朽之木，摇摇欲坠，便一个个坐在地上抹汗喘息。更为严重的是，自明日起，寺里已无法生火举炊了，因为米仓已经见底，连老鼠也找不到吃的了。

晨钟响起，僧人的一切活动如常。只是到了早上过堂时，当僧人们习惯性地走进斋堂后，但见灶冷锅空，当值的僧人树桩般站立，并未像往日那般递饭送菜。僧人们不知如何是好，便齐刷刷地端坐着、等待着。

了元出现在斋堂。他朝众僧看了一眼，说："无信众则无僧人，无信众则无寺院。故为了饥民，虽米罄挨饿，亦当无怨无悔。"

众僧点头，但肠子却在一阵紧似一阵地作响，伴随肠子的响动，心中也是嘀嘀咕咕的声音：无米无食，我等僧人如何度日？又如何读经修持？

了元似已有考虑，他朗声告知众僧："游走乞食，系寺僧传统。从今日始，可轮流外出乞食。灾荒总会过去，这类事在历史上并不鲜见。"

众僧无语，只有少数僧人轻轻吁叹了一声。

僧人们这时注意到：方丈一身灰袍，手捧僧钵，肩上挎一个青布包袱，已做好外出化缘的准备了。

释智见状，对了元说："方丈不但要领众僧修行，肩上还有寺中诸多事务，不宜外出化缘，让众弟子去尽力化得饭粥米粮回来吧。"

了元回答："化缘乞食，众僧当去，住持亦当自去。且山僧还另有事情要办。"

释智无语。

众僧便也纷纷开始打点收拾，除留下少数僧人守寺奉佛外，纷纷出寺而去。

了元已想好了去处。但当他的双脚刚跨出寺门，一眼瞥见寺门前的台阶上放着一个又大又旧的竹篮子，从竹篮子里还传来微弱的啼哭声。他近前一看，那篮子里放着一个出生不久的婴儿，显然是因灾荒遭父母遗弃的。这可如何是好？寺院门前断不能眼睁睁地看着一条鲜活的生命可怜地逝去。

这时，释智见状走了过来。提起竹篮细看，但见在一件破衣中包裹着的是一个女婴，女婴身边还有一张纸片，上面潦草地写着：

"荒年如虎，父母无能。祈求佛寺，救苦救命。"释智便对了元说："住持，承天院已无食粮，且这是一个女婴，恐难收留。"

"那当如何办？"了元问。

释智是个有办法、能办事的僧人，便说："可行的办法是送交县衙门，县衙县令有救荒济民之职责也。"

了元初始认可，但很快又觉得不妥。灾荒严重，许多地方发生抢粮劫仓之事，县衙正忙于赈灾和应对饥民风潮，恐怕无力无心顾及这一婴儿之事。且这婴儿已命悬一线，若再延宕推诿，命不保也。这女婴就躺在寺院前，又怎能推脱？便说了两个字："不可。"

释智一脸无奈，便不再发声，只是以疑虑的目光望着方丈，似在说：怎么办？

"山僧自有办法。"了元说罢，俯下身去，从竹篮里抱起女婴，移步向前走去。僧人行走有仪，本当步履稳实，不得快跑急走。但由于今日怀中有一个可怜的女婴，有一条垂危的生命，了元便没有了平日的从容，变作了狼行虎步，双脚落在路面上，发出咚咚的声音，很像鼓槌击鼓的声音。不过，这声音没有寺里鼓声的快慢有致，犹如战场上催兵开战的鼓声，急骤而音重。

了元从未抱过孩子，且是一个生下才几日、体弱绵软的初生婴儿，轻重很难把握，极不好抱。一路上他把孩子不停地左右倒手，不停地贴胸靠肩，不多时便浑身大汗，加上今日没有进食，身上乏力，那疲惫自又多了几分。但他看着怀抱中可爱而又可怜的婴儿，便拼尽全力，脚步没有丝毫减缓。

他抱着婴儿一口气走了二十多里地，走到了一个数座山峰环抱的院落前。院落的门楣上写着"妙音庵"三个大字，这字出自了元的手笔。这是一座尼姑庵，里面住着十几个比丘尼，庵主曾慕名请了元为妙音庵题写庵名，所以彼此认识，这也正是了元要送女婴至此的原因。

妙音庵的法师妙真自然认识了元。一见了元抱进来一个女婴，便问缘由。了元抹了几把汗，才徐徐道明原因。

妙真道了一声"阿弥陀佛"，接着说道："虽然妙音庵也是千般艰难，但既然了元禅师有意让这女婴来庵，乃是这女婴与妙音庵有缘。本庵收留，并将悉心照料抚养。"

了元点了点头说："这女婴先是放在承天院前，现在又蒙妙音庵收留，看来确是与佛有缘。"

妙真看了一眼女婴，问了元："禅师可知这婴儿姓名？"

了元摇头。

"那就请禅师给她取个名字吧。"

了元略一思索，便说："昨日是十二月八日，是佛成道日，那就叫八妹吧。"

于是，这妙音庵自此多了一个世俗的小女孩。这一寺一庵的长老都不曾料到，这女婴长大后，竟然和了元重逢，并且重回了妙音庵。当然，这只是后话。

了元安顿好这婴儿以后，转身离开了寺院，他的肚子已因饥饿而阵阵不适了。

化缘途中

了元的目的地是归宗寺，因为自己的师父善暹禅师已于三月前由开先寺移住于此，担任方丈。

了元一路风餐露宿，忍饥挨饿，整整走了三日，才总算到了归宗寺。这归宗寺遥对庐山，紧依长江，也是一座极负盛名的禅宗古寺。他想着，只要进得这座寺院，食宿当不会有问题。但意想不到的是，他却难以迈进这寺院之门。

了元正要进寺，门口有当值的僧人礼貌却是坚决地挡住了他。了元向归宗寺的僧人提出，要在此挂单小住。这时知客走了过来，这个知客个头不高，却是又白又胖，脸上总是挂着笑容，很像个笑面佛。了元不由得想：从这知客的脸上，真是一点也看不出人间正闹饥荒。这时，那知客很客气而又语气很肯定地说："不便。"因为遭遇灾害，寺里已自顾不暇，许多僧人已外出化缘，实在难以接受往来挂单的僧人。

这让了元心中一惊：居然拒绝僧人挂单，佛门竟有这等事情？但他很快明了个中的原因，实属无奈，时运不济也。他不得不使用自认为最管用的法子，说："山僧乃善暹禅师的弟子，此来也为拜谒师父，烦请通报一声。"

一听这话，那知客愣了一下，但很快又发问："善暹禅师真的是禅师的师父？何以为证？"

这灾荒犹如乱神恶鬼，弄得僧人之间也失去信任了。如何证明呢？了元略一迟疑，讲出了一个很是简便的方法："阿弥陀佛。一见便知。"

不料知客回答："只是善暹禅师近日不在寺中。因本寺缺粮，他也外出化缘去了。"

"善哉善哉。若如此，那就罢了。"了元便对知客施了一礼，转身离开了归宗寺。

了元此时已是饥渴难耐，走路一步三晃，头重脚轻，前胸后背不断渗出虚汗。他便在路边一棵树下坐定，以头颈和躯干依偎着树干，运动气息，自我调节，以求减轻不适。但浑身的不适却犹如烟雾弥漫，既而如潮水汹涌，从胸腹直贯头顶，又从头顶散发全身。他终于支撑不住，像空麻袋一般倒在了树下。

不知过了多长时间，了元有了知觉，随之慢慢苏醒过来。他觉得嘴里有美味回荡，细加品味，哟，是米汤的味道，从来没有觉得米汤之味竟是如此美妙。自己没有尝过琼浆玉液，但他相信，此时这米汤的滋味定是远远胜过琼浆玉液。

了元用力睁开眼睛，见身边弯腰站着一个人。他认出来了，是归宗寺那又白又胖的知客，是他正在给自己喂米汤，了元好生感激。一勺又一勺地咽下米汤后，觉得身上慢慢有了些力气，便勉强坐了起来。这时发现，自己已是躺在一间僧舍里。

胖知客笑眯眯地告诉他，了元离开归宗寺不久，善暹禅师风尘仆仆化缘归寺，知客便把有一个自称了元的和尚来过寺院的事情告禀。禅师听了，便着知客赶快找寻。

知客便带着几位僧人沿着寺院通向山外的道路一路追寻，终于在一棵树下找到了昏迷在地的了元。几个僧人便把了元抬回寺中，急急地熬制米汤，给了元灌下，了元这才得以起死回生。

了元连连道谢，便挣扎着站起来，要去拜见善暹禅师。

这时，善暹禅师走了进来，只是说了句："了元，先好好将息身体，余话后叙。"便又抬腿离去。

了元身上本无大病，晕倒全是饥饿所致，在归宗寺里待了两日之后，便如灯盏里添了油，枯苗下浇了水，很快康复。他来到了方丈室，向师父辞行。

善暹禅师看了看了元说："你大致康复了，师父就不留你了。师父已从本寺化得的稻米中，备下三石，了元速速带回承天院，以救一时之急。"

"江州一带，到处饥荒，师父从哪里化得米粮？"

善暹禅师答道："近来化缘确属不易，归宗寺的对岸是湖北黄州地界，师父是从黄州化得一些米粮的。"

了元连连叩谢，他第一回听到并记住了"黄州"这个地名。他想尽快返回承天院，便带着几个雇用的挑夫，立即上路，并且日夜兼程。他回来得正是时候，犹如关键时刻解下了勒在人脖颈上的绳索。有十几个僧人已饿得躺倒在僧床上，气若游丝，连走出僧房的力气都没有了。

了元便和几名僧人一起，动手生火熬粥、喂粥，让僧人一一活了过来。又将这三石米按每僧每日九十九粒之数熬粥，外加树叶、野菜，总算度过了荒年，实则跨越了一次劫难。

农家也开始有了收成。由于承天院在灾荒时舍僧舍寺，施粥救助灾民，赢得远近信众的赞誉，在夏收之后，来承天院进香还愿祈福的人数大为增加，顿时香火大盛。

转眼间到了一年的大年三十。上午，一个衣着华丽的人骑着一匹体壮色正的枣红马来到了承天院前。他系好马，径直来到了方丈室，自称是经销瓷器和茶叶的商人，名叫祁通。他向了元请求：今年除夕夜在承天院烧第一炷香，愿付五十两银子作为香火钱。

了元当然知道，这五十两银子是一个很大的数目，他连说了两声"善哉"，然后明确地告知祁通："何时烧香，布施几许，悉由施主自定。佛与寺皆决然不会嫌贫而媚富，只要心诚意真，黄金万两与纱丝一尺乃是等值之物。"

祁通心想：这和尚怕是念经念糊涂了，万两黄金怎么能与一尺纱丝等值？我以三尺纱丝换你寺中三两黄金如何？且看芸芸众生，来求佛的与不来求佛的获益自不一样，故这香火钱送多送少其结果也必当大有差别，这和打点官府当是同样的道理。便说："我是至为心诚，故特地选定吉日吉时烧香发愿，并将布施奉献佛前。"

了元说道："施主好自为之吧。"

祁通想了一会儿，觉得明白了和尚的意思，这"好自为之"一语的关键之处不就是"为之"。

祁通别过了元，走出寺门。见一和尚正在使劲勒住自己坐骑的缰绳，那马把头高高昂起，蹄子在地上刮起泥沙，正在猛力抗拒。

祁通喝道："和尚，住手！"

要控制这马的是典座释智，他松了松手，解释道："这马刚吃了树的枝叶，又要啃树皮。"

"这也值得大惊小怪？"祁通在反问中带着斥责。

"阿弥陀佛。施主，这树也是生命呀！"

"这树值钱还是我的马值钱？"祁通厉声喝问。

"马有性命，树也有性命。马之命与树之命，皆是命也。命无贵贱，命本无价也。"释智不慌不忙地回答。

"今日要不是来找你方丈办事，我就不客气了。"

释智低下头，口中念着："阿弥陀佛！"

祁通从身上掏出几个碎银，一把扔到地上，又说了声："赔你树叶树皮。"然后从释智手里夺过缰绳，翻身上马，绝尘而去。

除夕夜，祁通在家中吃过年夜饭后，便带着大烛巨香等在承天院门口，待僧人五更时一开门，便直入大雄宝殿，燃起拐杖粗细的供香，点亮扁担长短的蜡烛，连连跪拜。心中的祈求是：下一年生意火旺，百事顺遂，钱财广进。如心愿成真，明年除夕夜将向庙里捐银一百两还愿。祁通起身后，将五十两银子交给了当值的僧人。

说来也巧，大年过后，这祁通的生意便如春江之水，连连上涨，夏秋之交还把生意做到了西北边地，在雍州府凤翔县租房开店，设立货栈。这雍州乃长安通往西域的重要节点，丝绸之路穿州而过，商贾众多，商号林立。许多人远道而来，在这一带经营对西域诸国的贸易。

但祁通的生意在这里遇到了强劲的对手。有一个家在浮梁县的商人，多年前便已在西北经销瓷器与茶叶，开的商号还嵌入故乡县名，唤作"浮红梁白"。因这浮梁商人很有实力，生意红火，且为人豪爽，因而人们给了他一个"茶瓷大王"的绰号，倒少有人知道他的真姓实名了。

市场本如战场。当祁通的瓷与茶运到西北时，便立即与这浮梁茶瓷大王发生了冲突，在价格、客户、货品质量等方面皆展开了竞争。为避免两败俱伤，茶瓷大王提出联手经营，一起发财。但祁通却不愿意，一者他刚到西北，情况不熟，对这茶瓷大王不甚了解，担心上当，惧怕被这实力雄厚的浮梁人虎噬鲸吞；二者他认同一山难容二虎之说，他正雄心勃勃，意欲独占这市场。还有一个极重要缘由是，这祁通的姐夫便是那江州团练使樊雄，他觉得自己背后有棵大树，可倚可靠。因为这茶瓷大王老家在浮梁，紧邻江州，姐夫手中的刀与棒对这浮梁商人可起震慑作用。他还想着，自己除夕夜已在承天院捐银许愿，菩萨定会在暗中相助，那五十两银子决然不会打了水漂。

犹如两个拳手在擂台上较量了一番之后，祁通渐渐处于下风，但他决不肯轻易认输。在几经思索之后，祁通顾不得已是寒冬腊月，骑着他的枣红大马，从雍州赶回江州，然后进到了姐姐家中，与樊雄一起坐在了厅堂里。

祁通省去许多话语，直陈在雍州府正面对与浮梁茶瓷大王的明争暗斗，已经被动难支，请姐夫助他一臂之力。他的要求很明确：如何在与那浮梁商人的角力中取胜，取那茶瓷大王而代之。

樊雄站起身来，踱了几步，然后问："你有何想法？"

"我想给他来个两面夹击。"

樊雄脸上露出少有的笑意，问："何谓两面夹击？"

祁通也微微笑了一下，说："就是在雍州府和江州府两边下手，让他两头挨打，首尾不能相顾。"

樊雄心想，这小舅子使的竟然是带兵打仗的计谋，便说："难道你读过兵书？"

祁通一下变得兴奋了，顿时觉得身上发热，便把头上戴着的羊羔皮帽子扔到茶几上，回答说："商场和战场都得靠力与谋方可制胜也。我但把计谋说来，请姐夫指教。"

祁通靠近樊雄，然后在樊雄耳边轻语了一阵。

樊雄说："这倒是一巧计，只是太狠毒了些。"连樊雄也觉得是一个又巧又毒之计，足见这计谋非同一般。

"财从险中求，无毒不丈夫。那江州这一头就得请姐夫大人出手了。"祁通一本正经地说。

樊雄犹豫了一下说："如你在雍州得手，再作定夺。"

祁通一听姐夫这话，觉得大事可成，顿时脸由紧绷变成松弛，由松弛变作得意，由得意变为狂喜。他立即向姐夫道别，兴冲冲出门而去，竟然忘记了放在茶几上的皮帽子。

祁通又骑上了他的枣红马，加鞭疾驰，跨山越水。几天前是由雍州府匆匆地赶往江州府，这次则是从江州府急急地回马雍州府。

祁通到雍州以后，便精心准备，照着与姐夫商定的计谋，择机行事。

此时的雍州府，辖地紧邻边境，大宋正和契丹人对峙，兵营相望，刀光相映，边境一带气氛紧张。一日半夜时分，下弦月冷冷地挂在西天，散发着淡淡的光辉，在边境线巡查的宋军士兵突然发现，不远处隐隐约约有移动的影子。趋近一看，原来有一辆小推车在行走，那手推车由一人推着，一人拉着。

士兵猛喝道："什么人？在此何干？"

那在前面拉车的人一听到兵士的喝问之声，立即扔下车套，撒腿便跑，像夜行动物般地隐没在黑暗之中。那推车的人来不及逃脱，被士兵按倒在地，既而被缚住双手，连同那手推车和车上装载的物品押回了大营。

领兵于此的将官立即提审。推车人先被打了个鼻青脸肿，然后招供道："我乃受'浮红梁白'商号所雇，向对面的契丹人运送茶叶。"

将官审视了一下那手推车，见上面绑定的四个麻袋上，果然标有"浮红梁白"商号的印记，麻袋里装的全是茶叶。那契丹人乃游牧民族，需要且喜欢中原之茶，有"宁可一日无肉，不可一日无茶"之说。在这双方对峙之时，暗夜输茶边外，当属私越关防，鬻茶资敌。于是，便连人带车送交当地官衙处理。

因"浮红梁白"商号驻在雍州凤翔县，便由凤翔县令审办此案。县令对推车人进行了审问，推车人的口供与在边关被抓时的口供无二。县令又问那推车人与那逃走的拉车人是何关系。推车人回答：自己和拉车人并不认识，那人自称是"浮红梁白"商号之人；拉车人只是临时出重金雇用自己推车，也未言明把车中的茶叶送往何处，生意之事悉由那拉车人掌管。如若知道是输茶越境，自己定当拒绝。

县令斥责道："你们明明是一推一拉合伙卖茶资敌，怎么可能不知详情？看来你认为同伙已经逃遁，便死无对证，因而抵赖，不肯招供。"

推车人连喊冤枉。

县令发下签牌，喊了声："人赃俱获，竟敢抵赖，给我打！"

皂隶们将推车人放倒在地，举起水火杖，对着推车人便打。推车人起始还咬紧牙关，紧闭双唇，不肯认罪，直打得皮开肉绽，灵魂出窍，实在苦挨不过，只好按县令所语一一招供，于是被戴上枷锁，打入大牢。

紧接着，根据供词和物证，官衙对"浮红梁白"商号进行查封，并将商号的主人"茶瓷大王"拘拿到案，过堂审问。这茶瓷大王直觉得祸从天降，大喊冤枉，不但不肯招供，还据理一一申辩。称自己在雍州经营茶瓷多年，从未有不遵王法、逾规乱矩之行，这次定是有人居心险恶，假冒自己商号，栽赃陷害，请县令明察。

　　县令审过第一堂后，并未改变主意，但也认为这案犯的辩解多少有些道理，便苦思着此案如何判决。他即将任满离职，想尽快办结此案。退衙回家，刚刚卸下官服官帽坐定，夫人递过热茶后，道："有人今日午间送来两样东西。"县令接过一看，一是五十两黄金，一是一件信札。开启信封，展开信笺，只见信上写的是："茶瓷大王确系越境输茶资敌之正犯，罪在不赦。乞请县令大人为国为民除奸，对案犯处以极刑。若事成，将再奉五十两黄金，以酬县令之劳。"这县令身在官场多年，一眼便察知其中奥妙，立即判断出，这呈信送金者乃是诬告陷害之人。然，案件已近定案，案犯的财产已被查抄，若重加审理，自己名声、官位必受影响，且一百两金子实在诱人。然明知系冤案，却枉法裁决，又于心不安。如何决断？他在反复权衡。县令想起自己任期将满，很快将另换职守，他觉得难题迎刃而解，便决定来个宁安勿躁：暂将案子放下，留待下一任县令续审定案。不久，又有人送来五十两黄金。一个月后，这县令携走一百两黄金，留下一件疑案，他县走马上任去了。

　　新来的县令刚刚到任，头绪甚多，且情况不熟，便把案子暂时搁置。不久，一个叫苏轼的来凤翔任通判，这苏轼乃神宗朝的进士，新县令便把这案子交由新来的通判审理。

　　苏轼认真看过案卷，又对推车人和茶瓷大王多次提审。这两人一一翻供，称是屈打成招。苏轼认定，凭目前的供词与证据不足以定谳，便判定："此案疑窦甚多，当属构陷加害，着放人另查。"这一判定为新县令认可。然而，"另查"多日，也不见有任何结果。盖因案件的唯一当事人是推车人，他确系临时受人重金雇用，那个雇用他的拉车人早已杳若黄鹤，因而案件别无线索。茶瓷大王很是怀疑加害人为祁通，但官府也找不出祁通与这案子有关联的任何证据，甚至那祁通在案发前后，连人都不在雍州，而是在老家江州。整个案件遂成为疑案，直到若干年后才真相大白。

　　案情翻转，茶瓷大王倒是得以死里逃生。但经这一场官司，信誉尽毁，客户尽失，生意便犹如墙塌雪崩，那被官府抄没的财货也已被全部做了军饷。茶瓷大王一下变得一贫如洗，他已无力也无心在雍州再待下去，此州实乃伤心之地，便决计东返故乡浮梁。他在苦思：为何遭此不白之冤，不但财断而业毁，还险些枉送了性命？莫不是不信佛所致？他又想起，不但自己不信佛，还曾劝阻友人入寺为僧，莫非因此遭报应？宁可信其有，不可信其无。他便买了香烛，进到凤翔有名的法门寺，跪倒在佛像前，细说曲衷，苦告冤情，求佛保佑，使险风恶浪从此过去，今后一帆风顺，诸事顺达。他谋划并期待着回浮梁后，励精图治，东山再起。

茶瓷大王一路风尘，赶回老家浮梁。但到家门前一看，只见自家硕大的院落，连片的房屋，已成一片灰烬。顿时眼前发黑，双腿发软，差点晕倒在地。邻人相告："上个月，你家在夜半突发大火，遂成了这个样子。"

"我的妻子儿女安在？"茶瓷大王紧张地发问。

邻人又告："你妻子见火起，急急地冲出了房门，但闻见两个孩子仍在屋里哭喊，便又冒死回到屋里去救孩子，结果……"

那茶瓷大王听着、听着，好一会儿没有作声。他似乎想说什么，却吐不出一字。脸上的肌肉不停地抽搐着，那本是平滑的脸部一下龟裂成了许多块，好像一用力，肌肉便会像墙皮一样，一块块从脸上掉落下来。但，转瞬间，他脸上的龟裂纹消失了，骤然变成了紧绷和僵硬，既而松弛，漾出狰狞的微笑，随之似是耗用了全身的力气，从胸中、喉中、口中爆发出"哈哈哈……"一阵狂笑，然后大步出村而去。

此后，再也没人见过这茶瓷大王，有人说他溺水了，有人说他癫狂了，也有人说他到人迹罕至的海岛上去了，还有人说他遁迹山林出家了。

超度亡灵

一山难容二虎，一虎去后，一虎便独占山头，威风八面。凤翔县查办越境输茶案时，祁通确在江州，一边等待案件的结果，一边在采买货物。听闻案件已经了结后，他带着大批货物回到了雍州，生意很快风生水起。浮梁的茶与瓷在西北乃至西域早已树立起良好声誉，加之这祁通善于经营，于是财源滚滚。这一年，他的生意大赢其利。年终岁末时，他没有忘记到承天院还愿，并又在除夕夜烧了头香，一文不爽地向寺里捐了一百两银子。

祁通因进寺拜佛烧头香而赚钱发大财的事，一时在远远近近传播开去，许多人认为这承天院自有了新住持后，灵验无比。这引得许多人争相来朝，求财的、求官的、求子的、求寿的，不一而足，甚至有丢了猪牛鹅鸭的也来求佛帮助寻找。

一日，这进香求佛的人中，来了一位与众不同的汉子，他所求之事，却与众人迥然有别。

这人不是别人，就是那十几年前带领农民反抗官府的铁耙头。上次起事遭樊雄剿杀失败后，他隐姓埋名，流落他乡。但他反抗和复仇之心丝毫没有泯灭，并决心一反到底，一直在做着再次扯旗挥刀的准备。当又要起事时，他听闻承天院的菩萨灵验，便特地来到这里，祈求菩萨护佑，起事顺利，马到成功。他点上香，对着佛像作揖三次，再用他那粗笨的手指庄重地插入香炉，然后又重重跪下，心中祷告：天道不公，官吏贪浊，富人横行，穷人犹如笼中之鸡，镶中之鱼。我等欲仿效刘邦、黄巢等雄杰，举义旗，抗官府，以扫除不平，杀尽贪官污吏。求乾坤朗朗，天下安定，万民安乐，也为当年死去的兄弟雪恨复仇。敬请如来、菩萨以神力相助，使我义军攻城城破，遇敌敌败。功成之后，将重建庙宇，再塑佛像。

那铁耙头祷告以后，起身站起要走。恰在这时，了元步入大雄宝殿，二人打了个照面。了元见这人身材魁伟，目光如炬，满脸英气与戾气交并。他本记忆力过人，且当年留下的印记在心中如斧劈刀刻，他一下想起来了，这是当年自己从宝积寺来江州路上看见过的农民军首领，他略一愣神，然后习惯性地说了声："阿弥陀佛。"

那铁耙头一见这和尚的着装与气度与其他僧人不同，料定这便是大名鼎鼎的了元禅师，不觉心里一动：竟然此时在大雄宝殿得遇方丈，莫非天要助我成功？便向了元深施一礼，口里说着："但愿佛祖保佑，成我之愿。"

了元微微低首答道："佛祖慈悲，施主保重。"

这铁耙头离寺后，便进行着种种准备，联络旧部，召集新人，选定一个日子，揭竿再度起事。战事顺利，一举攻下一座县城，士气大振，又有许多农家子弟加入义军，气势更盛，便浩浩荡荡向江州州府所在地浔阳杀去。他相信，人神同力，定能攻克浔阳城，打进江州府。

了元注意到，近几日来寺里烧香求佛的人比过去多了，并且多求家人平安，还有一些人在窃窃私语，谈论农民军进攻浔阳城之事。了元不觉双眉紧蹙，心中不安。

这天清晨，当他刚刚打坐完毕，释智一改平日步行之态，慌慌张张地走了进来，急急地禀告："方丈，早晨打扫寺院时，发现一个包袱，打开一看，里面竟然包的是一颗人头。"

了元心中一惊，便随释智等来到了院子里，朝那颗人头看了一眼，立即认出：这便是几日前来寺求佛的那位英武男子的头颅。

原来，铁耙头进攻浔阳城时，江州太守便着团练樊雄抗击。那樊雄经多年历练，还读了一些兵书，对带兵打仗已颇有一套。此时农民军人众气盛，他决定暂避锋芒，因而没有整军出击，正面交锋；也没有加固城池，消极地等待农民军围城攻城。他另有谋算，悄悄率军出城，在一个丘陵起伏、路狭林密的地方设伏。见铁耙头领兵到此后，便突然驱兵截杀。铁耙头一心想的是攻城，不曾料到樊雄会在半道上突然袭击，顿时大吃一惊，心中发慌，队伍阵形大乱。

铁耙头见枥木棍领着人冲了过来，便挺身迎战。几个回合后，占了上风，便提刀对着抽身想逃的枥木棍追了上去。却冷不防樊雄拈弓搭箭，只听"嗖"的一声，那箭疾如闪电，铁耙头躲闪不及，箭头穿透衣裳，插进了腹部。铁耙头了无惧色，吸了一口气，用力将箭拔了出来，随着箭头出来的是一长串肠子。他咬紧牙，一手提着肠子，一手提着长刀，又向前走了好几步，然后摇摇晃晃地倒在地上。失去指挥之后，农民军队伍立即乱作一团，继而大溃。

铁耙头像粽子般地被捆住，押进了浔阳城，第二日便被押往闹市斩首。那铁耙头临刑时已奄奄一息，依然按紧腹部，倔强地挺胸抬头，昂天大喊着："天地鬼神，皆不可信。来世再搏，只靠己身。"说罢气绝而亡。

铁耙头虽然已经断气，但刑罚未免，依然被凌迟，首级则悬在浔阳城门口示众。不知什么人胆大且艺高，竟然从城门口取下铁耙头的首级，并洗净包好，放进了承天院。

如何处置？了元在快速思考，可从来没有遇到过这等事情。他猜度：有人把这铁耙头的首级放到寺里，显然是不愿让亡者受辱。更深的用意则在于，让寺院僧人超度亡灵，使死者安然，在另一个世界不再受苦。

了元念了几声"阿弥陀佛"，然后对释智说："做一场法事，然后入土安葬。"

释智问："这人来路不明，如此办理可乎？"

了元问释智："若不如此办理，当如何办理？"

释智无法回答这个问题，便提醒方丈："这人被斩首而亡，本是凶相，极有可能是被官府处刑的罪犯。为这等人超度，恐有不妥。如被官府知晓，寺院可能受连累啊。"

了元答道："既然此人身份无法知晓，何来凶相善相？佛家只是普度众生，人去世后，当是尽早入土为安。"

释智不再发声，便照着住持的交代，安排法事。

黄昏时分。寺里梵呗声响起，佛殿里灯烛亮起，举行超度亡灵的法事。但众僧人中无一人知晓是为谁念经、奏乐、超度，知道内情的只有那满脸肃穆、领众念经的了元。

法事结束后，僧人便照着了元的交代，为这亡者用木头续上了躯干四肢，择一地点妥为埋葬。

事毕，了元略为舒了一口气，但想不到的是，接着又有法事要做，并且是一个很不一般的人物要求做的。

这回来寺中求请做法事的是樊团练家。那樊母日前因病去世，她在弥留之际告诉儿子，定要请承天院的和尚为她做一场法事，将她尽快超度到极乐世界，免受做游魂野鬼之苦。还特别交代，做法事时，一定要请到寺里的住持了元禅师。

了元没有推辞，便领着十多名僧人如约来到了樊雄家。这是第二次进樊家了，但十多年前他进的是乡村的一个庄院，并且只是那个庄院中的一间柴火房；今日进的则是处于闹市的官家府第，高宅深院。这樊府就在浔阳城的甘棠湖边，宅旁水波荡漾，岸柳耀翠，风景绝佳。

和尚们进了第二重门，来到一个院子里。了元注意到，几年前他送给樊老太的那副联语，端端正正地贴在了樊老太的佛堂里。这时，了元忽然想起十多年前在樊家见到、几年前还到过承天院的那个小姑娘寒芸，不知是否还在樊家，情况又如何？

法事在院子里设坛。了元先端起一个盛满清水的木盆，将水在地上洒了一圈，以圈定地盘。场子正中挂起毗卢遮那佛、释迦牟尼佛、阿弥陀佛三像。像下摆着供桌，罗列香烛、油灯及果品等供物。场上还放有四个长台，分置铜磬、斗鼓、铁钹、手铃等法器。还另用专门的架子挂起了众多神像，有天神、地祇、三官、五帝、雷公、电母等。

一切安排停当，法事开始。先是钟、鼓、磬、木鱼、铃铛演奏的佛教音乐，和尚们演奏得十分投入，一下营造出一种庄严、凝重的气氛，把人引进了一种静穆、辽远的意境之中。

演奏完毕，便是诵经。今日所诵的有《无量寿佛经》《观无量寿佛经》和《阿弥陀经》。这三部经被称作"净土三大部"，皆颂扬极乐世界的美妙，并告知众生，只要一心一意、反复不断地念诵"阿弥陀佛"的名号，便可往生到极乐世界，享受无边无量的福祉。

何谓极乐世界？《阿弥陀经》说：在遥远的地方，有另一个世界，叫"极乐"。极乐世界由金、银、琉璃、珊瑚、琥珀、砗磲、玛瑙这七宝铺成，流光溢彩。水底金沙铺积，池中盛放的莲花大如车轮。这里无寒无暑，也无任何烦恼。众生自由自在，住在七宝做成的房子里，穿着七宝纱衣，享用百味饮食。且若要任何衣食，即会应念而至。主宰这个世界的是一个叫"阿弥陀"的佛，阿弥陀佛光明无量，照亮四面八方，"阿弥陀"便本是"无量光""无量寿"的意思。所以，在超度亡灵的时候，这《无量寿佛经》等三部经典是必须念诵的。和尚们把经文念了一遍又一遍，直到夜半，第一场法事才告结束。

法事一共做了七日七夜。最后一日，就在法事结束、和尚们收拾法器准备离去的时候，一个年轻女子借着收拾桌上杂物的机会，走到了元身边，轻声却是急急地求告："禅师救我！"

了元朝这个女子看了一眼，立即认出，这人不是别人，正是寒芸。看来她面临困厄，但自己又能为她做什么呢？他只是轻声回答："此地非寺院，不是说话处。"

寒芸明白了：了元的意思是，有话到寺院里去说。

寒芸求救

第二日，寺门开启后不久，寒芸便带着一个小包裹，进到了承天院，走进了方丈室。寒芸满脸忧伤，先是缓缓地打开了随身带来的小包裹，然后将包中的一件东西双手捧起，送呈到了元面前，轻声地问："了元法师，可认得这件东西？"

了元接过一看，是一部《金刚经》。再细一看，心潮涌动。这经书他当然认得，不但认得，还十分熟悉，且常常萦绕在怀。这便是当年从樊家逃命时，放在长江岸边的那部经书，他醒时梦里都盼望这经书有一日能回到自己手中。他还记得，当年被困樊家大院时，刺血、蘸血在多页经文的空白处写有文字，他也自然追忆起与寒芸对话的场景。他点了点头："认得，很感谢施主当年对山僧的救助。"

寒芸接着告诉了元，她伺候的樊老太在临终前交代寒芸，这经书极为宝贵，不能亵渎、损毁。自己的儿子不信佛、不念经，还带兵为将，杀戮生命，故一定要把这经书送给承天院的僧人，回归佛门。当然，樊老太不会想到，自己竟是做了一件善事，让这经书回归了主人手中。

原来如此。想不到这经书在十多年后又重回身边，这让了元一阵欢喜，他忍不住小心翼翼地将经书翻了几页，但见用血写成的文字已呈红中带黑的颜色。他不由得把那血写的文字一字字默念起来，这时他觉得那血写的经文读来更为晓畅明白，一些本来不甚明了的义理，豁然贯通。但就在这时，那寒芸却呜呜地哭了起来。

了元不解何因，他随即想起在樊家做法事时，寒芸曾说过"禅师救我"，想是有忧烦之事，便问："为何啼哭？"

不料这一问，寒芸哭得更厉害、更伤心了，眼泪如烛泪滴落，哭声似山泉呜咽，双肩抖动，呼吸急促，这使了元连连搓手，不知如何是好，便连连说着："阿弥陀佛。"

"禅师救我！"寒芸说着双膝跪在地下，随后道出了缘由：那樊雄见母亲过世后，寒芸已无事可做了，又见寒芸出脱得清秀可人，便打起了主意，要娶她为妾。寒芸坚拒不从。樊雄一脸凶相，明言相告：若不从，便要把她卖到青楼。在走投无路之中、无依无靠之时，她想起了了元，所以特来求助、求救，并十二分地相信，这很有名望的住持能够救她。

了元深觉为难。这本是俗家事务，与寺僧无干，他完全不应当介入这类事情，更何况那樊雄在江州势焰灼天，一般人怎能与他抗衡？弄不好，定是有损无益，不仅寒芸无法逃脱苦境，还可能累及寺院、祸及自己。对自己可能罹祸，他可以坦然以对，任其吉凶，只怕到头来无济于事，还殃及寺院。然，面对这个可怜的弱女子，且是救过自己性命的无依无傍者，自己又怎忍心冷漠相对、袖手旁观？

了元沉默之时，寒芸又开口了："禅师，我家老太常说，佛法无边。只要禅师运动神力，将我度到远处，或将那些恶人挡在寺外，就无碍了。倘若他们逞凶，禅师就让他们统统下地狱可也！"

了元一听，暗暗摇头：佛教本不推崇神通之功，神力奇功并不是僧人追求之事，都只是佛门之外人的想象与传闻，自己也只是倾心于念经参禅，并没有什么奇功神力。但这些如何与这个不谙世事的姑娘说得清楚？

寒芸又一次恳求："请禅师大发慈悲，助我救我。我当至死不忘，来生变草木、变驴马以作回报。"

了元内心在痛苦地挣扎：救乎？不救乎？他一时很难决断。这时他一眼看见了方丈室里摆放的佛像。似见佛在注视自己，责问自己为何不救。他顿时觉得应当伸手相救。然而再一看佛像，但见表情严肃，又似在问：为何要救？你有力施救乎？不觉转念又想，这一救后果难料，此时最担心的是救人不成，佛与寺反而受连累，寺院因豪强的不法而遭祸殃的事情历史上亦曾有过。他跪在了佛像前，祈祷着，并轻轻地闭上眼睛，似是想听听佛的启示。

就在这时，寒芸猛地站了起来，停止了啼哭，用衣袖快速地抹了几把眼泪，说："既然禅师如此为难，小女子就不强求了。千难万难，大祸小灾，我自承担。"说完，霍地转身，向门外走去。

了元见状，如火灼身，如刺砭心，他对着寒芸喊了一声："且慢，再作商量。"

寒芸应声停下脚步，慢慢转过身来，她那已变得又红又肿的双眼，不安而又带着希冀，怔怔地望着了元。

"寒芸准备去往何处？"了元问。

寒芸原本以为了元会救自己，并已有了施救之策，想不到却只是一句不痛不痒的问话，便直直地回答说："阴曹或是地府。"

"何出此言？"

"我走出寺院后，必然是凶多吉少。"

"为何？"

"我是偷着跑出来的，樊家必然派人寻觅。如果找见我，定是绳缚索捆。但我意已决，决不屈从，无非一死。"寒芸的话中，滚动着凛然正气，想不到一个看似懦弱的女子，此时变得刚勇无畏。

了元此时清楚地意识到：这个年轻的姑娘已面临险境乃至绝境，犹如利刃紧索在喉。若无人出手相救，悲剧定然发生，并会很快发生。于是，他用力呼吸了一次，在这一吐一纳之间，他下了决心：救。

但又如何施救呢？寺院里不可能容纳一女子。就是设法让她暂留寺中，樊家岂肯善罢甘休？那就极有可能是事情越闹越大，其结果必然事与愿违，甚至适得其反。唯一的办法是让她逃走。然，这样一个极少出门、势单力薄的弱女子又能逃向何处呢？

正在这时，释智来报：一个自称是樊团练部下的人要见方丈。

了元明了，来的是樊家人，为的是找回寒芸，风暴来矣。便对释智说："可回施主，方丈正在礼佛，让他稍等片刻。"

来的不是别人，正是那枥木棍。樊雄一早忽见寒芸失踪，便着枥木棍快快找寻。枥木棍即刻派人寻觅打探，得知寒芸是朝承天院方向走了，便赶了过来，进到寺中，要找方丈。当他听说方丈正在礼佛，只好在知客堂等待。心想，那就等一会儿吧，反正寒芸纵有三头六臂也逃不出去。

了元叫人稳住枥木棍之后，便在想着如何搭救寒芸。他首先想到的是把她悄悄送到妙音庵暂避，但随即摇了摇头，担心这件事会给妙音庵带来麻烦。况且这庵里还有他当年送过去的八妹哩，倘若这妙音庵出了什么好歹，那八妹便也命运难测了。

这个办法不可行，那又有何良方呢？自己除佛界外，结识的人寥寥可数，更少有可将此等大事托付之人。但在情急之中，他还是想起一个人来。于是，他速速铺纸提笔，笔如惊鸿，急急地写就几行文字，装在一个信封里，又署上收信人的姓名，然后交代寒芸："你可持此手札去江州浔阳港溢浦口码头，这个码头的明显标志是岸边有一个亭子。找到一个叫梁力的驾船人，相信他能救你，速速去吧。阿弥陀佛。"

了元让释智领着寒芸从后室穿过寺院的小花园，从通往寺外的一个不常开的小门离去。

了元整了整僧服，准备去见樊家之人。不料，那枥木棍等得不耐烦了，径直来到了方丈室前。枥木棍要是早来片刻，便会和寒芸撞个正着。

未等了元出门，枥木棍便要跨步进入方丈室，并以手作揖，说："了元禅师，有事相扰。"

了元便说："请到客堂说话。"他不愿让枥木棍走入方丈室，担心枥木棍见到寒芸今日送过来的那本有血字的《金刚经》。

因了元在樊家做过佛事，他们自是认识。枥木棍跟着了元进入客堂。坐定后，了元开口问道："施主何事？"

枥木棍眨巴了一下眼睛，冷冷地说了一声："我不说，相信方丈也是明明白白的。"

了元连说："善哉，善哉。"

枥木棍见了元不动声色，便忍不住直说了："方丈，我来找一个人，就是禅师在我樊大人家做法事时，见过的那位姑娘。"他有意把了元和寒芸扯在了一起。

了元淡淡地说："是的，这姑娘山僧见过，但她不会在本寺。"

"那我先问禅师，她可来过这承天院？"枥木棍来了一个狡狯的发问。

"承天院不会拒绝任何善男信女，凡愿来者，尽可来也。"了元回答得轻松自如。

"我不想和你转轱辘了。告诉你吧，我要找的是樊雄大人的婢女，必须回到主人家里。"枥木棍的话变得严厉了，也不再称了元为"禅师"了。

"僧人只是拜佛读经，不问世俗之事。施主又如何断言要找的人现在寺院？"

"可否让我等好好找一找？这样你便可自证无干系了。"

"阿弥陀佛。施主难道要搜查寺院？"了元忍不住反问。

栃木棍抿了抿嘴，瞪了瞪眼，没有应声，乃是对了元问话的默认。

"阿弥陀佛。施主搜查寺院，从未听闻。故还是请施主三思。"

"看来，你心虚了，你敢让我搜么？"栃木棍立即判定，这寒芸可能就藏在寺中。

"出家人四大皆空，有何惧也。如果施主觉得如此做来并无不当，也不怕有损自己乃至樊大人的声誉，尽管搜吧。"了元的话软中带硬。

栃木棍愣了一下，这和尚的嘴巴很是厉害，不仅能念让人听不明白的经文，还善辩让人难以应对的事理。是啊，万一搜不出人，怎么办？他想了好一会儿，来了个针锋相对，说："如果搜出寺院里居然窝藏良家女子，这恐怕对住持、对寺院更不是好事吧。倒不如让她自己走出来，随我回家。这样于你、于寺、于寒芸、于我家主人均是好事也。"栃木棍这时也想尽量避免搜查佛寺的事情发生。

"阿弥陀佛。寺院里断然不会也不敢藏匿良家女子。不必犹豫了，施主认为必要，自可搜查。"了元语速不紧不慢，声调不高不低。

听到这里，栃木棍快速转动了几下自己带着怒意的眼珠，倒犹豫起来了：这大和尚不显山不露水，似虚似实，难作判定。万一搜不着人怎么办？一旦张扬出去，民众必然心向寺院，谴责樊大人，樊大人便会因此大损颜面哪。这样樊大人必然迁怒于己，那自己可就没有好果子吃。这时，他的犹豫变作了担心。他又转念一想，反正只是一个姑娘，谅她也上不了天，入不了海，并且也断然不可能长时间躲藏在寺院里。所以他想另作计较。

于是栃木棍便说："我等也可以宽大为怀，耐心等待，但你必须在一日之内也就是明日午时之前交人。否则，就休怪我等不客气了。"说罢悻悻地出寺而去。

当然，他没有离去，而是在寺边一个隐蔽的地方躲了起来。他盘算好了，只要等那寒芸一出现，便会如同老鹰抓小鸡一般，把寒芸带走。但那栃木棍一直等到夕阳西下，飞鸟归林，寺里的暮鼓响起，也不见寒芸的影子。正狐疑间，樊雄派人把他叫了回去。

栌木棍细细地禀告了在寺里与方丈交涉的情况。樊雄听完，把栌木棍训斥了一通："活脱脱一个人竟然丢了，还想着搜查寺院，你简直是蠢猪一头。搜寺必然招致信众愤懑，天下本不太平，弄不好又闹出乱子来。即便是能把人搜出来，本团练的名声好听么？最终输家还是我也。不到万不得已，不可行此下策。"

栌木棍连连点头，又问："大人，那怎么办？"

樊雄已有了主意，布置说："在承天院的四周派人守候，同时着人在路口、码头、城门等重要地点巡查，一经发现，即行缉拿。我不相信，我们有几千人马就找不出一个孤身的小小女子？"

栌木棍连连点头，便赶快布置，一张大网很快撒开，要去捕一条鱼，捕一条孱弱细小的鱼。

樊雄索人

那樊雄派出许多兵士，装扮成农夫、商人、工匠，乃至乞丐，四处查找。在城门及要隘，则派军士设卡拦截。他希望布下的天罗地网能够遂心如愿。但却偏偏事与愿违，几日过去，那大网似是撒在了沙滩之上，连个水泡也没有网着，始终不见寒芸的身影。樊雄最后判断：这寒芸一定依然藏匿在寺院，或是寺里和尚用了什么招数让她逃开了。反正，住持了元应当知道寒芸的下落。他决计自己去一趟承天院，当面找了元索人。

近日，了元正在思虑一件重要的事情。他已深深感到做方丈的不易，要被诸多的僧俗事务耗去许多时间与精力，影响了读经坐禅。这使他萌生退意，很想辞去住持之职，而专注于修行。

这一日，他刚刚打坐完毕，释智引进一僧人，来者是归宗寺住持善暹禅师派来的。

礼毕坐下。这位归宗寺僧人告知：今岁天下多地水旱灾害相连，神宗皇帝已定在开封举行皇家大法会，祷告上天，祈求风调雨顺。已着全国著名佛寺修行高深的僧人进京参加法会，归宗寺住持善暹禅师也在其中。但他年高体弱，不堪旅途劳顿，便推荐了元前往，只等朝廷允准。故善暹禅师叫了元为此预做准备，还让了元去一趟归宗寺，另有要事当面交代。

了元听了这番话，心中暗喜。北上开封赴大法会，可借此增广见识，还可暂时避开那些让人烦恼之事，尤其是樊家索人的纠缠。他决计立即启程去归宗寺，先拜谒善暹禅师，一俟朝廷使命到达，便即去开封。

了元向班首交代了寺里事务，收拾好包袱，走出了方丈室。一只脚刚出寺门，便见一匹高头大马出现在面前，犹如一堵墙挡住了去路。

从马上跳下来的是樊雄，他打量了了元一眼，见面前站立的是曾给母亲做过法事的方丈，多少有些忌惮，亦碍情面，所以尽量压住已郁积在胸中多日的火气，故作语气平和地问道："禅师要作远行？"

"善哉，善哉！"

"此去何处？"

"往归宗寺拜会师父善暹禅师是也。"

"真是太巧了。禅师恐怕不是去拜会师父，而是知本官要来，特加回避吧？"樊雄连连发问，实则步步进逼。

"非也。山僧实不知施主今日会突然来寺，更不知施主来寺何事。"

"本官却觉得禅师是心知肚明，我等就不必打哑谜了。"

了元听出这樊雄为何事而来了，便连声说："阿弥陀佛！"

樊雄善射，此时的言语之箭，直指靶心，说："把人交出来，就一切相安无事了。"

"善哉善哉。要交什么人？山僧实在不知。"

"禅师当然知道。但也许是专心于经卷，一时忘却了，本官不妨提示一下：一个叫寒芸的姑娘。"樊雄的语速变快，语气加重。

了元答道："寺中实无此人。"

"那她现在何处？"

"山僧更不会知晓。"

樊雄的耐性逐渐失去，气恼涌动，声调改变："本团练原本念禅师为一寺之主，且为本官老母做过法事，想把此事大事化小，淡然处之，想不到禅师竟然执迷不悟。奇哉，怪哉！"

了元又是几声"阿弥陀佛"，他不想再与这樊团练争论，因为一切争论尽皆无益。樊雄此来，显然是来者不善也，他不由得想起了他们第一次见面时的刀光剑影，便平静地等待着樊雄的下一步举动。

樊雄又一声重似一声地问了几声，了元的回答依然是"阿弥陀佛"。樊雄由气恼转为愤怒，火气变为火焰，吼叫着："既然你这和尚如此不识相，那就别怪本官不讲情面了。"

"善哉，善哉！"了元这话虽然声调不高，但樊雄能感知其中的分量，不卑不亢，不惧不让。面对这犹如木雕石刻、只说僧人口头禅的方丈，樊雄不愿再僵持下去。因为如此这般一问一答、一攻一守，就是到太阳落山也问不出个子丑寅卯来。他一挥手，把随从叫到身边，大声交代："给我逐屋搜查，待搜出人来，看他还有何话说。"他决定使用强硬的一招了，也已觉得这一招才是最管用的办法，他原本想尽量避用寺中搜人之举。

在栎木棍的指挥下，十几个兵丁开始像拉网、篦头一般，逐房逐屋搜查。

樊雄依然站在了元身边，把马鞭子在手中捏着，他已有些心烦口渴了，他不再想和犹如一尊佛像般的了元对话，心里想的是：倘若搜出人来，那对你这个和尚就不客气了。你这秃奴竟然敢将一个妙龄女子藏匿多日，既违寺规，也违国法。便当把你带到江州，交州府治罪。

经过好一阵搜索，兵丁们一个个空手而回，禀报的几乎是同一个词："没有！"

这使樊雄十分不快，十二分失望。

但在这时，栎木棍快步跑了过来，喜滋滋、急匆匆说道："大人，找到了。"

"找到了？人在哪里？"樊雄不由得发问。

栎木棍亮出了手中拿着的一本经书："找到一本经书。请大人过目，这是在方丈室发现的。"

樊雄接过书一看，立即认出来了：这是当年他追踪一个和尚时捡得的，母亲一直视若珍宝，珍藏诵读。现在竟然出现在方丈室，不用说，是寒芸把这经书送到了寺院，这便是寒芸到过寺院的铁证。于是，樊雄把经书在了元面前晃了一晃，冷冷地说："这本经书足以证明，寒芸来过寺院，并且进过方丈室，禅师还欲辩解乎？"

了元平静地回答说："寒芸确实来过，是奉施主母亲之命，将这经书回还山僧。"

"这经书是你的？"樊雄说着，眼睛瞪大了。

"然也。"了元点头。

樊雄对了元细细地端详了好一会儿，这下全明白了：这就是十多年前，被他掳住后又逃走了的那个和尚，怪不得几年前遴选承天院方丈时，觉得这和尚有些眼熟。天下事有时竟是这么奇巧，如果当年把这和尚一刀砍了，或是押送到了江州，或是几年前阻止他充任承天院方丈，这一切就都不会发生了，也就用不着费心费力找那个该死的寒芸了。难道这也是佛门的神奇之处？或是老天爷的着意安排？

樊雄冷冷地说："如此看来，你还真是一个混入丛林的假和尚。但你既然已在佛门多年，佛家之事，本团练可以不管。你今日只要把寒芸交出来，本官便不想为难你，一切大吉。"

了元却是不慌不忙地回答："那寒芸将经书交还山僧以后，便离寺而去了。"

"她去往何处？"樊雄紧接着问。

"山僧实在无法知晓。"

"僧人不可诳语诳人，你怎么竟然违背僧人戒律？"

了元微微心里一震，但旋即定下心来，回答的又是："阿弥陀佛！"

樊雄知道，口舌相对决然不会有他需要的结果，他拿出了最后的手段，陡地提高了声调说："在寺里甚至是在方丈室私藏民女，这不仅有违寺规僧戒，也触犯国家律令。本官只能将你送交江州府治罪了。"他望了一眼了元，又补充说："本官给你最后一次机会。本官数到十你若再不回答民女下落，本官就只好动手了。"

樊雄没有听到了元的回答之声，不由得抬眼望去，但见了元已是双眼微闭，似是在打坐了，便恼怒地开始数数。当数到九时，他见了元的嘴角抽动了一下，便立即停了下来，看来这和尚认输了。但等了片刻，了元依然缄口不语，原来是一只芝麻粒大的虫子落在了元的嘴角上，了元没有以手驱赶，只是嘴角动了一下。当樊雄数到十，了元张口了，但吐出来的依然是："阿弥陀佛！"

樊雄的怒气如火山爆发，他猛地一挥手，大吼了一声："好一个顽固不化的秃奴，给我带走！"随即跳上了马。

了元对着樊雄说道："请将经书还我。"

樊雄鼻孔里重重地哼了一声，拍了拍手中的《金刚经》，说道："休想。这书已不是经卷，而是证据了。"

众兵丁一阵吆喝，便推推搡搡地押着了元朝前走。

了元淡淡地说："不用费力，山僧自己行走可也。"

当行走至寺门边时，"嗒嗒嗒"，阵阵急骤的马蹄声由远而近。不一会儿，一匹黄骠马奔到近前，停在了山门边，从马上跳下的骑手大喊："圣旨到。了元听旨！"

这一幕，把所有的人都惊呆了，怎么竟然会有圣旨由专人送到这承天院，并且接旨人是了元？这到底是怎么回事？真耶，假耶？

樊雄只好让了元走到那骑手面前。那骑手问明了元身份后，翻身下马，说道："我乃朝廷使者，专程来送官家圣旨。了元禅师听旨。"随着从怀中取出一个不太大的卷轴，徐徐展开，然后高声念道："敕。大宋神宗皇帝诏曰：欲为天下万民禳灾祈福，本朝定于五月十六日在开封举行大法会，召集天下寺院之高僧大德进京参与法事。承天院了元禅师亦在其列。着接旨后，立即启程，赶赴京师，不得片刻有误。"

使者念完，把圣旨递给了元，并交代说："望遵旨速行。路上若有不便，可凭这圣旨着请地方官府提供帮助。若有人阻法师行程，碍禅师进京，则以违抗圣旨治罪。"

了元连连点头。那使者翻身上马，夹紧马镫，挥动皮鞭，驱动坐骑离山门而去。

那在旁边目睹了这一幕的樊雄，先是好奇，既而疑虑，转而畏惧。他这时忽然明白了，这身边的了元和尚转眼间成了怀揣圣旨、担负皇命的僧人了，任何人不得冒犯。他想起刚才向了元逼要寒芸的场面，后背阵阵发凉。他快步走到了元面前，扑通跪下："禅师，刚才本官粗鲁无知，心浮气躁，多有得罪，敬请宽宥。"

了元的回答又是："阿弥陀佛。"并示意樊雄起来，可那樊雄却是不肯起身，还以头重重地连连触地，额头立即发紫变肿，渗出血迹。

了元于心不忍，说了声："我佛慈悲，施主请起。"

樊雄听了这句话，觉得已得到了宽恕，这才停止了叩头。但依然不肯起身，而是由谢罪改为了求福："方丈在上，下官母亲一心向佛，于下官多有浸染，只是下官有时无法羁控自己，以至行为失当，有悖佛礼。下官恳求宽恕，亦求方丈一事，若不能允，下官则长跪不起。"转眼间，樊雄将自己和了元的称谓瞬间有了改变。自称由"本官"改作了"下官"，对了元则连呼"方丈"。

了元起了悲悯之心，乃说："施主请起，有事但讲。"

樊雄这时说出了自己的心中之愿："下官知方丈此去京师，将会面见官家，更会见到朝中重臣。下官有一事乞求禅师，到京时，相机为下官在官家和大臣面前美言几句。下官相信，方丈的话一定分量不轻。下官若因此得赐福禄，定当没齿难忘，并将倾力谢恩还愿。"樊雄说这番话，与其说是请了元为自己求情，倒不如说是乞求了元休告御状。此刻他最担心的是，了元在京伺机说他坏话，揭他短处，那无异于在自己眼中放进石灰也。

了元以一种令人难以捉摸的眼光望了樊雄一眼，然后轻轻说了声"阿弥陀佛"，便要转身回寺。

"还有一事。"了元停下脚步说道。

"何事？"樊雄不由得问道。

"请将经书还给山僧。"

樊雄听了，将手中的《金刚经》举过头顶，递向了元。

了元将经书接过，转身开步。

那樊雄又对着了元的背影连连作揖，然后以一种极为复杂的心情，带领随从离去。

第四章

名动开封城

佛印了元禅师，九坐道场，四众倾向，名动朝野。神宗赐高丽磨衲金钵，以旌其德。

——《云居山志》卷六

观赏石窟

皇命不可懈怠。了元回到方丈室,立即打点行装,准备北上开封。只是由于樊雄的入寺索人,使他已没有时间去见善暹禅师,因而失去了一次面听严师教诲的机会,为此深感惋惜,也由此对师父萌生愧意。他提起笔来,速速写就一信:

师父在上:

　　近安。本当遵嘱面谒我师,俯听教诲。争奈忽有圣旨到山,着弟子即刻动身,前往京师。深谢我师推荐之功。只是匆匆负命北行,便不能在行前面听师嘱了,至为遗憾,亦感愧疚。弟子当且行且思,全力履行圣命,亦当不负师父之垂教厚爱。一俟此行结束,将尽快南返,以谒师父,并报开封之行。

　　谨祝欢喜安康。

弟子了元

了元当然不会想到,他不仅失去了一次听师父耳提面命的机会,甚至失去了在人世间再次见到师父的缘分了。

了元挎着他的青布包袱,取道北去。先是坐船,既而乘马,外加步行,日夜赶路。照着传旨使者的交代,在路途上,但凡遇到交通、关隘的阻碍及食宿等方面的困难时,便亮出圣旨,立即会得到官府的帮助照应,这使他行程顺利,提前七八日到达开封。

在相国寺安顿下来以后,他便想着去洛阳一游。洛阳乃十三朝古都，历史文化积淀深厚。那里有龙门石窟，名冠天下，在那石窟内外有了元向往已久的佛教文化，特别有他心驰神往、一直想探究的一个著名石窟。

了元来到了伊水河边。从东到西，将分布在几里长的山上的石窟一一看来。这些石窟始凿于北魏孝文帝迁都洛阳前后，那孝文帝本属鲜卑之人，却崇尚儒学汉制。建北魏后，着力推行汉语、汉文、汉制，尊崇佛教，皇室和众多信徒在此凿洞窟刻佛像，其后不断有人接续。这里的石窟或高或低、有大有小，或无墙无门、洞开外露，或外有门户、掩身内藏，总共超过两千之数，所刻佛像有十万之多，其中有一半以上为唐人开凿。

了元看到石山上有人影晃动，听到山上有铁锤铁钎作响，石窟的开凿依然在进行。佛诞生后最初的六百年间，信徒们一直遵从佛祖释迦牟尼的教导，不行偶像崇拜，因而并无塑像、刻像、画像之举。需要表示佛陀的存在时，往往用佛的脚印、莲花、菩提树、法轮、佛塔来喻示。只是后来受了古希腊文化的影响，天竺才开始建造佛像，并在中国发展成灿烂的石窟艺术。了元今日看了这些洞窟，眼界大开，知识大增。这些佛像大者高过五丈，小的不过二寸，无一不凝结着信教者的信念与情感，也无一不显示出石刻艺术的精美与魅力。看着这不同年代的石窟，不同类型的佛像，不同风格的造型，如同浏览了北魏至北宋这六百年间的佛教历史。

他细细看过了龙门石窟中规模最大，而且极为精美的卢舍那佛像，又看过了卢舍那佛像旁边的医药洞，接着走进了自己最为追慕的一个石窟，这个石窟叫古阳洞。

这古阳洞在所有的洞窟中别具一格。以历史年代论，这一洞窟开凿最早；以艺术成就论，整个洞窟佛龛层层，精巧无比；以内容论，至为丰富，本是北魏王室贵族发愿造像最集中的场所，也是龙门石窟中浮雕故事画面最为完整的洞窟。但这些却还不是最能体现古阳洞的特色和价值的地方。

在这个洞中，另有宝物，乃是十九块石刻，内容是造像题记，分别记载着石窟的刻凿时间、人物内容等事项。另有一块记事石刻在慈香洞中，这样合为二十块，被称作"龙门二十品"。这二十品不仅极具史料价值，可让观瞻者了解龙门石刻的开凿时间、开凿源流、相关人事，以及艺术风格、艺术魅力，它还有一项其他洞窟无法比拟的独特价值，记录了中华书法由隶而变行变楷的过程，它是那个时代中国书法高峰的真凭实据。是一部精致的书法典籍，因而在中国书法史上具有崇高地位。而了元对"龙门二十品"心向往之，还有一个很重要的原因，就是他所爱所习的书体正是楷中有隶、隶中带楷。

了元放缓脚步，走进了洞中，首先奔来眼底的是石壁上刻凿的"古阳洞"三字，字为楷体，气势雄劲，洞便因这三字而得名。他先浏览过洞中雕刻的乘象投胎、树下诞生、步步生莲、九龙灌顶等与佛相关的故事画面，然后将眼力和心力集中于书法作品。当他的目光接触到那刀刻斧凿的横竖撇捺时，总是心境平静的他，此时也感到心旌摇动，血流加快。啊，这便是他多年来一直心驰神往、极力求索的书法神品，如今终于清晰地展现在眼前。字本来是无声且不会走动的，但他分明听到了字的呼啸之声，游动之形，一点一画都在心中发出重重的回响。那些字刻在洞的较高处，他仰起脖子凝神细看，"如仰高山"这四个字闪现脑际。

他在对那众多字碑快速浏览了一遍后，便逐行逐字揣摩。由于仰头凝目太久，便觉眼睛酸胀，颈部发僵，他不得不闭目低首，稍作停歇，然后睁眼抬头再看。慢慢地，他发现字迹越来越模糊了。莫不是看得太久，目力受损？他转身看了一眼洞口，明白了，原来不知不觉间，太阳已经西移，洞中光线变暗。他又近乎贪婪地看了几眼，才走出洞中。

他没有离去，而是走近石窟边的伊水河，捧起清凉的河水搓洗了几把脸，然后复又回到古阳洞前，挑了一块平整的石头，坐了下来，准备开始打坐。他已想好了，今晚就在这里过夜，待明日阳光复照古阳洞时，再行细细观赏。

行走、蹲坐、躺卧都是禅修的方式。自从练习禅定之后，了元常常以打坐替代四肢平躺的睡眠姿势。今日，在龙门山下的石窟边，在伊水河的涛声江风之中，他开始了打坐，这是与闭关院、禅堂大不一样的打坐。在这博大空旷的山河之怀，他感觉到了胸襟的开阔和意念的舒展。但他又觉得，今日却是很少见地难以收心定意，意念如猿如马。他的心与意不知不觉地再次进入了古阳洞，回溯到白天在洞中看过的书法作品。

他开始依凭记忆用手指临写白天见过的石刻碑文，一会儿是手指在空中的意临，一会儿则是指尖在僧衣上的背临。手随心游，心随意动，他把洞壁上那些字的笔画、构架、笔意，一笔一笔地融入自己的胸臆。不知何时，月亮升起来了，徘徊在山石之上，清辉照眼，山上山下，如银铺雪裹。他的手指牵引着月亮的光辉，化作变化不定的笔画，在僧衣上滑动。他看见了月色随着手指的运动，像笔墨一样，灵动地游走在空中，然后落在袈裟上。他似乎看见"龙门二十品"忽闪着，从古阳洞中飘然而来，在自己的指尖下行走、跳跃、旋转，然后嵌进了僧衣的经纬之中。哟，这莫不也可称之为书禅？此刻，晚风的呼呼声，流水的哗哗声，夜鸟的啾啾声，构成美妙无比的混响，伴着他的意念和心律游走在那字与禅的世界之中。

月亮隐去，星光更亮，再接下来是片片朝霞落在了河面上，既而日出东方，旭日把所有洞窟染成了金黄。朝阳的光线像画家手中的彩笔，一点一点、一抹一抹地把古阳洞涂染得光明透亮，把洞里照得字字真切。

他脚步轻轻，像朝圣般地又一次走进了古阳洞，继续读碑观字。昨日读的是字的构架、布局、笔画，今日读的是字的笔势、笔意、韵致；昨日是意临和背临，今日则是看着字而作对临，他用手比照那刻在石窟上的字，忽轻忽重地在僧衣上临写。昨日是写意的，今日却是写实的；昨日是一种缥缈无定的意象，今日却是如笔在纸笺上行走般的真实。那写意与写实，缥缈与真实，使他获得了在习书时从未有过的美好感受，也更深刻地领悟了这"龙门二十品"书法的神奇美妙。他忽然觉得，这才是真正的书写之法、练字之道。

就在他如醉如痴地摹写那些书法妙品的时候，一声"丁原"的呼喊，使他从近似迷醉的状态中醒来。这里与故乡远隔千里，是谁在呼叫他的俗名？

旧友相聚

　　了元一直仰起的头回到了正常的位置，然后缓缓转过身来，但见石窟洞口站着一个道士打扮的人。他头上戴的是一个斗笠，那是用竹篾和箬叶做成的，是家乡农人遮阳挡雨通常使用的器具，只是这人的斗笠比一般的斗笠要大得多，足有撑开的雨伞那般大。再细一看，他差一点惊叫起来，这是少年时代的同窗和乡友施风啊！

　　"真是万万不曾想到，你竟然变成了一道士！乍一看，真是认不出来。"了元的话中带着难掩的兴奋，随着迈步趋近施风。

　　"贫道也是在洞口观察良久，才判定你是丁原。"

　　"你怎么来到了这里？施风。"了元也呼喊着旧友的名字。

　　"我也收藏起了父母取的名字，有了新的名号。"施风回答。

　　"是何名号？该不是叫小花狗、大牯牛吧？"了元想起了儿时生活的情景，像孩提时代一般开起了玩笑，他似乎一下回到了遥远的过去。

　　"我已信奉道教了，名唤松风道人。"施风半是认真、半是玩笑般地说道。

　　"啊？"了元略为有些惊诧，接着问，"是何因缘让你也遁入空门？快告诉我实情。"

　　松风道人脸上的欢悦顿时像被山风吹散、像被流水带走了一般，一下变得像板结的土地，然后叹了一口气说："一言难尽，我们找个地方细说慢谈吧。"

　　二人来到离石窟稍远的僻静处，在一块石头上并排坐了下来。伊水河的流波在阳光下闪着亮光，平缓远去，施风的话语犹如河水流淌。

丁原皈依佛门后，施风继续着他的读书生涯。后来还参加了选拔举人的乡试，但时运不济，学力不逮，连续两年榜上无名，加之父亲老病，他便放下通过读书以求仕进的念头，转而承继父业，开始经商。经过几年的工夫，他的生意越做越大，由浮梁到江州，由江州出州界，一直做到西北边陲，在雍州凤翔县设下商号，拓展对宋境以外的贸易。随着财富与名声的不断积聚，他成了赫赫有名的"茶瓷大王"。

但俗话说，人无远虑，必有近忧。就在他的生意如日中天的时候，一场横祸飞来，彻底改变了他的命运。有人诬告施风以茶叶资敌通外，于是戴枷入狱，财产馨空，如不是遇着苏轼办案，极可能成为冤魂；返回浮梁后，见自己的宅院已成为一片废墟。他顿时陷入绝境，真个是呼天天不应，叫地地不灵。

施风没有像人们猜测、传闻的那般变得疯癫，更没有自杀，而是选择了学道。他先是到龙虎山，后又到茅山，倾心学道六年，得名为松风道人，随后便开始周游名山大川。这次来到这里，一为观看皇家的祈天大法会；二为探望他的救命恩人苏轼。出狱之后，他几乎每年都会拜访苏轼。今日则是顺道游览龙门石窟，想不到会在这里得遇了元。

了元听完，不胜唏嘘。然后问道："你为何学道而没有学佛？"

"因为你学了佛，我也学佛，那一定就像读书一般，老是输给你，所以我便决意学道。"松风道人这时心情似乎变得轻松了，又开起了玩笑。

"恐怕不单是这个原因吧？"

松风道人收起了笑意，很认真地说："细细说来，我作这种选择，原因有二。一是因为我陷入险境时曾万般虔诚地求佛相助，但未见半点效用。"

了元插话道："学佛学道若是为己、求利，便是南辕北辙了。"

"是啊。这个道理我是在学道之后才逐渐洞明的。"

"那选择学道的第二个原因呢？"了元回到了先前的话题。

松风带着几分快意地说："二是我觉得学道可以更远离人间烟火，效赤松子之游，岂不快哉？"

"聪明。不过在我看来，这佛与道虽然一个传自域外，一个源自本土，但二者多有相通之处，所以学道学佛皆是正门正道。"

二人开始了说佛论道。

松风道人连连点头，说："现在我也已觉得，佛道相通，虽名称、经典有异，但其精义确多有融通相洽之处。"

"然也。若论佛道教义之相通，一个字似可窥得其要。"

"何字？"松风不由得问。

了元答道："'无'也。"接着列举了《金刚经》中多句带"无"的经文：无我相，无人相，应无所住，法无定法，定无所得，无实无虚，无所从来，亦无所去。

松风大为赞同，便援引了《道德经》中几处有"无"的句子：道常无为，无状之物，无物之象，无名之外，大方无隅，大象无形，道隐无名。

"所以，传说老子骑青牛西出函谷关，在天竺化身为佛，教化天竺、西域之民。"了元带笑地说。

"这显然是个荒诞无稽的故事，但或可证佛道关系之亲近也。"松风很认真地说。

了元轻轻拍了松风一掌，说道："然。今日便是也。"

此时，太阳已经偏西。望着那奔流的伊水河，松风道人若有所思地说："这条河很像故乡的昌江河也。"

了元点头，也忆起了往事："记得我们小时候曾在昌江河一起游泳嬉水的情景吧。"

"记得。脱了衣服，一个猛子扎下去，在水中如水凫般地潜游，再从很远的地方'呼'地冒出头来，何等惬意，何等凉爽。"

他们一下回到了童年，似乎已忘记了身上裹着的僧衣和道袍。

松风便提议说："那我们今日在这里重温旧梦，游它一回如何？"

了元多少有点动心，他向四周扫视了一眼，说："天色尚早，犹有游人，多有不便。"

"那就等天黑无人之时再下水，如何？"

了元微微点了点头。

二人又天南地北地作着无拘无束的海聊，等待天暗人静。

天空伸出了无声无形的神奇大手，将龙门石窟的日影渐次收去，然后撒下来越来越重的阴影，那一个个石窟变成了幽暗的黑色，显得更加古奥和神奇。

松风直起身来，说："入水吧。"随之褪下道袍，赤条条地扑向水里。

了元也脱下僧衣，向河边慢慢走去。当他赤着脚触碰到河水的时候，一阵清凉，一阵快意。但旋即觉得如此这般非僧人所宜，于是那本不太凉的水很快似乎夹杂有许多冰块，一阵比一阵重的寒意由脚底直透全身。他打了一个寒噤，随之停下了脚步。

"你怎么像蜗牛似的，快点！"

松风的催促没有起作用，了元说了声"阿弥陀佛"，然后迅速转身上岸，开始穿自己的衣服。

松风用家乡话骂了声："你这个老伙计，成了个大尿包了。"然后自己在水里痛快地游了好一阵，这才带着几分满足爬到岸上，一边穿衣服，一边对了元嘟哝着："游一次泳，难道会掉脑袋不成？"

"倒没那般严重。但如果你松风道人的脑袋掉了，山僧定当为你好好做一场法事。"了元又开起了玩笑。

说到这里，松风忽然想起一件事来，问："你可还记得有一年承天院里扔进来一颗人头？"

"记得。那情景至今让我记忆犹新，一想起便心悸难安。"

"可你知是谁人扔进了那颗人头？"松风带着几分诡秘地问。

"当时全然不知。不过，今日终于知道了。"

"其谁？"

"三半道人。"

"这'三半'何意？"松风不由得问。

"'半智半愚半疯'之谓也。"

"聪明。"松风说完又是一笑，接着告诉了元：入道之后，他对官府依然充满憎恶，对樊雄这类身着官家衣袍的恶人更是心中忌恨。见铁耙头的首级被樊雄割下示众，不觉动了恻隐之心，便借着夜色的掩护，设法将那人头取下，但不知该如何处理。他觉得这等反抗官府的豪杰应当得到超度，便悄悄放进了承天院，他相信了元定会超度那亡灵进到天界。

了元回答说："你真是料事如神，后来寺里僧人还确实为铁耙头举行了一场小型法会。"

松风带着几分感叹说："人间多不平，只能向佛道寻求帮助和慰藉也。"

此时，漫天星斗已经落满伊水河，天上河上，星光闪烁。河岸边的草丛里，不知名的虫子在尽情歌吟，与流水的声响组成优美的夜曲。了元不由得感叹道："要是人间都能如此这般地宁静安详，那便是众生的极乐世界了。"松风频频点头。

晚宿何处？松风似乎对这一带很是熟悉，领着了元摸黑走了一阵，进到了一处道观。

道长看来认识松风，听松风说明来意后，便立即着侍者安排二人住宿，并送来茶饼茶具。

松风和了元同住一室。这时松风把放在桌上的茶饼看了一眼，认出是产自东南的好茶，这一个茶饼重约二两，乃是北宋上层社会追求的茶中上品。

松风灵机一动，对了元说："机缘难得，贫道给你表演一回斗茶如何？"

"何谓斗茶？未曾见识也。"

松风告诉了元：这斗茶之俗源起于唐末。名茶产地送至宫廷的贡茶，皇帝着宫女将那一个个茶饼贴上金箔纸剪成的龙凤图案，再赏赐给大臣。大臣们舍不得寻常饮用，便用于比试茶艺，由此产生了玩茶之习、斗茶之风。

说着，松风动手演示。只见他取下一块茶饼，切碎后捻成细末，放入茶盏之中，注入少许沸水，调成糊状。再注入适量沸水，用茶筅不停地搅动，犹如烹炒鸡蛋时，先将蛋清蛋黄在碗里搅匀调和一般。

了元好奇地看着松风的动作，盯着那茶盏里的茶汤。慢慢地，但见那茶汤不再是平常的琥珀色或是淡绿色，而是变成了灰中带白的颜色，又在连续不断的搅打中慢慢变成了黄白之色，最后竟然变成了乳白的颜色。茶汁也不是寻常的清水之态，而是成了层层相叠的泡沫，但这泡沫看上去比一般的泡沫要绵实许多，这是茶末形成的粥面，整个茶盏里似是盛了一捧白雪。松风这才停下手来，并下意识地抖了抖因连续不停地搅茶而变得有点酸麻的手腕。

"美哉，奇哉！"了元禁不住发出了赞叹之声。

松风接口说："还可以更美更奇。你可再泡半盏普通的茶水，用筷子蘸取后，便可在这白色泡沫上绘画写字。"

了元将信将疑，便照松风所言，另泡茶水后，用筷子蘸了一些黄色的茶液准备写字。写什么呢？略一思索后，他小心地用筷子蘸起茶汁，缓缓地、轻轻地点画到那白色泡沫之上。几蘸几点之后，现出来的是一个隶中带楷的"禅"字。此时那白色的泡沫竟然托住了那黄色的茶液，使那个禅字清晰而明丽，白色衬着金色，煞是好看，犹如盛开着一朵粉瓣黄蕊的大牡丹。

松风连连轻轻击掌："好字好茶，可谓禅茶也！"

了元也微微带笑，既而问："你怎么学会了这等天下罕见之技艺？"

松风告诉了元：在开封洛阳一带，这样的泡茶、斗茶之风极盛。官宦、士子、商贾皆热衷于此道，茶精心泡制以后，相互比试技艺高下，谓之斗。连皇帝也喜爱，听闻当年那赵匡胤皇帝每每会微服私访，到茶肆里观看斗茶。

"既为斗，便有高下输赢，如何判定？"

"以泡沫的色白为上，以茶面的持久为优，以茶上字画精美为要。统而观之，以定胜负。"

了元频频点头，乃慨叹曰："大开眼界，各行各业，皆可谓天外有天矣。"

"若到了开封，则更可广闻博识。"松风说道。

了元此时心思便也转向了开封，他期待在开封能大有收获。当然，他不曾想到也从未想过的是，开封的皇家禳灾祈福大法会，不仅是一次丛林高僧的盛大聚会，对了元来说，还是他一生的机缘。

祈福法会

了元依照预定日期来到了开封，在相国寺住下。

这相国寺乃皇家寺院，曾是战国时有名的公子之———魏国公子信陵君的宅地，后推崇信陵君的节操而又笃信佛教的北齐文宣帝诏命在此建寺。曾因战火荒废，至唐长安年间，复又建寺，并由唐睿宗赐名为相国寺。由于地处京城，八方名僧来聚，成了名震天下的大寺。这相国寺规制恢宏，共有六十四座禅、律院，有二三千僧人，来挂单短住的僧人更是长年不断。

这相国寺不仅是一座禅院，也是一个商贸交易、文化交往之地，每隔几日便有一次商品交易活动。从天南地北来的商贾，携带着各种货品，在这里摆摊设点，进行买卖，热闹非凡。卖的有衣帽鞋袜、被褥布匹、屏帷簟席、时果脯腊、香烛纸钱、笔墨文玩、珠宝香料，林林总总，不可胜数。大书法家黄庭坚还曾在这里买到一本《唐史稿》的手稿，视若珍宝。这寺中有市，看似与寺院追求的清静很不相称，但已成当地习俗，僧俗之人都习以为常，并觉得这是开封一景，是一个人们常去、爱去的极好去处。

举行大法会的时候到了。在大雄宝殿前的开阔场地上，四周有彩色旗帜猎猎飘动，从大宋各地遴选来的一百零八名高僧，端坐在蒲团上，表情庄严，等待着大法会的开始。

未几，一个身躯壮硕、气度不凡的大和尚出现在僧人面前，这是由皇家任命的相国寺方丈。相伴着他来的除了有僧人外，还有朝廷官员。

相国寺的方丈介绍了出席今日法会的官员，其中提到一个叫苏轼的，此人乃仁宗朝进士，以诗文名闻天下。了元本就知道苏轼的大名，日前又听松风谈及苏轼，不由得凝神定目，在人群中搜寻苏轼的影子。但见这苏轼，年龄四十不到，双眉如漆，双目如炬，脸形略长，面颊清秀。身材不胖不瘦，上下匀称，与略显肥胖的和尚们相比，显得风流倜傥。

其实，这次的祈禳大法会与苏轼大为有关。他出仕后，第一个官职是凤翔县通判，任职凤翔期间，为除干旱，化解民苦，曾两次邀请僧人举行祈雨法会，有一次还很灵验，法会后，大雨滂沱，干旱顿消。他几月前服父丧守孝期满，从蜀地返回京师，任职史馆。因见今岁水灾旱灾频现，便奏报朝廷，举行这次法会，并由皇帝降旨，着四方名僧前来诵经祈祷。

法会的第一项程序是宣读皇帝的祷文。只见那苏轼往前走了几步，然后从宽大的袖子里掏出几张写满字的纸笺，这是皇帝的祭天文告，起草者便是这苏轼。他抑扬顿挫地念了起来，虽然操的是蜀地口音，但了元却是听得字字清楚，句句明白：

> 本朝以来，神人共佑，风调雨顺，四域百姓安居乐业。孰料今岁灾荒频现，南方洪水破堤，北地旱魃作祟，复有地震相扰，弱我国力，扰我黎民。朕为国家之尊，万民之主，强国福民，天职在肩，日日系心。为此，特诚邀四方高僧，烧香诵经，祈求苍天惠济我朝我民，祛洪水干旱，保五谷丰登，成国泰民安。伏希天庭垂怜垂恩，扬善布福。大宋神宗皇帝敬祷。

苏轼念毕，便由相国寺方丈将祭文点燃，放入香炉，那篇精美的祭文随之化作了灰烬，又随风飘散，也许便由此达于天庭。

这时，司仪官高喊了一声"奏乐"，相国寺的乐队便演奏起手中的乐器，或将笛箫笙管横吹，或把秦琴琵琶竖弹，外加钟磬香板伴响，遂成独具特色的佛乐之声，交汇成和谐乐曲，散向四野，直入天穹。这相国寺乐队赫赫有名，乐器众多，曲目精彩，僧人们的演奏技巧高超，可谓天下无双。首先演奏的是《昊天引》，是一首颂扬天之威德的乐曲，感谢天庭赐福，祈求天公免灾，乃专为此次大法会创演。接下来演奏的是《锁南枝》，这是相国寺音乐中的代表性曲目，常用于皇家大型佛事活动，此曲略分为四部分：先是柔婉轻曼、犹如行云流水的引子，接着是节奏明快、旋律优美的乐曲主体，随后是舒缓平展、如平波轻浪的华彩乐章，最后是清朗细腻、余音袅袅的尾曲。

奏乐罢，众僧起立，如鱼贯雁行，一一走到香炉前，各拈取三支檀香，施礼点燃后，口中念念有词，祷告苍天，然后插入香炉。此时香烟缭绕，异香四起，直传到十里开外。

接下来是大法会的精彩时段，众僧诵经。今日的诵经非同寻常，在一般的寺院，诵经的多只是寻常僧人。今日在相国寺里，诵经的一百零八位僧人，全是学识渊博、通晓佛经的高僧大德，一个个正襟危坐，威仪肃然，气势不凡，声音洪亮，有如黄钟大吕之声，亦如百器奏乐之响。

这些僧人所属的宗派有所不同，致力研习的经卷也各有差异。开始由相国寺长老领诵了几段《大般若波罗蜜经》，接下来便是各念其经。在唐代形成的佛教八大宗派，延续至今，虽已有了强弱分化，但各宗法脉尚存，各宗各派僧人诵读的经典各有所重，此时：

天台宗高僧念的是《妙法莲华经》；

三论宗高僧念的是《中论》；

净土宗高僧念的是《阿弥陀经》；

唯识宗高僧念的是《瑜伽师地论》；

律宗高僧念的是《四分律》；

华严宗高僧念的是《华严经》；

密宗高僧念的是《金刚顶经》；

禅宗高僧则念的是《楞伽经》。

这一百零八名高僧念诵的经卷有别，声音高低长短不一，口音亦是南北殊异，诵经声如万里波涛声喧，百类鸟禽鸣唱，千种法器同响，蔚为壮观。

法会共持续七日。相国寺在僧寮为各位僧人备下歇息的床榻，但在晚间却少有高僧起身进入僧寮。因为各位僧人都是打坐高手，皆可以打坐替代上床睡眠。更重要的是，这也是比试各位高僧诵经、打坐功夫的重要场合，便不知不觉地有了同场竞技的意味。至第七日，有些僧人已腰酸背疼，一身疲态。如果说佛事开始时，一个个盘腿端坐，犹如石磴木桩，这时有的则成了风中芦苇，有点摇摆不定。尤其是上了岁数的僧人更是显得力不从心，但依然强撑坚持。好在法事终于结束。

宫廷接着又告曰：僧人们先行歇息，三日后再离京。原来，法会开始后，神宗便盼着天降祥瑞，渴望这场盛况空前的大法会能够感动天地神灵。如若真的起了祛除灾害之效，将赏赐僧人。

法事结束的第二日，关中、河南等地便快马进京奏报，当地降下喜雨，干旱解除，这让龙颜大悦。传下圣旨，让各位高僧入龙庭，神宗皇帝要召见各位僧人，并行赏赐。

僧人们便又重新聚集，分批乘上皇家备好的一长串高大华丽的马车，沿着繁华的街道向皇宫进发。

衲衣金钵

此时的开封，亦称汴京，又称东京，乃大宋都城。人口有一百五十万之众，四水贯都，城墙高耸，街衢纵横，车水马龙，气象宏大，乃是世界最大都市。

这几十辆马车行驶在宽阔的大街上，显得气势非凡。开封市民本见多识广，皇帝的仪仗，军士的队列，商贾的马队，都曾见过，因而已不觉得新奇。但这么多僧人身穿袈裟，端坐于车辇，浩浩荡荡穿街过巷却是第一回见到，引得许多人驻足观望，满脸惊喜，交互议论。一些信奉佛教的人，还恭敬地立定，含胸垂首，双手合十，向车上的僧人致意，也为自己和家人默默祈福。

坐在马车上的大和尚们，一个个保持着僧人的威仪，但却也难抑内心之波澜。了元和许多僧人一样，从未见过如此庞大而繁华的城市。但见二三层的楼宇相连相挨，如山势逶迤，不见尽头。一幢幢房屋飞檐重叠，势若惊鸿游龙。楼前大都垂挂着五颜六色、镶边缀画的旗帜，上面写的多是店铺的名号或所售货品的名称。大街上，行人摩肩接踵，有挑担者、负囊者、挎篮者、推车者，有叫卖者、采办者、闲逛者。他还发现，行人中杂有僧人，从这些僧人的面相和着装上约摸可以看出，有些来自域里，有些则来自西域和日本、高丽。

从街边食品店铺里飘来有香、辣、酸、甜、辛、腥等各种各样的味道，其中还有羊肉的膻味，这让了元很不习惯，直想捂鼻。他发现大街上有许多他不曾见过的东西，其中有一种比马还要大的动物，黄白色，背上有两个隆起的大包，在那大包之间，骑坐的是蓝眼珠、高鼻梁的胡人。有僧人轻轻地说："这是骆驼。"曾听松风说过，开封怕水，洛阳怕火。这开封地势低洼，若河堤决口，这些精美的楼台房舍、园林街道皆成汪洋泽国，人更难逃灭顶之灾，那实在是人间惨剧。了元不由得暗暗祈祷：愿水火不兴。

忽然，车行变慢了，拉车的大马全身肌肉绷紧，弓起背、蹬直腿，奋力前行。原来车行进在一个斜坡上，正在上一座拱桥，桥多系开封的一大特征。了元转动目光，但见这石桥的栏杆乃是汉白玉雕砌，上面刻有飞禽走兽，栏杆顶端处缀刻着一朵盛开的牡丹，十分精美，盖因洛阳和开封皆广植牡丹。桥下，漫江碧水，波光粼粼，有大小船只停靠，上船下船者络绎不绝，忙碌地装卸货物，这很有几分像浔阳江码头的景象。河岸边杨柳枝垂，宛如丝绦，在初夏的风中轻轻摆动，有诗意亦有禅意。这和街市的喧闹与繁华形成鲜明的对照，一动一静，一高一低，构成十分和合而又秀美的画面。很快，他觉得身体在前倾，是马车在下桥了。过了一会儿又是上桥、下桥，最后在富丽的高墙大门前停了下来，意味着到了皇宫。

已等在宫门的太监引着众僧，踏着石阶、石板，穿过两重门，来到了一座大殿前，再沿着一级级石阶进到了高大宏伟、金碧辉煌的殿堂。殿堂里的装饰、家具、陈设，无不透出非同寻常的气派，尤其那高高在上、铺陈着黄色坐垫的硕大座椅，有着山岳一般的气势，这气势压倒了大殿里的一切，任何人近前，都会立即产生重重的压抑感。不用猜度，这便是金銮宝殿，那张硕大华丽的椅子便是皇帝的宝座。众僧人在事先准备好的金黄色蒲团上坐定，等待着一个重要时刻的到来。

过了好一会儿，大香炉里飘出了阵阵清香，在几排仪仗的引领下，在众多侍从的簇拥下，神宗皇帝出现在众僧面前。然后又在几个人的扶持下，跨上丹陛，端坐在了龙椅之上。了元注意到，那几日前在大法会上宣读祈天祭文的苏轼，也在皇帝侍从的队列之中。众僧人是第一次经历这场面，是第一次见到皇帝，一时都微微有些不知所措，不明该坐该立，平常镇定的双目，此时也变得有些飘忽。

这时，只听殿前的太监大喊了一声："众僧向官家行礼！"僧人对皇帝如何行礼，特别是要不要行跪拜之礼，历来多有歧见，并无定制。于是僧人们行礼时，各行其是，有的双手合十施僧人之礼，有的弯腰作揖致士人之礼，有的则跪倒在地行臣民之礼。大殿一时显得有些混乱，但皇帝似乎并不介意，甚至觉得很是有趣，脸上带着微笑。礼毕，大和尚们复又端坐于蒲团。

和尚们进金銮殿面君，实乃佛教界罕见之大事。在唐代，玄宗曾诏儒释道三教，各选百人于内殿辩论三教异同。玄宗最后手诏"略举三教，求之精义，会三归一"作为结语，主张三教合流，集中反映了皇家的旨意。彼此相容，协和共处，这正是唐代宗教兴盛、国势强盛的重要原因。不过今日之举与往日之事又大有不同。

神宗皇帝向众僧扫视了一眼，然后开口说道："各位高僧，平身。此次大法会，有赖各位高僧的功德与赤诚，祈祷上天，甚是灵验，已有多地报来，旱地得降甘霖，涝地风息雨歇。实乃国之大幸，民之大福也。为褒奖各位高僧之伟力丰功，朕赐每位高僧关中产上等加丝棉布一丈八尺，以作缝制袈裟之用，另赐斋饭一顿，而后在相国寺受用。"

僧人们一个个心存感念，"善哉，善哉"之声，在大殿回响。这时，皇帝话锋一转，说："朕与众高僧相见，机缘难得。朕有一些佛教方面的知识与疑难，需闻知于各位高僧，若知者径直回答可也。"

这是众僧不曾料及的，皇帝居然还要提问，可见这皇帝对佛教大有兴趣，甚至很有造诣。但不知问的是何问题，又当如何回答为好。

皇帝给出了第一个问题："我华夏文化博大精深，'佛''僧'二字便大有学问，或曰：'佛弗人也，僧曾为人'，此语对耶错耶？"

殿上一片寂静，无人应声。盖因为这个问题并不好回答，非三言两语所能说得清楚明白；还因为这乃非同一般场合，虽然这些大和尚平日在寺院里讲经论道，如鸟翔水流，自然顺畅，但在这金銮殿上，在君王面前，却不免心里带几分紧张，平添许多压力，故举手投足，一语一息，皆十分小心，回答问题更是不愿轻易张口，担心应答有误。

见无人应声，皇帝又问："尔等皆学问高深，竟不能回答此问乎？"

了元从皇帝的语气中，特别是把"高僧"改称为"尔等"的称呼中，觉察到了皇帝的不满甚至略有愠怒之意了，这可会大大有损这些高僧大德乃至整个佛教界的声誉。他觉得自己在众僧人中齿少德薄，修行、阅历尚浅，当尊师敬长，由年高德劭者回答皇帝的提问。但僧人们或沉默不语，或面面相觑，无人应声。他心里一阵紧似一阵，觉得应该有僧人开口作答了。

又过了一会儿，依然无人张口。大殿里鸦雀无声，气氛由肃穆变成了紧张，僧俗两界都有人背上一阵阵渗出冷汗来。

不能再等待了，了元站起身来，双手合十，开言说："阿弥陀佛。启禀官家，山僧愿就官家的提问作答。"

皇帝一听有僧人应答，心中转喜，又一看，见说话的看来是众僧中最年轻的一位，便问："大师何谓？何处人氏？"

"山僧法号了元，乃是江西浮梁人氏。出家在本邑宝积寺也。"

想不到皇帝这时接了一句："啊，浮梁？那里茶有盛名，还辖有以烧造瓷器名闻遐迩的景德镇，乃我大宋山好水好之地也。"

了元回答："是也。官家圣明。"

皇帝转入正题："'佛弗人也，僧曾为人'何解？"

了元开始作答，但第一句话竟然是："在山僧看来，此语亦正亦误。"

这一回答，让众高僧微微一惊，连那苏轼也觉得纳罕：对一个问题的解答，要么对，要么错，怎么会既对又错哩？尤其这是面对神宗皇帝的提问，应当十分郑重、严谨才是。

了元这时开始解释："说其正，盖因为佛僧皆非俗人，已是六根清净，且受清规戒律之约束，故非普通之人。从此义而论，佛非人也。"

有人轻轻点头。

了元接着又道："但此论却又显出乖误。盖因为，佛本是人，且有名有姓，若我佛祖释迦牟尼乃姓乔达摩，名悉达多。僧人虽在佛门，却同样要有人的衣食住行，除了持戒守律之外，还当遵守国之纲纪。佛道本在人间世，佛心佛性本在人心人性。无人心人性，则无佛心佛性也。故从这一点讲，佛僧亦是人也，是修持之人，或换言之，人乃未修持之佛。亦可举旁例以证，如孔、孟，被称为圣人、亚圣，他们确非常人，但亦人耳。"

神宗皇帝的脸上露出了欢悦之色。不料，这时了元却居然向神宗皇帝问话："官家，山僧想为官家所出题目换一字以为简捷之答，不知可乎？"

皇帝点头示意，表示允可。

了元便接着说道："这'佛弗人也，僧曾为人'如若改为'佛弗常人，僧曾为人'则义理通达、名实相符矣。"

　　皇帝微微一笑，显然认可了了元的解释，尤其是这和尚话中说到，僧人亦当遵守国之纲纪更是让他高兴，便接续问道："若如是，则人人可通过修持成佛？"

　　了元答道："然也，犹如人人皆可以成尧舜也。"

　　皇帝在心里对这一回答很是认可。他又给出了第二个问题："佛教传入中土之后，与儒、道交相融会，义理相通，成为中华文化之一部分。唐代重三教合流，共为一家，故唐玄宗曾将儒、佛、道各取一部代表性经典，亲加注释，颁行天下，敕令寺观僧道，好生念诵，用齐三圣之教，以答百灵之心。"说到这里，皇帝扫视了一眼众僧，问："各位高僧，那玄宗皇帝注释过的三部经典各为何名？"

　　如果说第一个问题是难以答好，或者说有些大和尚怯于回答，那么这一个问题则是难以答对。盖因除了道教经典可以肯定乃《道德经》之外，儒、释经典甚多，唐玄宗只选取了其中一部，这一部是何经典？如不知晓，则很难猜度。此外，大和尚们对佛教经典可谓如数家珍，但要熟悉卷帙浩繁的儒家经典实非易事。大多数人心中的答案是：儒学当为《论语》，释教则为《大般若波罗蜜经》。但因并无十足把握，所以皆不敢贸然启齿。就连那博学的苏轼，也直觉得自己无力答对皇帝的这一提问。

　　大殿上又是一片沉寂，皇帝没有多加等待，便对着了元说："还请了元大师作答。"

　　了元复又站起，答道："当年玄宗皇帝注释过的三部经典，儒教为《孝经》，释教为《金刚经》，道教为《道德经》。"

　　大殿里几乎所有的人都认同后两部经典的名字属正确答案，但儒家的经典之名则属错答，连苏轼也是这般想法。因为儒家经典甚多，《大学》《中庸》《论语》《春秋》《孟子》《礼记》《周易》皆有可能，怎么会是《孝经》呢？

　　这时神宗皇帝作出了判定："对也。足证了元大师学问高深。"大殿里响起了轻轻的慨叹声。

　　神宗皇帝提出了第三问，这是和第二问密切关联的问题："唐玄宗为什么要把《孝经》作为天下僧道也必读必守之经典？"这次皇帝没有等待任何僧人的回答，径直对了元说道："此题仍由了元法师作答。"这个问题的答案是在场所有僧人与俗人都想知晓的，连皇帝也希望获得自己满意的解释。

了元答道："孝者，天之经也，地之义也，民之行也。乃家国人伦，古今恒理。家无孝，则乱人伦，毁人心性，破毁家庭，便无以传家续世也；国无孝，则失纲常，上下无序，则必致国破邦倾，天下大乱也。故儒家奉《孝经》为圭臬，有'百善孝为先'之论。就是佛与道，亦重孝，佛教有盂兰盆孝亲之节，道教有忠孝之论。从这一点而言，诚如圣上所论，这释道儒本相通也。"

这一番阐释令满座信然，只有一人例外，就是那苏轼。他觉得这个来自江西的和尚有些道理难以讲通，只是在此等场合，不宜诘问，他在等待皇帝的态度。

只听皇帝说道："了元大师所言极是。人有孝，则众相亲；家有孝，则人伦和；国有孝，则天下安。孝为仁之基，亦为忠之本也。可谓天地与孝同在，鬼神与孝同存。"说罢，便让一太监取出两样东西，都是来自高丽国的贡品：一件百衲僧衣，一个紫砂僧钵。高丽佛教亦盛，且传自中国，故高丽一僧官来朝见大宋皇帝时，献上了这颇为珍贵的僧衣僧钵。神宗皇帝本想将这僧衣僧钵分赐两位僧人，但由于了元的出众表现，改为将这两件珍宝一并颁给了元。

了元接过僧衣僧钵，施礼谢恩。神宗皇帝又像想起了什么，说道："大师，你名号了元，诚然甚好，不过朕觉得还有更好的名号适合于大师。据朕所知，禅宗自称'传佛心印'，而词语中亦有'心心相印'之词，故朕欲赐大师法号为'佛印'，那大师出家的宝积寺即为佛印之道场可也。"

了元连连称谢。从此，大宋有了一个皇帝赐名的大和尚——佛印。

仪式完毕，皇帝起驾离殿。那在侍从队列中的苏轼却若有所思，似心中有事，还特地又朝佛印看了一眼。

初会苏轼

且说那苏轼回到家中，依然在琢磨今日殿上神宗皇帝与佛印的对话。尽管佛印的应答已为皇帝首肯，但他并不膺服，觉得其中有不明乃至谬误之处。比如说，出家为僧为道便是弃父母而去，卸却本应承担的赡养之责，这本有悖孝道，怎么反而和"孝"联结起来了呢？那唐朝的大诗人杜牧就曾持"出家非孝"之论。他很想去找那佛印一谈一辩，但又觉得有些唐突。

晚饭后，苏轼汲水研墨，准备开始每日的临池练字。这时门人来报，松风道人来访，苏轼示意引进。自打苏轼在凤翔救下松风之后，两人已成莫逆之交。

"此次来京何为？"松风刚一进门，苏轼便放下手中毛笔，高声发问，并热情招呼松风坐下。

"为的是看苏轼、看热闹。"松风作答。

"我只叫苏轼，不叫热闹。"苏轼笑而回言道，二人开始了轻松愉悦的谈话。

"堂堂进士居然不会断句了，贫道此来要做的是两件事也。"

"看热闹所指何事？"苏轼又问。

"乃天下名僧云集京城祈福禳灾之事耳。看了确是大开眼界。"

苏轼点头，接着为松风筛茶，忽又想起了今日一直在心中挥之不去的疑问，便问："参加大法会的大和尚中有一个叫佛印的，这次可谓风头占尽。他自报是浮梁人氏，当与松风同乡，你可认识？"

松风好一阵思索，然后摇了摇头说："据贫道所知，浮梁并无叫佛印的大和尚。"

"这可奇了怪了。那和尚断不会在官家面前枉报乡籍与姓名。"

苏轼似是自言自语。

松风略作沉默，复又开言道，"浮梁县倒有一个叫了元的和尚，贫道很是熟悉，这次也来参加大法会。"

苏轼若有所悟，连声说道："对对，正是此人。他的僧名本叫了元，佛印之号乃是官家刚刚赐予。"

"官家可谓慧眼识珠。好也！"松风为挚友得到的恩荣大声叫好。

苏轼便问："人家和尚受封，你这道士兴奋叫好，何也？"

"子瞻你可有所不知，这了元乃我旧友，情若金兰，他入佛门之时，曾将母亲托我赡养。其母仙逝时，亦是我操办丧事，并执孝子之礼。试想，此时贫道焉得不为之高兴乎？"

苏轼不由得心生感动，随之又想到了会一会佛印之事，若由这松风引见，既方便，又自然。便说："我想见见那佛印，松风可为引领？"

"此乃区区小事，迈腿便行。"

苏轼立即站起来，说："虽然已是掌灯时分，我等还是马上动身吧。僧人的脚爱在路上行，若待明天再去，只怕那佛印又动身迈腿，云游他处了。哎呀，这人世间，僧人道士最是自由自在，让人羡慕也。"

松风哈哈一笑，答道："进士言之有理，只是功名利禄难舍弃也。今日先去会佛印，走吧。"

"不过，松风只为身引，不必作言引。"苏轼特地交代。

"不让贫道说话？为何？"

"自有道理。"苏轼微微一笑。

于是二人又呷了一口茶，便向相国寺走去。

那佛印从皇宫回相国寺僧寮后，便收拾行装，准备明日一大早便启程东返，因为他惦记着师父善暹禅师。

佛印拿起了皇帝所赐的宝物。那衲衣因为布料、款式出自高丽，便有了异国情调，虽是一块块碎小布片拼接缀缝而成，却是选料考究，做工精良。他试穿了一下，长短宽窄很是合适，似是为自己量身定做的。他褪下袈裟，捧起了紫金钵，这虽是紫砂泥胎造就之物，却因工序的繁复与精细，不唯造型优美，而且质地细密，看起来犹如是青铜打造磨制，在烛光下，闪射出温润的亮光。因为通体为暗紫色，故称之为紫金钵。佛印心想：这些东西堪称宝物，不知要耗多少金钱、费多少工夫才得成器。也许只有皇家才能打造，方能受用，一般僧人也本用不着这等贵重的衣钵。

他把这两件宝物随手放在了桌上，然后准备打坐。因为身体已经在告诉他，打坐的时间到了。不管多忙多累，每日的僧人功课，他都必定要认真做完。刚刚坐定，却听"咚咚"声起，有人敲门。

何人夜间敲门？自己在开封并无熟人，他猜定是松风。门开处，果见站在门边的是松风，不过旁边还有一人，他略略看了一眼，认出来了：这不是那个苏轼么？他来何干？不过，佛印从内心欢迎这位进士的到来。

"佛印禅师，在下有礼。"苏轼首先开腔。

佛印是第一次听到有人叫他禅师，呼他新的名号，颇有些不自在，便赶快回礼。因松风未曾介绍，自己又叫不出苏轼的官名，亦不便直呼其名，便问："施主，山僧当如何称呼于您？"

苏轼的回答却是让佛印大吃一惊："在下姓秤名斗。"

佛印狐疑地看着苏轼，似是说：怎么是这样一个名字？你不是姓苏名轼么？

苏轼接着解释说："就是'秤称斗量'中的那两个字。"

"啊，好名好字，闻所未闻。"佛印若有所思地说，心里却在想：苏轼果然非比寻常，不过他为何要以这等名字自称？实在是让人大惑不解。

"是也。秤，可称天地轻重；斗，可量海水多寡。"苏轼笑眯眯地解释着，然后友善地盯着佛印，他在有意探测佛印的才思应对。

佛印没有立即回话，而是把他深邃的目光停在了苏轼脸上，似是要在他脸上寻找什么。这让苏轼有些奇怪，这和尚意欲何为？但就在这时，佛印把口张开，猛一收腹，继而从腹中冲出一股强劲的气流，随之发出"嗷——"的一声长啸，震得房上的瓦片微微作响，把苏轼和松风都吓了一跳。

就在苏轼和松风尚在愣神的时候，佛印开口问道："'秤斗'大人，山僧这一声长啸，请为称量：合几斤几两、几斗几升？"

苏轼一下明白了佛印的用意，便双手抱拳，说："斤两自有天地知，斗升只需用心量。佛印禅师果然卓尔不凡，不才苏轼是也。"

佛印回礼，然后说："山僧出言无羁，还请海涵。"说着开始备茶。

松风拿起茶壶茶盏，说："筛茶之事我来，你等初次见面，随心随意一聊吧。不过你们的开场之词，实在精彩。"又对佛印说："你称苏轼为进士或其字子瞻皆可也。"

这非同一般的见面之词，是他们其后几十年交往的华彩开篇，也为他们未来的交往定下了基调和底色。

二人的交谈正式开始。

几个来回后，苏轼迅速转到了他关心的话题："今日听了禅师的高谈宏论，令人折服，足证禅师修为之深、学识之广也。但我仍有惑有疑，但请指点一二。"

"阿弥陀佛。进士过谦了，但请发论，并祈指教。"

苏轼首先问道："禅师说佛道皆重孝道，并称'佛有盂兰盆之节日'，我亦粗晓其事其理，但请禅师细论深讲。"

佛印引经据典道来："那《观无量寿佛经》云，欲入极乐世界必修三端，第一端便是孝养父母，奉敬师长，慈心不杀，修十善之业。故修行必奉孝。"接着，讲到了佛经故事：

自东晋始，佛教寺院及宫廷、民间，每年七月十五，便会举办盂兰盆节，迄今依然，这乃是一个孝亲之节。此节却是来自佛教。那《盂兰盆经》记载，佛陀的弟子目连修成神奇的六通之功后，即以道眼观察三界，惊见自己的亡母受困在饿鬼道之中，无饮无食，皮骨相连，痛苦不堪。饿鬼乃是鬼中最苦之鬼，千年万载不得一饱，备受痛苦，备受煎熬，犹如日日受凌迟之刑。目连便以钵盛饭，以其法力递给母亲。其母接钵在手，便以左手遮掩钵体，右手抓起饭粒，想送入口中，不料那饭粒却在手中骤然冒烟起火，化作了火炭，不能入口。

目连见自己虽有神通，却不能救母亲于饥饿之中，于是失声痛哭。便前往如来佛处，恳请佛陀拯救自己的母亲脱离苦海。佛陀对他说："这非你一己之力可为，须靠十方僧众之力方能见功。"接着告诉目连，七月十五是众僧结夏安居之日，你可在那一日，敬设盛大的盂兰盆之供，以百味饮食供养十方僧众，从而借助众僧之力以救你母。

目连依言而行，靠着众多僧人的帮助，其母亲果得远离饿鬼道而离苦难。佛陀由此又说："自今始，每年七月十五日，凡佛门弟子行慈孝者，皆可设盂兰盆之供，供养众僧，为父母增福添寿，以报父母养育之恩。"这原本是佛界的"孝亲节",后延展到俗界。在南北朝,坚心信佛的梁武帝大倡盂兰盆之供,随后便有盂兰盆节。在唐代此节大盛,隆重至近乎奢华,今日仍可看到这一节日的存在和演进。这足证佛界重孝道也。

苏轼点了点头,这盂兰盆节已演进成民间十分看重的七月十五日鬼节了。这孝亲之事,著于经文,见于节日,看来佛界确是很重孝道,但他早存心中的疑惑来了,问:"出家人离家入寺后,便辞别父母,卸却供养之责,甚至不再行跪拜之礼,这不远离孝道乎?"

佛印答道:"孝有大小之分。在家奉侍父母诚然是孝,但只是孝一己之亲。佛乃普度众生,出家度千百父母,让他们脱苦离难,不亦孝乎?且可谓大孝。"

苏轼觉得这大孝小孝之论倒也说得过去,一时无语。又抬眼看了看佛印,目光落在了佛印须发削净、在灯下显得很是光亮的头上,又想到佛印在金銮殿上曾提及《孝经》,便说:"《孝经》有语,身体发肤,受之父母,不敢毁伤,孝之始也。入佛门却要剃去头发,毁伤发肤,这岂不是一为僧便失孝道也?"

佛印亦以《孝经》作答:"《孝经》还有语曰,立身行道,扬名于后世,孝之终也。"随之又补充说:"入佛门剃发何为?乃为正身立本、救世行道,故其根本还是在孝也。孝,以儒守之,以佛广之,此可谓人间真正的孝道也。"

松风见苏轼问之于"孝之始",佛印答之于"孝之终",很是有趣,便禁不住插话道:"其实,道教亦讲孝道也。'人欲修仙,先当忠孝。'视忠孝为修道成仙的前提也。"顿了一下又说:"以天地人伦而言,道与儒极为相近,《太平经》曰:'父母者,生之根也;君者,授荣尊之门也;师者,智之所出,不穷之业也。此三者道德之门户也。'"

佛印接着说:"儒道佛这三教交会融通,且远不止于皆重孝这一端。"

苏轼便说:"请禅师、道人详言。"

佛印解释说:"儒道源自中土,佛教来自域外。佛教入中土后,便与儒道发生联系,经过漫长的岁月,彼此交融参会。以至有人将孔子、老子、释迦牟尼并称为'三公',乃三教圣人。"

松风接着说:"佛道之相通之处甚多。佛以色空为要,道以清虚为本，十分相近。试以具体词语言之，虽然'随缘'源自华严宗《起信》之典，'逍遥'源自《庄子》一书，但二者既形似，又实肖。故有语曰，'随缘放狂，任性逍遥'。"

佛印又论及儒佛之同，说："即使一些细节小行，儒佛也相融通对应。《大学》中说：'知止而后有定，定而后能静，静而后能安，安而后能虑，虑而后能得。这和僧人的打坐参悟大有异曲同工之妙。'"

这一佛一道，轮流论法说道，使苏轼觉得有味有趣有理，但他并不因此而附会苟同，乃曰："在我看来，入佛道者，多因苦恼。苦恼无极，无所告诉，则呼父母。父母不闻，仰而呼天。天不能救，求于佛道。是谓信佛道之因也。"

佛印说："子瞻所言极是，信佛本为脱苦。然，这只是对常人而言，而对入佛门修行者，则有觉悟人生、普度众生之义。照达摩祖师之言，佛道的最高功德是自心得清净、证悟。"

这些论说，苏轼并不陌生，只是他自觉对佛道了解不多，更欠深邃，对一些义理心存疑虑，便又提出了具体的疑问："儒家理论系统的支点乃是五常，即仁、义、礼、智、信。佛教之论说能与之对应乎？"

佛印答道："儒学有五常，佛家有五戒，这五常与五戒实相连相近也。以五戒配五常乃佛家通识，那东林寺的开山祖师慧远，便以论说《丧服》《孝经》而闻名于时。"

苏轼对此大有兴趣，说："妙也。我愿洗耳恭听。"

佛印将五戒与五常对应着一一道来："夫不杀生，仁也；不偷盗，义也；不邪淫，礼也；不饮酒，智也；不妄言，信也。诚然，不必简单比照附会，但儒佛二者，精义实连通也，故菩提之心便是忠义之心。"

苏轼频频点头，乃笑曰："若如是，何不着天下人尽信佛教？"

佛印答曰："凡事有度，佛道在缘。纵然是天下人皆有向佛之心，却未必皆与佛门有缘也。"

苏轼赞成此论，此时觉得这佛印不仅深谙佛家经典，而且能言善对。乃一奇才也。

这时，松风发现了桌上的衲衣和紫钵，便问佛印："此物从何而来？"

未待佛印回答，苏轼便已开言答道："此非常物，乃官家所赐。"

松风便开着玩笑说："这些本是方外之物，已属奇珍，经官家收存后转赐，更是连城之价。你有其中一件，便可遍游天下，一生无忧也。"

苏轼凑趣地说："这金钵可任取天下食粮茶水，这衲衣可御四方沙尘风霜。"

佛印一笑说："这二物诚为珍贵，但也只是饥时用以求乞果腹，寒来用以遮身保暖而已。且，唐曾有则天太后、孝和皇帝送百衲袈裟及钱币给六祖慧能之事也。"

苏轼一听佛印之言，暗暗钦佩这大和尚的淡定与气度。又看了看那衲衣金钵，立即来了灵感，取过纸笔，随手写下一首赞词：

> 匣而藏之，见衲而不见师；衣而不匣，见师而不见衲。
> 唯师与衲，非一非两。眇而视之，蚍虫龙象。

苏轼说的是这衲衣与僧人的关系，其中有着妙喻精论。

佛印将这赞词细读了一遍，赞道："进士真乃才高八斗也。"

苏轼接话道："真若有八斗，也只是与佛印禅师共有也。"

言罢，三人一起大笑。

几乎与此同时，佛印和苏轼各自动了非常心思。

佛印心里想的是：这苏轼果然才华冠世，僧人中若有此等人杰，必然大增光华，当导之、化之，使之皈依佛门。

苏轼的想法则是：这佛印真乃僧中之魁，儒学界若得此等高僧，将如冠簪花，当说之、引之，使之还俗为文。

当苏轼和松风告辞时，佛印将金钵送与松风："你终年云游不息，此物最宜你用。"

松风连连推辞，说："官家所赐之物，怎敢夺爱擅用？"

苏轼却似真似假地劝道："物当其人，便是物与人皆有幸啊。"

松风听了这话，略一迟疑，便不再推让，把紫金钵接过，并向佛印施礼致谢。

这时佛印又对苏轼说："有一日进士入佛门修行，山僧当奉此衲衣。"

苏轼笑笑说："好也。有一日禅师还俗事文，子瞻定赠禅师上赐之砚台。"

松风插话道："二位所言，贫道乐为证人。"

说罢，屋里又起笑声，兴味盎然、了无顾忌的谈笑，使他们如同亲朋挚友在旷野山林嬉戏漫语，全没有寺中僧人与朝中官宦的惯常约束。

此时，开封城中的钟鼓楼已报三更，苏轼想着应当离去。当三人起身时，苏轼忽见佛印僧衣的下摆部分已有几处破洞，便带笑问道："禅师去往了什么不该去的去处，把僧衣弄成这般模样？"

佛印回答道："山僧连日来一直在僧衣上以手指临摹那龙门二十品，不曾想到，把僧衣磨成了这个样子。"

"有人写字力透纸背，禅师写字却是力破僧衣，让人叫绝。"

"子瞻可千万别上禀，山僧是内穿这破衣烂衫进宫面君的。"佛印故作神秘地说。

苏轼脱口说道："和尚僧衣破。"

佛印便对着苏轼说："子瞻的帽子斜了。"

苏轼下意识地把帽子正了正。

于是，佛印便说道："进士官帽歪。"

"哈哈哈，哈哈！"三人又是一阵畅快的开怀大笑，惊得那油灯中不大的灯芯来回晃动。

苏轼弯腰揖别，带着依恋不舍离去。佛印复又关心地对着苏轼的背影叮嘱道："夜已深，子瞻路上多加小心。"

苏轼反身带笑作答："不碍事的，这个时分，街市依然热闹，人来人往，华灯未熄。那些茶馆酒坊，歌楼戏院，都尚不曾关门。"

佛印把苏轼送到门外，果见大街上行人不少，街两边的楼房里，灯火如霞，并隐隐传出笙歌管音。好一个不夜的大宋都城。

面壁斗方

开封城刚刚在晨曦中显出并不明晰的轮廓，夜晚喧腾的都市此时显得宁静，依然在睡梦之中。佛印背着包袱，步出了朱雀门。翻山涉水，一路趱行，回到了承天院。就在他要进入山门时，眼前的景象让他怔住了。

他看见，山门前，飘动着彩旗，布置有鼓乐，有僧人、信众，还有官方代表正在等候。原来，江州府得悉了元在京城受神宗封名号、赐衣钵之后，甚为高兴，便布置了盛大的欢迎场面。当佛印出现在山门前，立即鞭炮响起，鼓乐齐鸣。作为官方代表的樊雄走在头里，他一脸喜气地领着众多僧人和信众向前迎迓。

樊雄说道："已喜闻佛印禅师在京师的表现超群绝伦，名动京城。全州的官员、僧人、信众一个个欢天喜地。故特来道贺，也是迎接大师返寺。"

这一切皆是佛印不曾想到过的，他只是淡淡地说："此乃官家隆恩，山僧受之有愧。"

僧人、信众簇拥着佛印走进了方丈室后，纷纷退去。那樊雄却还倒坐了下来，看来他是有话要说，有事要办。佛印心想，这人要说要办的事大概都不会是什么好事，但也只能认真地听之、应之。

方丈室只剩下佛印和樊雄了。樊雄满脸堆笑，喜滋滋地说："佛印禅师，下官这次来，目的有三：一为向禅师致谢，二为向禅师求教，三为向禅师道别。"

佛印听不明白樊雄说的究竟是何意，只是或轻或重地以点头相应。

这时，樊雄趋近佛印，压低声音说："万般感谢佛印禅师。承蒙禅师在京城为下官劳神费力，美言于官家，相荐于官员，昨日吏部公文已到，调我去西北戍边，官升一级。"

佛印觉得很是奇怪，此话从何说起？在京城，他可没有，也决然不会在任何人面前提及这樊雄，更不曾有为他美言、举荐之事，不知为何这人看来倒是交了好运。

没等佛印开言，樊雄又说开了："下官这次来，为的是请禅师指点，到边地后如何为官做事，从而……"后面的话他没有说出口。

佛印明白了樊雄的来意，便不紧不慢地说道："佛祖之眼，明察天下。善事多做，诸恶莫为，自可百事顺达。"

樊雄连连点头："下官定牢记于心。这两日我一直在承天院礼佛，已为寺里捐银六十两，但愿菩萨佑我。"

佛印连道"阿弥陀佛"。

樊雄走后，许多人接踵而至，或为一睹佛印禅师的风采，或为求菩萨祛灾赐福，一时寺院犹如闹市。方丈室前，也人多声杂。佛印想起了"成名之累"，一个和尚只不过是改了一个名号，便招来了许多麻烦，让人耗损精力，费去时间，还有碍寺里的宁静。

佛印觉得大受其扰，决意暂时离开一段时光，或许这封赐之事便会如浮云浪花，很快归于无形、归于沉寂，况且他还惦记着去看望善遍禅师。于是，安排好寺里事务后，又将青布包袱挎到肩头，向归宗寺走去。释智很想随行，一者有些事可为佛印照应，二者可效法佛印读经修行。但佛印拒绝了，一如过去，一身僧袍，一个僧钵，一个包袱，独往独来。

见师心切，佛印走得比平常要快些。他在思考着如何向师父奉告开封之行，也在想象着师父现在的模样。

他走进了归宗寺，当他向知客道明来意时，那似乎显得更白更胖的知客略一迟疑，然后告知的是一个让他意外和遗憾的消息：善遍禅师已于七日前圆寂，今日刚刚做完超度禅师的"头七"法事。他一阵默然，佛家本看淡生死，僧人圆寂，犹如远行，不必大伤大悲。但他还是有哀伤袭怀，心意茫茫。佛印来到了供放善遍禅师骨灰的大殿前，点香燃烛，向师父致意。然后开始为师父诵经，一直诵了三日三夜。

在佛印准备离去的时候，知客挽留住了他，说："善遍禅师在圆寂前，已选定佛印禅师为云门宗法嗣，同时举荐禅师为归宗寺方丈。"

"啊，真有此事？"佛印不由得问。

面对佛印的疑问，知客早有准备，用他那肥嫩的手递给佛印一个信札和一个包袱。佛印拆展信札，那纸笺上的文字确是师父笔迹，文曰：

> 老僧即将踏上赴极乐世界之路，唯放不下的是这遴选禅宗云门宗传人之事。老僧已选定由了元禅师继之，上次着人唤了元来寺，便是为谈此事。孰料了元奉旨赴开封参加大法会，遂成缺憾。请了元见此字后，如见老僧之面，担纲云门之法嗣之责。同时继任归宗寺之方丈，此事已得多方允同。切勿推辞。袈裟不华，百倍珍惜；衣钵不重，勿以为轻。善哉，善哉！

佛印发现，善暹禅师在信中对自己使用的是"了元"之称，乃因当时封号之事并未传到归宗寺。如果师父知道自己已由神宗皇帝赐名号为佛印，不知会是何心情？想到这里，佛印不由得又涌起阵阵对师父的敬仰与思念之情。

读完信，再打开包袱，里面装的是善暹禅师的袈裟和一本已古旧的《楞伽经》，佛印紧紧地抱在胸前。

佛印深知，不能有违师命，当承继师父衣钵，并接任归宗寺住持。便在当日召集众僧，宣读善暹禅师之遗命。但他同时又告知众僧人，他要返承天院辞去方丈之职，还要外出作一段时间的游历。在到了开封、见过诸多法师之后，直觉得自己学识不足，修持有亏。他要再用三年左右的时间外出游访，以增学识，以广见闻，以强修为，这期间寺里事务皆委托四大班首的首座办理。他定下三年之期，还别有深意。此时俗界通行的风习是：在家庭，父亲去世后，"三年不变，依父之道"，诸事悉按父亲定下的规矩办理；在官场，父亲或母亲去世后，守制三年，不任官府之事。他想仿行民俗官制，三年不行方丈之职，以表示对师父的敬意，并用这段时间悉心修行。

就在佛印准备离开归宗寺时，知客来了，他那白胖的脸绷得很紧，完全没有平日的轻松与微笑。他极为认真地告知佛印：善暹方丈的圆寂，使他常常思念。寺中的生活他已越来越不适应，并渐渐觉得自己与佛无缘。他准备还俗。

佛印无语。僧人若与佛无缘，自可还俗，这本属佛门规矩也。

那知客向佛印施礼，然后晃动着肥胖的身躯，到僧寮换成俗家装束，离寺而去。不过，后来佛印听说，这胖知客偷拿过功德箱的银子，曾遭善暹禅师严厉责罚，这才是他离寺的真正原因。佛印心想：若果真如此，他自是离寺为好，寺院断不可有贪浊之徒。

佛印离开归宗寺后，至承天院辞去了方丈之职，便又游走在山水之间。每到一寺，他都小住一段，与寺里的和尚们讨论经典，也应邀讲经，还进入各寺的藏经楼，阅读他不曾见过的经卷。这一切，使他受益甚多。

这一日，他慕名走进了属湖北黄冈地界的斗方山，此山奇特，形状如斗，故此得名。他由此想起，初见苏轼时，这位进士称自己姓秤名斗，甚是有趣，那实乃一段美好回忆。这山上有奇峰怪石，如醒酒石、撑腰石、灯笼石、莲花石、三生石。斗方山中有建于唐代的斗方禅寺，寺中有闻名遐迩的降龙祖师殿，这古殿全由形状各异的石块构成，有石梁、石柱、石礅、石架、石墙，上刻蟠龙花纹，势极雄浑。佛印爱这山名寺名，爱这胜山名寺，便在斗方寺住了下来。

佛印入寺后，少不得和寺里僧众谈佛论经。这斗方山历来有"儒释道三教齐倡"的传统，这很契合佛印的修行理念。于是，随着时光的流逝，他对斗方禅寺三教兼容、聚为一宗的理念很是认同，这使他觉得自己在佛学上的修为又登台阶。

山下有一河，源自大别山深处，流入长江，传说有痴情女子在河中殉情，因而感动天地，使河面浮起白莲，此河由此名曰白莲河。白莲本是表征佛性之物，因而僧人、信众对这白莲河便多了几分情感牵连。佛印常在河边看日出日落，临风听涛，打坐悟禅。但他更钟爱的坐禅场所却另有去处。

僧人们好生奇怪的是，这佛印常常离寺，或一二日、或三五日，多时七八日方回。侍者将此事告知方丈。方丈听了，略一思索，说道："佛印禅师定然没有走远，当是就在附近修行。"

侍者更觉奇怪，除了斗方寺外，这方圆几十里并无寺院，这佛印在何处修行？

方丈便又说道："或许就在某个山洞之中。"

侍者将信将疑。一日，待佛印又出寺时，便悄悄地跟在了后面，要一看究竟。却见佛印攀石附岩，果然走进了一个山洞，此洞名罗汉洞。

原来，这斗方山的洞府甚多，其中有罗汉洞、八卦洞、飞云洞、百合洞、观音洞等。历代有不少求佛问道的高人在山间寺院和洞府中修行。佛印来此的主要目的就是寻找一个适合禅修的洞穴，打坐修炼。因为他曾听善暹师父说过，古代许多高僧常在洞穴、坟墓中禅修，禅宗祖师达摩更在一山洞中面壁九年。所以他在此选择了罗汉洞禅修，以细细体味洞中面壁的感觉，更提升自己的修为。

侍者钦佩佛印的选择和方丈的判断，便将此情况告知方丈，方丈只是微微一笑，然后又对侍者交代了一番。

第二日，当佛印再次进入罗汉洞，但见洞中已放有茶水和食物，还有卧具。他明白了，这乃是斗方寺方丈的细心安排，为的是助自己更好地在洞中修行。于是他便更专心地作着又一种形式的禅修。

在这洞中修行，较之闭关院又有不同，更静更幽。只觉得离人间更远，离佛祖更近。眼前没有任何物影，耳边没有任何声响，最真实的存在是空无，最响亮的声音是沉寂。他的意念如天空的流云，海上的涌浪，没有任何阻碍，更为畅达地直透佛理的深处，对因缘、善恶、生死似乎看得更为清晰，悟得更为透彻，这是其他参禅形式无法获得的境界和感知。善哉，妙哉！

这一日，佛印又在罗汉洞中打坐。他隐隐觉得全身燥热，难以入定。忽然万籁无声的洞中，似有似无地传来阵阵声响，屏息细辨，乃是洞外的风雨之声。接着这声音大变，化作了隆隆鼓声，并一声紧似一声，一声重似一声，接着是天崩地裂之声，四周骤然变得一片黑暗，有碎石滚动，几块不大的石头砸在身上。他明白了，石洞已在风雨中坍塌，自己已被困洞中，凭一己之力，已不可能脱困出洞。当他想喝水时，那盛水盛粮的钵子已不知去向。既如此，就任他去了，他便照样打坐，默诵经典，然后慢慢地入定。

那斗方寺的方丈一直惦着在洞中修行的佛印，一个风雨之夜，梦见佛印躺在一个四边有高墙的院子里，心生不安。便问侍者，那佛印如何？当去一看为好。

侍者回答，不碍事，水和干粮足够一月之用。

几日后，方丈又一次梦见佛印躺在合围的高墙之中，更是对佛印放心不下，便交代侍者，还是去看看为好。

侍者跑到罗汉洞前一看，大叫不好，山洞上下已改模样，乱石杂陈，洞已经倒塌，便连连呼叫："佛印禅师！"不见有回应之声。便跑回寺院，叫来了许多僧人，挖山抬石找人。但许多石头已横七竖八地把山洞压住，洞口已不知在何处。那些石块大的如马如牛，几十个僧人一齐用劲，依然是搬不开、推不动。便钎撬锤砸，移石破石，连续不停地用了七八日工夫，才清理出石洞的模样，而此时离石洞垮塌，已逾二十日矣。不知那佛印是生是死，是伤是残。但眼前的一幕让僧人们怔住了：已变得极为窄小的石洞里，佛印端然而坐，一如平日在禅堂里打坐一般，见众僧人出现并无半点反应。有僧人以手指在佛印的鼻孔前试了试，告诉大家："尚有鼻息。"原来，佛印从山洞倒塌之日，便入定了，至今未醒。一僧人以法器将佛印唤醒。大家一阵惊喜。

却不料，这佛印认定在洞中修行甚好，觉得意犹未尽，且自己有一个在洞中修持一年的执愿。第二日便又找了另一个山洞，继续修持。

山上的花草又一次绽红吐青，不知不觉间，佛印在洞中修满了一年之期，便带着极大的满足，准备离开斗方寺。

临行，他回顾在这斗方寺的修行，信手抄写了自己的一首诗作：

> 道冠儒履释袈裟，和会三家作一家。
> 忘却兜率天上路，双林痴坐待龙华。

这诗有他对斗方寺的赞美，也有他自己对三教会一的认同。他将这首诗留在了斗方寺，然后继续云游。

转眼时间过去两年有余。他的下一站是云居山真如寺，接下来还要去那诞生过《百丈清规》的百丈寺。

云居山是一个充满诗意的名字，此山系九岭山系之余脉，危峦相叠，群峰相拥，连绵百里有余。更有几座山峰，各自独立，状如莲花，这一片山势便被人称作"莲花城"，那著名的真如寺便在莲花城的环抱之中。

这真如寺乃佛教禅宗曹洞宗之道场，始建于唐宪宗年间，原名"龙昌禅院"，在北宋奉敕改名为"真如禅寺"。"真如"二字直通佛理，禅宗把不生不灭的理想世界称作"真如"，亦即佛性，认为现实世界的万事万物都是"真如"本性的显现。从这寺名便可知真如寺乃非一般之寺院。

曲曲的山路如带如练，斜挂在巉峦危岩之上，缠绕在野草林木之间。佛印一路前行，平整的路段他甩开大步，陡峭的路段他以手攀援，不一会儿便大汗如蒸，他不得不时时停下脚步，抹汗喘息。他无端地想起了与佛理相通的两句话：历经人间不平路，不向人间诉不平。

一阵山风拂过全身，顿觉凉爽，但他又接着弓腰蹬腿继续向山上攀行。

几经停歇，路程已经过半。他有了便意，便拐进小路，向林莽中走去。刚走了几步，忽见一道白影如闪电般地从眼前掠过。他不觉微微一惊，停下脚步定睛一看，原来那白影是一只不大的猴子，不过这只猴子的毛色是他从来没见过的，浑身发白，似是在大雪中一动不动地待了许久。他友善地向猴子笑了笑，继续迈步。不料那猴子又是一阵风似的再次从他前面横穿跃过，并发出"吱"的一声尖叫。佛印心想：猴有灵性，顽皮机敏，今日或是有高兴之事，或是有意作弄我这孤僧。便没加理会，只是稍稍整了整肩上的包袱，接着开步。但这时那猴又忽然跳到了他的面前，不料尚未站稳，便随着脚下的枯叶败草"哗啦啦"掉进了一个大坑，这大坑是猎人挖就的陷阱。佛印立即明白，这小白猴是一直在警示自己：停步莫进，脚下危险。心里不由得涌起对这猴子的感激之情。

这时，那陷阱里传来了猴子痛苦的叫声。佛印小心翼翼地拨开了陷阱上面所有的遮盖物，朝陷阱里望去，但见洞口只有箩筐大小，洞深却有一丈上下，洞壁光滑直立。老虎豹子，乃至人掉下去都无法逃生。猴子也许有逃生的可能，但陷阱中却另有机关，埋设有由毛竹削成的尖桩，形如矛尖，利如刀刃。那白猴的一条腿已由白色变成了红色，那红色还在扩大，显然它被锋利的竹尖扎伤了，已没有逃出陷阱的能力了。

佛印疾眼环顾四周，很快有了办法。他费力地搬起倒在不远处的两根枯木，放进陷阱里。这样便如同架起了一个梯子，估摸着那肢体灵巧的猴子能借助这"木梯"回到地面。那白猴很是聪明，转动着眼珠，抬头朝洞口望了一眼，便迈着步走向了木梯，但却显得动作迟缓，挣扎着刚在枯木上蹭了几步，便又无力地滑落到陷阱之底，然后是痛苦而焦躁的模样，看来伤势太重。

怎么办？佛印又抬眼看了看四周，有了主意。他用力从一棵大树上扯下一根长长的枯藤，然后手执一端，将枯藤抛向白猴，那白猴很利索地用前肢抓住了枯藤。这样，佛印双手用力牵扯，白猴双脚用力沿着木头连蹭带爬，从而离开了生死之地。

佛印把白猴抱在了怀里，那白猴居然没有惊恐，没有挣扎，而是像孩婴依偎在母亲怀抱里一般，一动不动。再细一看，这时佛印发现，这并不是一只小猴，而是一只幼猿。佛印知道，猿与猴相似，实则殊异。古籍有言，猴子要用三千年的时光才能修炼成猿。这只猿毛色满密光亮，似是涂了一层鸡油，好像摸一下便会在手上沾上一层油脂。奇特的是，猿全身发白，脖子上却又有一圈细长的黑毛，像是戴了一条黑色的项链。这猿四肢发达，只是一条腿已经受伤，皮开肉绽，鲜血在不断地外冒。他从包袱里取出一件僧衣，扯下一长条，为白猿扎紧止血，然后轻轻地把猿放在了地上，说了声："阿弥陀佛，找你的父母去吧。"

然而奇怪的是，那白猿却未曾挪动脚步，只是用眼睛直勾勾地望着佛印，充满着悲伤、可怜，似乎还带着哀求。

佛印便问道："你可是不愿走？"

那白猿不会说话，却是用力地眨了几下圆溜溜的眼睛。

佛印心想：可能这猿重伤在身，或是已无父母，故不愿重回山林，那神情分明是祈求自己为它疗伤，甚至将它收养。于是他对着白猿发问："你愿意跟山僧走乎？"

白猿又把眼睛用力地眨了几下。

佛印犯难了，僧人养一只猿猴，可乎？且自己正在云游之中，携一猿更是多有不便。可这猿已然受伤，重回山林恐怕是难以存命。这猿可也是一条鲜活灵动的生命呀，如之奈何？

就在这时，一阵山风吹过，林中涛声响起，似有虎啸豹吼，他突然联想到居讷禅师养有一豹，是不是佛在借山风启示自己：僧人可以养虎养豹，亦可养猿养猴，因而应当收养这只身陷困境的白猿？他又想起李白游庐山时，曾在《别东林寺僧》一诗中写道："东林送客处，月出白猿啼。笑别庐山远，何烦过虎溪。"诗中有猿有虎，虎与佛僧有缘，莫不是这白猿也与佛与己有缘？

佛印俯下身，小心地将白猿轻轻抱起，很像当年抱起那八妹。然后加快了脚步，向真如寺走去。

第五章

禅师与居士

东坡徙黄州，游赤壁，与山谷、佛印饮酒赋诗。忘其迁谪。

——《曲海总目提要》卷三十二

到真如寺

　　佛印进到了真如寺。知客热情地让座看茶，然后速速告知方丈。方丈立即起身，说："待老衲前去客堂接待。"

　　知客又补充了一句："不知何故，佛印禅师还随身带了一只白猴。"

　　方丈已过古稀之年，背已微驼，后颈下似是搁了个小包袱。这方丈本当赴开封参与大法会的，乃因年迈体弱，至半路而折返。他不但腰背无法挺直，耳朵也有点失聪，加上口音的缘故，没有听清楚知客的话语，便问："带了一些薄荷？啊，大概是为抗暑散热之用吧。"

　　"方丈，带的不是薄荷，乃是一只毛色雪白的猴子。"

　　方丈这下听明白了，心里则在想：这大和尚为何带一只猴子？

　　方丈和佛印见面后，果见佛印怀抱一只小白猴。但那小猴似乎少了猴性、缺了猴趣，双眼无光，脸部的表情显露出痛苦模样，像一个生病的孩儿，困倦无力地靠在佛印胸前。

　　方丈不想提及与猴子有关的话题，但佛印的话题却先从怀中的猿猴开始："山僧来真如寺的路上，得遇这只白猿，腿部受伤，失血甚多，气息不匀，求请方丈先着僧人救此生灵。"

　　问病施药，这对真如寺并非难事，寺内供有药师佛，僧人中有知药会医者，医治一受伤之猿猴了无问题。方丈便让知客将小猿抱起，送去僧医房，自己则和佛印对座谈话。

　　"先前曾喜闻佛印大师得蒙官家封赐，乃禅林之幸也。今日大师到此，乃真如寺之喜也，敬请多待些时日。"

　　"封赐之事，不足挂齿。这真如寺，山僧乃是慕名而来，定当多住些日子，至少待那白猿伤愈，把它送回山林后，再行离开。"佛印道出了自己的想法。

"何须如此急促？此处亦是诵经修持的好去处也。"

"料想时间不会太短。人若伤筋动骨，需有一段时日方可痊愈，这猿猴也大体如此吧。"佛印继续着与猿猴有关的话题。

不一会儿，知客来报。医药僧已对白猿细加观察，皮破肉开，腿骨开裂，筋根半断，虽无性命之虞，但伤势亦是不轻，至少得三月方可痊愈。

佛印本想在这里待一月左右便离此去百丈寺，但他牵挂白猿，便决计安心住下，待白猿伤势全好，再作定夺。他觉得，还会有时间去他向往已久的百丈寺。

这真如寺果然名不虚传，山高林深，尘埃不起，只有鸟禽之鸣伴流泉之音，而无嘈杂喧闹之声，确是个修行悟禅的好地方。有很多名人慕山慕寺慕僧而来，那唐代的白居易就曾经到此，访寺晤僧，写下多篇诗作，其中一首以《云居寺孤桐》为题，大有意趣，诗曰：

> 一株青玉立，千叶绿云委。
> 亭亭五丈余，高意犹未已。
> 山僧年九十，清净老不死。
> 自云手种时，一颗青桐子。
> 直从萌芽拔，高自毫末始。
> 四面无附枝，中心有通理。
> 寄言立身者，孤直当如此。

佛印细加品味，觉得这诗和白居易的诸多诗作一样，明白如话，但咏物言理状人，意境深邃而悠远。尤其是后面六句，哲理禅意，诗家情怀，尽在其里。能读到这样的诗作，亦是缘分。除了读诗读文，诵经打坐，他还和寺中僧人一起做日常功课。有时也应约讲经，并与僧众论说经文。

这一日，佛印讲过一段《楞伽经》后，有僧人向他发问："如何是佛？"

这个问题与神宗皇帝在金銮殿上的提问很有些相似，但佛印没有重述旧答，而是先以目光移向佛像，稍停后再答道："木头雕不就。"

这短短数字，意蕴极深：佛像虽是木雕泥塑，但佛却绝非木头可以雕成。这让满座点头称是。

于是提问的僧人更多，有僧人连问了三个问题。

先是问："如何是城里佛？"

答："倚门傍户。"

又问："如何是村里佛？"

又答："衣麻食麦。"

再问："如何是山里佛？"

再答："依草附木。"

这简练的回答，有些僧人不解其意，不明其理。但有颖悟者，感觉到了其中的义理与禅意。特别是最后一答，佛印道出的四字，含义精警，意味无穷。学佛修持最宜在山中，与草木相伴，与鸟兽为邻，汲自然之气，取万物之灵，由此最能参透佛理，修得正果。这其中还暗含一段佛家历史，释迦牟尼创立佛教后，初始信徒学佛修持，并不在寺院、房舍之里，而是在山林旷野之中，远离尘嚣，排除杂扰，潜心专志，以探佛理，以求精髓。在中国，僧人修行之所称作为寺，乃因佛教传入之始，外来僧人一般都安排住在官府礼宾的鸿胪寺，后来便把僧人居住和修持的专用住所称之为寺。

日出日落。佛印在真如寺一待就是三月。转眼间云游三年的期限将满，他当如期回到归宗寺，去履行方丈之责。无奈那白猿像个不懂事的孩儿，伤势稍好，便翻腾跳跃，于是伤势复发。这样反反复复，又过了一个多月才算痊愈，他决计尽快离云居山而返归宗寺，此时离三年之期已只剩半月矣。

佛印去向方丈辞行。

刚进客堂，佛印便觉得有些诧异：方丈没有坐在应坐的位置上，而是坐在了平日客人来访时坐的副座上，寺院的班首、执事等人已一一坐定，屋里已无空座了。

知客把佛印引到本属方丈的座椅前，示意说：此座专为大师而留。

佛印很觉奇怪：山僧乃一游僧，为何让我坐方丈之位？这绝非所宜。

方丈说："此座今日非佛印禅师莫属了。禅师且坐下，老衲再细说端详。"

　　当佛印还在犹豫的时候，那知客乘势把佛印轻轻按倒在座椅上。这时，如风偃草木，在方丈室里的僧人一起齐刷刷地弯腰跪下，口中念道："恭喜贺喜，佛印禅师在此升座。"

　　佛印大感意外，赶快离座，将众僧一一扶起。他不由得想起了赵匡胤的黄袍加身之事。

　　这时，方丈开言道："请佛印禅师先坐下，老衲等再行细说。"

　　佛印这才复又坐下。

　　方丈这时徐徐说开了："老衲在此寺二十多年，任方丈已先后三任矣，赖佛陀护佑，众僧用功，这真如寺一派兴盛气象。然，老衲年事已高，日近西去。这真如寺必须有适当之人继任方丈，以传佛灯。佛印禅师在寺院期间，所言所行，莫不显出非凡的学识和气概，令众僧膺服，实乃真如寺方丈最适当人选，且此事已得官府允准。另，禅师携来一猿猴，亦非寻常之物。猿者，缘也，就因为这白猿，禅师才在真如寺一住数月，从而使老衲等众僧识禅师才华，知禅师学问，见禅师品行。一切分明是佛在启示：禅师继任真如寺之方丈，乃缘定也。"

　　望着言词恳切的老方丈和充满诚意的众僧人，望着方丈室的佛像，佛印不由得心有微澜：自己莫不是果真和真如寺有缘？

　　当方丈再次以浑浊而又情切的双目望着他的时候，佛印觉得自己无法拒绝真如寺老方丈的要求，但旋即想起了一件事，于是回答道："若有缘，山僧当随缘而行。但，山僧在三年前已答应任归宗寺之方丈，亦不可食言。"

　　方丈略作沉默，便说："那禅师也三年后再来真如寺，如何？"

　　佛印觉得不能再推托了，便回了声："善哉善哉！"

　　于是有了一个皆大欢喜的结果。

　　就在佛印准备向真如寺的山门外走去的时候，知客来告："那只白猿，这几个月一直性情温和，今日却一反常态，狂躁不安，大喊大叫。"

　　佛印想起这只白猿之事未了，便折返来到了白猿暂居的闲室。那白猿一见佛印，立即安静下来，但它的目光一直和佛印对视着。

　　佛印见白猿已经完全康复，便说："你腿脚已好，可回山林了。"

但白猿嘴里发出"唔唔"的声音，似是伤心的哽咽。

佛印又问："你愿继续跟着山僧乎？"

白猿用力地眨了几下眼睛，这和与佛印初次相遇时使用的动作一致，他已明了白猿的心愿。

佛印又说："山僧需要离开真如寺，但三年后还将回到这里。你且先回山林，若有机缘还可相见。"

白猿略显迟疑，又是用力地眨了几下眼睛，然后走出了真如寺，将身影隐没在了寺后的草木之中。

佛印这才如释重负，又看了一眼白猿栖身的翁郁山林，方才转身向寺外走去。出寺不久，他想起了自己曾经的执愿：离真如寺后，再去百丈寺。

那百丈寺在丛林中有着特殊的地位。寺因建在雄伟峻拔、林海茫茫的百丈山而得名，乃禅宗大师怀海于唐玄宗年间所建，那怀海大师于佛门的贡献甚巨，正是他首倡农禅并重，且亲力亲为，常与僧人一起劳作，至年事已高依然不辍。众僧不忍，暗将他用的锄犁收起藏匿。怀海便整日里找寻，以至忘了进餐，并不停地说着"一日不作，一日不食"，此语广传佛界，亦闻俗界。然，怀海的贡献远不止于此，他不仅对亦农亦禅身体力行，而且将农禅结合作为一项寺院规制确定下来，成为各个禅宗寺院恪守的制度。

但，亦禅亦农，这还只是怀海制定的寺规僧戒中的一项。佛教进入中土后，众多寺院各有其制，各奉其规，五花八门，互有差别，乃至抵牾。甚至有的僧人不持戒、不坐禅，放浪形骸。为此，怀海决心为佛门制定一套清规戒律。他细细地阅读经卷，广为了解各寺院的规制，结合禅宗特点，参酌大小乘戒律，制定出囊括僧人修行、生活诸多方面的清规戒律，被称作《百丈清规》，并成为禅宗寺院广为接受和遵行的行为规范。

自收养了那只白猿之后，佛印想去百丈寺之心更切。因为在百丈寺有个"百丈猿声"的故事，广为流传。那故事说的是：当年怀海住持百丈寺后，常为僧众说法，因至为精彩，以至寺殿门边常有青猿肃立听经，并会发出特有的喝彩之声。佛印想，百丈寺曾有青猿，现真如寺有了白猿，可证猿与寺与佛确有缘分，他极想去感受一番那曾创制禅寺清规而又引得青猿听经的地方。

他掐算了一下日子，此地离百丈寺不远，如起早贪黑赶路，可

155

有一两日时光在百丈寺停留。他背起包袱，加快步伐向百丈寺行进。但天公却不作美，一路大雨滂沱，道路泥泞。他依然没有放缓脚步，顶风冒雨而行，百丈寺的影子已隐约可见。但走着走着，脚下却无路可走了，一条河挡住了去路。这河平日只是一条几丈宽的小溪，但在连降大雨后，遂成了水宽浪急的河流，原本在溪上的小木桥已被洪水冲得不见踪影。对佛印来说，现在已是无桥过河、无船渡江。他油然想起达摩祖师一苇渡江的故事，大概因为出家人常因江河之隔，阻滞行程，于是便有了以苇叶作舟渡江之说。可自己并无以叶渡河的神通，眼下当如何继续行程，以了心愿呢？

这时佛印发现，河边有一人架着画板，打着一把大雨伞，正在绘画。看来这画家实非寻常之人，在刻意追逐风雨。风景不在等闲处，水急的河流，雨狂的旷野，风啸的山林，云飞的天空，都是非同寻常的画面。这也更坚定了佛印要渡水越河去参访百丈寺的心愿。

佛印把包袱顶在头上，准备涉水过河。就在河水带着冲力没过他膝盖的时候，那画家停下手中画笔大喊："和尚且慢，河水湍急，不可渡也。上午已有一僧人想涉水过河，被激流冲得不知去向。"

佛印依然慢慢地向河心走去。

画家是个好心人，他担心悲剧又现，便冲进水里，一把拉住佛印的衣袖，返回岸边。佛印只好作罢，便望着河对面在风雨中时隐时现的百丈山，大有遗憾地连说了几声"阿弥陀佛"。

画家觉得这执着的和尚很有几分可敬可爱，便开言问道："大师是想去百丈寺乎？"

"然也。"

"待雨停水落方可。"

"有时机缘一失，便不可再得也。"

画家心想，这真是个潜心佛学、倾心向佛的和尚，便说："我画的正是风雨中的百丈寺。画成后，可以奉赠，以慰大师未能入寺之憾。"

佛印对曰："画饼不是饼也。"

画家一愣，看来这和尚很有学问，机锋过人，便回答说："这画饼可眼观手抚，还可收藏观赏，不远胜那只能眼看、不能手触，更不能携走的真饼？"

佛印觉得这个画家非比常人，不仅画非一般人能画之画，而且语非一般人能语之语，便说："画家所言极是。只是出家人不可随便收纳钱物，且施主的画一定价值不菲，更不敢携走、收藏了。"

"佛家讲缘定，这或许是一种缘分。"

佛印听画家说出此言，且正在风雨中画的又是百丈寺，心想，这画家定是读过佛家经典，或对僧佛存有兴趣，便说："善哉善哉。如有缘，画师为山僧画一像可乎？"

画家对这和尚已很有好感，立即允诺："可也，今日还是明日？"

"非今日明日，待山僧又作远行之日。"

画家心里纳闷：这僧人的"远行"是真正的远行，如唐僧取经？还是圆寂后去远方佛国？便没有再问，但已把此事谨记于心。这河边的偶然相遇和一个约定，在若干年后真的成为了事实，更成为了佳话。

就在他们说话的时候，河水又涨高了许多，河道显得更为宽阔，浪涛由青灰色变成了白色，在风中奔涌浩荡，并发出巨大的响声。佛印只好收住脚步，转身朝归宗寺方向走去。

黄州之会

佛印回到了归宗寺，距当年离开时恰好整整三年。

当他走进寺门后，但见大雄宝殿灯火通明，佛乐齐奏，寺里已料定他近日必然回寺，佛印继任方丈的各类事项早已准备妥帖，就等他回来，举行仪式。知客直接把他引到大雄宝殿，一切依规办理。在众僧的诵经和期待中，佛印承接起师父善暹禅师之衣钵，他成了云门宗的传人，也成为了归宗寺的新任住持。

他又变得忙碌了，以理而论，住持的主要职责是领着众僧修行，有如雁阵中飞行的头雁。但实际上并非如此简单，普通僧人每日犹如在平地上行走，可信步无碍；方丈则好像每日在山路上攀爬，费心而又费力。佛印尽力把事情安排得井井有条，也尽力不因寺中事务繁杂而影响自己诵经修行。

时光如水流马走，近日稍显闲暇了，佛印想起了苏轼，那才艺绝世的进士不知现在如何？从面相上看，这苏轼一生似乎注定会起伏不定，赞誉满身却又灾祸相伴，这也是他想度苏轼入佛门的重要缘由。

一日，侍者来告：今日听上香的信众在寺里谈论，那苏轼因卷入党争，被贬谪到南方，已在忧患和贫病中死去。佛印心中顿时大骇，极想知晓这消息的真伪，更想知道苏轼的真实下落。但山水相隔，江湖传言虚实难辨，真相无从知道，这让他心底变得很有些沉重。当日连夜念经至天明，为苏轼祈福。

又在忧虑中度过了几天。这日天亮后，有一人出现在寺院里，既而被引进了方丈室。那人有意把本当戴在头上的大斗笠拿在手里，放置胸前，严严实实地遮住脸庞。佛印一看便知是谁，便喝道："松风，为何要装神弄鬼？"

松风依然没有把斗笠放下，而是以异于平常的声调说："贫道心如乱麻，亦如针刺，实在不愿直面禅师了。"

"究竟何事？"

"苏轼……"

佛印一听松风道出"苏轼"二字，又见松风模样，即刻如雷响晴空，心中一惊，莫非真如传言？立即带几分紧张地问："子瞻到底如何？"

松风这才移开斗笠，露出含悲带愤的脸，对着佛印说："他现在黄州。"

"黄州？"佛印又一次听到黄州这个地名。他对这个地方有很好的印象，因为当年遇灾荒时，善暹禅师在黄州化缘而得的稻米，救了承天院的断炊之急。

"苏轼已被贬作黄州团练副使。"松风缓缓地说。

佛印闻言，登时长长舒了一口气，放下心来。可见苏轼并未大病，更未离世，只是换了顶小些的乌纱而已。既然如此，何须慌乱，又何须悲戚？便淡淡地说："长江有鱼，黄州长树。虽衣食住行比京师要差些，但只要心中无尘，哪里都是好去处也。"

松风想，你说得倒是轻巧，待我把事情道明，你便不会这般自在了，接着便把苏轼被贬的原因细细道来：

在开封的祈福禳灾大法会之后，苏轼在官场上颇为顺遂，官位变动，几次升迁，先后任职杭州、湖州、密州等地，诗名文名也是不断飙升。但他却有些生不逢时，为革除积弊，富国强兵，王安石在皇帝的支持下，进行大刀阔斧的改革，但遭到许多大臣的反对。苏轼不赞同王安石变法，他几经思索后，笔如快马走舟，旁征博引，参酌古今，一气写下《上神宗皇帝书》，长达万言，厉言反对新税制、征兵制等革新之举。因为苏轼在朝野的巨大影响力，便被决意改革的新党视为眼中尖钉、肉中利刺，列作重点打击对象。有人从苏轼的诗文中，寻词摘句，进行构陷。在奏请神宗皇帝给苏轼治罪的折子后面，居然附上了苏轼的四本诗集作为罪证。家人认为苏轼乃因诗文获罪，恼怒之下，气愤之中，竟然焚毁了苏轼大量文稿。

罗织的罪名众多，罪行严重，有监察官员甚至认为苏轼应当处死。这令许多人惊恐不安，亦抱不平，就连苏轼的政敌王安石也认为处罚太重了，仗义而执言："安有圣世而杀才士乎？"王安石的话不但义正词严，而且大有依据。本来，宋太祖登基后，曾有关于不诛杀非叛逆的文人、大臣的训示，这本是一张坚铜硬铁般的免死牌，但在残酷的党争中看来要被弃置一旁，变成破铜烂铁了。

苏轼的罪状不仅有攻击新政，还有蔑视朝廷，讥嘲国家大事，甚至对皇帝旁敲侧击。苏轼大笔如椽而又锋利如刃，落笔挟风带雷，极易被人抓住把柄。黄庭坚在与外甥谈到苏轼的文章时曾说："东坡文章妙天下，其短处在好骂，慎勿袭其轨也。"此论颇有道理。比如，苏轼以形象而辛辣之词，把朝中当权者比作蜩蝉、蛙蝈、夜枭。尤其是他还把一些人比作乌鸦，监察机关官署内的柏树上本栖有乌鸦，这使监察官们产生了黑色的联想，自是恼怒更甚。也正是因为监察机关官署内的柏树与乌鸦，而苏轼又是因诗获罪，这便成了历史上有名的"乌台诗案"。以至后来成为一个专用名词存于典籍，流传后世。

在案件审理期间，皇太后去世，皇家治丧照例要大赦天下，这成了救命的契机。加之有许多人为他求情，一些黎民百姓甚至还请道士做法事为他祈福。因而苏轼得以减罪，结果是，苏轼免去一死，贬到黄州担任团练副使。

"这苏轼可谓九死一生。"松风说完特地追加了一语，这句话在于提示佛印：此事岂可看轻？

佛印听完，情绪并未有大的变化，只是接口道："九死犹能一生，幸也。"然后又对松风说："黄州与这归宗寺仅一江之隔，山僧明日便过江去看他也。"

江上的晨雾尚未散尽，佛印、松风两人便来到了那长江边上，租一条小船，踏浪破雾，横渡大江，直向黄州驶去。

到黄州后，苏轼可不像佛印说的那么轻快，心中无尘，以不死为幸。他对进退升贬可以淡然以对，但却不能不为国家忧心，还得为自己的生计发愁。没有住所，便暂时栖居在一座寺院里。当住进这寺院时，苏轼觉得很是有趣。因为自己第一次出蜀地到京师应试时，也是居住在寺院，这次离京至贬所时，又是住在佛寺，看来自己与佛与寺有缘也。

居所算是有了，果腹却日日烦心，每月的用度必须精打细算。可喜亦可忧的是，远近来访的人时时出现，其中有落魄文人，有破产商人，也有仰慕的士子，还有结缘的和尚道士。对来者往往要管待饭食，有的人甚至一住多日乃至连月不走，这让苏轼十分犯难。但他苦思冥想，居然找到了一个简便实用的理财持家办法，每逢月初，便把本月的可用之资分作三十份，一份一份悬挂在屋梁上，每日画叉取下一份使用，决不多用一子。偶有剩余，便装贮在一个竹筒里，以备来客时度支。

寒食节。苏轼在宿醉中醒来，望着窗外在风雨中低昂的树枝，他有了诗情，也有了写字的冲动，便坐在案头，如云中雷电，快速写下了长长的一段文字，其中有：

> 小屋如渔舟，蒙蒙水云里。
> 空庖煮寒菜，破灶烧湿苇。
> 那知是寒食，但见乌衔纸。
> 君门深九重，坟墓在万里。
> 也拟哭途穷，死灰吹不起。

诗中透着诗人少有的愁苦与悲凉，乃是描述逆境、满含悲愤的心境之语，更是一篇惊才绝艳的书法之作，这便是被后人称作天下第二行书的《寒食帖》。

不过，众多访客给他带来了许多安慰，许多快乐，一起饮酒品茶，一同赋诗作文，彼此谈经论道。这使他在困顿的日子里少了哀伤与孤苦，多了轻松与愉悦，甚至增添了诗情与画意。

近日，来看望他的人中有一天下名士，姓黄名庭坚，字鲁直，乃江西洪州人氏，英宗朝进士。苏轼称其诗文"超轶绝尘，独立万物之表，世久无此作"。只是这黄庭坚似乎不太会做官，得中进士的第二年被任命为河南一县尉，他却大大咧咧，赴任竟然迟到，遭顶头上司州太守一顿诟骂，外加惩罚。他也和苏轼一样，反对新法，在河南任职时，对在河南推行新法、改旱麦田为水稻田公然提出异议。因而，他也因苏轼受到牵连。他任官期间的文字也被搜检审查，在《神宗实录》中有黄庭坚写的"用铁龙爪治河有同儿戏"之语，便遭监察官的严厉诘问："为何写下这等文字？"不料这黄庭坚昂然答道："我曾亲见，真儿戏尔。"于是他被罚铜二十斤，官职也由著作佐郎降为吉州泰和县令。几日前他由泰和县专程来到了黄州。

这一日上午，苏轼和黄庭坚、李公麟在一起谈诗论画，谈得兴起，便铺纸在桌，由李公麟绘画。这李氏乃当代屈指可数的大画家之一，和苏轼乃是朋友，亦是画友，闻苏轼贬至黄州，特地赶来看望、陪伴。只见李公麟手提画笔，饱蘸浓墨，在纸上提笔勾勒，按笔渲染，笔有疾、缓、顿、挫，墨显浓、淡、干、湿，很快便成就一幅画作。但见：屋外，有人将竹笛横吹，笛声中，夜风带凉，月照群峰；屋边，小路影影绰绰，满布杂草野花；屋内，灯影昏暗，棋局散乱，有两人隔桌对饮，杯盘狼藉。画家看来是在以画的形式描述远离家乡游子的失意生活，实则是暗喻苏轼的处境。苏轼一看画面，自是心领神会，顿时来了诗兴，便随口吟道：

夜凉吹笛千山月，路暗迷人百种花。
棋罢不知人世换，酒阑无奈客思家。

这黄庭坚听了，连喊"好画好诗"，并说："我来书录吧。"便提笔用墨，把苏轼的诗转眼间由口吟变成了文字，留在了画的空白处。

"堪称诗书画三绝！"有人大声喝彩。

众人循声一看，喝彩的原来是一位和尚。这和尚便是佛印，他进到庭院时，见三人正绘画作诗，没有打扰，便在一旁屏息静观，直到画作完成，诗文写就，才放出赞叹之声。

苏轼一见佛印，趋前行礼，一番寒暄。一别多年，今日相逢，甚是亲切。

苏轼问："什么风把禅师吹到此地？"

佛印答："东北风是也。"说完又指松风说："外加松林之风。"

佛印又向李公麟施礼，因为刚才看他作画时，已认出这个就是那日风雨之中在河边绘画的画家，二人又是一番言词往来。

佛印与黄庭坚早已相识，互致问候。苏轼把画家介绍给佛印："此乃画家李公麟是也。"

宋代四大书家乃苏、黄、米、蔡，三大画家则是苏、米、李，这李便是李公麟，也叫龙眠。李公麟的画作中，所绘佛像甚多，曾在东林寺绘就《白莲社图》，取材于慧远大师同许多高僧大德结成白莲社之事，此画在佛俗两界极有影响，乃寺僧题材的千古杰作。

李公麟善画马与人物，曾画李广夺胡人马回归阵地的画面，只见李广在马上搭箭引弓，但箭未离弦，胡人便已落马。艺术表现力让人赞叹，时称"宋画第一人"，且学识渊博，苏轼称其"神与万物交，智与百工通"。佛印这下明白了，怨不得他的画画得那么好，连称"善哉善哉"，李公麟则连应"有缘有缘"。

到了午饭时刻，苏轼称今日是盛宴相待，已把竹筒里连月聚攒的零钱全部倒出来买了菜肴。他已自定规矩，盛宴只三道菜，今日也不例外，只是菜品较平日好了些、量多了些而已。第一道菜是红烧猪肉，乃是苏轼自己烧制。原来，他见黄州盛产猪肉，价格便宜，但当地人烹制后，色、味、形皆不尽如人意，便自加琢磨，烧制成别有风味的佳肴。苏轼烹调的猪肉色泽微黄，宛若琥珀，香浓酥软，肥而不腻，口感极佳。他还有专文介绍这肉的做法："净洗锅，少著水，柴头罨烟焰不起。待它自熟莫催它，火候足时它自美。"说得简略些，要诀便是文火慢炖，这道菜后被叫作"东坡肉"，而成为中华美食中的珍品流传后世。另两道菜分别是长江白鱼和时令蔬菜。他还取出珍藏了好长时间的一坛美酒。今日确是堪称盛宴了。

大家坐定后，苏轼又说："莫嫌酒薄菜少，我还另有好汤三道。"

三菜外加三汤，这简直是盛宴中的盛宴了。大家忙问何汤。

苏轼微微一笑，然后提笔写在纸上，让众人观看，但见上面写的是：

安分养福汤，宽胃养气汤，省费蓄财汤。

众人看过，一起捧腹大笑，黄庭坚直笑得连声咳嗽。

苏轼又对佛印说："实在愧疚，无力为禅师准备斋饭。"

佛印对曰："我等就各取所宜，各得其味吧。"

"不过，酒可要喝一两盅。"苏轼说。

"为何？"佛印问道。

"僧人戒律中本当戒酒，不过似有例外。比如，当年东林寺的慧远大师欲引陶渊明入佛门，便答应让他破戒饮酒。"苏轼作着解释。

佛印笑了笑说："如子瞻愿入佛门，亦可破戒饮酒耶。"

餐桌上笑声又起。此时，又有几位来访者临时入席，其中有一人叫张商英，乃朝廷命官，正在赴任途中，特取道黄州看望苏轼。这张商英若干年后还和佛印重逢，并与佛印一起为佛门做了一件重要事情。于是八仙桌上坐了十来个人，推杯换盏，午饭足足吃了一个时辰。

　　苏轼酒量不大，今日兴致很高，多喝了一两盅，便酩酊大醉。饭后倒头便睡，一直睡到红日西坠，晚霞铺满长江。

　　睡醒后，苏轼在厅间饮茶，佛印走了进来，他要和苏轼单独叙话。

真情对语

佛印双手捧一本经卷，十分郑重地递给苏轼，这便是他入佛门以后一直随身携带、失而复得的《金刚经》，且经卷上还有他以血抄写的经文。对佛印来说，这经书弥足珍贵。

佛印说道："这经书送你，有空一读，可解烦恼，可得真知，体察宇宙，洞察人生。假以时日，成效自知。"

苏轼接过经书，觉得这经卷非比等闲，连连道谢。他到黄州后，时常会读一些佛经，觉得颇有收益。

佛印又道："僧人修行，要在两端。一乃诵经，二乃禅定。这禅定可排除杂念，感悟大千，观照人生，益增智慧，养生健身，大有好处也。山僧可示你禅定之法。"

听到这里，苏轼似乎慢慢感知到佛印的用心了，这莫不是想度我入佛门？心想，我还想引你还俗呢。便不由得心里暗暗发笑：想不到被这佛印反客为主了。

佛印便以言语讲述，以肢体示意，很是认真地向苏轼传授禅定之术。苏轼也很认真地揣摩、模仿，慢慢觉得，练习这些动作，静心守意，杂念不起，确乎有益心智和体魄。

这时，夜已深了。佛印问苏轼："子瞻身心困倦乎？"

苏轼答："与禅师一起，诵经习禅，丝毫不觉困倦，但觉心清气爽。"他说的本非虚语，不过，他此时心清气爽，与他今日几乎酣睡了一个下午大有关系。

佛印便道："若如此，山僧为子瞻讲一段经如何？"

苏轼答："可也。"

佛印开始讲经，他今日讲的是佛经中的八苦之论："有语曰，苦海无边。人一生下来，便坠入苦海。苦为人生之根，与生俱来，谁也无法逃脱。"

"那当如何？"

"万难之题皆有破解之法。若信佛修行，便可免苦海灭顶，无八苦羁身。"

苏轼知道，这佛教中的苦并不与俗界所说的痛苦等义，便问："苦为何义，当如何识之、觉之、应之？"

"概言之，人生大有三苦，小有八苦。"接着佛印便如剥茧抽丝，将三苦和八苦一一道来。

三苦系指：其一为苦苦，指寒热饥渴引起之苦；其二为坏苦，指荣华富贵不能持久之苦；其三为行苦，指天地人道变幻无常之苦。

"那八苦呢？"苏轼饶有兴趣地追问。

佛印便将那八苦逐一列出：一乃生苦，即出世降生之痛苦，故婴儿坠地便放声啼哭；二乃老苦，即衰迈老朽之苦，齿落眼花，步履艰难，力不从心；三乃病苦，即疾病相侵之苦，僵卧床笫，痛楚呻吟，无望待死；四乃死苦，即生命终结之苦，气绝身腐，独行黄泉之路，无人可得幸免；五乃爱别离苦，即割爱别情之苦，所爱之人、所爱之物，到头来皆无情抛却；六乃怨憎会苦，即因怨恨憎恶滋生之苦，自己喜欢者不得相伴相随到终了，自己憎恨厌恶者却往往狭路相逢，躲不开，避无方；七乃求不得苦，即所欲所求不得实现之苦，世上万千美物，欲求不得，徒生伤悲；八乃五阴盛苦，五阴乃色、受、想、行、识，这五阴使人在精神和肉体上产生无穷的烦恼、愁闷、悲伤。

这三苦与八苦亦可称之为"苦谛"。

苏轼若有所思。

佛印接着讲道："众生为何会有诸苦、有苦谛？皆因愚迷暗昧、不明佛理、心怀贪欲所致，这便叫集谛。"

"该当如何因应？"苏轼认真地问道。

佛印心里一喜，看来苏轼已然心动，有了向佛之愿矣，便顺势说道："接下来就是灭谛。造成世俗诸苦的一切起因都可以断灭，从而使人超脱生死轮回，达到无苦涅槃的至境。"

"禅师已讲过苦谛、集谛、灭谛，是否还有第四谛？"苏轼又问。

"然也，子瞻果然与佛大有缘分。"佛印接着讲道，"第四谛乃是道谛。这是脱苦向乐，达到涅槃之境的教义和修习方法，要义在于学佛修禅。"

苏轼这时说道："概言之，禅师今日为我讲的乃是四谛。这四谛互为因果。精要在于，虽人生多苦，但只要学佛修行，便可摆脱诸苦，求得千般喜乐。"

佛印不觉抚掌而笑："子瞻果然非常人，颖悟超群也。适才所论'四谛'，乃是初期佛教理论的总纲要义。穷通了这四谛，便成半个佛陀了。"

"那弥勒佛却是终日喜笑，从不言苦，这当如何解释？"不料这苏轼却问出了一个与苦截然相悖的佛中话题。

佛印略一思索，回答说："那弥勒佛乃是未来佛，故他不言苦救苦，而是道乐施乐，在于告诉和引导众生，修好今生，便可脱苦，来生可得永乐也。"

苏轼不由得微微点头。

佛印觉得可以向苏轼稍稍亮明自己的意愿了，便说："今子瞻由京华而贬荒地，由朝官而成闲吏，未来凶吉更不可测知，诚为苦也。"

苏轼默然。

佛印进而说道："但人间纵有苦海苦山，亦有跨海越山之道。"

苏轼睁大眼睛，带几分迷离地看着佛印。

"子瞻不愿一试乎？"佛印这句话等于是在告白：为摆脱千层烦恼、万般痛苦，何不皈依佛祖？他说完，便以真诚而期待的目光注视着苏轼。二人竟莫名其妙地对视良久。

少顷，苏轼移开目光，没有回答佛印的询问，而是似乎换了话题："禅师诗文甚好。我无新作，但有旧诗，我想抄出一首，请禅师指教。"

佛印点头。心里却在想：这苏轼听明白了山僧的话意乎？

苏轼铺纸提笔，如行云流水，迅速写下了一首词：

江城子·乙卯正月二十日夜记梦

十年生死两茫茫。不思量，自难忘。千里孤坟，无处话凄凉。纵使相逢应不识，尘满面，鬓如霜。　　夜来幽梦忽还乡。小轩窗，正梳妆。相顾无言，惟有泪千行。料得年年肠断处，明月夜，短松冈。

佛印读过后，但觉这词里感情炽热而又一片悲凉，万般真情凝于笔端，一腔思念直透纸背。即使像自己这样的出家人，读来也禁不住心胆俱动，悲情满怀，百念交集。他轻轻地问："进士所悼念者系何人？"

"此诗乃我为亡妻十年忌日所作。"苏轼说完，泪光闪烁。

佛印顿时知道了，苏轼其实完全听明白了自己的话意，此时抄出这首旧词在于表明：他一直怀念妻子，纵然和妻子天人两隔，但真挚之情未有半点消减，故专门写下了这动人心魄的辞章。这分明是在表达他眷恋家人、情恋家庭、依恋世俗的情感，因而不愿出家之意也。无疑是此时对佛印所问委婉却又明了的回答。

佛印点了点头，看来劝度苏轼入佛并非易事，且入空门需有缘分，需由缘定，不能操之过急。

此时，屋外传来公鸡啼唱，这是苏轼自养的鸡发出的啼鸣之声。

次日一早，李公麟离去。佛印则告知苏轼，他想在附近盘桓几日。因为他想起，黄州与善暹禅师、与承天院皆因缘，佛印要以感恩的心境去看一看这一带的山水田园。他还想好了，待几日后，再同苏轼作一次推心置腹的交谈。

苏轼则开始阅读佛印所赠的《金刚经》。这次经佛印的一番讲解、开导、劝喻之后，他对佛教有了更多了解，对佛经也有了更大兴趣。他慢慢觉得，自己对佛经已在登堂入室，经卷中的义理、精蕴、禅机像微风细雨，阵阵向自己飘洒而来。

苏轼在想，佛印劝己向佛，这自有他的道理，自己不也想着引佛印还俗么？可自己却尚无任何行动。他在等待着，也在寻找着机会。

几日后，佛印短暂的云游结束，要回归宗寺，便向苏轼辞行，更想着临别前的夜晚作一次长谈。

苏轼略一沉吟，说道："这黄州有一好去处，不可错过，待游过再走。"

佛印便问："是何胜景？"

"此景有语道不得，到时便知。禅师先在屋里稍作等待，我很快会告知于你。"

佛印心想，看来苏轼不想给自己再和他独处的机会，只好回屋打坐去了。

晚饭后，苏轼敲门，告知佛印："时辰已到，赏美景去也。"

佛印忙问："是什么奇观妙景，需在夜晚观赏？"

苏轼又是一句："到时便知。"

苏轼和佛印、黄庭坚，还有来自蜀地的一位友人，一起向长江边走去。时序初秋之七月十六日，月亮尚未升起，天上地下，夜色茫茫，一行人深一腿、浅一脚地在夜幕中前行。行至江边，已有一条小船在等候。登船后，船夫点篙摇桨，船头便分开波浪向大江中流驶去。

夜游赤壁

船行不久，苏轼告诉大家，这不远处的江岸有一处红褐色的石崖，在长江的漫漫堤岸中显得很是特别。自赤壁大战之后，有人便把这一带称作赤壁了。他信手指了指不远处隐约有岸有树的前方，说："那便是赤壁，乃是欣赏江景的绝好去处，今夜我们可在舟上作一次赤壁之游。"

佛印这下明白了今夜所赏的是何美景，不觉点头称善。

苏轼提起随身携带的竹篮子，将里面装的食物一一取出，摆放在船舱里已备好的一张小桌上，他略带歉意地对佛印说："今日带的多是酒和肉，只怕是要请禅师将就些了。"

佛印笑着答道："子瞻等喝酒吃肉，山僧独享清风明月，各得其宜。纵然你子瞻亏我，天地当不亏山僧也。"

"吃亏是福，禅师独得其福也。不过，据我所知，经书《十诵律》有语曰：不见、不闻、不疑三种净肉可食也。"黄庭坚笑道。

佛印收住笑声，认真地告知："自南朝梁武帝萧衍始，则守戒的僧人不得饮酒食肉也。"

苏轼插言："这个菩萨皇帝实在可恼，你自个儿不吃便了，为何苦累天下僧人皆得吃素持斋？"

黄庭坚又接话道："倒是那个则天皇帝通达时宜，自己信佛，还让僧人不必穿百衲旧衣。否则，今日佛印穿的定是破衣烂衫。"

佛印报以一笑。

秋天的长江，依然开阔，此时水流缓慢，波澜不惊。阵阵江风吹拂，令人心清而神怡。船上，杯盘作响，酒壶斜提，从壶中倒出来的酒浆，香气四溢，灌满船舱，飘逸江面。苏轼以主人的身份，向客人敬酒。三杯酒下肚，诗人们便神思飞扬，那黄庭坚便欲诵诗。恰在此时，那东面的小山由黑黝黝的模样变成一片灰褐，既而化作一片银白，月亮破云而出，跃上东山。黄庭坚触景生情，背诵起《诗经·陈风·月出》中的句子："月出皎兮，佼人僚兮，舒窈纠兮，劳心悄兮……"众人或是叫好，或是应和，小船上盛满了欢乐。

浑圆的月亮越升越高，将白色的光辉毫不吝啬地流泻在江面，也照在那影影绰绰的赤壁之上。顿时，江清月白，水影山光，上下一碧，如诗如画。此时的浩浩长江之中，只有苏轼等所乘一船，宛如一片苇叶在清风细浪中轻轻颠簸。

苏轼放下酒杯，双眼微闭，叫船夫停桨罢棹，让船任凭风浪轻轻托起放下，直觉得自己不是在滔滔江波之上，而是飘忽在缥缈无垠的云霄之中，很似道家的羽化升仙了。他忍不住以筷子敲击船舷，唱道：

> 桂棹兮兰桨，击空明兮溯流光。渺渺兮予怀，望美人
> 兮天一方。

好一个真情流露。饮酒江舟，面对皓月，耳闻涛声，吟诗赋词，心中想到的是远方的美人。也许人在困厄窘迫之中，最易想到美好的事物，因为那美好的事物更有疗伤慰人的功效；或是在美景怡人、心情轻松之时，想到美人美事，便可使心情更为舒畅。

那位来自蜀地的友人将随身携带的洞箫吹起，为苏轼伴奏。箫声缠绵，低沉迂回，悠扬空灵，如泣如诉。那发自洞孔的旋律，若天籁之音，动人心魄；又似丝线缠绕，连绵不断。黄庭坚想，如此美曲雅词，恐怕深渊的蛟龙听了也会忘情地伴着笛声起舞，更会让那孤舟上思亲的寡妇动情地哭泣。

这一曲吹得苏轼也心中生悲起愁，便问："此曲为何如此让人怅然哀伤？"

吹箫者没有应答，依然是两腮不停地鼓起，十指灵巧地跳动，他已完全沉浸在自己演奏的乐曲之中，全身心地进入了美妙的音乐世界。良久，他才停下演奏，带几分伤感地说道："这赤壁，乃是极易让人发思古之幽情的地方。当年曹操南征时，曾在船上对着大江明月，豪歌着他的《短歌行》，其中有词曰：'月明星稀，乌鹊南

飞……'今日在这江流之上，抬眼向西，可望夏口；纵目望东，可见武昌。山川相接，势若游龙，草木繁茂，茫茫苍苍。这不就是当年孟德被周郎击败的战场所在，想那战事初启之时，曹操刚刚攻取荆州、江陵，万千战船，顺流而下，旌旗蔽日，军威震天。曹操志得意满，把酒临江，横槊赋诗，气贯斗牛。真可谓一时之英雄豪杰也。然而，现在那英武盖世的曹操哪里去了？"吹箫人说到这里，声音变得低沉缓慢，似有无尽的伤感。

佛印见此情此景，亦大受感染，由近及远，不由得也触动了他的历史情怀。便接口说："当年的英雄豪杰早已无形，现在却是你我等像渔夫樵夫一般，在江边水流之旁，以鱼虾麋鹿为友。今夜有缘人乘这一叶扁舟，手执酒樽茶壶，如小小的蜉蝣生于天地之间，渺小得如同沧海之一粟。世事变迁何速，人事代谢何繁？谁又能超然于外？对此，这怕是所有凡夫俗子都难免会感慨的。但如果能逃脱名利，看淡生死，便可超然万物之外，而得永乐永生矣。"佛印有感而发，有着浓浓的佛家情怀。

苏轼听到这里，连连称道："妙也！"并忍不住将手中的酒樽递给佛印，说道："高论。饮酒！"

此情此景，竟让佛印忘了一切，他似是本能地接过酒盅，一饮而尽。直到酒过咽喉发出浓香辛辣之味，才猛然意识到此物不可用，便倚着船帮向江中连连呕吐，以图吐出已入腹中的杯中之物。

苏轼拍了拍佛印的后背，笑呵呵地说："不碍事，不碍事。今宵就是佛陀到此，恐怕也要乱了方寸，美景难求，真情难禁也。"

佛印带着无奈的口吻说："山僧只当是净食！"

苏轼连连应道："净食，净食！"说完心里想道：你这和尚今日可以算是破戒了，最好是一破到底。

黄庭坚接续着已经展开的话题："唉，人生太短，令人哀伤，真羡慕这长江浩荡远去，直入沧海，无穷无尽。更想与仙人为伍，遨游天地之间，长拥着明月清辉，永生不朽。"

吹箫人长叹一声道："然也。只是你我皆知，实在无此可能，谁能有彭祖之寿？就是彭祖，寿亦有终。故万千心绪，一腔幽思，只能借此洞箫的余音诉之于江波天风了。"

苏轼触动情怀，又满饮一杯，然后有了一段长长的议论：不必慨叹人生之无常，让我等一起细细地去品味观赏这明月与流水吧。

这江水看似在不停地流逝，实则模样依旧；还有那月亮，有盈有亏，千年万载如此，但古月今月，大小并没有半点增减。天地之间，万物各有其归属，若不是属于我等，一丝一毫不可妄取。只有这江上清风，天上明月，耳朵听到便是雅声，眼睛见到便是美景，任意取用，并且取之不尽，用之无竭。大自然博大无际而又无私无曲，我等对这天地之大美当尽情地共拥共享，不可错过，不必伤感，更不可等闲让霜雪染白了两鬓。

船上的人无不为苏轼的这一番关于人与自然、风物与人生的精彩议论所打动，掌声笑语一片。便又重新斟酒，直到菜肴果品全部用尽，船舱里一片散乱。

此时，月亮已经西斜，万籁俱静，船上游人的酒意和困意一起袭上身来。便你挨着我，我靠着你，在那摇篮般的小船上，沉沉睡去。有人悄无声息，有人鼻息如雷，还有人在喊着"再尽余杯"。不知道什么时候夜色已悄然退去，天边露出鱼肚一样的灰白。

天亮后，大江上下左右，一切都如往日一般无二。昨夜的赤壁之游，使大家既觉得如梦如幻，而又刻骨铭心。然，盛宴必散，胜景难留，彼此又得歧路挥手，各奔东西。佛印让船靠近归宗寺一侧，上得岸去，向船上的人施礼作别。那苏轼等则乘船返回黄州。

这一场赤壁夜游，这美景良宵，让苏轼和佛印都忘却了他们本想做的一件事情：劝喻对方。不过，他们彼此的关切和意愿，还会像开幕后的连台戏一样，继续精彩演绎。

苏轼返回黄州后，追忆着昨夜在舟上夜游赤壁的情景，依然心潮如浪上之舟，摇荡无已。这实在是难得的一次聚会，聚会的场景和各人的珠玑之语又现脑际。明月常有，盛会难再，此情此景应当永远留下，永远留下的最好方式就是诉诸纸墨。他又对着江边眺望了一阵，情思如潮，滔滔文词如浪涛般一波一波地涌上脑际。他迅速提笔，把笔尖落在了纸笺上，首先写下了三个字：赤壁赋。

他没有把赤壁之游写成诗，也没有填成词。他此时觉得，赋的字数可多可少，形式和格律少有约束，信笔由缰，直抒胸臆，可以更自由、更准确、更精彩地表达他胸中的千层波涛，万丈丘壑。

未几，全赋完成。也许无人能料到，这篇赋成为了流传千古的一篇雄文，如不坠的星斗，极天际地，光耀古今。后来，黄庭坚把这篇赋写成了书法作品，成为中华文化史册上的绝配。写完此赋，苏轼觉得意犹未尽，后又写成《后赤壁赋》。再后来，不知何人何时在苏轼写的《赤壁赋》上添置了一个"前"字，便成了《前赤壁赋》。

写完《赤壁赋》，苏轼犹觉得情思绵绵，诗心澎湃，那赤壁之游，斯景斯情斯人，实在太让人难以忘怀了，不仅要有赋，还当有一首他擅长的词。于是，在一次微醺之后，他信笔挥就了《念奴娇·赤壁怀古》，这首词以其格调、气韵、内容、词章成为了百代豪唱，连同他的《赤壁赋》，成为了中国文学史上光芒四射的双璧。

三百多年后的明代，有一名叫王叔远的奇工巧匠，将苏轼、佛印等游赤壁的一幕，刻在了一个长不及寸的小小桃核之上，人物栩栩如生，工艺精美绝伦。一个叫魏学洢的文人在得到这件珍贵的艺术品之后，大加赞赏，并写成了一篇美文，文名《核舟记》。文中写道："王叔远尝贻余核舟一，盖大苏泛赤壁云。"文中提到了苏轼、佛印、黄庭坚，其中细致入微地写到了佛印在船上的形象："佛印绝类弥勒，袒胸露乳，矫首昂视，神情与苏、黄不属。卧右膝，诎右臂支船，而竖其左膝，左臂挂念珠倚之，珠可历历数也。"

一次泛舟夜游，成就了一段佳话，产生了光耀千秋的词赋，还有一件留存史册的艺术珍品，也让那黄州赤壁成了一代又一代文人学士追寻的地方。

苏轼似乎对佛经的兴趣越来越浓，经常挑灯读到深夜，他还练打坐、练气息，他甚至到一个道观内养息了七七四十九日。

经友人疏通，官府允准，苏轼得以在居住地东边的山坡上开垦了一片荒地，种菜种粮。他经常迎着晨风，踏着朝露，挥锄劳作在这片荒地上，将汗水换成稻豆菜果，以补生活费用之不足。上工之际，下工之时，他常常会随口吟咏起陶渊明"晨兴理荒秽，戴月荷锄归"的诗句。

一个秋日的傍晚，西天彩霞绚丽，铺陈在田地上，那瓜果、蔬菜、稻菽染上了金黄，五彩斑斓，香气飘逸。这在居室之东的坡地犹如画卷，充满诗情，亦带有禅意，一个美丽而自得的意念油然而生：我乃这片东坡之地的主人也，东坡属我，我属东坡；东坡乃我，我乃东坡。从这一天起，他自号"东坡居士"。一片亘古坡地的耕耘，一个伟大灵魂的煎熬，成就了一个震古烁今的名号——东坡。这名号不仅是他一段人生的真实记录，也能从中清晰地看到佛教对他的影响，看到他对佛教的态度。

他在新垦的耕地旁边，盖了一座房子，房子不大，在竣工时雨雪霏霏，便取了一个极富诗意的名字，叫雪堂，并在墙壁上写下四行文字：

> 出舆入辇，蹶痿之机。
> 洞房清宫，寒热之媒。
> 皓齿蛾眉，伐性之斧。
> 甘脆肥浓，腐肠之药。

这有着自悟自警的文字中，散发着厚重的佛道的味道，又像是一位悬壶济世的良医，对自己、对他人词严而情真的叮咛。若是佛印见到，定会大加赞赏。

不速之客

佛印回到了归宗寺，继续着他的方丈之职。待期满后，他将践约去往云居山真如寺担任住持。

眼见得距离开归宗寺的日子越来越近，却又发生了一件让他意想不到的事情。

这一日上午，知客把一位施主引到了方丈室，那人双脚一迈过门槛，未曾言语，便倒地跪拜。

佛印一眼看去，觉得此人很有些面熟。便问："施主请起，来为何事？"

来人哭丧着脸说："在下乃祁通。十几年前，禅师曾有大恩大德于我，现在我又身陷绝境，还请禅师救我。"

佛印定睛再加细看，想起来了，是那个几次在除夕夜烧头香、为寺院大把捐银的商人。看上去，他比过去胖了一些，但头发蓬乱，眼袋深深，面如猪肝之色，已全没有过去的精气神了。佛印说道："阿弥陀佛，有事请讲。"

祁通这才起身坐下，开始讲述自己来寺的目的。

原来，他以奸诈险恶的手段击垮施风之后，在雍州凤翔一带实力陡增，生意场上呼风唤雨，志得意满。尤其是一个人的到来，更使他如鱼得水，如虎添翼。这人就是他姐夫樊雄，樊雄因着江州太守的举荐，得到升迁。正是在佛印受到皇帝封赐的那一年，樊雄领命戍守边关，兵营就在凤翔县境里。

祁通听说樊雄任职统兵边关之后，心中大喜，便琢磨着如何利用姐夫的权势，多赚钱财。经过一年多的观察思谋之后，他又一次进到兵营，面见姐夫。一番通常的问候和闲谈之后，樊雄问及他近来生意如何。

祁通长长地叹了口气说道:"两国交兵,边关闭锁,生意日渐清淡。"

"那你何不回归江州,地熟人熟,可以更好施展拳脚?"

"那倒不必。几经思虑,我已窥见还有大的财路未通,特来请姐夫出力帮忙。"

"究竟何事?"

祁通便告:"边境之外的胡人十分喜欢中土的茶叶,愿出高于内地三四倍的价格购买。但因边境时常发生战事,关口锁闭,防备森严,交易极为不便。如能让茶叶方便地出入塞防关隘,大可获利。"

樊雄明白了祁通的意思,沉默着思索了一会儿后,断然否定了祁通的要求:"此事不可为。私开关隘,与敌方通商易茶,这便是枉法行事。你忘了,当年浮梁的那个茶瓷大王就是因陷入'易茶资敌'一案而破产的,并差点丢了性命。"

祁通微微一笑:"这我自然明白。可现在是你姐夫大人统兵驻守边关,这边关大小事情悉由你定夺,只要你略加关照,或睁一只眼闭一只眼,便万事大吉了。"

樊雄摇了摇头说:"不妥,不可。我也爱财,但置国家安危而不顾,弃军中律令于一旁,以获取财货自肥,置自己于险地,非正道也,岂可为之?"

"姐夫言重了,仅卖一些茶叶之类的货品而已,怎么还会涉及国家之安危?"

"个中道理显而易见。你当知道,既然茶为敌方所需,故助敌之需便是资敌也,这与敌方需要粮米而与之交易粮米同理。"

"我十分敬佩姐夫的家国情怀。那就只交易三两次,待小有赢利之后,即行停止,这当可行吧?愿姐夫助我。"

樊雄有点犹豫了,若只交易三两次便歇手,神不知鬼不觉,便既可满足妻舅心愿,又少有风险,乃是两全其美之策。但他转而又想,自己半生事武,出入刀枪之林,奉命领兵戍边,时时想的是报效国家,建功立业,封妻荫子,不能因妻舅谋一己之私,既有损国家之安全大计,又毁了自己之大志大业。任凭祁通再三苦告哀求,他还是以"此事甚大,容我再思之"一词拒绝了祁通的要求。

祁通有点沮丧地回到商号。但他没有放下谋财之心，如果姐夫稍稍提供方便，让这生意做成，可谓财源滚滚，并且赚取万千银两便如探囊取物。可这姐夫偏偏是一反常态，居然对大把银子无动于衷，实在叫人恼怒。有钱不赚，路银不拾，岂非白痴？在他看来，能赚而没有赚到的钱和已经赚得的钱丢了同质同理，决不能眼见这白花花的银子像水一样从身边流走。他寝食不安，冥思苦想，渴求找到办法，谁可助一臂之力，提供便利，拔开那闸住金钱的闸门？

天无绝人之路，他猛然想到了一个人，这就是枥木棍。这枥木棍现在是樊雄麾下的一员部将，边关第一线的兵丁尽属他统领，只要把他说通，货品出入边关，那就如同俗话所说的，竹筒里倒豆子，顺当得很。县官不如现管，找枥木棍或许比找姐夫帮忙更为方便，也更为管用。

祁通很快找到了枥木棍，他们不但熟悉，而且关系非同一般。几句客套话之后，便切入正题，祁通故作神秘地说："我听闻那边境线外埋着一缸元宝，你有意乎？"

"有元宝谁个不要？你何出此言？"枥木棍此时眼睛瞪大了，犹如两枚圆圆的铜钱。

祁通这才把来意一一说明，然后放慢节奏说道："只要同辽军做成茶生意，那就如同捡了一个个元宝。"

枥木棍连连点头，恍如金灿灿的元宝就在眼前，立刻心动，但他也不能不有所顾忌，便说："这事若被官长知晓，可是要坐牢杀头。"

祁通微微一笑："你受谁节制？你的官长其谁？"

枥木棍一拍脑袋，迅即明白过来了，说："啊，啊，我这栎树脑袋开窍了。"然后问："莫非你姐夫樊大人知道此事？"

"你说哩？"祁通没有正面回答。

"我明白了，一定知情。即使不知，他对你也必然暗中助力，网开一面。"

"万一出了什么差池，我姐夫他能撒手不管乎？必然会担待一二，故此事可谓万无一失。"祁通为枥木棍打气，也为自己壮胆。

于是二人便商量起越边输茶的具体细节，当然还有那分肥办法。祁通起身返回商号时，忍不住"扑哧"一笑：想不到当年用来陷害、挤垮"茶瓷大王"的招数，今日竟然真的用上了，变作了自己赚金取银的巧计妙方。这人生真如做戏，商场确似战场，煞是有趣。

祁通派人与辽方暗中商定后，选了个无星无月的夜晚，第一次试着送茶出关。栎木棍亲自在关门口站定，目睹祁通自己押送两推车茶叶出关，交易完毕又返回关内后才离开。其后，栎木棍交代给亲信：此乃特殊军务，今后这些推车挑担的进出边关，但凭我的指令放行。

此后，每隔几日，便有车辆进出。开始是一辆二辆，很快便是十辆八辆，成了一个小小的车队。车上装载的货品也由茶叶扩展至瓷器、丝绸乃至食粮。随着时间的推移，那祁通便财如潮涨，滚滚而来。那栎木棍自然也是收入不菲，银钱不好收藏，他便让祁通帮自己兑换成金锭金器。那祁通很是乐意帮忙，因为每次兑金之时，他总要从中克扣些许。

那祁通赚得大笔钱财后，想起在江州曾经入寺烧香拜佛，于是他相信这是菩萨的恩赐与护佑，便到凤翔县法门寺里，烧香叩头，并出手阔绰地向寺院布施，以酬谢菩萨神灵。

俗话说，墙会透风，屋会漏雨。一日，统辖樊雄的官长在巡视边境后，口气严厉地告知樊雄：据报，有人偷越边关，与辽军做茶瓷买卖。此乃犯国法、违军令之事，务必严加查究，并速报结果。

樊雄心里如砖撞铜锣，"哐当"作响，他立即猜定是祁通所为。但，那祁通只凭一己之力，断然无法出关，必然要和边关兵士串通才有可能，那就意味着守军中有人参与其事，这事就更非同小可。他决定暂不声张，先查个究竟再说。便着栎木棍先派心腹夜间在几个关隘边悄悄埋伏，如有可疑之人，即行拿下。但一连守备了几个月，也未见任何异常。这是一个必然的结果，因为栎木棍早已将消息急急地告知了祁通。

樊雄便据实上报：经几个月严守严查，并未发现越境输卖茶瓷之事。此后，查缉之事便松弛下来。祁通得到栎木棍告知的内情后，心中暗喜。便又选择时机，复开与辽军的茶瓷交易，只是变得更加小心谨慎了。

那樊雄虽然把查缉越境交易茶瓷之事暂时搁置，但心里并没有真正放下。他想着，若能将通敌输茶之事弄得清楚明白，将那违法之人缉拿惩办，定是大功一件。且他已当面严词问过祁通，是否做过向敌方输茶之事，祁通铁嘴钢牙，赌咒发誓，再三断然否定。这便意味着另有其人，那就更当弄个水落石出。他像演兵布阵般地想了好几天，决定来一个出奇制胜。

在一个月黑风高的夜晚，樊雄亲自带领一部分贴身士卒，在离关隘不远处隐蔽下来。至夜半时分，四五辆手推车向关口悄悄行进，在第一辆车刚出关口时，樊雄大喝一声："统统拿下！"伏兵四起，那些推车拉车的人除了一两个趁乱逃脱外，全被守军生擒活捉。樊雄又把当夜值守关口的兵士一一绑缚，押至营帐，即刻进行审问。

几声断喝，一阵军棍作响，案情立即大白：乃是祁通与栎木棍串通，暗出关口，与敌方通商。

樊雄一听栎木棍卷入案中，顿时勃然大怒，下令将栎木棍押了过来，严词追问。栎木棍知道事已败露，便不抵赖，遂将伙同祁通越关输茶之事和盘托出，并连连向樊雄哀告："大人，我确是钱迷七窍，鬼迷三道，铸成大错。求大人念在下几十年追随于你，从轻发落，饶在下这一回，下次再也不敢了。"

樊雄轻蔑地瞟了栎木棍一眼，喝道："哼，你还想有下次？你犯下这等大罪，岂可随意从轻发落？"

"知晓此事者，只有大人和我。只要放了我，我也就如鱼入深渊，鸟入密林了。小人不信佛，大人放我一条生路之后，小人一定到寺庙里烧香祈祷，为大人求平安，求高官。"

"押下去！"樊雄不想与这鲁莽而又贪婪的栎木棍多费口舌，他在思谋如何处理案中的另一要犯祁通。

就在他苦思良策的时候，兵丁来报："祁通求见。"

"让他进来。"樊雄正要找他。

祁通进门后，喊了一声"姐夫"，便在一把椅子上坐下，然后以三分着急、三分商量的语气说："想不到真的出事了，悔不该当初不听姐夫之言，现在只能烦请姐夫劳心费力了。"

一听这话，樊雄立即火上三焦："你说得何其轻巧，犹如手里托着几片茶叶一般，这可是犯下重罪、当处极刑的勾当。我曾明确告诫过你，此事断不可为。后来又问过你是否参与此事，你却是百般抵赖，再三掩藏，拒不认账，亦不歇手。现在如何？"

"是，是。我现在是肠子都悔成青色了。但，世界上本无后悔之药，千难万难之事，千斤万斤之担，只能请姐夫担待。"

"这涉及军令国法之大事，我安能担待？又安能担待得起？"

"姐夫，不就是卖了一些茶瓷之类的日常货品，敌方未曾伤我一兵一卒，更未占我一寸一分土地，何须小题大做，自加罪责？"

这话无异于火上浇油，樊雄一拍桌子："亏你能出这等无知无耻之言。妨害边防，祸及国家，居然还说是小题大做？罪在不赦，必须惩治。"

祁通这下才意识到了事情的严重性，有些害怕了，声音发颤地说："那该怎么办？"

"我为国守边，只能遵从军中律令，将案件和人犯交由上级将官处理。"

"我哩？"祁通紧张地指了指自己的鼻子。

"一个样。"

祁通霎时热血冲大脑，冷汗出脊背，浑身直哆嗦。他相信，这个从来刚愎自用而又脾气很大的姐夫真会在一怒之下，六亲不认，对自己来一个大义灭亲。其结果定是极为可怕，不仅多年赚下的金银将成官家府库之物，自己的脑袋也可能留在这西北边地。这可如何是好？决不能认罪认罚。他极力压制住内心的恐惧与慌乱，眼睛不停地像车轮般转动着，思维则如快马驰骋，在寻找逃脱惩罚之策。过了一会儿，他慢悠悠地开口了："姐夫，我相信你会秉公而行。但，你纵然丝毫不顾及亲情，但当顾及自己的名声与前程吧？"

"此话怎讲？"樊雄不由得望了一眼祁通。

祁通冷冷地说："我向境外贩卖茶叶之事，曾当面与你说过，你可是知情的。为了保全你，我当然可以死顶硬扛，但只怕棍棒太重太威，我顶扛不住啊。更要紧的是，我是你的亲属，那枥木棍又是你的部下，发生这等案子，你能无干系乎？"

这好比搏斗中的锁喉之术，一下把樊雄拿住了。这祁通所言不但听上去有理有据，而且话里还藏着机关：你姐夫若不仁，我便不义，若把我送官，便会把案件同你扯上关系，你焉能平安无事？

樊雄心想：这分明是讹诈，但对此自己却无计可施，同时他更不想饶了这个已变得面目可憎的小舅子。然而，倘若将他送官，案子查究清楚，审理明白，这两个案犯一个是自己的部属，一个是自己的亲眷，自己难免会成为同槽骡马，一丘之貉，到时只怕是百口莫辩。岂能将这事瞒天过海,坚称没有发生此事?恐怕更不可。案犯与车、货均已扣押,可谓人赃俱获,且参与其事的士兵亦非一人,如加隐瞒,那便如雪中埋人,纸里包火。若再被查明、追究,便是罪上加罪了。到底该怎么办?他的脑子如陀螺般地转了好一阵之后,终于有了主意,便对祁通喝道:"我今日可暂不拿你,你且好好地前后想清楚,认罪悔过,静候依律治罪。"

祁通顿时感到惶恐、绝望。这时又听樊雄厉声补充道:"我真不想再见到你。你现在滚吧,滚得越快越远越好。"

祁通一下听懂了姐夫的话,就是后面那八个字,便即刻站起身来,如脱网之鱼,惊弓之鸟,急匆匆离去。

于是,樊雄便把栎木棍和涉事的士兵连同抓获的商号运茶人,尽数移交给了统领他的将军,并告祁通已闻风连夜潜逃。最后的结果是:栎木棍连同涉事的士兵均被处以斩刑;祁通的商号连同他的家产统统没收归官,对已逃亡的祁通广发海捕文书进行缉拿。在上司看来,樊雄处理此事,乃是秉公而行。但因有失察渎职之过,着削去军职,解甲归田,回家养老。

再说那祁通离开樊雄后,在情急之下,顾不得自己的商号、财货,连夜逃离雍州,又在外地隐姓埋名躲藏了一年多之后,觉得风声不紧了,便潜回江州。

在窘困之中,他不由得想起了佛印,因而今日来到了归宗寺,跪倒在了佛印的面前。他相信,因为有佛一直在保护他,使他在生意场上一路左右逢源。他渴望再一次得到佛的庇护,跨越苦难。当然,他并没有把自己的恶行和盘托出,他隐去了一些重要情节。

佛印听了他的讲述,良久没有开言。这让祁通心里发慌,莫不是佛已鄙弃自己了?便又带着哭腔告怜:"恳求慈悲的佛,再救迷路人一回。"边说边以头触地,脑袋碰得地砖咚咚作响。

"菩萨度有缘之人。"佛印终于开腔了。

祁通在琢磨佛印这句话的含义,这话是说自己与佛无缘不可救度,还是说自己与佛有缘依然可度呢?好像作这两种理解均可,他需要得到明示,便又问:"在下愿做有缘之人,且一直万分心诚地敬佛拜佛。请教禅师,在下还当做些什么呢?"他又有意正了正缠在两只手腕上那以白玉做成的粗大串珠,意在以此证明自己对佛的虔诚,然后苦苦地望着佛印,等待着回答。

又一阵沉默，佛印缓缓地却是清晰地从嘴里吐出了四个字："诸恶莫做。"

这句话虽短，且也只是佛家的寻常之语，但却使祁通心里燃起了巨大希望，大和尚已在训示我了，看来，我依然有救。便又求告："在下定当遵从禅师之教，只求佛陀救我。"

"自救胜他救。"佛印又答。

这禅师在指点迷津了，看来真的有救了，祁通便马上接语说："在下一定铭记于心，时刻不忘。"随着又问："我可还有自救的机会？"此时他认为危机已作冰释，转而不只是关心自身安危，而是关心自己在生意方面能否卷土重来。

佛印看了祁通一眼，然后答道："心存良善，时时机会。"

祁通认定这是佛给自己的指点，尤其是后半句话，使他如落水者靠近了轻舟浮木，一下便可以变死为生。他掏出一把碎银，说："在下商号、家产已尽被查抄，只剩这些钱财了，愿悉数捐献给寺院。"

佛印说道："善哉善哉。心真意诚便胜万千银两，施主既然囊中已空，可留作自用也。"

祁通觉得这禅师真是体察人愿，善解人意，自己现在只剩这些银两，若再捐出，便身无分文，连食宿也马上无着了，便说道："那在下谨听法师之言。他日赚钱发财之后，必将千百倍还愿。"说着把握着银子的手缩回口袋。

辞别佛印后，祁通觉得大和尚的话总是充满禅机，不易捉摸，难明其义，便反复咀嚼佛印那"心存良善，时时机会"这八个字的深意，粗听似是说仍有机会，细想却是惑然无解，因为那时时机会的前提是"心存良善"，什么才是"心存良善"，又当如何去做？他顿时又觉得魂魄离体，六神无主，心怯腿颤，不知何往。

祁通心事重重地进到浔阳城，他骇然发现，城门口贴有通缉他的告示，只是已变得残缺不全了。他又一想，自己多年在西北，即使和一年多前相比，模样也已经大变，同官府告示上的画像相去甚远，不易被人认出。且时过境迁，少有人再记得这件事了，或许危机已经过去。想到此，心里便安稳了几分。

当路经闹市时，发现许多人聚集在一起，晃着脑袋，握拳挥臂，大呼小叫，原来是在斗鸡。每当分出胜负后，便有铜钱、银子作响。这不是游戏，而是博彩。两只雄健的公鸡又在打斗，或腾空以爪相搏，或立地以坚硬锋利的喙互啄，鸡毛坠地，头部出血。有时两只公鸡互相啄住对方，争持许久，哪一只也不愿松开，鸡头鸡脖上的鲜血一滴滴洒在地上。祁通这时心中灵光乍现，联想起了佛印禅师说过的"时时机会"。他反复念叨着，"机会、机会"慢慢念作了"鸡会、鸡会"。他觉得自己悟出来了：那禅师所言的"时时机会"，乃是"试试鸡会"？这斗鸡岂不就是雄鸡之会？他心中一动，紧张伴着喜悦。

当斗鸡又一次开始时，他把兜里银子的一半押了下去。很快，他的紧张变成了激动，激动化作了狂喜，两只斗鸡经过好一阵毛飞血溅的舍命厮杀后，他押银下注的雄鸡高傲地站立在场地中央，获胜了。他又继续下注，虽有时错押被吃，最后一算，他却在这一日赢取了十多两银子。这时，欣喜弥漫了他的全身，心想这拜佛求僧果然灵验，是不是意味着自己依靠这斗鸡之戏便可绝处逢生，东山再起？

当地斗鸡之风甚盛，一些官吏、富商也沉迷于此道。赌注有大有小，有押铜钱的，也有押金押银的，还有押首饰、交子的。祁通很快认定这也许便是自己咸鱼翻身的契机，"鸡会"果然是"机会"。

祁通幼时便喜爱斗鸡博弈，他切知，赌徒之输赢全在于鸡之强弱。祁通很快琢磨出了制胜的门道：用麻药拌上红砂糖，与大米一起浸泡后炒熟，在两鸡开斗之前，他瞅准机会扔三五粒药米至斗鸡的笼子里。吃了这药米的鸡上场后，便会浑身发麻，恍如木鸡，必然败北，这就意味着另一只鸡定当获胜。他便把赌注押在那未食药米的斗鸡上，因而稳操胜算。他日日出现在斗鸡场上，他的财富很快如降雪般地积聚，对自己依然是被官府通缉之身早已忘到脑后脚下。其他赌徒见他屡屡获胜，便瞄上他了，很快发现了他的阴招诡计，先把他打了个鼻青脸肿，然后扭送官衙。

祁通心中略有恐慌，却无大惧，认为斗鸡要个心眼，做个手脚，定不了什么大罪。事实也确乎如此，官府只判责打二十大板，罚银五十两。就在要将他开释的时候，有做公差的觉得他很像正在通缉的要犯，便又严加勘问，果然发现他就是在边关卖茶资敌的罪犯。正如他自己曾言，在重重的棍棒之下，他无力顶扛，很快便一一招供，还交代了自己如何陷害茶瓷大王的恶行，并且拔出萝卜带出泥，把樊雄参与其中之实情也抖搂无遗。于是新账老账一起算，祁通被判了个监斩候。樊雄因参与加害茶瓷大王而重加处罚，此情另表。

面对极刑，祁通似乎仍无恐惧，心里尚存侥幸，认为已多次得到过佛的眷顾，死里逃生，虽然快刀利斧已架在脖颈之上，但他还盼着并相信那慈悲的佛一定会再次显灵，又一次救他。在大牢里，他日日向西祈祷，等待着奇迹的出现。但，他到底还是失望了、绝望了，在肃杀的秋天，他被五花大绑押往市曹腰斩。面对行刑的刽子手提着的明晃晃的大砍刀，他依然不停地狂喊着："佛陀施恩，菩萨救我！"

祁通被腰斩的事情传遍江州，亦有信众在进寺烧香时相互谈论，佛印听闻后，在心里默念了两遍"阿弥陀佛"。祁通有罪受诛的事佛印并不放在心上，但苏轼无罪受罚的事却会时时掠过心头，他还会不由自主地向长江对岸的黄州远眺，那苏轼现在境况如何？

苏轼题壁

　　新垦的土地，辛勤的劳作，使苏轼果腹无忧了。他最爱在早晨采摘果蔬，因为带有露珠的果蔬不仅水灵可爱，还鲜嫩可口；他也喜欢在雨后去菜园，因为每一次雨后，那瓜果便一下长大了许多。与此同时，他的佛学研究日见精进，还喜欢上了道术，开始设炉架火炼丹，还练瑜伽。他逐渐对风云莫测的官场产生了厌倦，在追求灵魂的自由和肉体的长生。

　　一日，在读过佛经后，他有了新的感悟，他要和佛印作一番交流。与智者交流总是让人愉悦的事情，况且他从心底里喜欢这位禅师。佛印已来过黄州，礼尚往来，自己当有一次回访。他所任的"团练副使"只是一个闲差，终日无事，他有的是时间自由无羁地旅行。

　　他在想着给佛印带点什么，物质的东西出家人是不需要了。他想了很久，最后选定了一样东西，一种美丽的石子。

　　黄州附近，有一条长江的支流，岸边沙滩上躺着无数漂亮的小石子，小的如珠如豆，大的如枣如栗。苏轼常常漫步江边，见很多孩童光着屁股，一边打闹、戏水，一边在河边拣取这些可爱的石子，他便用食饼同孩童们交换，先后换取了二百多颗。这些小石子质地如玉石般地温润，有红、白、黄等颜色；有波浪般的纹理，并呈现出似山树、鸟兽的图案；有或如山峰、或如奇木、或如游鱼的种种形状。苏轼又在市场上买得一个满带泥污的铜盆，洗净后，如镀了金一般，黄澄澄发亮。便将这些石头放入铜盆之中，灌满清水，那小小的石子便一颗颗流光溢彩，似是有了生命和灵性。苏轼要将这些小石子连同铜盆送给佛印。

在送石子与铜盆的同时，苏轼还特地作《怪石供》一篇。文中提到了馈送这些小石子的缘由：佛印禅师以佛家眼光看待世界，世界乃是混沦空洞，了无一物，纵然是夜光尺璧亦等同瓦砾，何况这些小小的石子？但，我苏轼却想以此供养禅师，因为这些小石子放置盆中加注清水后，面貌各异，灵光闪动，别有情趣，观之可得一笑，触之可怡情怡心，思之可感悟大千。苏轼还特别提及，他要开创一个先例：今后寻常人等供养僧人，若无力备办衣食、卧具，可用清水注石以为供养之物。他甚至还带几分得意地宣称，行这种供养之道，始自我子瞻也。

当他要出门时，松风来了。松风似乎总是会在苏轼需要的时刻出现，他要陪苏轼一道去归宗寺，那一带他很是熟悉。除松风以外，另有一官衙之人随行。

几个人带着铜盆、石子，一路说说笑笑，乘舟渡江，很快到了归宗寺门前。苏轼在想着如何见面时给友人一些惊喜、几许快乐，甚至词都想好了。但苏轼却很快变得失望了，寺里僧人告知：佛印已离开归宗寺，去云居山真如寺任住持了。不过，他刚走不到半个时辰，如快步疾行，或许可以追上。

苏轼等人立即反身，沿着佛印必走的道路快速前行。但追了一个多时辰，也不见佛印的影子。苏轼等顾不得前胸后背已经渗出热汗，步幅更大，步速更快，但一件意外之事阻碍了行程。

又快步走了一会儿，忽然听到不远处传来小孩号啕大哭的声音。稍一辨，是女孩的哭声，哭声凄厉，且一声比一声重，一声比一声悲，似是有意要把那哭声送进苏轼的耳中与心中。苏轼不由得拐离道路，循那哭声走了过去。呈现在眼前的是一堆倾墙圮院，躺在地上的一块牌匾上写着"妙音庵"三个字。大放悲声的是一个十岁左右的女孩。在女孩的旁边躺着一个老尼，双眼闭合，气息忽轻忽重，已是濒死之状。见苏轼走近，她便拼尽力气，睁开双眼，时断时续地诉说。苏轼蹲下来，用心而费劲地倾听，大致听明白了：这是一处尼庵，近些年来，常有歹人侵扰，尼姑们便一个个离开了，只有这老尼一直坚守。不仅因为她从小出家在此庵，不肯离去，还有一大原因是，尼庵里有一个今年才满十岁的女孩，这便是当年了元法师托付收养的女婴，名叫八妹。既受了元之托，便当尽心尽力，自己即将归西，唯放不下的是这八妹。

苏轼听到这里，心里一震，便问："送八妹来此的，可是那个浮梁人氏、现在法名佛印的僧人？"

老尼几次点头，又费力地继续说着："尼姑们走了，便更少有人来进香了，庙宇的梁柱日渐腐朽，无力也无法修葺了，今日早上终于倒塌下来。"

苏轼听了连连摇头，伴着几声叹息。

老尼用尽最后的力气，告知苏轼："施主，你此时此刻到此，想是与这八妹有缘。老尼只拜托你一事，将这女孩收留。请行悲悯之心，万勿推辞。老尼将在西天为你祈福，阿弥陀佛。"说完，双眼徐徐合上，脸上的肌肉也渐渐变得僵硬了，不过带着几分欣慰的样子，也许她觉得已了却心愿，可以怡然西行。

苏轼觉得无法拒绝这老尼最后的嘱托，他在考虑着如何安顿这女孩。他想起了自己任职杭州时，曾结识一个朋友，开有一爿绸缎店，家境宽裕，为人仁厚，是个有事可以托付之人。

他便坐在那瓦砾之上，匆匆修书一封，然后对松风说："烦道人杭州走一遭，找到这信封上写明的收信人，代我将这女孩托付他抚养。"

松风接过书信，贴身放妥。这是他很愿意做的事情，这是助苏轼，也是助佛印做一件善事，还可借此有机会漫游杭州，便领着八妹走了。

又一件事让苏轼犯难，这老尼正躺在塌屋之下，不可任其尸骨暴露，当加掩埋。西林禅寺离此地不远，他决计去找西林禅寺的僧人相助。

他快步来到了西林禅寺。住持和僧人们一听是苏轼到来，立即热情相迎。原来这住持亦曾去开封参加过皇家大法会，与苏轼亦算是有一面之交。苏轼首先道出了来寺的缘由，求请住持能以佛家之礼，安葬并超度那妙音庵的老尼。住持满口答应，并立即着僧人去办。

接着，苏轼在住持的陪伴下，应邀游览西林禅寺。

这西林寺亦是历史久远、大有名气的古刹，东晋太和年间，慧永大师过江州，陶渊明的叔祖、光禄卿陶范见大师德行不凡，便留住江州，并为慧永大师建西林寺。这寺环境清幽，寺内寺外，绿树遮云，掩映殿宇。寺中有唐玄宗敕建的千佛塔，并有东晋时佛家一大师种植的"六朝松",有许多名僧在此修行。

苏轼将寺里建筑和佛塔、古木等——看过。临行,住持说:"贫僧知道,东坡居士的诗文书画饮誉天下,盼请能赐墨宝于寺,以作永久留存。"

苏轼允诺,僧人立即备纸研墨。苏轼提笔在手,饱蘸墨汁,但他的笔锋没有落在纸上,而是跨几步走向院墙,看来他要在墙壁上书写。自唐代以来,能诗会文的旅行者,人在旅途,或有所见所闻,或有所思所想,往往便化作诗文,书写于石壁或客舍、寺院道观的墙壁之上,以寄情怀,以展才学,以求知音。以至有的馆舍特意辟出地方,专供过往文人墨客题写。题壁定然广为人知,而题壁者盼求的往往正是广为人知,故欲题壁者,有两样功夫必须出类拔萃,一是诗文,一是书法。这两者对苏轼而言都不是难事。

庐山就在近前,此时云笼雾罩,那一个个山峰时隐时现,整座山势也是变幻无定,恍如海上蓬莱,云中仙界。苏轼抬头向那庐山远近纵目,又把院墙略作端详,然后对着那雪白的墙壁,笔走龙蛇。未几,一首诗作出现在墙上:

> 横看成岭侧成峰,远近高低各不同。
> 不识庐山真面目,只缘身在此山中。

方丈看了,连连赞道:"好诗好诗,诗意禅意尽备矣。"

苏轼心想,这方丈大有一言道破天机之功,想不到自己佛经读得多了,便在诗文中不由自主地流露出禅意了。其实,这诗连同他写的《赤壁赋》等许多诗词歌赋,都有禅意流动,只是人们往往只是更多地关注到了苏轼作品的文词、意境、格调、哲理,而忽视了其中的佛理禅意也。

当苏轼离开西林禅寺回返黄州时,他又想起佛印,这大和尚现在何处?

其实,此时佛印在东林寺,东林寺与西林禅寺只百步之遥。二人可谓失之交臂。

原来,佛印出归宗寺不久,在路上遇上一位东林寺的僧人。这位僧人奉东林寺长老之命而来,专门邀请佛印到东林寺一趟,有事相商,佛印便随这僧人进到了东林寺。

佛印进到方丈室，方丈便告知了邀请佛印来东林寺的缘由：那润州镇江金山寺方丈近日圆寂，需有僧人继任。想起这东林禅寺高僧甚多，有几位高僧参与过皇家的禳灾祈福大法会，故特请荐一人去金山寺任方丈。东林寺方丈想，那金山寺乃是久负盛名的天下名寺，方丈之位，非德行出众者难以胜任。方丈反复论衡，最后想到了佛印，便定意推荐佛印去金山寺任方丈。

佛印犯难了。东林寺方丈的举荐不便拒绝，不仅因为这位方丈德行高崇，还因为他与自己的师父善暹禅师是辈分相同的师兄弟，他的要求自当应允。但自己业已答应任真如寺的方丈，并已走在了去往云居山的路上。当何去何从？他便将此情实告。

东林寺方丈听罢，连连说道："善哉善哉。佛印法师可先去真如寺住锡一段时光，待诸事大致安顿有序之后，再去金山寺如何？"

佛印觉得这是一个能两寺兼顾的好办法，点头同意。然后挎起青布包袱，辞别方丈，要朝那云居山走去。正要跨出东林寺的山门，他忽然想起，自己当年离开宝积寺时，曾想过到东林寺修行，后遵日用禅师之嘱，进了开先寺，其后便一直无机缘入东林寺修持观瞻，今日既然得缘到此，不可错过，当了旧愿，便复入东林寺参游。

这东林寺在丛林中声誉卓著。建于东晋太元时期，是中国最早的寺院之一。位于长江南岸，正对庐山香炉峰，香炉峰向寺呈趋近之势，犹如呈献香烛，千年紫烟不断。因而有人说，这东林寺大得风水之胜，故数百年来，始终一派兴旺气象。

佛印信步进入寺中，首先进到供有开山祖师慧远大师的殿堂，拜偈大师的法像。慧远大师在东林寺留下许多佳话。曾派弟子赴西域，仿效唐僧玄奘取经，并取回不少梵文经典。慧远主张"内外之道，可合而明"，这"内外之道"分别讲的便是儒学和佛学，由此形成了佛儒可以融通互照的"佛儒合明论"。此时此地，佛印对儒释关系的理解似乎又进一层。

有许多人慕名来访东林寺，并留下不少传奇故事。东晋一大将曾到东林寺访慧远，二人在寺中一泉边纵论《易经》，慧远称道博学多才的将军，说："将军之辩，如此泉涌，君侯聪明，若斯泉矣。"这泓泉水便由此得名为"聪明泉"，唐太宗游东林寺时，曾亲题"聪明泉"三字。寺里还有相传由慧远大师种植的"佛手樟"。佛印将聪明泉、佛手樟——拜谒，对东林寺源流、对佛教义理又增新识。

佛印又几经询问，细心地寻找到了一块平整的石头，那是唐代鉴真大师坐过的地方。当年鉴真大师六渡东海未成，曾在东林寺小住，东林寺还派僧人参与渡海，终于在第七次东渡时到达日本。同时也把东林寺教义传入日本，故日本净土宗一直把东林寺奉为祖庭。然而大师已经远去，那凳子形状的石头，无言地诉说着大师的功德，佛印双手合十，对着那石头行礼。

佛印来到了虎溪，但见碧水清波，流经寺前，楼台高树的影子在溪中隐约可见，似在溪中另有一个世界，唐代大书法家柳公权曾写下"流泉匝寺"四字，以赞扬此溪此寺。这溪边发生过堪为美谈的故事：慧远大师在此修行三十余年，从不下山入市，连送客也不越过寺前的虎溪。一日，诗人陶渊明、道士陆修静两人远道来访，这一僧一道一儒所谈甚欢，竟忘了昏晨。慧远热情地送他们下山，行至虎溪边，慧远犹未止步。这时耳边传来声声虎啸，这是慧远饲养的老虎发出的吼叫。但三人却因专注于对语，竟不闻虎啸之声，继续前行。过了虎溪，虎啸声更烈，如雷响耳边，三人方才惊觉。原来，慧远大师送客从不过虎溪，对将军、宰相亦是如此。想不到，今日在不经意间，慧远大师已破了多年的执念。三人相视一笑，盖过虎声。这个故事便被称作"虎溪三笑"。后来有人在他们的分手处建有一亭，名"三笑亭"，亭柱上写有一联：

桥跨虎溪三教三源流三人三笑语
莲开僧舍一花一世界一叶一如来

佛印在三笑亭边停了许久，赏亭柱联语，观虎溪清波。他似见到，波光中有分别穿戴着儒、释、道衣冠的人影，依然在纵情谈经论道。那声音，声声入耳；那文词，词词入心。良久，他才带着极大的满足和对前辈大师的敬意，离开了东林寺。当然，他不会想到，苏轼此时就在近前，二人却是遗憾地彼此错过，待再次相会，则是若干年后了。

第六章

论禅昌江边

宝积寺，在北隅。宋时苏东坡、黄山谷（庭坚）至寺，后因建三圣堂，已祀苏东坡、黄山谷并佛印了元。

——《浮梁县志卷九》（乾隆七年版）

斗方禅寺

了空来访

　　佛印来到了云居山，走进了真如寺，住进了方丈室。他想在此住一二年光景，便去金山寺。

　　这云居山峰峦叠嶂，连绵百里，竹木相拥，花草相间，郁郁葱葱。树林里生长有樟树、松树等常绿乔木，即便在冬天，那山上山下也都披挂着绿色的外氅。山有多高，水亦多高，山中流泉叮咚，鸟语带韵，杂声不闻，实乃读经修行之胜境。以山林环境而论，佛印觉得此处比之庐山下的许多寺院还略胜一筹。他渐渐有了一个执念，待践约到金山寺任住持期满后，便再回到这里，把这真如寺作为自己久住之所，乃至最后的归宿之地。

　　佛印因在途中感染风寒，到真如寺后不久，便觉身体不适，浑身乏力，不思茶饭。入夜，佛印准备坐禅，又听见寺外树林里传来鸟兽之声，这是他已经熟悉的声音。但这次有些异样，他听出其中杂有一种以前未曾听闻过的声响。他的坐禅没有被打扰，任它什么声音，僧人只心如止水，意在禅境，眼前无色，耳边无声。

　　第二日清晨，当他拖着发沉的双腿费力地推开窗户时，他看到了惊奇的一幕：有一只白猿站在窗外，向他不停地摇动着尾巴，还抬起前肢，带着欢悦"嗷嗷"叫唤。他听出来了，昨夜林子里传来的异常声音，正是从这只白猿的嘴里发出来的。从脖子上的一圈黑毛这明显的标记，他很快认出，这便是上次来真如寺时路遇的那只白猿，不过明显长大了。

　　佛印开启房门，白猿便跳跃着进到室内，亲近地靠近佛印，像是亲友间久别的亲昵与问候。更让佛印惊奇的一幕出现了，那白猿一只毛乎乎的手里还拿着一个果子，并递给了佛印。佛印接下这果子，略加端详，认出这是山中的一种野梨，便放在了果盘里。他在白猿的身上轻轻地抚摸了好一会儿，白猿这才离去。

白猿走后，佛印拿起白猿送来的果子，略加清洗，送到嘴边。这山梨微酸带甜，汁多肉厚，清爽可口。晚上，佛印觉得自己的病情有了好转。第二日白猿又送来一个同样的果子，一连三日如此，佛印便把这些果子一个个吃了下去。佛印觉得病情越来越轻，很快康健如旧了。

这一日，佛印正在读经，侍者引进一个人来。抬眼看去，是松风，他身上还背着一个大包袱，这诚为少见。他四方行走，从来一身轻装，不带赘物。只见他从头上卸下斗笠，打开包袱，里面装的是一个铜盆和一些石子。他这次专来给佛印送这铜盆和石子，当然，还有苏轼的书信和那专为石子写下的《怪石供》。

佛印看了看盆里精美的小石头，很是奇怪：不辞劳苦，风尘仆仆，送这些小石子为何？他展开了苏轼的来信，只见上面写道：

> 收得美石数百，并戏作《怪石供》一篇，以发一笑。更有野人于墓中得一铜盆，买得以盛美石，一并送上结缘。

佛印顿时心中大喜，这美石美盆，更有美文，件件不是等闲之物，只有像苏轼这等大家才能生出如此奇思妙想、真情雅意。

松风还说出了一件事："苏轼在一倒塌的尼姑庵前，救助了一个孤苦伶仃的小女孩，名叫八妹。想不到这八妹居然知道法师，道是你将她抱着送到妙音庵的。"

"然也。那八妹现在何处？"佛印忙问。

"遵苏轼之嘱，贫道已把她送给杭州的一个开丝绸店的商人抚养了。"

佛印连道："阿弥陀佛。"

松风接着说了第三件事：来真如寺前，他去了一趟浮梁，宝积寺的方丈和僧人都盼佛印回寺一趟。

佛印连连点头："山僧也很想回一趟宝积寺，只是我临行时曾许下一桩心愿，我手植的两棵柏树长到枝叶相连时，方才回去，不知那两棵柏树现在长势如何？"

松风有些遗憾地说："这我倒没注意。不过，我见到了日用禅师，已是衰迈之态了。"

提及日用禅师，佛印心里一热。师父日渐衰老，当去探望。他便盘算着，近期回一趟宝积寺。然而，那两株柏树现在长成何等模样？

松风走后不久，知客来告，有一位僧人名叫了空，自称是宝积寺的僧人，要在这里挂单。

佛印一听，不由得心里一动：啊，巧也，刚说到宝积寺，便来了宝积寺的僧人，并且来的是他！佛印对了空太熟悉了，是一个不守规持戒的僧人。不过时间已经过去多年，一切在变，不知他现在如何？但愿他现在已变成一个循规守戒的僧人了。这次来此不知所为何事，莫非是邀请自己回返宝积寺？便让知客去把了空引进方丈室，相见一叙。

了空这次来真如寺，并非为邀佛印回返宝积寺，而是大有原因。

这事且从了元离开宝积寺后说起。

自了元离寺云游后，那日用禅师便不时想起了元。随着渐入老境，思盼了元归寺的心情日益迫切，并已成他心中一结。自他听闻皇帝赐了元法号为佛印，并把宝积寺定为佛印的道场之后，更觉得应由佛印接任宝积寺之方丈，常住此寺。

日用禅师也记得，了元临行前曾经有愿：两棵柏树长大相交后便返寺院。了元当年种下的桂花树年年香气满院，那些茶树更是早已层层叠翠，每年自春到秋可几度采下茶叶。只是那两棵柏树虽然一日日长高，但树冠、枝叶却并未相交相连。日用禅师便开始时常关注那两棵柏树，盼着有一日能枝叶相拥。其实近看，两树枝叶的相近处只隔着一拳的距离，可就是长不到一起。特别是在风雨之后，那两树几乎已经贴近的枝叶却会被风雨的手臂折断，那断枝残叶无力地垂下，或者跌落尘埃，于是两棵树便好像离得更远了，本来有风有雨可以使树枝树叶长得更快才合常理。还让他很疑惑的是，为何那折断的枝叶总是在两棵树相邻的部位？他要探个究竟。

又是一个风雨之夜，日用禅师走出了方丈室。他靠在离两棵柏树不远的门廊边，凝神静气地注视着。一声炸雷滚过天空，风雨更狂。就在这时，他看见一个人影向那两棵树跑了过去，肩上还似乎扛着一个什么物件。这是何人？又欲何为？他正要喝问，猝然一阵狂风带着急雨扑面而来，顿时脸上一阵发麻发凉，眼前一片模糊。

他用手抹了一把脸上的雨水，强睁双眼，又朝那两棵树望去。这时又有闪电如一条银蛇跃过树梢，借着闪电的光芒，他清晰地看到，一个人站在梯子上，正在用手攀折那两棵树的树枝，他也同时看清楚了那人的面容。一切都明白了，日用禅师一阵伤心，又一阵叹息，也一阵恼怒。他心里默念着"阿弥陀佛"，缓缓地回到了方丈室。

第二日早上过堂后，全寺僧人集合在了大雄宝殿。

僧人们发现，日用禅师今日的脸色与往日大有不同，由慈祥和轻松，变作了威严和沉重。此时天空阴云翻滚，大殿内变得光线不足，因而日用禅师的脸色更显阴郁，是发青带黑的铁色。

日用禅师以凝重的语调开始说话了："昨夜风急雨狂，今日清晨老僧近前一看，那了元种的两棵柏树又有枝条折断。但老僧可以断定，这并非风雨所致。"

僧人们暗暗纳罕：既然不是风雨摧折，那就是人力所为了，怪不得两棵树的枝叶老是长不到一起。谁竟会干这等事情呢？

无僧人应声。禅师接着说道："有谁知道此事，或是做了此事，可以道明指认，也可忏悔自责。"他想给已做错事的僧人一个认错改错的机会。

有一个僧人的心里如乱云般翻腾开了：看来师父知道真相了，那后果将会极为严重，想办法开脱为妙。于是他双手合十，说了一句"阿弥陀佛"，便说道："禀师父，昨夜弟子出来小解，忽见一人从树上下来，后又举起梯子，匆匆离去。"众僧一看，说话的是了空。

"你说的可是真情？"日用禅师不动声色地问。

"千真万确。"了空回答。

日用禅师生怒了，自己做了不齿之事，还想一推了之，并诿过他人，恶也。他这时提高了声调问："你且据实道来，上树者是你了空还是另有他人？"

"实，实非我了空也。"了空继续抵赖，但已因心虚而声调变样。

"岂可妄语？老僧亲见你了空爬梯上树折枝，竟然开脱自己于前，栽赃他人于后，了空可知错？"

了空脑袋"嗡"地作响，知道事情已完全败露，便"咚"地跪倒在地上，连喊："师父饶恕。"

这时日用禅师缓缓地说："你先向如来赎罪吧。"

了空起身，走到大佛前双膝跪下，然后喃喃说道："佛祖在上，我了空目光失明，心里壅塞，未断凡心凡根，尚存名利之念，迷恋于方丈之位。为阻止佛印回寺任方丈之职，便三番五次折断树枝，使两棵柏树不能枝叶相连。这样，我了空便大有机会升任方丈。实在是愚昧之至，罪错如山。了空将知错而改过，不生尘念，一心向佛。万般请求佛陀慈悲，赦我大罪。"

日用禅师便高声对众僧说："佛门本属净地，容不得半点灰垢尘埃，容不得一丝名利之念。望众僧记之、戒之。"随后又转向了空道："寺门规矩如山，任何僧人不得逾越。为保佛门之圣洁，对你了空必须责罚。责打二十棍，并逐出宝积寺。"日用禅师此时心中也是一阵酸楚，亦作自责。他还想起：这些年曾几次动念推荐了空为方丈，只是总觉得了空有所欠缺，不堪担此重任。现在看来，确乎如此。

了空知道，此时千般苦求、万般告饶亦是无用，只好无言地接受责罚。受责打之后，在僧寮里疗养了七日，便趁着天色未明，从侧门悄悄地走出了寺院，他变成了托钵僧。但，日用禅师没有给他宝积寺的戒牒，这使了空的行动大有其碍。为僧者，当有度牒和戒牒两种文书。度牒乃国家相关机关核发，作为俗子已入寺为僧的证明；戒牒则由佛教寺院发给，作为僧人业已受戒和修行于某寺的凭证，也是可以到其他寺院挂单的依据。若没有寺院的戒牒，僧人便难以到其他寺里挂单，并且被官方知晓后，将会受到处罚。故了空离开宝积寺后，一边化缘，一边思谋着自己的出路，不知不觉来到了真如寺，坐在了昔日的师弟面前。

佛印问道："师兄别来无恙？"

"无恙无恙。"了空显得有点不太自在。

"师兄来一趟真如寺实属不易，这次可在此多住些时日。"

"只是……"了空欲言又止。

"看来，师兄有难言之事？但说无妨，或许可襄助一二。"

"师兄无法在此挂单了。"

"为何？"

"因为师兄已身无戒牒也。"了空略作迟疑后答道。

"戒牒安在？"佛印有些生疑：僧人为何会无戒牒呢？他也想起

自己当年曾因为逃命丢失过戒牒，但不知这回了空却是因何没了戒牒。

"师兄已记不清爽，不知怎的便在路上丢了。师弟能否行个方便，将师兄我补为真如寺僧人，发给一戒牒，便可方便云游了。"

原来了空只是为自己之事而来。佛印停顿了一下，说："师兄实在有难处，自可通融。但师兄知道，寺院僧人进出都当清楚明白，真如寺岂能无端便给师兄戒牒？"

"你我熟悉，既为同乡，亦出同一师门，办一戒牒当非难事也。"

"理由正，可；理由不正，则不可。寺门规矩不可破也。"

佛印说着，又抬眼向了空看去，但见他神色不正，目光飘忽，不敢和佛印对视，便徐徐说道："师兄，戒牒怕不是真的在路上丢了吧？"

这句话使了空顿时心里慌张，脸上变色。看来，这佛印或是早知内情，或是今日一眼看穿真相，他顿时觉得心里发紧，脸上阵阵发热，便站起身说："若如此，师兄我便不强求了。"说罢，未等佛印回言，便起身出门而去，但在门边又追加一语，"那宝积寺的两棵柏树终于枝叶相连了。"

佛印虽然觉得了空的言行有疑，但实则并不知内情。了空突然慌乱地起身外走，并冒出一句关于宝积寺柏树之语，让他颇觉诧异，便跟在后面，问道："师兄何急？"

了空一边走，一边在想着：自己有违于寺规，受责于师父，见弃于师弟，真是深陷苦海，已在佛门无以立身了。还俗呢？自己本厌恶劳动，且年岁不小，无力自养，真是到了投寺无门、出行无路的地步了。这时，他匆匆走到了放生池边，但见一池碧水，微波荡漾，何不在此了断自己？人的对错进止，往往在一念之间，僧人亦是如此。轻生之念驱使他撩起僧衣，向那池里纵身跃下，直惊得那池里的乌龟王八、大鱼小鱼四散逃窜。

佛印见状，连喊救人。近旁的僧人、信众纷纷进到放生池，捞救了空。好在放生池的水本不太深，因而了空只是受了些轻伤。佛印便招呼着，把了空抬进了方丈室。

佛印见了空一身湿衣，一副欲生不得、欲死不能的模样，大起悲悯之心，便将自己的一套干净僧衣给了空换上。待了空心境稍稍平静，便劝慰道："今生来世，自有定数，师兄不可如此轻生，自寻短见亦罪过也。"

了空已一心向死，本不想多言，但见佛印如此厚待自己，心生感动，也满含愧疚，便断断续续地说道："师兄我心魔太重，屡铸罪错，实在觉得无颜见僧人和信众也，亦愧对师弟。"

佛印接口说道："师兄觉得无颜见僧人和信众，却有脸见佛祖乎？"

了空哑然。

佛印接着说道："既知心魔太重，何不驱而除之？"

了空痛苦地、轻轻地摇了摇头。

佛印又说道："儒家有语，朝闻道夕死可矣。佛家有语，放下屠刀，即可成佛。况师兄本属佛门弟子，如来从不拒绝忏悔之人，只要师兄守志立意，去心魔而存佛法，远邪道而走正路，绝不为晚，也一定可期。相信这等道理，师兄定然明白。"

了空听了佛印这些话，昏暗的心中透进一抹光亮，便有了醒悟的感觉。进而想到自己落得如此处境，全是自己的罪错，实乃自作自受，他心中的光亮在步步扩散、变强。进而想到佛从不离弃知错忏悔之人，自己放下心魔有何不可？又有何不能？悔悟从醒悟开始，他便细细地将自己为阻佛印回寺，心中所想和所做之事细细道来，并不时伴着自责自悔。说到动情处，失声痛哭，并捶胸击面。佛印连连劝慰。

忽然，了空霍然站起，对着佛印深深施礼，说道："谢谢师弟的海般胸怀和开导点拨，如拨去云雾见青山。自即日起，师兄我将效仿师弟，力排私欲杂念，痛改旧恶，潜心修行，决不中途而废。"

至此，对待真诚忏悔之僧人，真如寺若补发一戒牒，让他重回佛门，亦无不可。但佛印想的是，还当适加磨难，以坚其心志。便告知了空："师兄的去处师弟已想好，那庐山下有一归宗寺，师弟在那里任过方丈，那现任方丈同师弟亦很熟悉。师兄可携我的书信前往，示以诚信，或许他会收留你，从而再续佛缘。"

了空心中转喜，重返寺院、重回正道、重新持戒修行之信心又增几分。第二日天刚破晓，他便向归宗寺方向走去，刚出真如寺山门，遂将脚下芒鞋收起，赤脚行走，为的是表示自省自罚、再走新路之心。结果是，走得五个脚趾俱破，每走一步都疼痛难忍，几乎步步留下血印。待到归宗寺时，双脚血迹、尘土、泥垢结为一体，其状其色，如刚挖出土的红薯一般。

　　他被归宗寺方丈留了下来。果真脱胎换骨，恪守戒律，苦学经文，定心修持。为表示悔过自新的真意诚心，他还将细细的麻绳浸透灯油，缠在无名指上，然后放在灯火之上燃指发愿，以致一指被烧焦一半。他本天资聪颖，读书不少，在步入正道之后，修持日进，遂终成正果，亦成为丛林德行不浅的高僧。后来还成了一个寺院的方丈，并再一次和佛印相会，且是相会在一个重要时刻、重要地点，这些留待后面再述。

又见寒芸

了空走后不久，佛印踏上了赴浮梁宝积寺的行程。

出家人身外无物，他又如当年离开宝积寺一般，肩上搭着青布包袱回到了宝积寺。掐指一算，从出家入寺到这次回寺，已三十六年矣。他忽然想起了当年离寺时，日用禅师对着自己所说的偈语：

四九可就，六七则成。

莫非那四九指的就是三十六年后重回宝积寺？那六七何意？难道是说待到满四十二年再一次回寺？

穿过高高低低的丘陵，来到了波涛滚滚的昌江边，走进了那久违的宝积寺。日用禅师还在，只是已经垂垂老矣，他步履蹒跚，见到佛印后，自是十分欢喜。在日用禅师看来，一个僧人不应也不必长时间担任一个寺院的方丈，除了精力不济外，还有一个原因是应当选贤任能，让新锐后进担负重任。所以，他见佛印回寺后，立即想着：宝积寺很快会有一位名闻四海的方丈了。

第二日早课过后，曙色初露，佛印便出寺而去，众僧人不知他刚回寺一日，便如此急切地外出，究竟所为何事？

佛印在辨清道路后，走向了山间林家的墓地，走进了或高或低的坟冢之中。他低头弯腰，拨泥拨草，睁大眼睛，细心地寻找，终于找到了刻有父亲和母亲姓名的墓碑，然后将随身带来的香烛点燃。他深深弯腰施礼，又默默地念了好长一段经文，祈求父母在另一个世界安然。祭奠父母，是佛印这次返乡的目的之一。母亲作古是在他闭关禅修之时，待他收到施风的来信、得知母亲仙逝的消息时，时间已过去一年有余。是施风操办丧事，并奉行孝子之礼。由此他又想起了松风，他今在何处？好几年未见到他了。

佛印开始在宝积寺进行佛事活动，讲经说法。远近的僧人和信众都来听他讲经，一时间来宝积寺的人熙熙攘攘。

几日后，日用禅师和众执事都明确提出，请佛印担任方丈。但佛印婉言谢绝了，他诉说了曲衷：自己已允诺担任金山寺的方丈，尚未到任。其后还要再去真如寺担任方丈，皆不可失信。众僧失望、默然。

佛印在想着为宝积寺做一些事情。做什么呢？几日后，他有了想法。自他离寺后，这宝积寺一直未进行修葺，南方多雨、潮湿，房顶的瓦片已有碎裂，殿宇的一些梁柱已有坏朽，砖砌的墙基已有破损，需要进行翻修。并且随着这宝积寺成为佛印的道场，来修行的僧人越来越多，来进香的信众也不断增加，寺院需要适当扩建，所以他发愿化缘翻修扩建宝积寺。

他开始捧钵乞食化缘，也为宝积寺扩建广作告白，他自撰自书了宝积寺募捐重修之文告，贴在了寺门口。很快如空谷呐喊，有了回声，有善男信女开始为寺院解囊，其中有银钱砖木，亦有绢布豆米。但翻建寺院是一项很大的工程，所需款项是一个不小的数目。眼见得时间一日日过去，离所需经费的数目尚有二百两银子的空缺，该当如何？既然已经发愿，便当一心不二地把这件事做成做好。

他出寺更勤，走得更远，连续不断的行走使他时感疲惫。这一日，他便在居住的僧寮读经，亦作暂歇。不料读经不到一炷香的工夫，侍者来告，有一个叫寒芸的女施主求见。

佛印一听"寒芸"二字，心中一动，这是一个在记忆中很久远却又很熟悉的名字，这不就是当年曾与她有过互救互助的女孩？在承天院一别，已逾二十年矣，不知这当年的姑娘现在是什么模样。很巧的是，当年自己出宝积寺时遇见这个姑娘，今日回宝积寺时又要见到这个姑娘，不，应是个中年女性了。实乃一种缘分矣。

寒芸为何此时会出现在宝积寺呢？

原来，当年为躲避樊雄的追拿，在了元的安排下，寒芸从一侧门离开承天院之后，便揣着了元和尚的信，依照了元的指点，急匆匆地来到了浔阳江溢浦口码头，果见岸边有一座亭子，心中一喜，便开始寻找信封上写明的收信之人。但当她抬头朝江边一看，顿时不知所措：码头上停泊的大船小船，密密麻麻，排了足有好几里长，并且不停地有船靠岸，有船开出，篷帆起落，篙动橹摇，让人眼晕目眩。桨声舵声，水声人声，一片嘈杂。各种船只上的桅杆高高低低，好似树林一般。有的桅杆顶上还停着白色、灰色的水鸟，江风吹动它们的羽毛，有的鸟站立不稳，身子便在桅尖上来回晃动，鸟极力想稳住自己的身子，很像调皮的小孩子在门槛上玩平衡。这都是寒芸平日未曾见过的景象，觉得很是新鲜、很是有趣。但今日她没有心思观赏这帆动鸟飞，她的心像绷紧了的船缆、鼓满了风的船帆，没有半丝松弛。

这么多船，这么多人，怎样才能找到要找之人？她开始逐船逐人打听叫梁力的船主。但直到江上有薄雾飘起，红日贴近江面，打听了足有几百只船上的人，直问得口干舌燥、周身疲惫，得到的回答却要么是"不知"，要么是摇头，她的失望、焦虑一步步加重。这时她又发现，有两个兵丁模样的人也在逐船查看探询，从装束上可以认得出，这是樊雄手下的兵丁，显然是为查缉自己而来。她暗叫不好，今日只怕是难逃罗网、命到尽头了。就在她感到绝望的时候，有一位船主注意到了她，以平缓的语气问她："姑娘是否在找人？要找的是谁？"

寒芸看了这人一眼，觉得这人面显善良之容，而非歹人之相，便毫不犹豫地说出了自己所要找的人的姓名。

那人略一迟疑后回答："我乃梁力也。"

寒芸顿觉惊喜，立即把了元的信递了过去。

这时，兵丁已发现了她，便狂喊着追了过来，很快离寒芸只有几步之遥。

寒芸大喊着："梁叔救我。他们是来抓我的，快快开船。"

既然与了元有关的人求助，梁力不加多想，便用力一把将寒芸拉到船上，立即起锚点篙，把船撑离岸边。这时那兵丁的手已触到梁力的船桨了。

梁力用力摇动长桨，扯起船篷，将船向江心驶去。

那两个兵丁就近跳上一只大船，用利刃逼着船主开船追赶。船主无奈，便也开船升帆，追了上去。

此时，长江水流向东，风向却是向西，遂成了顺水逆风之势。

在这时行船，若要借助风帆的力量，需让船在江中做蛇动之状行进，操控船作大幅度倾斜，并不断通过扯动篷索变换船帆的方向，以借风力，这最能体现船家驾风御水的本领。

这梁力技术娴熟，且船体不大，驾着船在江中像水蛇一样顶风踏浪而行。那大船的船主自然也是驾船的好手，但因受刀枪之逼，见这两个兵丁如狼似虎，不仅心里害怕，而且带着怨恨，便不能施展全部本领。大船便离梁力的船越来越远，加之天色渐暗，梁力的船慢慢地消失在了夜色之中。

这两个兵丁大骂大喊了一通之后，怒冲冲地将船主打了几拳，便停止追赶，让船返岸，跳下船回去向樊雄交差。二人商定的回话内容是：拼尽全力，忍饥挨饿，在城里城外搜查了个遍，那寒芸如石沉大海，既无踪影，也无音讯；断不可提及发现寒芸，驱船追拿无果一节。

梁力见追船回驶，已经安全了，这才停下桨，抹了抹汗，同寒芸说话。寒芸简要说明情由，并请梁力拆看了了元的信件。

梁力点着船上的油灯，就着灯光展开了了元的信札，但见信上写着：

梁力施主：

　　今有民女寒芸遭人追逼，处境堪危亦堪怜。施主若能救她于危难之中，乃无量功德也。

了元即日即时

梁力看了信，便对寒芸说："既然了元和尚有了交代，我一定尽力，纵有风险，亦在所不辞。"

这让寒芸十分感动，不由得鼻子发酸，差点流下泪来。

梁力这时问："姑娘，这下无忧无惧了，那船已停止追赶了。"接着又问："那你想去往何处？"

这一问，寒芸的眼泪再也忍不住了，如断了线的珍珠，"吧嗒吧嗒"地滴落在船板上。自己本是孤儿，犹如江中的浮萍断草，岸是何处，家在哪里？她哽咽着诉说了自己的身世和当下的处境。

梁力想了想，便问寒芸："你今年芳龄几何？"

寒芸不知梁力为何问及这个问题，便据实回答："十九岁矣。"

这时梁力说道："巧也，我本有一女，恰与你同庚。只是她七岁时不幸从船头坠入江中，我至今思念无尽，难以忘怀，也一直未能再生下女儿。"说到这里，梁力略加停顿，然后续言道："我见你面相很有几分似我爱女，你若愿意，我可收你为义女。"

寒芸犹如寒冬有春风拂面，顿时感到温暖，碰到好人了，当即叩头谢恩。

梁力便把寒芸载回了浮梁，安置在自己的老家。两年后，选了一个大户人家嫁了出去。这寒芸便如当地俗话所云，从装糠的小筐里，跳入了装米的大缸里，自此交了好运。夫妻恩爱，家道顺昌。她的夫家乃瓷器世家，在景德镇开有三座柴窑，烧制瓷器。婚后生下两男一女，长大后也烧瓷卖瓷。随着瓷品一批批进窑出窑，寒芸家里的财产也越积越厚，成了当地少有的大富人家。

寒芸虽在信佛的樊太身边多年，却并不信佛。这乃缘于她对樊雄的憎恨，这人犹如魔鬼，杀人无数，心地歹毒，但却未遭报应，居然还升官发财，佛陀、僧人对他都无可奈何。自己逃出魔掌，不是看不见的佛或菩萨的功德，而是靠着像了元和尚、义父梁力这样好心人的真情帮助。在生活富足后，常常想起往昔的苦难，也时时想起救助过自己的了元。她后来知道了元是在浮梁的宝积寺出家，因而便不时到宝积寺探问，希望能见到那于己有大恩大德的和尚，但却是一次次失望而归。当然，她每逢年节还会向寺里捐钱献物，乃是为了表示对了元的感念。

不久前，她听闻一个大和尚到了宝积寺，便猜想或是了元。可是再细一打听，这个大和尚不叫了元，而是叫佛印，她又一次失望。但她不肯灰心，决计亲自拜见这个大和尚，要看清楚，这个叫佛印的大和尚是不是当年的了元。

寒芸进到方丈室，见面前坐着的和尚，已是一位年约五十的僧人了，和自己印象中的了元相去甚远，因而她只是眼睁睁地看着，却不肯相认。

这佛印也在向寒芸打量，眼前是一位年纪在四十左右的妇女，一身珠光宝气，已非当年十几岁女孩的模样，但依然有他记忆中的痕迹，他轻轻地说了声："寒芸，别来无恙？"

听声音，再一看神态，在这一瞬间，寒芸立即断定这便是当年的了元无疑。她差点扑了上去，要抓住佛印的胳膊，作一阵倾诉。但她刚一挪动身子，便又坐下了，不可，人家乃僧人也。身子坐下了，眼泪却是呼的一下涌出了眼眶，在她的脸上流成一条小溪，流进嘴里，带着浓浓的脂粉的味道。

"了元和尚，你可好？"寒芸抹了一下眼泪，说话了。

"阿弥陀佛！"

"难道你改了名字？"寒芸抽出一方丝制手绢，拭了拭眼睛后问。

"是啊，山僧现在的法号是佛印也。"

"你为何要改法号？差点让我这次又见不着你了。"寒芸抱怨着，她自己也不明白，为什么会说出这样显然带着亲昵的话来。

佛印听出了这话语中的亲昵，这乃是人之常情也。

佛印正了正身子，说："僧人之事皆依缘定，身不由己也。"

"是啊，人的命运变幻莫测。"寒芸接着话如溪水潺潺，诉说了自己这二十多年的遭遇，她似乎并不认为坐在面前的是一位僧人，而是一位离散多年的亲眷。

佛印少有插话，只是不断地以"善哉，善哉"相应。

劫后忽相逢，话如长江水。说着说着，近一个时辰过去了，寒芸似乎已把想说的说完了。接下来，她也似乎换了角色，不再是旧友亲眷，俨然是一个虔诚而慷慨的信徒了："佛印法师，我已听说，你正在为宝积寺的翻修筹集银两。我家薄有资财，自当出力。尚缺多少数目？我愿倾力为之。"

佛印听了这番话很是高兴，由正襟危坐换作了身体略为前倾，双手合十，说："阿弥陀佛，若得女施主相助，乃是宝积寺和广大信众之大幸也。"

寒芸便说："今生总在重要时刻遇见你，这次又恰逢宝积寺要修缮，我定要知恩报恩。"接着又问："需要多少银两？你尽管开口。"

佛印心想，这布施之事，全在自愿，对施主不可开口提出具体数目，便说："随喜功德，施主捐钱多寡，都是善行善事。"

这时，寒芸伸出了两个指头，说："可乎？"她在一瞬间又把佛印当成俗子了，似是要逗他一逗。

佛印只是连声"阿弥陀佛"，不肯另有他语。心里却在想着：难道她一下便要捐二十两银子？乃是一个富有而又大方的施主也。

想不到寒芸接下来说的却是："二百两银子，足乎？"

佛印大喜过望，把头抬起复又微微低下，把放开的双手又再合上，连连说："善哉善哉！"他万万不曾想到，寒芸的出现使修寺善款的难题如冰融雪消，宝积寺有幸也。当然，佛印也许并不知道，寒芸慷慨捐银，只是为了报答佛印。

看见寒芸，佛印不由得想起了在长江中救起过自己的梁力，便问："那梁力施主现在如何？"

寒芸稍作沉默，然后略带悲悒地告诉佛印："十年前，船过鄱阳湖与长江交界的湖口，风浪大作，父亲的船倒是无事，但同行的一艘船却在风浪中倾覆。他便调转船头，奋力施救坠水者，又一阵狂风袭来，他的船也侧翻在狂涛之中，以至连尸体也未捞到，想是被冲入长江了。"

佛印无语，心生悲凉，良久才一次又一次地念叨着："阿弥陀佛。"在心中默默地为梁力祈祷。

寒芸这时换了一个话题，说："我公公曾常常提及你。"

"啊？你公公乃是何人？"

"我公公姓吕，一生执教于书馆。他说曾教过法师诗书，常称道法师的为学为人。"

这时佛印满带真情地说："山僧这次回来，还要专门去拜访吕老教授哩。"

寒芸顿了一下说："只是他也已成古人了。直至弥留之际，公公还提到你的名字。"

佛印心里怆然，他压制住内心的哀伤，缓缓地说："蒙吕教授的多年教诲，让山僧为人为学为僧皆受益良多。愿老人家在天之灵安然。"

佛印连夜写就了两篇长长的祭文。第二日一早，他手持香烛，分别来到梁力和吕教授的墓前。先念了一大段《无量寿佛经》，然后把写有祭文的纸张点燃，奉献给自己的救命恩人和敬重的师长，祈愿这两位好心人在另一世界一切适然。

祭奠过梁力和吕教授之后，佛印极力收心定性，参悟佛经。几天后，几个人的到来，进一步调适了他的心境。

松风迷踪

修寺的资金有了着落，佛印一直悬着的心也放了下来，只待备下木料瓦石，延请工匠破土动工了。

这一日，佛印念经完毕之后，便研墨铺纸练字。在唐代的诗人中，他最为推崇"二白"，即李白和白居易。这二人的诗，真情自然，少有雕饰，且蕴含禅意，所以习字时常常抄写"二白"之诗歌，既练字，又品诗。但今日他没有书写唐诗，而是另有篇章。他刚读到《李太白传》，这篇传记共计三百余字，从李白的籍贯开篇，略要地记述了这位大诗人异于常人的一生。其中写到李白被唐明皇召入宫中，写诗草诏；还写到了李白放足庐山，行吟山水。

佛印不仅喜欢李白的诗，李白的性情乃至阅历也都是他所喜欢的，且李白游历并吟诵过的庐山、长江，都是他很熟悉、很喜爱的地方，由此使他对李白的喜爱又多了几分。他凝神静气，照着传记的文字，用自己的书体一字一句地认真书写。就在他写完传记全文，正要署名落款时，知客来报：有几位客人来访禅师。

佛印随口问道："来者何人？"

"苏轼、黄庭坚是也。"

佛印高兴得迅即停下了手中的笔，连连说道："请，快请。"接着便将笔搁在了形似笔架的一块小石头上，快步出迎。

在神宗去世、哲宗即位后不久，苏轼时来运转。一个月前，皇帝下诏，着苏轼离开黄州，移住汝州，这里离京师开封不远，皇帝已有着调他回京重用的考虑。苏轼离开黄州时，曾在庐山一带稍作停留，欣赏这一带的无边美景，还特地游了东林寺，留下诗作。当然，他最想拜访佛印，但得到的消息是，佛印已回浮梁。他的行程中恰好有一个安排，要去看望正在德兴任县尉的儿子苏迈。德兴县与浮梁县相邻，这便可一并方便地看望佛印。此外，他还有一件重要的事情要同佛印共商共为。他在德兴住了几天后，便由儿子陪同，和黄庭坚一同来到了宝积寺。

佛印见苏轼满脸春风，神采奕奕，而黄庭坚却面色憔悴，略带病容，便首先关切地问黄庭坚："山谷道人，一切可好？"

黄庭坚指了指天空："如四月天气，时好时坏。"黄庭坚现在正处于"时坏"的时段。他的母亲三年前去世，因过于悲恸，他竟几次晕倒。母亲下葬后，他结庐在墓旁居住，庐名"永思堂"，茶食无常，每日诵经，坐禅问道，以寄哀思。日前刚刚守丧期满，苏轼便邀他远足，以怡情散心，因而一起来到了浮梁。

佛印领着苏轼和黄庭坚走进了自己的居室。他赶忙在适才写完的《李太白传》上署上了"佛印书"三个字，正要将字收起，却被苏轼阻住了，他要和黄庭坚一起欣赏佛印的书法。

苏轼和黄庭坚凝目聚神，专注地看了起来。这让佛印有些忐忑，因为名冠天下的"苏、黄、米、蔡"这四位当代最了不得的书法家中，今日竟有两位就站在面前，并且还在览看自己书写的作品。

苏轼认真看了一会儿，以赞赏的口吻说："好字。隶中带楷，很得'龙门二十品'之精髓。"苏轼在开封多年，几次到龙门石窟细细地品察、揣摩过那"龙门二十品"，他的评价自是中肯。

佛印连连颔首："苏进士不仅笔力超迈，眼力也是超人，山僧一直追慕、临摹'龙门二十品'之笔力笔意，只是难得其真意神韵也。"

黄庭坚插话道："大和尚这字古拙质朴，拙中藏巧，非一般人所能书也。"

这时佛印拿出一把白纸扇，对苏轼说："机缘难得，苏、黄二进士的书法名闻天下，请为山僧在扇子上题写数行。"

苏轼没有拒绝，只是说："在扇子上作字太难也。"

"对普通人自是如此，但于书法傲于天下的苏进士却有何难？"佛印笑道。

"大字便于布局，小字却少空间，难得宽绰挥洒，就如同在鸽蛋上绘画书写，一点一画皆不易也。"苏轼回答。

黄庭坚接口道："然也。欧阳询乃书坛巨擘，然而他的小字行世极少，主要集萃于那《极古录跋尾》。其势劲险，字体新丽，实乃难得之小楷之妙品也，古今难有几人能望其项背耳。"稍停，又感叹说："当今小字写得出神入化者，少有其人也。"

苏轼对黄庭坚说："鲁直，你的书法精妙。为我代劳如何？"

黄庭坚笑道："你子瞻下笔亦有顾忌，我更不敢班门弄斧了。况且我的字乃'死树挂蛇'也。"

"死树挂蛇"这语大有出处，乃苏轼与黄庭坚一起论字戏谑时，对黄庭坚字的揶揄之语。

这时苏轼笑道："若我写成'石压蛤蟆'，诸位可别笑话。"这"石压蛤蟆"亦有来头，乃是黄庭坚对苏轼字的诙谐之评。

众僧没听出就里，但佛印听出了其中的隐言妙喻，说："妙哉。那请二位务必为山僧留下'瘦蛇、蛤蟆'，山僧乐见惊蛇偃草，劲蛙跃水。"

苏轼走近桌边，挑了一支小楷，略一沉思，迅速写下一诗句："松风吹晓日"，然后把笔递给黄庭坚，"请你写出下联"。

黄庭坚握笔在手，望了望寺外，落笔处留下的是："清江映古寺"。

观者尽皆称善。雅联美字，满纸生辉，一把小扇，天地无限。

见联语，佛印在想，为什么苏轼随手便在诗中出现了"松风"二字，是有意写下，还是随意挥就？此时佛印不由得又想起了松风。

佛印和苏轼可谓心有灵犀，苏轼确确实实在提笔斟酌字句时，想起了松风道人，于是信笔将松风二字付诸笔端。他这次来浮梁，一个重要目的是寻访松风道人的下落。

苏轼也已有多年没见过松风了，这很是反常。自相识之后，松风每年都会来探访他，为什么却有了改变，不见踪影？他曾听人说：那松风破产破身出家后，对遭人陷害之往事依然难以忘怀。后来松风听闻一仇人已辞官从边地归家，勾起旧仇宿恨，便在一日深夜，潜入这仇人家中，欲纵火烧了这仇家的庭院以复仇。却不料被仇人发现，这仇家曾是开兵打仗之人，取下墙上弓箭，对他连发三箭，有一箭射中了松风的后颈。松风中箭后逃回老家，箭毒发作，在自己居住过的村子去世，族人把他埋在了家族墓地。松风家在浮梁，所以苏轼想和佛印一同去寻找松风的下落，这个念头在苏轼的脑中萦绕经久。如松风确实已不在人世，也要找到他的墓地，加以祭奠，以尽故交之礼，以寄旧友之情。

佛印听苏轼说完松风之事，微微一惊，可以判定，传闻中的那个松风的仇人便是樊雄，因为他早从祁通的口中知道了樊雄的官场结局。至于松风的生死存亡，他则全然不知。他便告知苏轼：没有闻说此事，然据山僧推测，松风已升天的可能性不会很大。但既然已有传闻，便当去寻访一番，一探究竟。

第二日，当朝日破雾出云，将阳光洒满山峦时，佛印便领着苏轼、黄庭坚，蹚着露水，披着霞光，向松风住的村子走去，那一带佛印很是熟悉。

到了松风出生的村子，便向村人打听询问，有一年轻人告知：族人的墓地中确有一座松风的坟墓，是五六年前垒筑起来的。

苏轼和佛印听了，不由得心里一沉。

那人又领着佛印一行来到了墓地，并很快找到了写有松风名字的墓碑。

苏轼便跪下行礼，并带泪哀哭，黄庭坚也跟着跪下。

那引路者见这些人是来祭奠亡灵的，便自离去。

佛印扶起苏轼，又绕墓地看了一遍，他想起自己小时候参加过的父亲的葬礼，便说："在山僧看来，这极可能是一座假坟，而不会是松风的墓地。"

"何以见得？"黄庭坚觉得有些奇怪，很快发问。

佛印答："依当地葬俗，立碑处便是死者头部的位置和棺材的朝向。这种朝向每年在东与南两个方向轮换，即本年向东，则下一年向南。如此循环往复，不可错置。山僧根据墓碑文字的纪年推算过了，松风这墓碑的朝向当是东而不是南，而现在墓碑却是朝南；且道士羽化后，掘土埋葬并垒成坟头亦大可生疑。故可断定这是假坟。"

苏轼心想，佛印言之有理，此事还当弄个清楚明白才好。又一细看，但见这坟冢不大，形状不整，似是草草堆就，便道："若如此，为探明真假，何不掘开一看仔细？"

佛印和黄庭坚皆赞同。

便在附近雇了几个农夫，挥锹动锄，很快将坟掘开。但见墓里既无椁，也无棺，里面埋的只是一截和人体长短相近的木头，上面刻字一行："道人松风之躯壳。"佛印注意到，那木头旁边有一箭头。果然是假墓，众人疑窦丛生，为何要设假墓？那松风现在到底死耶活耶？

这时有几只乌鸦从坟头上方飞过，连叫了几声"果也，果也！"然后消失在远处。

佛印判断说："依山僧之见，他当仍然活着。"

既然活着，为什么多年未见踪影？其中有何蹊跷？

桂下说茶

回到宝积寺后，佛印、苏轼等的心情变得轻松了许多，至少松风已死并下葬故里的传言谬也。

佛印把大家引到他当年栽种的桂树下坐定。那九棵桂树已高两丈有余，干粗如斗，枝叶繁密，树冠状如帷盖。时令正值八月下旬，恰是桂花吐蕊送香时节。这九棵桂树有金桂银桂之别，金桂花色如金，银桂花影似雪，一起将那浓郁的香馨无停无歇地向天地间放送，坐在桂树下，但觉香气阵阵，浓郁如酒，教人心醉。

这时，放在桂树下的杉木桌上，摆上了茶壶、茶盏，佛印执壶为大家筛茶。这以热水冲泡茶叶，喝那茶汤，在此地刚刚兴起，过去都是把茶叶碾成碎末，或煮或泡，饮者将茶汤和茶叶末一起喝下。

筛好茶，佛印道："喝茶有四种境界，子瞻、山谷等愿意一听乎？"

这苏、黄都是品茶高手，对此大有兴趣。

黄庭坚首先应道："啊？好也，且听道来。"

于是佛印便阐释道："这四种境界也可称之为四种茶道。求之于茶之品，乃是夸示富贵的贵族茶道；求之于茶之韵，乃是追求艺术赏受的雅士茶道；求之于茶之味，乃是乐享人生的世俗茶道。"

苏轼插话道："第四种境界讲的应当是僧道之茶了，其类何种境界？"

佛印答道："求之于茶之德，乃是参禅悟道的佛道之茶道。"

黄庭坚问："何谓茶德？"

佛印道："在山僧看来，形秀、色真、味正、香清，茶之德也。"

众皆赞成此论。

苏轼呷了一口茶，以行家的口吻赞道："好茶。少有之香，难得之味。"

佛印问："可知这茶为何会有此奇香甘味么？"

执过茶壶茶盏无数、尝过茶汤无数的苏轼和黄庭坚都抿嘴带笑，连连摇头。

佛印也笑了笑，以手掌指着桂树边的三十六株茶树说："这茶树也是山僧三十多年前离寺时所植，今日这盏中茶叶，便是今年入秋时在这些茶树上采下的，称作白露茶。茶，春夏秋均可采摘。然，春茶太嫩，香而不酽；夏茶太老，酽而不香；只有这白露茶，香酽兼备，最是堪饮。你等想想，这里的山水风雨本宜茶叶生长，浮梁茶早已名闻天下。我等今日所饮之茶，皆是长在桂树之下，不仅年年月月撷取天地之灵气，而且朝朝暮暮融进了桂花之香醇。桂花之香冠于天下，连那月亮里种的也是桂树，现在又恰逢桂花时节，这桂树下的茶，能不香乎？在桂花树下饮茶，能不妙乎？"

此时，一阵轻风袭来，桂花之香，茶叶之味，直入脾肺。苏轼端起茶盏又呷了一口，直觉香气更烈，如烈酒猛药。此时，那风中的香气，茶中的香味，一起游走在人的肌肤之上，鼻舌之间，脾胃之中，使人如饮甘露，如入香海，如在仙境。

苏轼说："壶里乾坤大，杯中日月长。喝茶，这美妙的感觉，实在找不出可与之相比拟者。"

苏轼话音刚落，佛印接口说："有。"

"何？"苏轼问。

"坐禅。"佛印答。

"愿听禅师高论。"黄庭坚对此亦是大有兴趣。

"坐禅更可获得无与伦比的美妙感受。在山僧看来，饮茶之至高境界，在于三分好茶，三分好水，三分禅心。缺了禅心，再好的茶也无真味。"佛印十分认真地回答，并作出了一个禅定的姿势。

苏轼便问："茶与禅结合，是否可以称作为禅茶？"

"然。如果你心气无定，斟茶一杯而作牛饮，就是嫦娥泡就的月中桂花茶也寡香欠味了。当你以一种专注之心，礼仪之态，百事放下，诸念不起，从容地去煮茶、斟茶、品茶，便自然有了禅意，有了茶的真味道。故而便有了茶禅一味之论。"

苏轼点点头说："所以'吃茶去'，这由僧人应答多种提问的公案，本身便有着深深的禅机，其精义在于诸事放下。"

黄庭坚若有所思，说道："唐人有一诗，有茶、有僧亦有禅，我甚为喜爱，念给大家听听如何？"

此时此地吟诵这等诗文那堪称是锦上添花，大家齐声道好。

黄庭坚念的是唐代元稹的《一字至七字诗·茶》：

> 茶，香叶，嫩芽。慕诗客，爱僧家。碾雕白玉，罗织红纱。铫煎黄蕊色，碗转麴尘花。夜后邀陪明月，晨前命对朝霞。洗尽古今人不倦，将知醉后岂堪夸。

苏轼以手指轻轻地敲着桌子说："元稹这诗似乎是专为今日、特为我等而作。"

"善哉，妙哉。"恰在此时，有风吹过，桂树顶上，叶片窸窣作响，随之一阵桂花雨飘落。恰有一小朵银色的桂花落在苏轼的茶盏之中，漂在茶水之上，宛如一朵刚刚出水绽放的芙蓉。

佛印见状说道："此不亦禅茶乎？"

那苏轼本是茶中仙客，极善煮茶品茶。论及煮茶，他讲过"活水还要活火煮"这样的精妙之语。在杭州，有人把苏轼写的"欲把西湖比西子，从来佳茗似佳人"集在一起，作为对联，放在茶肆里，平添品茶之趣。今日，当佛印把茶与禅联系起来时，苏轼便觉得有了真味新意。

佛印又接续道："元稹说，茶向慕诗客，喜爱僧家，一句妙语便道出了茶与禅的贯通了。如提起唐朝故事，可以说，若无禅僧便无茶圣也。"

苏轼知道，佛印话里说的是智积禅师与茶圣陆羽的故事：智积禅师一日在风雪中过一座小石桥，忽见一哀鸿用翅膀庇护着一小男孩。智积便把这个饥寒中的男孩抱回寺中，因不知小孩何名，便以《易经》占卦求名，卦曰："鸿渐于陆，其羽可用为仪。"这个男孩由此得名为陆羽。智积禅师爱茶识茶，且善煮茶，便精心授陆羽煮茶之艺。后陆羽遍寻天下好茶，在途中又结识僧人皎然。这皎然能诗善茶，还写有《茶诀》一书。陆羽便又师从皎然学习种茶、辨茶、烤茶、做茶、煮茶，后写成《茶经》，成为茶圣。

苏轼知道佛印的话中另有隐语，说的是若无智积禅师的收养与教习，陆羽便不可能成为茶圣，当然其中还别有深意，便接过佛印的话头说：“若为禅僧亦无茶圣也。”

苏轼话里说的是：那智积禅师见陆羽聪颖，便想让他削发为僧，但陆羽却不愿意，并于十二岁时逃离智积身边，立志于读书和茶艺。

佛印当然知道苏轼话中亦藏有深意，但他依然继续着自己的话语：“若论茶与禅，除了做茶、冲茶、品茶以外，还有诸多内容。如，喝茶时焚香念经，调息静坐，以使心境平静；洗涤茶盏时，如法轮转动，寄意使心中洁净无尘；煮茶时，观火燃之势，听水沸之声，以求‘法海潮音’之悟；冲水，一泻而下，寄意漫天法雨，润泽众生；品茶，细审茶中滋味，苦涩不厌，甘爽不恋。得有这等功夫，方可得茶禅之味也。”

听到这里，苏轼说道：“茶禅高深繁复也。”

佛印回言道：“确乎如此。”他又继续说道：“品茶还不可忽略茶具。茶具既是盛茶之器，又是助茶之物。好的茶具，观，可以为茶增色；听，可以为茶传声；闻，可以为茶添香；品，可以为茶加味。可以说，无好茶具则难有好茶也。”

苏轼深以为然，他有过茶具“铜腥铁涩不宜泉”这样的高论，还设计过紫砂泥的提梁茶壶。看来佛印接下来要讲茶具了，便兴趣盎然地等待着。

果然，佛印指了指桌上的茶具说道：“你等看看，这些茶具质属何物？”

“瓷器也。”苏轼随口答道。再细一看，他似乎有了不同一般的发现。这些茶具洁白如玉，绵薄如纸。那碧绿中带着微黄的茶叶，在这白玉般的茶盏里，呈现出别样的色泽，绿非一般绿，黄非等闲黄，绿有翡翠颜，黄带天霞色。意蕴无穷，美态百生。他想起来了，这就是名闻宇内海外的景德镇瓷器，正是由于瓷器才使这浮梁治下的瓷镇成名并更名，成为了以大宋真宗皇帝一个年号命名的瓷镇，进而成为天下四大名镇之一。但这瓷和禅又有何关系呢？

佛印似乎谈兴大起，接续说：“景德镇的瓷器名闻天下后，便迅速进入了禅界。寺院中，举凡香炉、宝瓶、瓷灯、杯盘盅碗等物，莫不以景德镇所产瓷作为上品。一些制瓷高手还用瓷土制造了许多与佛有关的瓷像，其中有两品最为有名，一是执瓶观音，一是笑面罗汉。且说那观音，与铜质、木料、泥胎相比，大有不同，质地如同孩儿的肌肤，光泽白润；那眉发、口鼻、衣衫皆有颜色，显得栩栩如生，良可亲近，拉近了人与佛之间的距离。故天下之寺庙，家庭之佛堂，皆会选用瓷器为佛殿佛堂用品。"

苏轼连连称是，心想，如此论来，瓷与禅倒是大有关联。

这时，佛印又开腔了，若论禅与瓷的关联，从瓷的制作过程或可能给人以省悟。

这个话题引起了苏轼和黄庭坚的极大兴趣，他们又美美地喝了一口茶，继续听着佛印的讲述。

佛印接着说道："这瓷器非金非木非水非火非土，却又是集金木水火土之大成。"

黄庭坚略有不解，便问："此语何意？请法师示教。"

佛印也喝了一口茶，便如数家珍，娓娓道来："制瓷首先得挖山掘取瓷土，此乃土也；瓷土制成如粉细末，再调之以水方可制作成坯，此乃水也；使瓷器带光有色的物质乃釉及石质矿料，此谓金也；瓷器入窑烧制时，尽是用这周遭山上的松树等为燃料，此乃木也；瓷胎成器，全仗高温烧炼，火亦备也。合起来便是金木水火土五行齐全，进而造就了这精美绝伦的美器，这五行若缺其一，便是美器难成。"

这一番话，让黄庭坚、苏轼二人听得如醉如痴。

佛印续又说道：瓷之成，瓷之存，全赖五行之物，这便同佛理中的因缘之说相合。正是五行的因缘结合，融为一体，才成就这天下尤物。其实天下之物莫不如此，无因缘便无万物也。

苏轼似乎从这瓷器中更深刻地领悟到了佛经中因缘的含义。

殊不知佛印更有精彩之论，他顾不上喝茶，接着说道："当泥土制作的瓷胎送入窑中之后，并非点火便可得器，还取决于各种因缘。选泥配料的无杂无误，制作成器的合规合范，装填入窑的位置摆放，炉窑火力的高低强弱，烧制时间的或长或短。各种因缘的恰当组合，方可成器。若有任何一种因缘的不济，都可能前功尽弃。故烧窑者往往拜神求佛，祈求神力相助。尽管如此，一窑之器出窑之时，有时成品不足五成，上品更如凤毛麟角。这个过程，需要人力，却又是人力难以控制。"

苏轼大有开悟之感觉，他本想插言，不料佛印谈兴正浓，便如无缰之马，难以收羁："故这做瓷便犹如学经坐禅，若成正果，绝非易事，诸缘俱备，才能有成。且既需人力，亦赖天功。"他稍作停顿，又加重了语气，说道："故纵观瓷之烧制、瓷之使用，说瓷中有禅，不为过也。以这瓷器为茶具，自是大助茶禅一体也。"

苏轼听到这里，心里叫好，这佛印纵谈阔论，还是归结为茶禅一体也。好一个佛印，好一个博学善言的禅师，这强化了他初见佛印的想法：儒学诗林若增这样一位翰学，实乃幸事也。他随即有了一个念头，要展开一个他熟知的话题，以引导佛印进入又一个世界，于是便说："在我看来，恐怕诗与禅结合更为美妙，也更为真切。"

佛印似乎对此亦是大有雅兴，接话说："然也。禅与茶，禅与瓷，虽有关联、融合之处，但同诗与禅相较，则要逊色许多，只有诗和禅才能成为至为完美、无与伦比的结合。"

苏轼便说道："我等今日再就诗与禅之关联论说一番若何？"

佛印点头答道："妙哉，妙哉。"

就在苏轼准备开言之时，知客在旁插话说："午饭时刻到了。"

僧人过午不食，再不进食，便要饿肚子了。这是苏轼很不愿意的，他第一个起身说："先去腹中饥，再论禅与诗。"

一桌斋饭摆在了苏轼等面前。一碗米饭，三四样素肴，另有一盆豆腐白菜汤。

佛印带着几分歉意调侃着："子瞻，今日怠慢了，既无黄州酒，更无东坡肉。"

苏轼回答道："若无东坡肉，来点东坡鱼亦可也。"

"亦无。"

"为何？"

"因为一听子瞻至此，那鱼便悄然藏入草下禾边了。"

苏轼会心一笑，知道佛印是在拿自己的姓氏"苏"字相戏，便说道："从草下禾边取鱼何难哉？那不就如取木烧火犹有木？"

佛印亦明白，苏轼是在拿自己的俗姓"林"反唇相讥，此时的"木"还有讥讽自己木讷不肯作变通之意。于是便又说道："山僧曾想过以熏鱼相待，却又怕子瞻不敢下箸，有碍进食啊。"

佛印这话里乃是大有文章：当年苏轼因诗案下狱，儿子苏迈每日往狱中送饭，并向父亲传告狱外消息。苏轼便和苏迈约定：平常只送菜与肉等菜品，而不送鱼；如果有不好的消息，便改为送鱼以示警。有一日，苏迈临时有急迫之事，便叫一个好友代他送饭，却忘了把自己与父亲的约定告知朋友。结果这位好心的朋友知道平日只送菜与肉后，觉得太过单调，人受囚，肠胃不应受苦，便改往牢中送了熏鱼。苏轼一看送来的是鱼，这鱼还大而肥，心中惊骇，自忖案情严重，定是难逃一死，且死期在即。便凄切地写下诗两首，向弟弟子由诀别，并用了"与君世世为兄弟，更结来生未了因"这样情深而悲恸的句子。子由读到这诗后，伏案放声痛哭，哭命运之残酷，哀哥哥之不幸。但兄弟二人万万想不到的是，却是一场误会。苏轼在狱中羁押了一百零三日后，竟然死里逃生，获释出狱。

苏轼自然知道佛印此时说的是什么，便赶忙岔开话题，说："若无'水梭花'，可有'钻篱菜'或是'般若汤'？"苏轼说的这几样东西分别是指鱼、鸡和酒也，有的僧人存心破戒，便以这些名词指代忌食之物，实乃欺己亦诳人也。

佛印半眯双眼，摇了摇头说："此等美味且向别处寻。"

苏轼便说："好一个极有才华却无比抠门的大和尚。"转而对儿子苏迈说："把我们带的酒取出来。斯人斯地斯时不可无酒。"

不料苏迈回答："酒早备好，只是今日未随身携带也。"

"这等要事，为何忘了？"

"倒也不是忘了。"苏迈作着解释。

"那是何原因？"苏轼追问。

"只因这乃寺庙也。"

苏轼一愣，原来如此。他这时想起一件事来，便对佛印说道："今日有一事须请禅师论理作断。"

"何事？"

"乃是我们第一次在开封见面时曾论过的佛与孝之事。"

佛印眉头微蹙，似是追忆他们的第一次相见，然后又问道："子瞻所言究竟何事？"

苏轼故作郑重地说道："今日苏迈违我之命，不曾带酒，却道是因来寺院。禅师说过，佛门亦重孝，你道这苏迈入寺院当不当为父携酒？"

佛印心里一笑：这子瞻在巧设机关了。山僧若回答苏迈当为父携酒，便有违寺规；若答苏迈不应为父携酒，则有悖孝道。当如何回答？难也。他看了一眼黄庭坚，有了主意，遂道："此问请山谷代山僧作答。"

不料黄庭坚故作为难地说："你等儒释之间的言词往来，提问作答，我向灯向火皆非所宜。我还是隔岸观火为好，或许这比参与救火更为妥当。"

苏轼随之对着佛印说道："故此问只能请禅师作答了。"

无有退路了。佛印看了看苏轼，又看了看苏迈，有了主意，笑道："此乃家事。清官难断，何况僧乎？"

苏轼也是一笑，便端起茶盏说道："原来禅师面前，亦有无解之题也。那今日就以茶代酒了。"然后连连喝茶三盏。

饭毕，苏轼离桌起身，说道："今日虽然缺了酒，但不可缺了睡也。"

佛印引着他进入上客堂午寝。

论诗说禅

苏轼进到上客堂后，倒头便睡。连日旅途劳顿，加之今日身心愉悦，这让他睡得酣畅无比，直睡到红日偏西方才醒来，并大喊着："说得痛快，喝得痛快，睡得痛快。天下痛快之事，莫过这三端也。只是惜乎今日喝的是茶，倘若喝的是酒，痛快又加三分。"

苏轼起床后，便又同佛印、黄庭坚等围坐在八仙桌边。这次坐的地方是两棵柏树之下，便是当年佛印离寺时种下的那柏树。

这柏树长得比桂树还要高些，两株柏树一般大小，紧紧相挨，矗立在寺门边，昌江水从树旁流过。在信徒们眼里，这便是供佛的高香，加上这柏树本有清香之味，便被人们称作"香柏"。

佛印开言道："子瞻，论诗与禅，乃是你上午所倡言。请你先论。"

苏轼诗文卓绝，对佛经亦已多有了解，所以这个话题对他可谓如鱼得水。但他要选择一个合适之论肇始，略加思索后，便开言道："诗与禅本非同类之物，一乃文学之品，一乃修行之法，所以其形其质大有不同，但由于两者都与心性相通，便关联极深。"

佛印接口道："更由于许多诗家向禅，许多禅家为诗，两者的关系便更见密切了。"

苏轼说："是也。因为诗可为禅客锦上添花，禅则可为诗家切玉裁锦，二者的关系便相得益彰，亦如水乳之交融了。"

黄庭坚应道："此乃关于诗禅关系之精妙之论也。"

苏轼言词如决堤之水，奔流而下，首先阐发的乃是"悟"字："禅道贵在妙悟，诗道亦在妙悟也。禅之对于佛理佛法之认识，主要靠在参禅中悟出，而不倚重语言文字、议论与才学。悟，对诗亦至为重要，诗人缺了妙悟便会使诗作少了诗意，少了撼动心灵的力量。

如，孟浩然之学力，远不及韩愈，文章更远在韩愈之下，但他的诗却在韩愈之上，乃因孟浩然之妙悟超越韩愈也。"

佛印接口说："此论极当。以韩愈写的《左迁至蓝关示侄孙湘》诗为例，诗里写景写情，诗之遣字用词，皆为上乘，但却欠了些诗意。这应和韩愈不信佛、不知禅，缺了妙悟有关。"

黄庭坚便道："然。但在妙悟方面，禅与诗亦大有差别。禅必在深造后而能悟，诗在悟后还得深造。"

"关于妙悟，佛典已有所论，《涅槃无名论》说：玄道在于妙悟，妙悟在于即真。"佛印接语。

讨论步步深入，由悟诗悟禅谈到了学诗论诗与禅。

苏轼说："以学诗论诗而言。恰似有人所言：识文章者，当如禅家有悟门。直须先悟得一处，乃可通其他妙处。需有参悟之功，方得他人诗作之妙。"

那黄庭坚乃江西派诗人的领袖，江西诗派极重以禅入诗。黄庭坚既学道，亦学佛，乃是儒释道兼通，所以对参禅与读诗写诗自有见解，说道："学诗者当以识为先，即禅家所谓的'正法眼'，直须具此眼目，方可进入为诗之道。李太白诗曰'请君试问东流水，别意与之谁短长'，须先明了太白用意，犹如参透佛法，方可知太白此诗之妙，得知其中三昧。"

佛印赞同此见，说："读诗确如参禅一般，需加领悟，以寻找字里之外的义理。有人在《论诗》中说：'我欲友古人，参到无言处'。即是要寻找诗歌中那可以悟知却不可言达的妙处。诗无可参悟处算不得好诗，读好诗不去参悟便得不到其中三昧。"

苏轼说："若于诗缺少禅悟，不仅难得诗中真味，甚至可能误身误国。"接着他举了南唐后主的例子：宋太祖挥兵南下，李煜欲以兵相拒，一禅师以牡丹为题作诗偈，全诗吟诵牡丹之娇艳，最后两句却是大有玄机，"何须待零落，然后始知空？"李煜不省诗中隐意妙喻，最终国破而身囚。当然，这只是极端的一例，但亦可证领悟之重要也。

黄庭坚感叹道："后主若不为国君而只是为诗人，便是国也幸、己也幸、诗也幸矣。"

大家深以为然，对李后主的命运生出许多慨叹。

江风拂来，桂子的香味更烈，令人怡然，这使诗与禅的讨论平添了情调和惬意。接下来谈到的是参禅与作诗了。

苏轼喝了一口茶，又开言道："有人认为，作诗浑似学参禅。须如禅定体会佛经之义、感悟天地与万物一般，去思考诗的精妙、意境。"

黄庭坚乃道："然也。作诗需要超越，故当精思深悟，以跳出前人窠臼，超然于物象之外。注重诗人的自省与领悟，不可因袭前人，即使是对诗圣杜甫，亦不可因袭仿效。"

"写诗确乎犹如学禅，诗以有神韵空灵为妙，言已尽而味无穷，这就犹如禅理之超越语言文字，可意会不可言传。"苏轼补充着。

佛印这时论及了更深的内容，说："禅对诗的渗透，表现为以禅入诗，并且二者交相融会，如子瞻有诗曰：若言琴上有琴声，放在匣中何不鸣？若言声在指头上，何不于君指上听？"佛印竟然随口引证苏轼的诗，用形象的比喻，以证禅诗结合之妙，令满座喜之、赞之。佛印接着又说，《楞严经》曰，"比如琴、瑟、琵琶，虽有妙音无妙指，终不能发"。

佛印这时不仅列出了苏轼以禅入诗的例证，竟然还从佛经中找到了相应之论，两相比照，以证己论，亦是称道苏轼对禅学的妙悟。

苏轼接口说道："大和尚诗文功力过人。我也想引一首诗以证诗里禅意之妙，笔墨中虽无寺院、僧人、参禅，却是禅意十足。如王维《鹿柴》诗：'空山不见人，但闻人语响。返景入深林，复照青苔上。'实在是意味无尽，诗里清晰而又形象地描绘了清净虚空的心境，那禅意乃是如朗朗月色般的浸漫铺陈。"

"故禅入诗便可美诗。如欲诗之美，何不入禅寺？"佛印适时道出此语，实则是一语双关，乃是以诗与禅之关联劝苏轼弃官入佛。但佛印也知道，苏轼已脱羁绊，接下来便如鲲鹏出海，展翅万里，此时他断然不会身入禅林。

苏轼自然明了佛印的用意，便笑着说："是也，诗贵有禅。故如能由禅而入诗，定可使诗更有禅意，岂不更妙？"其中的话外之音，佛印亦是明了，苏轼意在劝佛印出禅林而返俗界也。

复回正题，大家讨论到诗与禅在外在形式上的联系了。

佛印接着说："禅与诗确乎缘近，就形式而言，亦是如此，如偈和诗可同为一体，并举例以证：华亭和尚有偈曰，'千尺丝纶直下垂，一波才动万波随。夜静水寒鱼不食，满船空载月明归'。有大诗人把这偈语改成了长短句，甚为精当。"说罢，故意看了黄庭坚一眼。

黄庭坚心里不觉一动，佛印说到的大诗人竟是自己。原来黄庭坚很喜欢华亭和尚写的这一诗偈，便据其诗其意加以扩展，改成了长短句。想不到佛印居然读过，这佛印真是学问高深。

这时佛印说："愧憾，那改写成的长短句山僧记不全了，还请提笔改写者自己读出来为妙。"

于是黄庭坚信口背出了自己把那诗偈改成的长短句：

> 一波才动万波随，蓑笠一钩丝。金鳞正深处，千尺也须垂。吞又吐，信还疑，上钩迟。水寒江静，满目青山，载月明归。

苏轼模仿着佛印的口吻说："善哉善哉！"诗与偈确乎可为一体也。

黄庭坚这时说道："子瞻乃是亦偈亦诗的高手也，作诗偈甚多。记得他过曹溪宗道场之南华寺，见到伐龙光之竹作肩舆，便应南华寺长老之请留下一偈：'斫得龙光竹两竿，持归岭北万人看。竹中一滴曹溪水，涨起西江十八滩。'可谓诗意绵绵，禅意深深。"

不知不觉间，红日西沉，薄暮冥冥，既而烟岚四起，远山近水，似尽在薄纱轻绢的笼罩之下。林中，鸟已归巢，小鸟之声嘤嘤，传出林外；水中，鱼在欢快地游动、觅食，还偶尔跃出水面，翻出水花，向江边送出几声轻响，似是在倾听人间的谈禅论诗。天空、山林、江流，忽明忽暗，忽动忽静，忽实忽虚，营造出无限的诗意与禅意。

苏轼这时故意揉了揉腹部，说道："我是心有禅意而腹有饿意也。"

但在这日落之后，寺院不能生火举炊，佛印便着侍者取来供品，那花生糖点果品堆满半张桌子。

这时，月亮升起来了，山上江上一片银白，如琼玉之光，如白雪之辉，又是一番景致。苏轼等开始剥食果品，只觉今日的果品特别清香有味。

佛印说道："盖因今日这些果品增加了两味。"

"何两味？"苏轼作问。

"禅味与诗味。"

大家一阵开怀大笑。

苏轼说："应是三昧，还有人生况味也。"

黄庭坚："然也，然也。若此时此处，无僧无儒无道，哪有今日美谈，哪有其中三昧？"

佛印便问："此时此处有儒有僧，何来道也？"

黄庭坚回答："贫道便是。我乃山谷道人是也。"原来，黄庭坚盛年曾游舒州三祖山，先后入山谷禅寺和九天司道观，因两室妻子先后去世，心生遁世之念，又留恋此处的山林幽静，便自号"山谷道人"，并时时修仙悟道。

佛印说："善哉善哉。山僧忽然忆起当年在赤壁前，亦是我等，纵论天地人生；今日再聚宝积寺中，阔谈茶瓷诗禅。盖只要儒、僧、道在一起，如切如磋，如琢如磨，便会有诗禅交会，锦绣文章，美妙时光，快乐人生。"

那苏轼吃了一些东西，添了精神，便说："诗与禅，至境也；今日僧、道、儒在一起，盛会也；僧道儒在一起论诗与禅，不亚于兰亭之会也。为记住这美好时光，我们做一戏如何？"

佛印问："何戏？"

"飞花令。"苏轼答道。

众皆同意。于是商定：既然今日谈的是禅与诗，那就以禅为题，搜检背诵古今含有"禅"字的诗句。

苏轼道："今日是在宝积寺，佛印禅师乃主人也，主人当先来。"

佛印不假思索，便是一句："道人亦未寝，孤灯同夜禅。"这是苏轼《端午遍游诸寺得禅字》中的句子，佛印首引此诗，可谓增趣添彩，妙不可言。

黄庭坚接了白居易诗中的句子："摄动是禅禅是动，不禅不动即如如。"诗句中竟然有三个禅字。

苏轼则念的是："诗境何人到，禅心又过诗。"两句诗的首字合在一起，便是"诗禅"，此乃唐代刘商之句。

接下来，三个人便各尽所学，你来我往，诗句如山泉泻石，又如珠玑落盘，伴着晚风播送，映着月色飞动：

佛印："水月通禅寂，鱼龙听梵声。（唐·钱起）"

黄庭坚："苏晋长斋绣佛前，醉中往往爱逃禅。（唐·杜甫）"

苏轼："薄暮空潭曲，安禅制毒龙。（唐·王维）"

佛印："溪花与禅意，相对亦忘言。（唐·刘长卿）"

黄庭坚："此际难消遣，从来未学禅。（唐·郑谷）"

苏轼："遥知禅诵外，健笔赋闲居。（唐·钱起）"

佛印："放逐宁违性，虚空不离禅。（唐·杜甫）"

黄庭坚："何当学禅观，依止古先生。（唐·姚合）"

苏轼："松风吹定衲，萝月照禅心。（唐·牟融）"

黄庭坚："义公习禅处，结宇依空林。（唐·孟浩然）"

佛印："禅伏诗魔归净域，酒冲愁阵出奇兵。（唐·韩偓）"

佛印最后念的诗句中含"禅诗"二字，乃是三人同时诵出，随之是一阵开怀大笑。

苏轼似乎意犹未尽，乃问佛印："有诗曰，'鸟宿池边树，僧敲月下门'；又有诗曰，'时闻啄木鸟，疑是叩门僧'。为何诗中每每用'僧'对'鸟'，实在是对僧有失敬意。"

苏轼话语一出，众人笑得更欢。大家知道，苏轼看似一本正经地谈诗句，还为僧人鸣不平，实则以此戏谑佛印也。

只见那佛印不紧不慢地说："僧与鸟对，因缘啊。且看今宵，不又是如此这般？"

话音未落，黄庭坚便说道："你这子瞻，要蒸煮这和尚，也不挑个好灶好锅好甑，反倒是连累我们也被这大和尚一钵焖了。"

众人的笑声又一次爆发，如山洪，如涌浪。这笑，直笑得山摇地动天色变，但见月亮隐形，那朦朦胧胧的山峦变得逐渐清晰起来，那近前的昌江如练，牵着碧波逶迤远去。不知不觉中，夜色的卷帘已经收起，曙色下风光如画，也到了苏轼离开的时刻。

用过早饭，佛印把苏轼和黄庭坚送到江边，一条小船已停泊在岸头。

佛印告诉苏轼："这昌江，入鄱湖、通长江，达于天下，正是因着有了这条河，才有景德镇的繁盛，以至器走天下，匠来八方。景德镇原名昌南镇，就因位于这昌江之南也。子瞻今日奉诏北返，定也如舟船满张风帆，通江而达海也。当然或许会有难测之风浪，愿子瞻保重。"

苏轼深情地看了看佛印，他对佛印的了解又多了几重，实在是僧俗两界堪大用之材，他略一思索，便向佛印问道："相见一次不易，此别不知又是几度春秋，欲有一语说与禅师，不知当否？"

"子瞻与山僧还有忌言讳语乎？"

"好，那我便道将出来，请勿见怪。"接着苏轼以少有的认真之态问佛印，"禅师定知玄奘之事？"

"何事？"佛印轻声反问。

"玄奘至西天取经东返长安之后，因他熟悉西域之山川地貌、风土人情，皇帝欲委之为戍边之官，既可守疆护土，又利于联结友邦，于国有益也。"

"但后来呢？"佛印这下是明知故问了。

"因要翻译从西天取回之经书，故玄奘未允也。"

佛印的脸上露出微笑。

苏轼未笑，而是更为认真地说："玄奘当时乃有译经之重任，且无可替代者。当今禅师均少有此职责也。"

"子瞻究竟是何意？但请明言。"佛印说道。

"我此次回京，必然见到官家，我欲举荐禅师入朝任官，如何？"苏轼言词恳切。

佛印没有正面回答，而是对着昌江随口说了两句似诗似偈之语："江流万里远，波涛一胸间。"

苏轼不知这佛印讲的是眼前景物，还是暗喻人生？说的是往日昔时，还是未来往后？道的是我苏轼，还是佛印自己？这大和尚还俗之事也许太大了，太短时间里难作抉择，看来只能再等待了。

不料这时佛印问苏轼："慧远、慧能之事你知否？"

苏轼没有作答，他不明白佛印为何提及这两位在佛界如明月高悬的大师。

佛印便道："东晋皇帝曾劝在东林寺修持的慧远大师还俗为官，唐朝皇帝曾敕谕在岭南传经的六祖慧能禅师赴京任职。皆不曾奉诏啊。"

苏轼听明白了，佛印这番话意在表明自己的心志，乃是对劝他弃寺入官的回答。

舟人催促，苏轼等登上了一艘不大的帆船，在船头连连拱手向佛印道别。佛印伫立江边，直到船影消失在烟波浩渺的远处，才反身入寺。

苏轼和黄庭坚虽已离去，但他们三人在宝积寺的论禅论诗，说瓷说茶，却留在了浮梁山水的记忆之中。后有人在寺中修建三贤堂，以为纪念，并春秋祭祀。

修宝积寺

苏轼等走后，佛印便将心力倾注于宝积寺的重修。

寺院的维修和兴建，大都迁延日久，少则几年，多则几十年才告完成。个中原因，一者资金筹措不易，需有较长时日以待施主奉献；二者可借这段时间扩大寺院的影响，以广香火。宝积寺的重修却是进展甚快，一日一个模样。因为资金已经筹足，还因为佛印需如期去金山寺接任住持之职。

在重修寺院期间，佛印也偶尔到附近漫游。这一日，他越过昌江，来到了景德镇。这座瓷镇他本熟悉，然而离开多年之后，这里变化甚大，已非往昔模样。这里已成为天下最负盛名的瓷器之镇，数以百计的柴窑矗立，日间烟笼山丘，夜间火照长空，已成不夜之城。更有四面八方的人来到这里，既有工匠，亦有商贾，还有官员；既有国内之众，也有海外来客。多因瓷器而来，亦有为茶而来者。因而大街上行走的人，长着不同模样，穿着不同衣衫，操着不同口音。虽然景德镇属浮梁县治下，但其知名度和繁华程度皆远在浮梁县之上。

大街小巷触目所见，除了熙熙攘攘的人流之外，便是形形色色的瓷器。器型有大有小，质地有厚有薄，颜色多为纯白淡青。就其用途而言，既有杯盘碗碟、壶尊盅勺等生活用瓷，又有塑成牛马虎豹、绘有花草虫鱼的陈设用瓷，还有菩萨罗汉、净瓶香炉等佛道用瓷，甚至有魂瓶葬罐、瓷俑瓷棺等殡葬用瓷。售卖瓷器的店铺鳞次栉比，一个挨着一个。瓷器或陈设于货架之上，或摆放在货柜之内，有的直接铺陈在地面，真个是琳琅满目，一派瓷器世界的气象。

大街上的行人之中，有一类人最是引人注目，那就是搬运瓷器者。有肩扛背驮的，有头顶手提的，有担挑车推的。最让人惊叹的是专业挑瓷者，肩上扛的是一种特制的木架子，这架子由或长或短、或厚或薄的木板、木条组合而成。一只只茶杯饭碗平放在那木板上，没有绳索系牢，也没有框格固定。挑瓷者人在架子中间，用肩顶着连接架子的一根木棍，用手揽着架子，扭腰迈步，且步履甚快，步幅甚宽。行走时，那木板还颤悠悠直晃动，摆在木板上面的瓷器似乎随时会跌落地面，摔得粉碎。可那挑瓷人只是嘴里喊着"让一让"之类的话语，脚下生风，穿街过巷，很像是在开封看到过的艺人杂耍。佛印看得心里直捏一把汗，很佩服这挑瓷人的功夫，心想这也犹如打坐，没有几年的苦心磨炼，断然不可能练就这一身本领。

就在这时，发生了意外。有一人急匆匆地横穿街肆，不小心触碰到了挑瓷者肩上的木架子，好几个瓷碗瓷杯掉落地上，成为碎片。更为严重的是，整个架子由此失去平衡，那木架上的几百个瓷碗瓷杯便全都"噼里啪啦"地跌落尘埃，转眼间由洁白精致的瓷器都变成了一堆散乱的瓷片。

挑瓷人扔掉肩上的木架子，冲上前去，将那撞了自己的人一把扭住，双方先是争吵，既而开始扭打。佛印大致看明白了，一个要求赔钱，一个说自己并无过失，也无钱可赔。这可如何是好？两人再打下去，必致伤残，甚至闹出人命。正在这时，一个步履有点蹒跚的人走上前去，将二人分开，进行劝解，然后又从自己身上掏出一把银子，给了挑瓷人。争执的双方顿时偃旗息鼓，并都向那掏银钱者施礼致谢，然后各自离去。那个掏银子的人立即赢得满街喝彩。佛印远远地看去，直觉得这个耗银做善事的人似乎有些面熟，但无法说出他的名字。

佛印转了几条街以后，来到了一个僻静雅致的去处。这是一个山坳，两边是不高的长长的山脊，林木茂盛，虽是冬季，犹有樟树松木捧出的绿意。这两座山脊有一处相交，便成了一个剪子状，所以俗称剪子山。在剪子山的中间，有两个不大的湖面，两湖以窄桥相连，形似葫芦，里面种植着莲花，被称作莲花塘，据说这是两个居士为了还愿而自费钱财挖成的水塘。夏日，荷叶从水中撑起绿色小伞，让人感到清凉。塘边有一个六边形的亭子，是人们赏花、纳凉、歇息的好地方。在闹市之中，有这么一个清净秀美的去处，实在难得。

此时，已是叶落水寒的冬天，来莲花塘的人不多。佛印在亭子里坐了下来，冬日水浅，偶尔能看到鱼在清澈的水中漫游，还能看到大虾小虾在浅浅的水里似爬似游，不时用那对长螯夹起食物送到嘴里。这水里像那街市一样，虽是寒冬时节，依然有生命的运动，依然有生命的热烈。这些年来，身在寺院，难得有这样的机缘，静静地在山水之间打发时光。他饶有兴趣地一会儿望望寂静无语的剪子山，一会儿看看铺满云霞的莲花塘，忽又见山边小路上有人挑着新出窑的瓷器急匆匆行走，他有了诗意，信口吟道：

> 莲花塘里云徘徊，山林无语待雪来。
> 路边忽有银色动，却是新窑向寒开。

吟完诗，站起身来，想绕着这莲花塘行走一圈。就在这时，一声"佛印法师"的呼叫响在耳畔。他循声一看，未曾看清这人面孔，这人已"咚"地跪在了面前。他认出来了，这是刚才在大街上掏银平息纷争的那个人，但认不出此人为谁。

此时，那人低声说道："在下樊雄叩拜禅师。"

佛印再一细看，认出来了，确是樊雄。只是多年不见，这樊雄已完全不是当年模样，由粗壮汉子变成了瘦小老叟，身体显得僵硬，腿脚已不灵便。胡子稀疏花白，眼眶下陷，双目无神，脸颊上还隐隐可见刺有金印。如果说过去他是一个凶神恶煞，现在已成瘦妖饿鬼了。怎么会是他呢？他不是任江州团练使后又到了西北领兵戍边么？对了，后来又听说他被削职后归田了，并且射杀了松风。又怎么会同他在这里相逢呢？和这人真是缘分不浅，但多是恶缘，竟不知这次是善缘还是恶缘。

佛印开言道："施主请起，你有何事？"

那樊雄没有站起，依然跪着，连连说道："从边地返乡，又历经人生波折，方得回归故里。这些年来，在下一直在寻找禅师，只是踏破铁鞋也无缘得见，万万没有想到在这里得以遂愿，真是三生有幸，今生有缘。在下有要紧之事，再求禅师。"

佛印便道："此处不是寺院，不是佛前，论说佛法之事并非所宜。"

"在下要说的却正是与佛法相关之事。那当如何？"

佛印想了一下，告知樊雄：离这里十多里地远的浮梁县县治不远处，有一个宝积寺，施主可明日到那寺里找山僧可也。

佛印本不愿意见到此人，更不愿意听他为一己之私的絮叨。此时佛印愿意让樊雄去找他，一者今日见他慷慨解囊而息事宁人，便对他有了好感；二者乃因佛家的宽容与悲悯，这樊雄看上去身心不宁，病痛不堪，已成行将就木之人，当恕之、怜之；三者则是为探寻松风道人的下落，因为江湖传言中，道是松风为了报复樊雄，反而遭了樊雄的毒箭，此事是有是无，其真其假，作为当事人一方的樊雄应是最为清楚。

樊雄这才缓缓起身，说："深谢法师。在下明日定去那宝积寺。"然后有些颠跛地离去。

佛印的游兴也因此而止。但因为这次佛印的到来，这莲花塘便与佛印结缘，后来被改称为"佛印湖"，并成为了景德镇的一大名胜。

当冬日显得淡淡的阳光铺满低草、高树和寺院的屋顶时，樊雄便已走进了宝积寺，随后找到了暂住在僧寮的佛印，又是跪地不起。

佛印便道："施主有事，但请慢慢说来。"

樊雄起身坐下，开始诉说："当年在下与禅师在承天院道别后，便奉命到了西北边地。"樊雄从二人的离别说起，为的是唤起佛印的回忆，拉近彼此的距离。他开言后，特地用目光斜看了佛印一眼，但见这和尚眼睛半闭，气定神闲，正襟危坐，不知他究竟是在瞌睡还是在听他诉说？更不知他是听进去了，还是无一词入耳？不管他听与不听，好不容易见得，今日且把欲说欲求之事统统道将出来。

樊雄接着说道："在下到边地后，本想尽我之心，以我之力，报效国家。却不料几年后，在边地做生意的妻舅祁通罔顾国法，卖茶资敌，我部下一将官也参与其中。后遭查究，那参与此事的军士被斩首正法，祁通则负罪逃逸。在下亦受拖累，不过承蒙皇恩，亦得佛佑，只将我褫去官号，削职为民，回归故里以终老天年。不料那祁通后被官府缉拿，供出我任他逃逸及参与火烧茶瓷大王宅院之事。我被追加刑罚，罚银两千两，流放西南边陲充军。苦熬五年后，遇赦还乡。碍于面子，愧见乡人，我便在洪州暂住。但终是故土难忘，住了几年后，便又返回江州老家，一边养老，一边经营家业，生活倒也无忧。只是我的心里却如负石登山，变得步步沉重。古人曰，人之将死，其言也善。在我看来，人至老境，心便会变慈变善。我想起年轻时，为了功名，杀伐太重，直觉得自己刀下之血可以浆衣，蒙难受害者之泪可以漂杵。经常梦见有鬼魂索命，特别是那首级悬挂城楼示众的铁耙头，多次在梦里见他提着自己的脑袋，手执利刃将我追杀，每每让我在惶恐中惊醒。以至每日躺倒床榻后，都是心惊肉跳，无法安寝。况且我身上有多处伤病，经常发作，小腿因皮肉破溃而糜烂，头部因刀伤而经常疼得如同要开裂一般。"

那樊雄说到这里，哽咽难语，内心痛苦不堪。

佛印这时缓缓开口说："施主可继续忏悔。"因为佛印很是关心的内容还没有提及。

那樊雄用手指揉了几下眼眶，接着说："后来，事情变得更为糟糕，不仅梦中有鬼魂索命，而且清醒时也有人前来复仇，并且是一位道人。"

佛印听到这里，知道自己很关切的事情将要呈现真相，便插话道："施主不用着急，可好好追忆，细说端详。"

樊雄应诺着，接着说道："此事说来话长。被祁通设计加害的茶瓷大王家业破而亲人亡，被迫出家，做了道人。在下本以为，这陈年旧事，早如云烟消散。万万不曾想到，几年前我回归江州故里后，竟然见到了那个道人。"

佛印说："啊，奇也。施主且细细真实讲来。"

樊雄略作停歇，似在回忆细节，接着讲述道："那是一个晚上，在下又是时至半夜，依然在床上左翻右动，迟迟未能入睡，便起身在厅堂里踱步。忽见厨房里透出光亮，那光亮在黑暗中慢慢游动。在下统兵为将多年，并不恐惧，更不紧张，便想待看个究竟后再作计较。在那光亮又晃动时，我看到有一人手执蜡烛，且在烛光中看清了那人的脸，那是一张道士的脸，我一下猜定这人就是当年的'茶瓷大王'，便大喝道：'茶瓷大王，你欲何为？'他一听喝问，便立即把手中的蜡烛扔到地上，然后夺门逃跑。我急急取下墙上的弓箭，对他连发三箭，听箭之声响，当有一箭将他射中，但他还是逃走了。

"他逃走了，我却更不自在了，在反复思索，这道人深更半夜来我家干什么？我慢慢想明白了，他是来复仇的，便告官了。但半年多过去了，不见官府有任何动静，我却越来越害怕了。法师，这死去的鬼魂，活着的道人，都在找我算账，这可叫我如何活命？我的仇家实在太多了，直担心还有别的仇家又会倏忽出现。故而终日如坐针毡，如临深渊，心惊肉跳，魂不守舍。并且全家不得安生，跟着我担惊受怕，备受折磨，就这样一日一日地如在地狱一般苦熬着日子。"

听到这里，佛印打断了樊雄的话，问："那道人后来如何？可伤可死？"

"在下全然不知，他虽然中箭，但却是逃走了。但有传言说，他回老家后，箭伤发作便死去了。"

"你的箭头上涂抹有毒药乎？"佛印加重了语气发问。

"没有。归田后，在下从未曾想到会使用弓箭。"

"告官后，官府可有什么动作？"

"也许因为听闻那松风道人已死，加之在下亦是受过刑罚之人，我诉至官府的状纸如石沉大海，此事也就不了了之了。"

佛印不置可否地点了点头。

这樊雄便开始哀求："在下已身心无定，惊悸不安，片刻不宁，只觉得整日在无尽的黑暗之中，朝虑夕死。我曾到多个寺庙，求佛拜道，以求解脱，但却不见半点效用。我不由得想起，佛印禅师乃是敕封高僧，法力超绝，曾有功德于我。故一直在找寻禅师，以求解脱之计。几日前听闻禅师回到了浮梁，便急急地从江州赶到这里。乞求禅师指点迷津，求佛陀大发慈悲，救我佑我。"

佛印沉吟不语。

樊雄流泪喊道："禅师，难道在下已不可救赎？"然后又绝望地自言自语："看来，在下只能自作了断，以免活活受罪，亦是自我救赎。这样活着，真是生不如死也。"

佛印看着眼前这可怜万状的昔时武将，又觉得他已有了忏悔之念，便缓缓地说："放下屠刀，可成佛也。"

樊雄在绝望中似乎看到了希望，赶忙问道："这可是真的？"

佛印略为停顿了一下，说道："进出生死之门，全在己心己力。你可知放下屠刀，即可成佛之事？"

樊雄回答道："听闻过此语，但不知其事。"

佛印道："你且听着。"接着便讲起了佛家故事：古印度有一个叫央哥马罗的汉子，欲追求永生，却信了邪教，因而无法修炼成道。一次他的师父竟然告诉他，如果在一日之内杀一百人，用被杀者的小手指做成花环戴在头上，就能得到永生。于是，央哥马罗从清晨起便疯狂挥刀杀人，到日落时，杀了九十九人。这时他母亲来寻他回家吃晚饭，他成道心切，竟然动念杀死母亲以凑成一百之数。这时，如来佛出现在面前，对他喝道："邪教乱神岂能信奉，作恶杀人只会受罚早亡，怎么还可能永生呢？"看着刀口上的鲜血，望着佛陀威严的面容，听着佛陀严正的言词，央哥马罗恍然大悟大悔，喊道："我已罪该万死。当以鲜血向枉死者谢罪，向佛祖忏悔。"说罢举刀挥向脖颈，欲一死赎罪。佛陀挥手阻止，说道："一死未必能赎罪，放下屠刀，向善行善，方能赎罪，亦可成佛。"央哥马罗便扔掉手中利刃，拜在了如来脚下，成了一名佛家弟子。

听到这里，樊雄连连说道："在下也愿效央哥马罗，脱胎换骨，矢志向善。"

佛印便又说："若如此，施主可行三事。"

樊雄的脸上顿时有了亮光，他已听出这禅师要救他，并且自己可救了，便说："别说三事，就是三十件、三百件事，在下都会竭诚而为。"

佛印便一一告知："山僧可以在这宝积寺为你上香求佛，助你脱离苦海；你回江州后，可请承天院的僧人做一场法事，消灾禳祸；这最后一件事最是要紧，求佛莫如求己，佛救莫如自救。你当一诺千金，洗心革面，正心归善，不生恶念，不做恶行，且坚心不二，不再为任何恶鬼所动，不让任何心魔所惑。假以时日，自可见效。"

樊雄一一允诺。

佛印立即把樊雄引到大雄宝殿，着樊雄跪在佛像前，先作忏悔和祈祷。此时的樊雄心存感激，怀抱希望，忏悔之语，祷告之词，如狂雨中屋顶的瓦沟流水，快速涌动。他历数自己之恶行，详陈恶行之恶果，求佛陀宽宥，誓立身向善。真个是五体投地，以泪洗面，虔诚有加。

佛印拈香敬于佛前，然后高声说道："这香乃为杀人不眨眼、孽根重重的樊雄所上。愿佛祖慈悲，开赦这有罪之人，并救度这罪人之心，着他去恶心而做善行，近良知而远魔道。"

随后，佛印又领着众人念了几段经文。

樊雄起身，万般感激。然后赶回江州，火速在承天院办了一个规模很大的水陆大法会。兹后便吃斋用素，启用母亲的斋堂，开始念经。他逐渐觉得身心安宁了，梦魇很少缠身。他自忖已离苦界，心里欣喜。但好景不长，一年之后，他的头痛之症日趋严重，腿部因破溃而腐烂见骨。并且又添一病，时时胸闷心痛，如磐石压身，郎中称这病叫"真心病"。他自知生命已到尽头，佛祖无方，诸神无力，仙丹无用。临死之时，他对子孙的遗嘱是："诸恶莫做。"

宝积寺重修竣工后，便是盛大的开光仪式，远远近近的寺院都派僧人来共襄盛举，参与庆典，祈愿祝福，更有许多信徒来拜佛许愿，饶州府的官员和地方乡绅名士也来参加仪式。寺里寺外，一派热闹景象。

寺院模样大变，破旧的殿宇翻修一新，增加的殿宇卓然而立，大雄宝殿远比旧时宽敞气派。佛像或是新塑，或是重加描彩贴金，宝光耀眼。大殿正门两边是佛印手书的对联：

诸恶莫作众善奉行已了如来真实愿
四大本空五蕴非有是为波罗蜜多心

吉时已到，旗幡飘动，钟鼓齐响，香烟升腾。佛印容光焕发，主持开光大典。先将已经重加装裱修饰的神宗所书"佛印道场"高高挂起，众人一起参礼。

接着是佛印致词。这云门宗在禅宗之中，被比作中国古曲中曲调艰深的"云门一曲"。佛印作为云门宗法嗣，对其中的艰深自是了然于胸。在致词中，他以"涵盖乾坤，截断众流，随波逐浪"概括云门宗的要义，这三个词在云门宗的讲经辩经、说法传法中常常用到。他徐徐说道："云门宗以禅宗之要义充斥天地之间，无边无涯，导引信众；云门众僧自有见识，有截断浊流之力，不无妄追随众流；云门宗之传法论法重在因势利导，随机论说，引导信徒洞然了悟。"他还将这次宝积寺修葺的前因后果略作述介，感谢信众的奉佛之诚、捐银之功，其中特别提及寒芸的慷慨施舍。

佛印致词毕，便引领着大家向佛祖像行大礼。接着是官方代表致词、外寺僧人代表道贺，再接着是多位高僧大德高声念经。

大典结束时，佛印以"古寺钟声"为题写下诗偈，为宝积寺礼赞：

> 宝积寺，昌江浒，十年来决绳床语，夜半钟声阁上悬。要握金绳拿悍虎，钟追天表声彻云外，参禅之士莫谓易，向堂头要承当，即在未歇钟声外。何年此钟，何期此寺，朗朗鲸香吐。芒鞋竹杖付闲旁，耳根同处相参悟。

这诗偈如法号伴云，如晨钟逐风，虚虚实实，缥缥缈缈，其意幽深，其义朦胧，只留待万千信众、禅客，细思深悟。

用了一个多时辰，开光大典才告结束。

寒芸也来参加开光大典，见自己捐过钱的宝积寺焕然一新，又见佛印禅师神采飞扬，不觉满面春风，喜从心发。这时，佛印走近寒芸，郑重地递给她一把纸扇，这便是苏轼和黄庭坚写有诗联的那把扇子。佛印求苏轼、黄庭坚题句于扇，正是为了将这扇子送给寒芸，以表谢意。寒芸大喜过望，带几分激动地双手接过扇子，又以饱含真情的目光，送那佛印反身进入寺院之中。

开光仪式结束后，佛印便开始收拾他的包袱，准备离去。这包袱自他入寺时背上肩头，已逾三十年矣。已是百孔千洞，补了又补，很难再补了。他忽然发现，这双层包袱的上层破损之后，底层露出了一行小字，细加辨认，乃是："丁原我儿，一生平安。"他怦然心动，这显然是母亲缝制这包袱时，精心绣上去的，母亲山海般的厚爱和无边的祝福，尽在其中。他把包袱拥到胸前，紧紧地搂住，双眼微闭，脑间却是一遍又一遍地忽闪着母亲的面容。他有些心慌意乱，但很快镇定下来。他又找了一块布片，把那破洞补上。他想好了，要把这青布包袱，终生背在身上，挂在心上。

第二日，佛印携着又一次补过的青布包袱，辞别日用禅师及众僧，向金山寺走去。

第七章

僧衣换玉带

《楞伽经》，先佛所说，微妙第一，真实了义，故谓之佛语……金山长老佛印大师了元曰：印施有尽，若书而刻之则无尽。轼乃为书之。

——《四部备要·集部》东坡七集

建妙高台

佛印今日似乎觉得，这肩上的包袱与往日相比，更显沉实，更显贵重。他还能真切地感知到，这包袱上有母亲的手印，母亲的体温，还有母亲的眼泪。虽然年幼即别亲出家，但母亲却无时无刻不在心怀。又望了一眼焕然一新的宝积寺，佛印抬腿跨出了山门。这时，一个念头涌进胸怀，自入宝积寺后，三十六年才得以重返故寺；而这一次离开宝积寺后，不知何时方可再回。他不由得又想起了日用禅师当年的偈语：

　　　　四九可就，六七则成。

跨山越水，一路风尘，佛印走进了金山寺。

金山是矗立在长江激流之中的一个岛屿，被文人咏作"江心浪里一芙蓉"。每当风吹江面，波涛涌起，这金山便好似在水中上下浮动，因而南朝时有人称此山为浮玉山。东晋淝水大战时，苻坚兵败南逃，在此被俘，故亦有人称这金山为苻山。

这金山非同寻常，坐落在山上的金山禅寺更是名震宇内。这寺尽得地理之胜，倚江临水，屹立在天地之中。寺本名江天禅寺，但人们却习惯性地称之为金山寺。金山寺建在山上，殿宇众多，因山就势，相接相连。远近望去，但见寺而不见山，故又有人称这里为"寺包山"。此寺始建于东晋，那个以"菩萨皇帝"自谓的南朝梁武帝萧衍，曾亲到金山寺开启水陆法会，这里便成了丛林水陆法会的发源之地，因而被称作"水陆法会道场"。武则天皇帝的一位侄孙，官至通事舍人，但看破红尘，出家为僧，在金山寺修行，法号灵坦法师。后又有唐朝宰相裴休的儿子裴头陀云游至此，在此扩建寺院，增盖屋宇，这个裴头陀就是广为人知的法海和尚。

正因为这金山寺历史悠久，底蕴深厚，名震丛林，故在选方丈时，决不肯将就。非德行学问崇高者不允居之，也不敢居之，现选定佛印为方丈，于寺于僧都是喜事幸事。

佛印到寺后，僧众皆是满心欢喜，犹如盼得星月。为了佛印，这方丈室已经空置了三年有余。

佛印开始率众在金山寺念经、修行，亦在思谋为这寺做些善事。

一日，佛印晨起打坐完毕，天色尚未大亮，忽见方丈室外似有光焰照耀。出门纵目，但见寺院西边，有豪光紫云相绕，如日薄朝霞，既而那光霞渐渐融入长空。他定睛一看，这里是金山一角，是一处高高的土台。站在这土台上，可见长江滚滚东流，一片片风帆破浪前行，或许那五色豪光是长江冲击金山产生的浪花水雾所致。他忽然想到，如果在这上面建一亭台楼阁，便可近瞰金山全貌，远眺万里长江，实在是一个可以观景、可以修持的好地方。他便发愿在此修一高台，连名字也同时想妥，叫"妙高台"，这名字载诸佛经，意蕴极深极厚。

化缘，是僧人的一种生存手段，也是一门功课，更是筹银兴建和维修寺院的基本途径。佛印开始了为修建妙高台的化缘之路，他走出金山寺，沿着江岸向东前行。走着走着，忽然见前面不远处的长江之中也有一洲岛，在江浪中若沉若浮，酷似金山。略走近些，但见洲岛上有绿树黄墙，殿阁高耸，飞檐画栋，像是寺院。

一打听，才知道，这确是长江中流一岛屿，名唤焦山，因在金山之东，故世人把金山称作"西浮玉"，把焦山称作"东浮玉"；那焦山上确也建有多处寺院，其中有一寺叫普济禅院。他信步走进了寺院。

有知客相洽。当问及寺中方丈其谁时，让佛印很觉奇怪，这普济禅院居然也没有方丈，便问原因。知客告诉他：高僧难求。那金山寺为待一高僧任住持，方丈也已虚位多年。我们这普济禅院也像金山寺一样，宁缺毋滥，等待机缘如春风催雨，时雨润花，寻得一个适任之方丈。

佛印不语，便决定在这普济禅院挂单一日。当他亮出自己的戒牒时，知客顿时又惊又喜，缘也，缘也。原来这就是大名鼎鼎的佛印和尚，莫不是佛陀为普济禅院送来一方丈？

这焦山普济禅院大有故事。以时间论，建于东汉兴平年间，那时佛教才刚刚传入中土，因而这寺比之金山寺的兴建还早了二百年。至唐代，玄奘的弟子法宝来此重建大雄宝殿。这寺一大特点是十分重视解经释经，佛教以律、宗、教或称作戒、定、慧为参学的基本内容，这讲经即属"教"之范畴，普济禅院以"教"的显赫地位立于丛林。学佛有成的僧人出入此寺，往往会被邀请登坛说法。僧人听说佛印来寺，自然不肯错过这个难得的机会，便提请佛印讲经。

佛印答应讲经一日。他讲的是佛教的重要经典《楞伽经》，这也是他钻研得至为深透的经典。《楞伽经》共为四卷，今日讲的是第二卷中的一段经文：

> 大慧，何故一切法无常？谓相起无常性，是故说一切法无常。大慧，何故一切法常？谓相起无生性，无常常故，故说一切法常。

这段经文，寻常读之思之，不易理解。起始说"一切法无常"，其后却又说"一切法常"，这不前后矛盾乎？

佛印讲起来却是如行云过空，似流水行江。他讲道："万事万物生发之时，往往性状无定，因为处在不断地变化之中。如雨起之后，很快会变得或大或小或止，不会始终一态，故说'一切法无常'。但，万事万物生发时的性质难定，这本来便是其性之呈现。仍以下雨为例，雨或大或小或止才是它的本性，这种无常才是常态，所以说'一切法常'。"

稍顿，佛印又说道："譬如人之死、病、祸、福，亦是无常亦有常。人来到世间后，何时死、得何病、有何祸、有何福，并非定而不变，且无法猜定，可谓无常也；但人必有死、必有病、必有祸、必有福，谁也不可逃脱，不可改变，此乃常也。故统而观之，人之命运亦是无常亦有常也。但若为善远恶，便可延寿、祛病、少祸、多福也。"这一番解释，一番论说，让听者仿佛闻见了宝芝生香，看见了红莲出水，大有醍醐灌顶之感，许多人连呼"然也，妙也"。

一日转眼过去，佛印要走。听闻佛印在焦山讲经，附近许多僧人、俗众也纷纷慕名前来听讲。因而众僧极力挽留，求请佛印再讲经三日。佛印只好告知实情：为在金山寺建高台，需四方化缘，无暇多留。这一说，便有一些信徒当即表示，愿为金山寺建高台捐献钱物。佛印觉得此缘难弃，便留驻再讲经三日。

三日又是很快过去。佛印离开焦山，继续在城郭乡村间捧钵而行。这一带水系发达，江湖众多，本是富庶之地。但这些年来，由于朝廷党争，政令多变，加之灾害频发，使得经济凋敝，民生艰难，化缘所得甚少。佛印不由得又一次感叹：水源在江，米源在田。无民众之安定富足，便无寺院之香火旺盛。

这一日，他来到了一个很大的水边村落。见一户人家厚墙大院，红灯高悬，院子里大人小孩众多，一片热热闹闹、喜气洋洋的样子。原来，这是当地的一个大户人家，主人姓庞，从小尚慕功名，只是苦求未得，及须发变白时，花一大笔银子捐了个员外，人称庞员外。今日是他的长孙出生第三日，正在为孙子举办庆典，俗称"过三朝"。这是当地一个很重要的习俗，要大摆酒席，邀请亲友来共享添丁进口之喜，也让大家一观这初来人间的婴儿模样，今日还要为新生儿取名。

庞员外见有和尚化缘，心里高兴。在喜庆的日子，主人本就希望人气旺盛，况且今日来的是僧人，巧也，缘也，或许意味着孙子将可得到菩萨保佑。再一看，这是自己认得的和尚。原来这庞员外是个会临时抱佛脚之人，每当有病有灾或求财求福时，便会走进寺院，跪在佛前，连连祈祷。他也于日前去普济禅院听过佛印讲经，知道这个和尚的修行非一般僧人可比，因而心中更是多了几分喜悦。在喜庆时刻，人不但显得比平日热情，也比平日大方，便对佛印款以饭食，且不是平日对化缘僧人那般，只施舍一勺半碗，而是让佛印坐在饭桌边随意取用。

这时，一个已有几分醉意的汉子把小半碗蒸菜递向佛印。这蒸菜是当地一道很有特色的菜肴，是米面加水调成糊状后，再与蔬菜叶子搅拌在一起，然后上屉笼蒸熟，亦饭亦菜，但里面往往加入猪肉末或猪杂，今日递给佛印的蒸菜里便有猪肝猪血。那汉子递菜时还一边说道："和尚有口福，今日碰上办喜事了，真是难得，吃点好吃的吧。"

佛印发现了其中的忌食之物，便站起身，连喊："善哉善哉！"

"吃得的。这又不是寺庙里，吃了没人看见。"那醉汉故意压低了声调，有点阴阳怪气。

这醉汉是庞员外的二弟，人称庞三。他十几岁便外出闯荡，后在江西袁州入赘一富有人家为女婿，遂成了袁州之民。这次是为修纂族谱返乡，正好碰上侄孙降生人间。

"阿弥陀佛，山僧不能破戒。"

那庞三嘻嘻一笑："不碍事，寺里的和尚有时也是荤素不论也。"

佛印不想与他争辩，起身要走。不料这庞三却拽住佛印一只胳膊，不让离开，还直要把那碗中菜品倒入佛印的僧钵之中。

佛印嘴里连喊着"阿弥陀佛"，身体则不断闪躲。周边的其他人一起哄笑。

这时，家庭的主人，就是婴儿的祖父庞员外出面解围了，轻喝道："不得无礼！"这一喝，如冷水汆进滚水的锅里，众人顿时安静下来，那庞三也被人按在凳子上坐下，可嘴里还在说着："人多时，这和尚装模作样；没人时，便定是另一番模样。"

庞员外又让佛印坐定，带着歉意说："乡下人粗鲁，还请法师见谅。"

佛印依然是以"阿弥陀佛"相应。

这时，庞员外很认真地对佛印说道："本员外已知道法师正在募款建台，今日恰是我孙子三朝之喜，看来我孙子与佛有缘，故我家也想捐些银子。但得成就我一个心愿，不知寺里可会答应？"

佛印便问："不知施主有何心愿？"

"因今日正是我孙子取名之日，如那楼台的名字能以我孙子之名名之，本员外自可多捐银两。"

佛印一听，这可是很少闻说过的要求，且那将要开建的楼台名称已经定下。他本想委婉拒绝，但又觉得募资实在不易，且待细问情况再作计较。于是又问道："员外欲为孙子取何大名？"

"尚未最后确定。天福、天寿、天禄都在考虑之列。"庞员外回答。

佛印想，这天福、天寿、天禄难作寺中楼台的名字，不过倒也另有可通融之处，便道："金山寺所建，妙高台也。这妙高台大有含义，佛的住地便叫妙高台。佛本当为众生祈福接寿添禄，若员外孙子与这楼台结缘，福禄寿则皆在其中矣。"

这几句话语打动了庞员外，他想了一下说："法师说的甚有道理，只是我孙子之名不标明在这楼台之上，一二代人之后，便无人记起本员外这捐银之功德了。"

佛印便道："山僧倒有一法，此台建成之时，专悬一匾额，上面写明乃员外孙子布施捐建。这样，捐银造台之事，员外孙子之名，便可随楼台传之后世。你看如何？"

庞员外立即把家人叫入屋内，细加商量，然后告知佛印："如能将我、儿子及孙子的名字，都刻于匾额，悬挂在楼台之上，便可承担兴建楼台需要的所有银两。"

佛印连喊"善哉善哉"，表示允可。

佛印此次化缘，虽然遇到些波折，还受了些屈辱，但总算把修建妙高台的银两募齐，且还宽绰有余，便又确定把多出的银钱，在妙高台不远的地方再修一座楼台，这便可使整个金山上平添两座楼台。

很快，掘土动工，一年多后，两件事办妥。从此这金山寺便有了一座妙高台，这是一般寺院里所没有的，可谓天下寺中第一。另一座楼台，佛印想了几个名字，皆不如意，只好暂付阙如。凡事皆有机缘，或许这新建楼台得名的机缘未到，那就耐心等待吧。

一日，有一干人来到金山寺，他们中有地方官吏，还有焦山普济禅院僧人及当地信众。佛印心想，莫不是楼台得名的机缘到了？便在客堂热情接待。但来者非因楼台之名而来，而是为佛印而来。这些人详陈理由，至为恳切地求请佛印担任普济禅院方丈。佛印连连摆手："不可，山僧来到金山寺刚刚一年多，岂可弃之而去？"

但佛印听到的却是一个完全没有想到的请求：请佛印兼任普济禅院方丈，待另有合适法师出现，再作计较。

"如此可乎？"佛印他问亦自问。

"可也！莲中有并蒂之莲，树中有连理之枝。"有普济禅院的僧人应答。

或许这也是一种因缘？思之良久，又见来者情切意诚，佛印觉得不便推辞，只好表示同意暂时一身两任。这诚为少见，但却在后来演成了这两寺的一个传统，亦有高僧身兼两寺方丈。

兹后，佛印便也常去普济禅院。这一身任两寺方丈，自是要多费心力，但亦有助于他的觉悟修行、为文为诗。一日，佛印在普济禅院打坐完毕，忽听大风呼啸。举目处，但见长江白浪涌起，如山如城，吞天沃日，他不由得信笔写下一诗偈：

> 九派长江会海门，海门开口等闲吞。
> 汪洋万顷吾庵外，一任鱼虾作水浑。

这诗看似等闲寻常，只是对所见所闻的生动描绘，对寺外万顷波涛则视若空无，我僧人兀自安然在寺中修持，且不管那大小鱼虾把江水搅得浑浊不堪。实际上，诗中禅机暗藏，字里行间有着对世事的关注和言喻。诗里另有蕴含着的深意是：他在想着一个常会念及的人，这就是苏轼，不知子瞻在那被鱼虾弄得水浑波浊的世界，身心如何？

杭州太守

苏轼此时的处境甚好。奉诏从黄州回到京师后，命运大变，得到皇帝重用，仕途峰回路转。他的官职像出土的春笋一般，节节向上，仅八个月的时间，官位便升了三次，由七品升为四品，做到了中书舍人，参与各部官员的选派工作，有时还承担起草诏书之职。

春笋还在拔节长高，苏轼不久又升至三品，进身为无数读书人追慕的翰林大学士。成为了皇帝的近臣，他先后起草过的诏命有逾八百道之多。小皇帝哲宗对他信任喜爱有加，赐给他官袍白马，还有一条玉带。

现在在朝中当权的是旧党，一些位高权重的人可称之为苏轼政治上的同仁同党，但苏轼崇尚的是"君子群而不党"，并不愿结党类聚，他鄙弃官场的交结为朋，排斥异己，尔虞我诈。他也不赞成全部废除王安石推行的新法，主张"参校利害，用其新长"。但旧党掌权者丝毫不肯迁就新法，决意彻底废除。这样苏轼便尴尬地成了新党旧党之间的夹缝中人。此时，如看表象，他在官场上顺风顺水；但察内囊，他前行的航道上满布险滩暗礁。苏轼是一棵大树、一条大船，大树自然招风，大船最是惹浪，一时风浪滔天而来。有人又拿他过去的诗文发难，动奏本对他弹劾。他开始萌生退意，上书皇帝，请求离开京师。这样，他便以龙图阁学士的身份，又一次任官江南，成为杭州太守。

苏轼曾任过杭州通判，这次任的是杭州太守，是一州的最高长官。正是在这个时期，他整治了西湖，修建了湖中长堤。公务之余，他还有轻松自由、多彩有趣的业余生活。在他身边，除了有文士、官吏、和尚、道士，还有艺人、歌女。看到青涩的女孩，他想到了一个人，就是那八妹。十多年前，他委托松风把她护送到杭州，送与那开绸布店的友人抚养，现在竟不知情况如何。他便派衙署的差役前去寻访。但得到的是一个让他很是失望的消息：那绸布店的友人生意一向不错，却不料坏在儿子身上。儿子嗜赌成瘾，输光了所有家产，他气得一病不起，不久后惨然离开人世，他收留的那养女也不知去向。这个消息，让苏轼心情阴郁了好几日。

几日后，心中的阴郁加重，他碰到了一件很让人生恼生怒的案子。杭州一座名刹的一位和尚完全没有僧人的规矩，竟然到青楼寻花问柳，和一个叫秀奴的少女厮混。然而这青楼既是情场，更是商场，金钱是入门的锁钥，金钱罄空便是情感的尽头。和尚的积蓄很快如雪消霜化，但他却对那秀奴一往情深，眷恋不舍，依然要去那青楼与秀奴苟且。但秀奴很快变了脸色，由过去的满脸春风变成了冷若冰霜，关门拒见。这让和尚十分伤心懊恼，一次在酒醉之后，他闯进了秀奴的房间，但遭到秀奴的无情唾骂和奋力驱赶，一气之下，这和尚竟操起板凳，将秀奴打得一命归阴，于是被执送官。

苏轼对这个和尚并不陌生，这和尚俗名华显，本是一商家子弟，也读过一些诗书，却不肯走正常的为商求官之道。苏轼当年任杭州通判时，那华显曾以自己的诗文连同两个金锭进呈苏轼，但遭苏轼的断然拒绝。后又乡试落败，这人似乎由此变得心灰意冷，便像一些有钱人一样，捐银以换取度牒，进入佛门。因为在佛门可免服兵役、免纳人丁税赋，且可不事劳作。入佛门后，华显却是劣根无改，为僧不似僧，竟干出这等伤天害理之事，苏轼在考虑如何处置此案。

案子前期的各道程序办完之后，卷宗送到了太守案头。苏轼在卷宗中还发现，这放荡的和尚竟然还在自己臂膀上刺了两行诗："但愿生同极乐国，免教今世相思苦。"苏轼直觉得这和尚可恶可憎、可怜可笑。身为僧人，居然不守僧规，贪恋女色，乃佛门败类；非但不守僧规，居然目无王法，逞凶杀人，乃国之罪人；违规犯法，居然还卖弄文字，身刺猥亵之词，不知羞耻，亦乃孔孟叛逆也。此等人不加严惩，何以正国法、立僧规、续儒学？苏轼这位本是心地善良、有心向佛的儒官，却也禁不住动了杀机，便挥笔写下判词：

这个秃奴，修行忒煞。云山顶上空持戒。一从迷恋玉楼人，鹑衣百结浑无奈。　　毒手伤人，花容粉碎。空空色色今何在？臂间刺道苦相思，这回还了相思债。

这首词义正词严，却带几分幽默。以词的形式写判决，真乃世所罕见，可谓中华司法文书上的一朵奇葩。犯罪的和尚被送到刑场问斩，一时轰动杭州，同时让世人交口传诵的还有苏太守兼用诗句俚语写成的判词。

苏轼随手写下这亦雅亦俗的词体判语，不仅仅因为他本是诗词圣手，还与当时当地的风气大为有关。此时，杭州的风习时尚给了他创作诗词的契机和灵感。在朋友的欢聚和喜庆宴会上，往往有歌女在场，这些歌女与卖笑的青楼女子多有不同，她们不仅年轻貌美，能歌善舞，而且大都略知诗文甚至造诣不浅，有的还通音律，她们的角色是在酒席上以歌舞助兴。

歌女们主要演唱诗人词客的诗作词章，这不仅为这种聚会平添高雅、欢悦的色彩，也为新词创作、流行提供了极好的契机。尤其是酒席桌上有写诗填词的客人时，往往会即兴创作，既而由歌女演唱。一些好诗好词便由此传播开去，广为人知，以至流传后世。由此而言，宋词的繁盛和流布，这些歌女功不可没。诚然，这些词多情意缠绵，亦多艳词丽句。

苏轼诗词天下声闻，所以有他在场的聚会、饮宴，便往往要请苏轼赋诗作词。这一日，苏轼和一些友人在西湖边的一座楼台相聚。酒至半酣，走出了两位年轻女子，皆体态高挑，面容姣好，宛若西子，其中一位手持琵琶。于是，一女拨响琵琶丝弦，作金石玉帛之音，成惊魂动魄之曲；一女启动白齿红唇，作莺语燕声之唱，伴云动凤飞之舞。顿时四座皆惊，满堂喝彩。苏轼也情不自禁地手持筷子在饭桌的边沿为弹唱击节。

这两位艺伎先弹唱了江西临川词人晏几道的一首《鹧鸪天》：

彩袖殷勤捧玉钟。当年拚却醉颜红。舞低杨柳楼心月，歌尽桃花扇底风。

从别后，忆相逢。几回魂梦与君同。今宵剩把银釭照，犹恐相逢是梦中。

晏几道乃大宋宰相词人晏殊的儿子，父子被称作大小晏，在词坛上盛名卓著。这首词描绘的是：酒桌之上，痴情男女把酒言欢，追忆旧情，倾吐别苦，诉说无限眷恋，却又担心良辰美景难再。词对情与景的描写可谓入木三分，那歌女对这首词的情感意蕴理解得十分透彻，在演唱时把握得恰到好处，如泣如诉，动人心弦。饭桌上寂然无声，无人举箸提盏，全都被那缠绵悱恻的旋律带入了如痴如梦的境界，直到琴音歌声停下良久，才响起掌声、喝彩声一片。

苏轼深深为词的真挚深沉和演唱者的声情并茂所打动。

这时，有人提议，请苏轼大学士作词一首，由这两位歌女演唱弹奏，众人一起叫好。苏轼略一沉吟，便向酒家索来纸笔，在纸上快速写下一首在黄州时的旧作：

卜算子·黄州定慧院寓居作

缺月挂疏桐，漏断人初静。谁见幽人独往来，缥缈孤鸿影。　惊起却回头，有恨无人省。拣尽寒枝不肯栖，寂寞沙洲冷。

两位歌女这时换了角色，歌唱者将琵琶弹起，原本的弹奏者放开了歌喉。又是娴熟的弹奏和清丽的歌唱，与前一曲有异曲同工之妙，一样地引人入胜，一样地叫人难忘。

其后，两位歌女又演唱了一些当代词人的新旧词作，直到夜半，大家才尽兴离席。

就在苏轼要起身离去的时候，那个首先唱歌的女子走到了他面前，深深地施了一礼，然后轻声细语地问："苏太守可认得小女子？"

苏轼不由得把目光落到了这女孩脸上，虽然对她的明眸皓齿、黛眉秀发比刚才看得清楚了许多，他还是无奈地摇了摇头，这张美丽动人的面颊自己不曾见过。

那女子又开腔了："苏太守可是小女子的救命恩人。"

"此话从何说起？"苏轼一脸疑惑。

"小女子乃是八妹也。"

苏轼的一脸疑惑顿时化作了满脸惊喜，忙问："我已着人将你寻访，想不到你却在这里出现了。八妹一切可好？"

八妹的笑容顿时从脸上消失，目光也变得不那么灵动生辉了，似乎是秋霜中的园圃，换了颜色，变了模样。她充满伤感地告诉苏轼：当年在妙音庵陷入绝境后，凭着苏大人的书信，松风把她送到了杭州，绸布店主人真挚地收养了她，认作义女，还让她读书识字，学习弹唱。但时乖命蹇，义父的店铺因儿子的巨额赌债倒闭，接着又是义父去世。义父的儿子连哄带骗，三年前把她卖到了勾栏院，唱戏、待客，有时也做些饮宴、庆典上献歌献舞的营生。

苏轼的心境一下风动云卷，由刚才的喜悦变成了忧伤，这八妹真是命如纸薄。他立即在心中想着如何再伸手相助，让这八妹脱出泥沼，过正常人的生活。

那八妹饮泣着说道："自到杭州后，小女子一直牢记苏大人的名字，铭记苏大人的恩德。听说今日能见到大人，真是喜不自胜，特意挑选了晏几道的一首词献唱给大人，也寄托着小女子的激动、快乐与忧伤。"

苏轼心想：怪不得这八妹刚才演唱得那么动人心魄，是倾情倾心在唱啊。

这时，那八妹取下香纱披肩，说："苏太守，杭州人人喜爱大人的诗词，能否为小女子作一阕词？"

苏轼复又拿起了笔，信手在八妹的披肩上写下一首小词：

采桑子

多情多感仍多病，多景楼中。尊酒相逢，乐事回头一笑空。　　停杯且听琵琶语，细捻轻拢。醉脸春融，斜照江天一抹红。

苏轼很少写这一类细腻嫩软的小词。他此时想的是，这首小词，让八妹拿去演唱，或许可以帮助她解决一点生计问题。但他此时缠绕在心的想法还是，如何让八妹脱离此道，改变境遇，重新生活。

苏轼回衙署后，又收到了佛印的书信，问好道安，并邀约游金山。其实，苏轼来杭州不久，佛印便有信来，邀请作金山之游，但因初到任上，公务繁杂，只好回信相告，暂时无暇，待改日如约。现在，佛印又一次来信相邀，且今已稍有空闲，可休公假。他还想着有事要办，正好去金山与佛印一晤。

几天后，苏轼带着几位衙门中人离开了杭州，踏上了去润州金山寺的行程。这次随行的还有八妹，因为佛印对八妹有施救之恩，八妹很想面见佛印，料想那佛印也一定很高兴能见到八妹。且这次带八妹去见佛印，苏轼还有更深的用意。但这用意是何结果，苏轼却是心中无底。

衲衣玉带

苏轼一行，沿大运河取水路前往润州。隋代修挖的京杭大运河沟通南北，路经润州，金山寺正在润州地界。一路上，除了观赏景色外，苏轼还读诗读经，他已将佛印在黄州送给他的《金刚经》常常随身携带。

到达润州后，苏轼将随行人员先安顿在驿站，并着他们先行在附近游玩，自己则带一公役前往金山寺。他几次来过金山寺，和过去的长老亦有交往，还曾因避风浪在金山寺夜宿，所以对金山寺很是熟悉，便径直向方丈室走去。

刚近方丈室，便见有一僧人站立门前，再一细看，竟是佛印。这佛印似乎早已等在门口。

双方施礼后，苏轼便好奇地问道："禅师知我今日到此乎？"

"山僧固然不知，但有人知。"

"何人？"

"山僧适才正在参禅，耳边忽似有人轻语：贵客已入山门，请尔出迎。"

苏轼笑道："真是高僧，只在寺中坐，便知寺外事。"

"有人能知生死，山僧知客来客往又有何奇哉？"佛印对曰。

"若能知客来客往，便也能知人生人死也。"苏轼笑而回答。

"然也。禅也。"佛印也是微微一笑，便为苏轼筛茶。自浮梁一别，又是几年，二人忆往道今，话语绵绵。

佛印注意到了苏轼身上的玉腰带，说："子瞻大富矣。"

苏轼知道佛印说的是什么，连连摆手："非也，只是官家恩宠。"

"学士玉带在腰，便成了玉人也。"

这大和尚又在拿自己说笑，苏轼便解释说："我并无金玉、名利之好。只是官家所赐之物，不敢怠慢相对。"

"学士若真的视玉带如竹片，视功名如浮云便好了。"

苏轼听出了佛印话中的弦外之音，想道，看来你佛印度我入佛门之心依然未泯。不过，我这次可是要劝你还俗了，且是有备而来，待看你如何相应？

苏轼这时对一样东西有了兴趣。他发现，在已清洗打磨得锃亮的铜盆里，清水盈盈，在水里浸泡的是一个个圆润漂亮的小石子。他记起来了，这是自己在黄州时所得的盆与石，是以供养禅师的形式送给佛印的，看来佛印对这些石子很是喜爱，在认真地收藏、观赏。他又发现，那小小的石子上大都刻有文字，或一二字，或二三字。他捞出三个石子认真端详，见这三个石子上的刻字可拼成文字"客来寺生辉"。觉得很是有趣，又捞出三个石子再看，连成的文字是"钟响江潮起"。他明白了，这些石子取几个摆在一起，便是诗文了。他将这个发现求证于佛印。

"这要看机缘。若有缘，任取数石，上刻文字皆可成句成文，若无机缘，便只是了无文意的字或词了。今日子瞻两度捞取石子，石上字两度成句，缘深也。"佛印回答。

苏轼将信将疑，又从盆中捞取三石，摆好呈现的文字是"经阁生清香"。苏轼这时大觉惊奇，便问佛印："其中有何玄机？"

佛印只是回答了两个字："机缘。"

苏轼便又再试，第四次把手伸向铜盆，这次捞出的是四个石子，连成的字依然可以成句，乃是"何处是须弥"。

苏轼把四句话连在一起，竟是一首诗，便沉吟着思索其中奥妙。

这时佛印告诉苏轼："山僧乃仿效寒山子之法也。他当年是把自己的诗作写在山间林中的石上、树上。被人寻见后，认为乃诗中瑰宝，便搜寻、抄写、辑集，竟有二三百篇之多。山僧无寒山子之才，只是每有偈语，偶有所得，便刻于小石之上，已刻了一百数十石矣。只是山僧所刻之石，子瞻随意取出便能连成诗文，实在奇也。"

苏轼频频点头，又问："为何刻文字于这些小石之上？"

"乃因石坚，且石为子瞻所赠也。"

这让苏轼大为感动，又问："这些石子系我以饼换来，如送禅师以饼，亦会刻字乎？"

"刻与不刻，全在于心。"

苏轼若有所悟，乃曰："看来以石子供养和尚，不仅可为一法，且有胜过衣食之处也。"

"事佛事僧，供与不供，供养何物，亦在于心。"

苏轼连连点头，他换了一个话题，说："禅师任住持之后，金山寺可有新容新貌？"

"有也。"

"烦请带我一观。"

"好也。"佛印答应，二人便起身离开方丈室，向妙高台走去。

苏轼对金山寺的其他楼宇台阁并不陌生，这妙高台却是第一次见到。但见三层楼台，飞檐相叠，势如雁起，直上云天。这台三面皆是悬崖，更显雄奇。放眼前望，不远处便是浩荡长江，白帆点点，水鸟翱翔。苏轼不由得感叹："美山美水美楼台。"

佛印随口应道："好寺好僧好东坡。"

二人会心一笑，便在台的最高处坐了下来，一边欣赏美景，一边作着谈话。

苏轼问："这楼台取名妙高，是取其妙，或是取其高？"

"二者兼有。"

"愿闻其详。"

佛印便解释说："在佛家看来，宇宙中心乃是一座大山，叫须弥山，其余高山、大河、星辰都绕它环列。以须弥山为中心，包含有三千大千世界，三千大千世界又包含有小千、中千、大千三种'千世界'。但这只是释迦牟尼的佛教世界，宇宙则是由无数个三千大千世界组合而成。"

这一番话让苏轼听得如闻天书，不由自主地连连摇头。孰料佛印又接着说道："每一大千世界都以须弥山为中心，分为欲界、色界和无色界。《长阿含经》中记载，须弥山高出水面八万四千由旬，水面之下也有八万四千由旬，每一由旬的长度为三四十里。这须弥山合有多高？子瞻可以一计。"

苏轼听得似是愣神屏息了，好一会儿才反应过来，讷讷地说："太高了，太高了。这高度恐怕神算子也算不出来。"

佛印又接着说："这须弥山无弯无曲，直上天外。四面的山腰是四天王天，山顶上有三十三天宫，山的底座堆有极纯之金沙，山的周围有七香海、七金山。"

"金山寺之名是否与这金沙、金山有关？"苏轼忍不住发问。

"然也。"佛印接着说道，"在第七金山之外有铁围山围绕的咸海。咸海四周有四大部洲，这四大部洲是弗婆提、瞿陀尼、阎浮提和郁单越，四大部洲又各有二中洲和五百小洲。"

苏轼听得如堕五里雾中，原来佛界无垠，怪不得佛法无边。便插话道："禅师讲的这些太神奇、太深奥了。我很想知道的是，这些和这妙高台有何关系？"

佛印说："山僧适才讲的全是妙高台之事。"

苏轼更觉得奇怪了，问："我怎么一点也没听出来？"

佛印哈哈一笑，解释说："这须弥山也称作'妙高'或'善高''妙光'也。"

苏轼这下才明白了，原来这楼台的名字里包含的是佛法中的整个世界，真是又妙又高。他又想起，适才方丈室内，取石子拼成的诗文中，最后一句乃"何处是须弥"，这意味着什么呢？或许是巧合，或许是机缘。

这时佛印又说："这台还是赏月的好地方，每年金秋时节，都有许多信众来这里赏天上皓月，听长江涛声。"

苏轼能想象得出：月悬中天，光影流泻，弥漫四野，不远处江中涌浪里亦有玉璧浮影。清风徐起，扬动江波，荡涤身心，那该是多么令人惬意的物象。

苏轼抬眼看见不远处还有一座不曾见过的新楼台，便问："那是何处？"

"也是一座新建楼台，只是尚未定名。"

"一观如何？"

"改时为好。"

"为何？"

"已到过堂时分矣，过时无饭也。你子瞻肚大嘴馋，不是从不愿耽误进食么？"

苏轼一笑，说："禅师知我也。"

二人便转而向斋堂走去。

用过午饭。佛印知道苏轼每日午间都要昼寝一小会儿，便把苏轼安顿在上客堂小憩，然后自己出门而去，他要在云水堂为信众讲经。

苏轼甜甜地睡了一觉，醒来后，精神饱满，便径向云水堂而去，他要听听佛印讲经。

刚近云水堂前，便听佛印讲经的声音朗朗而出。为了不惊扰讲经和听经者，苏轼轻轻推开半扇门，侧身而入。只见佛堂里，人人席地而坐，相邻相挨，已无空处可置臀立足了。苏轼依规向佛顶礼，向后倒退一步，再向佛印顶礼，然后有点进退两难地靠在门边。

此时，佛印正讲到休顿处，见苏轼欲进欲退，便起身相迎，连喊："学士请坐，请坐！"

苏轼心里一笑，在这不大的殿堂里，已是人如篓中鱼虾，交相叠挤，连站的地方都没有了，哪有地方可坐？

佛印只是笑眯眯地看着苏轼。这位大学士长袍玉带，神采飞扬，确实显得卓尔不凡。其神态表情、脸色目光，和几年前在黄州时的样子大有不同。佛印瞬间有了一个很美妙、很有趣的想法，于是又对苏轼说："东坡居士，请入座。"

苏轼笑着说："禅师，今日便是来个蚂蚁、跳蚤也无坐的地方了。"

佛印便说："学士再想想，凭你深通禅理的智与识，定能找到坐的地方。"

苏轼似有所悟，一阵思索后，心想：有了，应当是找到坐的地方了。便说，我有一诗偈，请禅师听着：

> 百千灯作一灯光，尽是恒沙妙法王。
> 是故东坡不敢惜，借君四大作禅床。

佛印心想，这东坡果然厉害。佛语中将"地、水、火、风"称作四大，其含义有二。其中一义乃指代人的身体：地，指人的皮肉；水，指人的津液；火，指人的体温；风，指人的呼吸。他居然要借我山僧的身体作为禅床来坐了。不过，这苏大学士虽是已知其一，却未透知其二也。便回答道："妙也。不过学士你这诗偈中有不明之处，山僧问出来学士若能解答，便任你坐了；若不能解答，便请学士把腰间玉带留下，作为这金山寺的镇寺之宝，若何？"

苏轼想，这禅师又在惦记着我的玉带了，或许这玉带与佛有缘？不过，这四句诗偈乃我本人所作，其中还会有我自己不解之处么？便回答说："可。禅师有何问？"

佛印便说："恰在你说'借君四大作禅床'。这'四大'，形可有可无，可小可大，可虚可实；并且其中有一义系指一切事物和道法。请问，这能坐乎？"

苏轼一时语塞，但他还是找到了解释的理由，说："据我所知，这'四大'也可指代人的身体，所以禅师的'四大'可供一坐也。"

佛印又笑道："子瞻说得并非虚妄，但那也只是对俗人而言。似我等佛门僧人四大皆空，五蕴非有。请问苏学士，你向何处而坐？"

苏轼知道，五蕴乃指色、受、想、行、识。在佛家看来，这五蕴和四大构成物质世界和精神世界的总体，确乎不能像一个真实铺陈的蒲团、床榻那般可以供人或坐或卧。苏轼一时无言以对，他是一个痛快人，便把手伸向腰间，一阵"噼啪"作响，解下腰间玉带，双手递给佛印，说："一言既出，驷马难追。玉带得沐佛光，我可不做玉人。"

佛印接玉带在手，但见这玉带白中带青，径约二尺，由二十块玉片组成，玉片的形状有条状、块状和心形之状，触之温润清凉，掂之沉稳压手。

佛印让侍者将玉带收起，随即又让侍者取来一包袱，双手递给苏轼，说道："缘也，缘也。此物送你，且子瞻早已见过。"

苏轼不知何物，把包袱里的东西取出抖开一看，立即认出来了，这是他和佛印第一次晤面于开封时见过的宝物，乃是神宗皇帝所赐的高丽衲衣，任时光的风雨穿过，依然光洁如新，可见佛印从未加身。在众人的喝彩和撺掇声中，苏轼将衲衣穿在了身上，并向大家施以佛家之礼，众人齐齐叫好。

佛印双掌相合，称赞道："善哉，苏大学士穿起这僧衣，风骨超迈，似佛似道似儒似仙也。"

苏轼回答说："禅师若换一身官服，亦如是也。"

从此，金山寺有了一条玉带，成为了镇寺之宝，流传后世，这玉带换僧衣之事也成为代代相传的佳话美谈。

僧房夜谈

是夜，苏轼进到上客堂后，想起今日玉带换衲衣之事，颇有感触，信手写就诗一首：

> 病骨难堪玉带围，钝根仍落箭锋机。
> 欲教乞食歌姬院，故与云山旧衲衣。

苏轼刚刚收笔，想不到门枢作响，佛印推门而入。他要与苏轼同室而卧，对榻而眠。佛印见苏轼在案头纸上写有新诗，墨香离离，便认真读了起来。

苏轼在诗中以自嘲之词写了输掉玉带的原因，说自己驽钝，辩才不如佛印。他特地用了"箭锋机"这个典故，以喻今日之事。这个典故说的是两个射箭高手为互争第一，以性命相搏，挽弓搭箭对射，结果两支疾飞的箭头在空中相撞，然后跌落尘埃，无人死伤，亦无胜负。在苏轼看来，今日双方一个得了玉带，一个得了僧衣，便也是一个并无输赢的结局了。

佛印看过诗后，当即也写诗一首相应，亦以示谢意：

> 石霜夺得裴休笏，三百年来众口夸。
> 争似苏公留玉带，长和明月共无瑕。

佛印也讲了一个典故，三百年前在金山寺出家的和尚裴头陀，其父乃唐朝宰相裴休。离家时，裴休将一块象牙笏板送给了儿子，裴头陀便日日带在身边。一日云游至石霜寺时，寺中住持见到裴头

260

陀手中的笏板后，顿时有了想法，取过笏板后问道："此物在天子手中为简，在官人手中为笏，在老僧手中唤作什么？"

裴头陀一时无词以对，遂无言地将笏板留在寺中。足见这石霜寺住持与众不同，他一眼看中了这非比寻常的笏板。也大概认为僧人不应当留持这等物件，应一心修行，故设法将这笏板留下。佛印以这件事相喻苏轼留赠玉带，除了赞美这非同寻常的玉带同明月一般洁白无瑕外，诗中分明另有深意。

佛印接着又道："说来我等真是缘分不浅，遥想我们第一次见面时，山僧就曾言：待子瞻皈依佛祖后，山僧便将衲衣送你，真是一语成谶了。"

"是啊，我的砚台也早已备妥，只待良辰吉日了。"

二人相视一笑。便又开始论经论诗，但不乏旁敲侧击之词。

这时，佛印从一个柜子的抽屉里取出一样东西，对苏轼道："山僧今日要让大学士见一奇异之物。"

苏轼乃问："何物？"但见佛印手上拿着一支暗红色的燃香，和一般的燃香看上去似无二致。

佛印说道："此香乃松风在西南边地觅得，说是来自方外，称点燃后灰末不散，可成图案文字。山僧一直珍藏，未敢私睹，且喜子瞻到寺，我等今日不妨一试，看看到底是真是假。"

苏轼对此大有兴趣，于是帮着佛印把香点着，插在香炉之中。然后二人不时看看那徐徐变短的燃香，一面不紧不慢地在阵阵香气中纵情对谈。

烟雾不起，香已燃尽。二人朝香炉里一看，但见那铺在香炉底部的是一层灰白色香灰，粗看并无异样，细看却是大有神奇，香灰上呈现的是一幅画图：大海上波浪起伏，并有风帆之影，还隐隐现出一个字："风"。

果然有图案文字，二人连连称奇。天地之间确是奥妙无穷。

苏轼乃问："此图此字何兆？"

佛印答道："风与浪常在一起，两物相遇，变幻无常亦无穷。可以是风平浪静，也可以是风急浪高，可以是风助浪推，也可以是风逆浪阻。其实，风浪不在海上，全在人的心中。"

苏轼便笑着应道："任他风浪起，稳坐钓鱼台。夜色漫江天，且向梦里游。"说罢上到床榻，但并未躺下，而是盘腿而坐。

佛印颇觉奇怪，不由得问："子瞻欲打坐乎？"

"非也。"苏轼回答后，微微闭目，略略弯腰，用两个手指轻轻地按摩脚心，嘴里还不停地念念有词。

佛印不知他正作何干，或许是行什么养生之术吧？不便打扰。直等到苏轼把左右两个脚心按摩完毕，佛印才随口说道：

> 学士学打坐，默念阿弥陀。想随仙女去，家中有老
> 婆。奈何？

苏轼听了，哈哈一笑，也随口念道：

> 东坡擦脚心，并非想佳人。只为养双目，世界看分
> 明。如何？

原来如此。佛印便说道："不过，在山僧看来，如若养神养生，鹿兔之动不如龟鳖之静，来回按摩莫若默然打坐。"

苏轼摇了摇头说："非也。按摩亦是一种祛病之术，壮身之法，《内经》说'病有悸恐，经络不通，治之以按摩'。佛经《大藏经要义》中也载有按摩之术。世界上许多事往往是百川归流，或是众川同源也，此事彼物，义理通达也。"

佛印乃对曰："此论甚高。子瞻爱身健身，且僧俗两界强身之术皆通，可以长生也。"

两人又谈了良久，该入睡了。佛印忽见卸去衣服的苏轼背上有点点黑痣，便好奇地细加观察，说："子瞻背部黑痣共为七颗，像北斗七星一般排列，足证学士非常人也。"

"常人也罢，非常人也罢，都是度此一生。至于一生虚度还是实度，则完全在自己把握。我记起最初认识你时，你曾为官家解释佛、僧之要义。佛与僧确实本是人也，僧、儒、道度过的到底还是人之一生也。"

"倒也未必。人若能到极乐世界便可涅槃重生，人若羽化成仙亦可永生不老。如何活法，如何不死，全在于修持。"谈到佛道，佛印便有无穷话语。

"修佛悟道，自有其功用。然古今世界，终是人的世界。"

"是的，世界不可无人，但人若能信佛修持，便可成为非常之人，进入非常之境。子瞻本乃非常之人，若再入佛门修持，则成非常非常之人，可入非常非常之境了。"佛印不知不觉间把言语转入劝苏轼入佛的话题。

苏轼乃道："入佛重在有缘。我自思之，我与佛道有缘，却与佛门无缘。"

"非也。从今日你随手捞取石子而成诗看来，足证你与佛大有缘分。那四句诗，其意亦深亦浅、亦隐亦显。第一句话说的是你会今日到寺。二三句说的是，由于子瞻的到来，使山水、寺、经皆因此增色。最后一句分明是说，此处便是你入佛门之处也。"

苏轼摇了摇头，说道："这不过是机缘巧合，犹如占卜打卦，岂可为凭？"

"机缘巧合，便属非常，亦为常道。你说哩。"佛印说完，在等待苏轼的回答，但他等到的是苏轼由轻到重的鼾声。

佛印先是轻轻点头，接着是微微摇头，既而是吹灯入眠。

屋外有鸟声鸣唱，苏轼醒来睁眼一看，不见佛印，想是早课去了。他信步来到了方丈室，恰逢佛印打坐完毕，问道："子瞻昨夜可有美梦？"

"有也。看来在僧榻上睡卧，便多有美梦。"

"何梦？"

苏轼故作低声："乃禅师常做之梦。"

二人相视一笑。

这时苏轼发现，方丈室里有棋盘棋子，便有了对弈的兴趣。他第一次接触棋是在庐山的一座客舍，时在正午，正想午寝，忽闻窗外有时急时缓、时轻时重的敲击之声。他起身倚窗一看，原来是有两人对坐下棋，并有多人围观。不一会儿，但见对弈者开始争执，互不相让，接着是厉言相向，既而动手搏击。个子稍大的竟把个子略小的揿倒在地，连骂带打。观棋者连忙劝住，两人复又坐下，棋子复响，便又似什么也没有发生一般。一会儿，风起云动，大雨如注，二人依然在雨中你来我往，不肯收棋避雨，那棋子伴着雨点落在棋盘之上，"啪啪"作响。看来这下棋煞是有趣，不但棋中天地大，棋外也是不寻常。那棋子敲击棋盘的音响和节奏，虽没有音乐之声的动听与美感，却独具特点，别有韵味。那是思维的节拍，是倏忽间喜忧转换的节拍，还是让人兴奋而又怡然的节拍。于是他便向儿子苏迈学习下棋，只是棋艺提高不快。今日见佛印室中有棋，便说："禅师学棋耶？我等对一局如何？"

佛印摆摆手说："山僧刚入此道。只觉得这棋子虽然只黑白两色，棋盘也只两尺见方，却是天高地宽，其中掩藏着无穷玄妙、无尽意趣，还可从中悟出佛理禅机，不过山僧现在尚未到对弈之境。"

苏轼说："那我们相约，下一次见面，定当对弈一局。"

佛印说："好也。不过如果真的对弈，定有胜负，故当有赏罚。"

苏轼笑着问道："出家人想以博弈赢取何物？"

佛印答道："子瞻定知赵匡胤皇帝和华山道士对弈之事？"

苏轼当然知道。据传宋太祖赵匡胤棋力过人，且酷爱博弈，至华山听闻道长棋艺高超，便提出与之对弈。道长允诺，但却提出：若赵家皇帝输了，便把整个华山送给道观。赵匡胤觉得自己的棋力天下少有对手，必不致输给一道士，便慨然答应。结果是，赵匡胤输了，便也输掉了华山，西岳从此成为了道家之地。

苏轼便问："难道我等也要赌天地山河？"

"这天地山河，你学士没有，我山僧更没有，也无甚用处。我提及此事在于说明，既然皇帝、道士都以棋局赌输赢，定是自有其理、自有其趣。我等何不仿而效之，到时赌学士与山僧皆有之物，如何？"

苏轼欣然答应。后来他们真的下了一盘棋，赢输之物虽不是天地山河，却也是旷世未有。

用过早饭，佛印对苏轼说："子瞻昨日说欲看另一座楼台，今日且去也。"

"好也。定然值得一观。"

苏轼随佛印来到了金山的东南，至山腰间，有一处平台，上面建有一座三层楼阁。走进第一层，不见有路登楼，但略一巡视，见角落处有一门洞，门洞开处，豁然而见石阶。趋近沿阶而上，几经迂回，遂到顶楼。

苏轼问："此楼台莫非取意学佛如登山，几过门洞，几经曲折，方有所得？"

佛印答："然也。千曲百回，登攀不息，方可到最高处。"

两人来到了楼台最高处。这里离那妙高台不远，两楼相对，很像两座巨大、别致的香炉，矗立在金山之上，不仅显得气势不凡，而且又增佛家气韵。此时，晨雾初散，太阳涌出长江，万道霞光将雾岚照得光彩迷离，在晨风中徐徐飘动，很像香炉的烟气袅袅四散，别是一番景色，一种意境。

佛印问："子瞻，你知道山僧为何引你至此？"

"赏楼观景。"苏轼答。

"远非如此，山僧想求子瞻做一件功德无量之事。"

"何事？子瞻能胜任乎？"

"子瞻为最当人选。完成此功业，必当彪炳后世。"

苏轼自忖，该不会是留我在这里学佛为僧吧？便说："我倒无建功立业之大志，只要不让我吃斋用素，无饥渴之苦，禅师但凡有法旨，我定当躬身尽力。"

"好也。"佛印想，这子瞻虽无心计，却有心思。便又说，"天降大任于斯人也，此事注定要由子瞻为之。"

"究竟何事，你且道来。"

"说来话长，此事须从一个居士、一部经书说起。"

苏轼笑道："我最爱听故事，且是在寺中听大和尚讲故事，讲的还是佛门故事，一定精彩绝伦。"

"那你好好听着。"

楞伽台上

　　佛印以虔诚的口吻向苏轼讲起了故事。佛经中有一部重要经典叫《楞伽经》，全名叫《楞伽阿跋多罗宝经》，禅宗对此经最为看重。有一位姓邱的居士与佛印交厚多年，对此经喜爱有加，朝夕诵读，多有所得。这邱居士亦是书法大家，最爱苏东坡的书法，日日捧读、临写。至晚年，他发愿抄写此经。佛印知晓后，大加赞赏，并商定抄完之后，由金山寺请匠人雕刻印制，以便源源不断地印送信众，传诸后世。这居士便焚膏继晷，手不停笔地在纸上抄写，颇令人生奇费解的是，他是从经卷的最后一页倒着向前页抄写。

　　"居士抄写佛经，为何颠倒次序？"苏轼插话道。

　　"山僧当时亦有此问。"佛印回答，然后继续讲述。

　　那居士神秘一笑，答道："自有道理。"

　　经卷的抄写进展缓慢，一者这居士极为用心，二者这居士已是力不从心。时间过去一月有余，方始抄写了数页，邱居士只觉得浑身倦怠无力，举笔艰难。他自知阳寿已尽，不久于人世，便请佛印来到跟前，郑重相告："居士我无缘亦无力抄完此经矣。法师当倾心倾力圆此功德，定要成就你我一桩心愿。"接着又向佛印问道："这下法师当明了，我为何由后向前抄写此经吧？"

　　"为何？"苏轼又一次忍不住插话。

　　"子瞻莫急，且听我细细道来。"佛印说完，顺手取盏喝了一口茶，然后讲下去。

　　"为的是了却一桩心愿，此经的抄写乃完结于我手也。"居士说完，眼中闪出淡淡的光芒，脸上带着心满意足的表情。佛印这才恍然大悟：看来这居士早已料定自己的生死了，并且把抄完此经作为自己最大也是最后的心愿，诚可敬也。

邱居士这时向佛印嘱托："禅师当再找一个合适的书写者，断不可狗尾续貂。我半生专习苏氏书法，我之字与苏东坡的字极为相像，不仅形似，更兼神合，与苏轼之字放在一起，恐怕天下无几人能识真假。所以务请法师找到苏东坡，求他将《楞伽经》抄写完毕，然后再求选良工巧匠，刻版印制。"

苏轼听到这里，不觉动容，顿时明白了佛印让自己欲办何事。他也知道，这《楞伽经》在佛教界尤其在禅宗中地位无二。此经在南北朝时由印度一高僧译于离这金山寺不远的金陵，后由达摩祖师于洛阳传二祖惠可禅师，并嘱曰："吾观汉地唯有此经，仁者依行，自得度世。"后世禅宗祖师对此经细加探究、代代传承。苏轼自己对《楞伽经》亦多有研习，认为此经句句皆理，字字皆法，后世达者，神而明之。抄写刻印此经，不唯是佛印和这邱居士之愿，亦是天下信徒之愿也。他不能推辞，并且听说这居士之书法竟然与自己的墨迹相仿，不能不说这是因缘。不过他倒要见识见识这邱居士的书法究竟如何。

佛印早有准备，从僧袍中取出了几页居士抄写的经卷。苏轼拿在手中一看，果然不同凡响，用笔之点钩横竖，用墨之浓淡干湿，布局之疏密收放，尽显苏氏翰墨之神韵，连苏轼也觉得这居士的字与自己的字放在一起，难以觉察出毫发之别。

二人商定，便在这尚未定名、尚未启用的楼台上，由苏轼静下心来将整部《楞伽经》抄写完毕。不过苏轼却提出了一个对佛印来说属于非难非易的要求，他习惯性地揉了揉自己的腹部，告诉佛印："连续几天素食，肠胃苦也。"

佛印笑了笑说："给子瞻弄些糖果如何？"

"东坡只想、只想吃一些在黄州常吃的东西。"苏轼故意说得吞吞吐吐。

佛印知道苏轼想要吃的是何物，便一本正经地问："东坡欲啖东坡肉？"

"金山怎埋金山僧？"苏轼巧妙地对成一联，接着又解释说，"两个东坡非一坡，两座金山非一山也。故请许我东坡吃肉。"

佛印说了声："子瞻你且认真抄经吧。"便把东坡引进了楼中的一个房间。这房间里文房四宝、被褥枕头等物已尽皆摆妥放好。佛印稍作交代，便掩门离去。

苏轼便坐在桌前，开始抄经。晚上有人送来饭食，食盒尚未到面前，苏轼便闻到了自己喜欢的味道，立即口中唾液大增。打开食盒一看，果然有大块的红烧猪蹄，苏轼吃了个风卷残云。饭毕，铺纸提笔，信手写诗一首：

> 远公沽酒饮陶潜，佛印烧猪待子瞻。
> 采得百花成蜜后，不知辛苦为谁甜。

诗中特地用了当年东林寺慧远大师以酒款待陶渊明的典故，这其中便有引经据典，为自己索肉食肉、佛印供肉辩解的意味了。他很得意地欣赏了一会儿自己随意写下的这游戏性文字，然后又开始抄经。

此时夜色如帷，室外的楼台，寺边的长江，尽在灰暗迷茫之中，一派混沌不清的景象。世界万象亦如这夜色中的景物，或真或幻，或明或暗。如要辨其长短高下，度其厚薄色泽，实在难矣。他在脑里搜寻自己读过的经卷，想借助其中的一些要义来阐释眼前的迷离，并探察人生的无常、世界的混沌，但依然是清晰而又朦胧，相近而又遥远……

他把意念收转拽回，凝聚于桌上的笔墨纸笺，在灯影之下，奋笔疾书。此刻，万籁俱静，只有长江涛声似轻似重地传来，如击节般合着他笔走龙蛇。他进入了一种极为宁静、专注的世界，那带着清香、本无一字的素笺上，出现了一个个有活力的字符，一段段有生命的语句。他突然想起了一个词：书禅。当凝神聚气，专注于笔端之时，恰似那禅定的功夫，进入那禅定的境界。他不停地写着、写着，最后灯光和朝霞融为了一片。

一日复一日，苏轼的手游走在笔墨之间，心则驰骋在经文之中。经这一次倾力尽心的抄写，又是在这名贯古今的金山寺中的抄写，似乎使他在佛的世界又行进了一段旅程，对佛理的参悟又加深了许多。

当他抄写完经卷的最后一个字时，已在门外等候的佛印走了进来，喜滋滋地看了看一大沓抄写好的经文，然后双手合十，连连说道："恭喜学士，贺喜学士，大功成矣。阿弥陀佛。"

苏轼应道："你这懒惰的和尚，我现在想来，由你亲加抄写最是妥当的。"说完下意识地伸屈了一下双臂，按摩了几下头颈。连续多日抄经，他已觉得身体许多部位生酸变麻发木了。

"诚如你所言，佛道本在人间。佛门老僧怎当朝中进士？"佛印说完，又将苏轼抄写的经文细细观看，经文他本熟悉，此时乃是欣赏苏轼的书法。佛印一边细加欣赏，一边大加赞誉，说："大学士的书家大名，果不虚也。"

苏轼看了看抄写好的整部经卷，抑不住充溢于心的兴奋之情，喊道："此经雕刻后可成至宝也。"

"子瞻何出此论？"

"此经系佛家著名经典，乃和尚和居士合议书写刻印，且有居士动笔抄录，最后由我东坡书写完成，再由禅师请工匠雕刻刊印，岂不为瑰宝乎？"

佛印连连称善，并以右拳轻击左掌，以少有的兴奋之语说道："此楼得名矣！"

"何名？"苏轼问。

"子瞻之意呢？"佛印反问。

苏轼和佛印几乎同时说出了三个字："楞伽台。"这实在是一个无比恰切的楼台之名。

从此，金山寺新添了一个叫楞伽的楼台。这"楞伽台"在佛经中本是"不可往"之意，现在成了一个极有意义、别具特色的楼台之名，并由此楼派生了一个佛儒交往的精彩故事。这楞伽台与妙高台相对而立，相得益彰，相映成趣，矗立在金山之上，无言而又深刻地对佛家经典作着精妙的注释。

苏轼走后不久，佛印便着请钱塘善工精心雕刻成版。只是这佛经刻成之后，佛印已近离开金山寺之期，他抓紧时间，选上等纸张印制了若干部，连同那木刻雕版，置于藏经阁精心收藏。但后来，由于苏东坡受打压，被贬谪，他的诗文、手迹受到朝廷收缴查封，他去世后的十年间依然如此，所印《楞伽经》被迫尽行销毁。继任的金山长老则将所刻经版妥为珍藏。迨至元代，这套木刻仍在，想不到的是，后来倭寇犯境，曾骚扰润州一带，还在金山寺放了一把大火，藏经阁、楞伽台连同苏轼书写的《楞伽经》木刻雕版一起毁于大火，诚足可惜。这是后话。

　　话头再回到金山寺。因见《楞伽经》书写完成，楼也已经得名，佛印满心欢悦。但天有不测风云，忽然因那妙高台捐银之事，平地卷起一场不大不小的风波来。

员外悔捐

这一日，晨风拂面，佛印和苏轼又坐在了楞伽台上。佛印见苏轼手中拿着一把纸扇，便问："蝉鸣未起，暑气未至，子瞻为何便手握扇子？"

苏轼笑眯眯地回答："此非一般驱蚊生凉之扇也。"

"啊？这小小一扇子，可有妙用？"

苏轼连连应道："确有妙用。"

"愿听赐教。"

苏轼正欲把纸扇打开，只见一侍者急急来告：寺里闯进五六个人来，出言粗鲁，气势汹汹，指名要见佛印方丈。

佛印便立即起身，不紧不慢地向客堂走去。苏轼不知发生了什么事情，看样子当是疑难棘手之事，便握着扇子随行于后。

进到客堂一看，见里面已坐定的人一个个脸带怒气、横眉立目，为首的是那位两年前为建妙高台捐银的庞员外。不知这些人来寺所为何事？看这架势，显然不是好事。

佛印首先施礼，道了声"阿弥陀佛"，然后很客气地问："员外所来何事？"

"何事？看你们金山寺做的何事？"庞员外首先发难。

"究竟何事？请讲。"佛印语态平和。

庞员外含怒带气地道出了来金山寺的原因：自从捐银修了妙高台之后，全家人便心满意得地盼着婴儿快快长大。庞员外对这个孙子万般疼爱，寄予厚望，恨不得叫他一夜长大成人。他想的是：为兴建楼台，自己花了许多银两，孙子定可得到菩萨的特别保佑，无病无灾，顺利成长。长大成人后定能骑官马，戴官帽，发大财。自己一生无甚作为，只是个有名无实的员外，孙子当可大有功名富贵。但事情却不遂人愿，时光一日日过去，却看不出这孙子异于常人，身高体重甚至不如其他同时期出生的孩子。还不时有些小毛病，今日咳嗽，明日发烧，再一日又是拉稀。在热热闹闹地办过周岁生日庆典之后，健康状况更是不断变坏，以致在三日前夭亡。

全家在极度哀伤之中将孩子厚葬。父亲母亲挚爱幼子，爷爷奶奶最疼长孙。丧事办毕，庞员外依然是悲痛难禁，苦苦冥想着孩子夭折的原因。当地有语云："子孙无福，怨神怪屋。"庞员外也是如此这般地去寻思孙子的死因。房子的风水当无差池，如有差池，他家便不会人丁兴旺、家境殷实了。原因应是出在"神"上面了，他自然想到，曾为金山寺修建妙高台捐银，且数目不小，想不到不仅没有得到菩萨庇佑，反倒是孙子无故夭亡，必须让寺院说个清楚明白。他还想好了，虽然人死不能复生，但捐出的银子寺院理当返还，如不能全部返还，至少当返还一部分。否则，自己就成了搁在火炭上点着的蜡烛，两头皆亏了。

佛印听完原委后，连道："善哉善哉！"

苏轼在一旁听完，心里好生奇怪：布施人没有遂心如愿，便怪罪寺院，竟然还来责问，这等事实在稀罕。

佛印这时开言道："施主此来，欲求何事？"

庞员外说道："先要动问的是，本员外捐银许愿，为的是求孩子平安顺遂。金山寺收了银子，也就如同认知了我家心愿。为何到头来却是适得其反？"

佛印答道："寺为僧人设，经为信众念。对信众们的愿望寺僧都是清楚明白的，我等僧人向佛祖祈求、为施主祈福，用心与施主一般无二。"

"那为何银两收了却心愿未了？这只能是你寺院的责任了。"庞员外加重了语气。

佛印正待回言解释，来人中又有人说道："俗话说，歪嘴和尚念歪经。当是你等僧人错念经文，得罪了神灵鬼怪，从而酿成大祸。"佛印一看，说这话的是那个庞三，今日他也来了，并且声音重如敲锣一般。

"非也。僧人诵经，皆有所据。日日念诵，字字熟悉。故经文断然不会念错。"佛印回答。

"那就是和尚念经不力，或是心有不诚，我等的心愿未达于佛祖，故生出意外。"庞员外又找出了理由。

"亦不是，我们僧人念经悉依规矩，至诚至真。为施主祛祸求福，乃僧人之追求，施主的意愿定能准确地达于佛祖之前。"佛印耐心地作着解释。

"那为何毫无灵验，以至闹出人命？"庞三这时又开腔了。

苏轼忍不住插话道："信佛拜佛，要旨在于修心修性，而非寻名寻利。若需要什么，则向佛祖求什么，求什么即可得到什么，天下还会有病苦死伤之事乎？世间还会有耕樵渔猎之人乎？"

听了苏轼这般言语，那庞三火气上蹿了："你是何人？竟然在此胡言乱语？先闭了你鸟嘴。"说着捏了捏拳头，对苏轼怒目相向。

苏轼毫无惧色，但也并不理会庞三，此人看上去不可理喻，与他说理无益亦无用，因而只是对着庞员外引经据典地加以回应："员外定是读书之人，当明事理。那唐代杜牧曾说过，官吏巧取豪夺，工商百般敛财，自知有罪，于是'奉佛以求救'，竞相布施财物，建寺塑像，祈求'有罪罪灭，无福福至'，这乃'买福卖罪'的交易行为，实乃罪过也。相信员外断不会认同和仿效杜牧斥责的这类官吏工商吧？"

苏轼这一席话，登时把庞员外给呛住了。心想：此人煞是厉害，言词如刀。当然不可承认自己属"买福卖罪"之人，他快速眨巴了几下眼睛，解释道："本员外当然决非这类之人。"转而向苏轼反问："本员外倒要动问，信佛到底为何？"

佛印徐徐答道："修行拜佛乃是为得智慧，知善恶，断欲念烦恼，出寻常生死。所以，那禅宗祖师达摩曾明告僧众，佛门真正的功德是自心的清净、证悟，除此别无所求。"

这让那庞员外一时无言以对。

苏轼又道："这拜佛求佛灵与不灵，还得看缘分，看诚意。有缘能度，心诚则灵。"

庞三不由得瞪着眼看了看苏轼，又听他口音不是本地人，想必是外地慕名来拜佛的。这人和佛印一呼一应，使哥哥明显处于下风，先要压住这个外来香客，便对苏轼喊道："我等只是与寺院交涉。你且少啰唆，否则连你一块收拾。"

苏轼这种场面亦曾见过，并不示弱，便喝道："休口出狂言，寺院之地也是大宋国土，不得逞性妄为！"

那庞三想，这个外乡人居然嘴硬气盛，巧舌如簧，看来口舌相交对垒，言语上你来我往，占不到他半点便宜，得给他一点厉害才行，便吼道："闭嘴。这里不容你插嘴放狂，若再胡言，便叫你爬着离开这里。"

苏轼厉声正色道："太平世界，朗朗乾坤，谁敢罔顾国法，撒野耍泼，胡作非为！"

这番话，倒让庞员外等人吃了一惊，看来这人非等闲之人，好像大有来头。庞三便指着苏轼厉声喝问："你是何人，在此歪管闲事？"

佛印担心苏轼受辱，乃回答道："此乃杭州太守苏轼大学士是也。"

那一干人大都不知道苏轼为何人，但知道太守是个有兵权的大官，气焰立即如大火遭遇了暴雨，消减了一半。那庞员外则知道苏轼的大名，看了看苏轼，一下变了态度，带几分客套地说："久闻大学士之名，失敬失敬！"

苏轼见对方的火气与怒气已在收敛，便进一步晓之以理："和尚尚和气，寺里说事理。有话但好好说来，不可大呼小叫，更不可挥拳动脚。"

"我等也是因为悲痛过切，才致言行失当。"庞员外为自己转圜，接着又转到了他欲求的目标，"适才苏太守说，要和气论理，此论极是。相信本员外把道理言明，苏太守和方丈定会谅解体恤，使今日之事得以完满了结。"

"如此甚好。员外且慢慢说来。"苏轼似在公堂受理一场官司了。

庞员外说道："人无信不立，佛僧也一样。既然收受捐赠，就当办事；若事不成，岂能心安理得地收受银钱？"

这下佛印和苏轼听明白了，他想索回捐献的银两，这真可以算是奇闻一桩了。

苏轼说道："员外说得很好，人、僧都当立信。然，你许愿捐银之时，可曾说过，若不灵验便当索回银两？寺院可有此规矩？你又可曾闻有此先例？"

几声问诘，使庞员外顿时无言以对。

苏轼接着加重了语气，说道："求佛悔捐，从古未闻。若菩萨真的有灵，对悔捐者以惩罚，岂不后果会更加严重，员外可曾想过？"

这一下把庞员外镇住了：是啊，捐了银子孙子命都不保。若把捐出的银子索回，那祸就更大了。这时他心中有些畏惧了。

苏轼又乘势说道："古人曰：信则灵，不信则泯；佛道有情缘，无缘空求度。况且生老病死，本为人生之苦，故信佛者亦当'但行好事，莫问前程'。"

"我献心献诚亦献银，得无回报乎？"庞员外又问。

苏轼语气放缓，以理劝导："信佛之要义在于正心性、养良知、存智慧、去欲念。心正性平则可身心康泰，家和事顺，百业有成。若人人如是，自是清平世界，众生可得福祉。若以求佛为牟利之术，沽名位、逐私利，则失其要义，必致人心向邪，私欲横流，天下汹汹。到头来，则既不利己，亦不利人。若如此这般，何利之有？何福可存？"

这时佛印说道："福报亦不离因缘，舍是因，得是果。福报全靠苦修，而非苦求，正所谓'命由己定，福由己造'。若尽心尽意积德行善，自可福寿绵绵。"

这时，苏轼又指着大殿前佛印书写的一副楹联念了起来：

只有几文钱你也求他也求给谁是好
不做半点事朝来拜夕来拜教我为难

念毕，苏轼复说道："都如此这般，寺何以立？佛何以存？"

庞员外这时不由得频频点头，回答道："太守所言极是，令我等顿开茅塞，倍觉汗颜。只是思亲心切，难以自制矣。"但他仍不肯认错服输，又问："若太守遭此大难，当如何？"他想以此来打动苏轼，以争得于己有利的结果。

佛印插话了："生死别离，人之常有。苏学士亦曾有失妻失子之痛，只以心哀之，以诗悼之。"

庞员外闻言，乃低下头，无奈地说："此情我等委实不知。我等凡夫俗子，只有舐犊之情。我之爱孙之心之情太切，苦也，悲也！"说完，竟然声声抽泣。

苏轼见这庞员外一副可怜的样子，不觉起了怜悯之心，佛中道理也许一时半会儿同这等人说不清，道不明，还是息事宁人为上。

便说："员外，念你痛失爱孙，实乃不幸。员外对晚辈疼爱有加，也属慈心善行。故本太守想以适当之事、适当之物聊作慰藉。"

庞员外一听这话，心中一喜，便用衣袖在脸上抹了一把，然后睁大双眼，紧紧地盯着苏轼，等待着下文。

苏轼便说："我所说的适当之事，乃是由金山寺僧人为员外孙子做一场法事，超度亡灵，使之早早投胎于和善富有之家。同时也为员外家祈福，再生儿男。"

庞员外脸上露出了感激而兴奋的表情，接着又问："那适当之物呢？"

这时苏轼把手中折叠着的纸扇"呼"的一下打开了，然后说道："近日我在这金山寺抄写《楞伽经》时，见妙高台高耸，实非寻常楼台；又见佛印和尚超凡脱俗，实非一般僧人。胸中陡地涌起诗情画意，情思难禁，便在这扇面上绘就一幅画图，写上了一段文字。"

员外等凑近一看，但见：扇面上画的近景是高耸的妙高台，倚立长江之畔，绿树相依，修竹掩映。中景则是金山寺的天王殿、大雄宝殿、藏经阁、楞伽台等楼宇，错落有致，虚实相应。远景乃是高阔的天空，有云霭层层，浓淡相间，红灰相杂，隐约可见妙音鸟穿云飞翔。整个画面内容丰富，意境幽远，可谓咫尺之间，万千气象，这是文人画的精妙之作。这扇面上除了足以让人震撼的一幅画作以外，还别有妙处，写满了密密麻麻的蝇头小字，这是配合画面而写就的诗作，题目便叫《金山妙高台》，诗曰：

> 我欲乘轻舟，东访赤松子。蓬莱不可到，弱水三万里。
> 不如金山去，清风半帆耳。中有妙高台，云峰自孤起。
> 仰观初无路，谁信平如砥。

这诗格调清新，意涵深邃。把金山与蓬莱相提并论，并形象地写出了妙高台的峻拔、迂回、意趣。观者一起叫好，那员外也略通诗文，亦是大为赞赏。

但这只是诗的上半部分，苏轼翻转扇面，另一面书写的是诗作的下半部分：

> 台中老比丘，碧眼照窗几。巉巉玉为骨，凛凛霜入齿。

机锋不可触，千偈如翻水。何须寻德云，即此比丘是。

长生未暇学，请学长不死。

诗的这部分由写景转为写人，写的便是佛印禅师。以简洁清亮的文字描写了佛印的外貌，抓取了佛印碧眼、霜齿和壮实的骨骼这几大特点，使佛印的形象跃然纸上。诗中更称道了佛印的思辨过人，佛学造诣精深，把他比作那声播丛林的德云大师。《华严经》说："善财童子问法于五十三善知识，而德云比丘乃荣。"足证那德云和尚学识广博，无人能及。苏轼还称要学佛印的长生不老之法。

这首诗，有物有人，有情有景，皆是真情美景，且是用苏轼自己也认为书写难度极高的小字写就，实在难得。这扇面画、诗、字三绝合为一体，已不是一把寻常的扇子，乃是一件可遇不可求的艺术珍品，看似小，实则大，掂着轻，却是重。

员外看到这件东西，恨不得立即据为己有。但他不敢有此奢望，因为诗与画皆为金山寺的景物，此扇交金山寺最为相宜，但他想好了：要求请苏轼为自己另作一字画。

苏轼手中的这把扇子确实早已定了去向，要送给佛印。因为他知道，上次在宝积寺时，苏轼和黄庭坚合作的诗联扇子，佛印并未留用，而是送给了一位捐银的女施主。苏轼想以此扇作为补偿，刚才正要与佛印谈及此事，却不料横生波折，冒出一个要索回捐银的施主。为了安慰一下这显得贪婪、不明事理而又有几分可怜的员外，为保持佛寺净地的圣洁平静，他临时改了主意。他把扇子轻轻收拢，郑重地递给庞员外，说："为慰员外失孙之痛，此扇送你。"

庞员外大喜过望，迅速接过，连连道谢，此时恨不得给苏轼磕几个响头，连连说："我再也不会来为难佛印法师了。"不过他似乎更关心这扇子价值几何，因为他知道名人字画往往是值钱之物，便试探着问："苏太守，这扇子如同珍宝，在下当作为家中宝物，世代收藏传承。因而很想知道这扇子的珍贵程度，以传语后代倍加珍惜。"接着加重了语气问："这扇子一定价值不菲？"

苏轼似有不快，没有回话，只是随意地把一只手掌轻轻摆了一下。

庞员外不明白这伸手摆掌表示何意，但又不便再问，只是连连点头，似是已经明白。

庞员外把扇子拿回家之后，很快改了"世代收藏传承"的诺言，而是觉得收藏这一把小小的扇子意义并不甚大。这扇子乃木、钉、纸合成之物，易受火燎、虫蛀、水毁，还易丢失或遭窃。若如是，那就一文不值了。还是高价出让，变现为银子最好。

第二日一大早，庞员外便走到润州街头，在那专卖文物古玩的街道，开始兜售这扇子。苏轼极少把字与画送人，更不把字画拿到市面上售卖典当，因而见过苏轼字画的人甚寡，能辨识真伪的人则更少。有几人看过后，难以判断这画与字是否为苏东坡真迹，故只是把扇子拿在手上倒来翻去看了几眼即离去。这让庞员外很是失望，心里直嘟囔着，原来这扇子只是个不值几文、无人问津的小玩意儿。

这时，又过来一胖一瘦两个人。这两个人看得极为认真，其中的胖子更是拿在手里反复审视，还不厌其烦地问到了扇子的来历，甚至还在耳边摇动了几下，似乎想从那扇子发出的响声与风声中，去判断这扇子的真伪与价值。那胖子终于有了判断，他虽从未见过苏轼字画真迹，但他却认定是苏轼所作。因为苏轼读经近僧，曾到过金山寺，并且从扇面上画与字的笔意、气韵上，从诗的意境、文词中，一看便非常人手笔，故此扇即使不是苏东坡所作，也大有收藏价值。他是第一个开口问价的："多少银子愿意出手？"

庞员外委实不知道这扇子究竟价值几许，说低了自己吃亏，说高了让人把自己看得不知书画、不懂行情，便来了个自认为很聪明稳妥的法子："或许你与这扇子有缘，你先出个价。"

那胖子伸出了三个指头。

这让庞员外一阵疑虑：三两银子，并不是个很高的价位；但也是一个不算太少的数目，这足足可以买一捆普通扇子。看来这件东西还是值点钱，最好还得再加点价。他想起来了，昨日向苏轼探问这扇子价值的时候，苏轼曾摆动了一只手掌，一只手掌便是五个指头。于是庞员外以不容讨价还价的语气回答："五两银子。少一分一毫，则银子还是你的银子，扇子还是我的扇子。"

想不到那胖子没有再讨价还价，快速从身上拿出五两银子，交给庞员外，然后取过扇子，高兴地快步离去，一边走一边还嘴里哼着小曲。

就在庞员外为卖得五两银子而满心高兴的时候，一直在旁边没有开口的瘦子说："你莫不是吃斋念佛的？实在是慷慨大方也。"

"此话怎讲？"

"这扇子卖得太贱太贱了。"

"客官，你觉得可值多少银子？"虽然扇子已属他人，庞员外还是很想知道这扇子的真实价格。

"那人伸出三个指头，显然是表示愿出三十两银子。如确是苏东坡所作，我愿出五两黄金。"瘦子说得很是认真。

庞员外一听，脸上变色，心跳加快，并似乎立即明白了昨日苏轼伸出手掌的含义，便以抱怨的语气说道："那客官你当时为何缄口不语？我完全愿意以低于五两黄金的价格让渡。"

"俗话说，破人买卖衣饭，如杀人父兄妻子。人家有意购买，且在论价，在下从中横插进来，抬高价格，乃不仁不义也。收藏字画本是高雅之举，读书人岂能做这不齿之事？"说罢踱着方步走了。

庞员外双眼直瞪瞪地看着那瘦子走远了，自己还愣着站了半天，似乎双脚被陷在淤泥里，难以动弹。可心里却是懊悔、痛苦得波涛起伏，并在心里狠狠地骂着：这该死的高粱秆，为何不及时提醒，让那胖子捡了便宜，叫本员外吃了大亏。什么仁义高雅，你这才叫不仁不义呢。

扇子贱卖了，后悔已无用处。但庞员外又想出了一个可以补回损失、安慰自己的办法。看来苏轼的字画确实值钱，当再去找到苏轼，求他再画一把，即便不绘画，写一张字也可。同时还想好了，不能让苏轼再在扇子这样的小物件上画画写字了，要让他画一张大的，有十把扇子那般大小，这样就可值五十两黄金了。这五十两黄金，比建妙高台的捐银还要多，如此这般，便一下就可把捐出的银子赚回来也。主意已定，便特地到纸笔店买了两张上好的纸张。他相信，那看似气宇轩昂，实则心地善良，甚至带几分天真的苏轼定能满足他的欲念。

庞员外腋下夹着画纸，急急地赶到了金山寺。先到楞伽台找苏轼，不见人影；又到方丈室找佛印，屋内空空。他一下变得失望和气恼：这让人喜欢让人恼的一僧一儒上哪里去了呢？

驿舍陈情

庞员外走后，苏轼便领着佛印来到了自己住的驿舍。明日将离开润州，他已想定，今日要做一件亦轻亦重的事情。

这是在驿舍的最后一顿晚饭，也是道别的餐叙。苏轼邀请佛印同坐，佛印没有推却，便道："子瞻等吃饭，山僧陪坐即可。"

苏轼说："但请方便。只是有一样专从我蜀地老家捎来的东西，禅师务必赏光品尝。"

"乃是何物？"

"一种米汤。"苏轼笑了笑，接着又说，"今日还要让禅师见一人，禅师在二十多年前便见过此人，并很想一见此人。"

佛印略带疑虑地问："乃是何人？"

"一看便知。"苏轼有意卖着关子。

苏轼与佛印在桌边坐定，然后轻轻一击掌。门帘动处，带着一阵暗香，一位年轻女子款款而入。只见她一头乌云，脸如三月桃花，眉似初春柳叶，杏眼如珠，皓齿似月，身材匀称，楚楚动人。佛印赶快低眉，将目光收回，轻轻说了声"阿弥陀佛"。心想：这子瞻怎么引进来一个妖艳女子？还断言山僧早已见过，并且今日定会高兴相见。山僧可是既不认识，也不愿一见。这苏轼今日葫芦里欲卖何膏丸散丹？

那女孩儿向前施礼："佛印禅师在上，且受小女子一拜。"

佛印闪避，说道："不可，不可。施主若为求福，上寺观可也。"

"难道禅师不认得我了？"那女子目视佛印，轻轻发问。

"不认得，从未见过。"佛印轻轻摆手，并极力回避那女子灼人的目光。

"可小女子认得并记得禅师呀。"

这女子怎么会认得且还记得我呢？佛印一脸疑云，或许这是风尘女子对客人的惯常套路，只是她今日看错了对象。只要我不回语，她便自止自息了。

不料那女子又道："禅师于小女子有救命之恩。"

佛印更觉如堕五里雾中，一本正经地回言道："山僧未曾救过什么年轻女子，定是施主记事有误。"

"救命之恩，时时在怀，怎能记错？"

"施主姓甚名谁？"佛印想知道事情的根苗。

"小女子出生后不久即遭遗弃，无名无姓。"

"那施主亦当有个称谓吧？"

"有，亦是禅师所赐。"

佛印觉得眼前云更厚，雾更重，摇了摇头说："非也，非也。"

"我叫八妹是也。"那女子动情地说出了自己的名字。

佛印犹如梦醒，二十多年前的旧事，倏地奔到眼前。他记起来了，并且事情恍如发生在昨日：是自己把放在承天院门前竹篮里的一个女婴抱起，送到妙音庵，并与庵中比丘尼商定为女婴取名"八妹"。他不由得抬头举目，端详起了八妹。时光荏苒，襁褓中的婴儿已经出脱为一个秀美的姑娘了，并且有机缘在此重逢，巧也，奇也。

接着，八妹又略带悲切地把自己这二十多年的遭遇和目下的境况略略诉说了一遍。

苏轼插话说："有语曰，点火当点燃，救人需救彻。禅师还当再发善心，救拔这八妹于水火之中。"

佛印无语，自己虽有慈悲之心，但却无救拔之力。他看了一眼苏轼，觉得倒是这做太守的有此能力，便道："太守若能动以恻隐之心，施以有力之手，强山僧百倍矣。"

苏轼微微一笑："本太守倒愿意出力，并已思得一策。但就像当年救这八妹一样，亦需禅师也有心用力方可。"

"凡山僧能做的，定当尽力为之。也许我等携手同扶共助这八妹，亦是一种缘分。"

"对也，确是缘分。禅师听我的安排即可。"苏轼把"缘分"二字说得很重。说罢，招呼大家坐定，开始用饭。佛印则只是说话，并不动箸。

俄顷，苏轼着人取过一个高过一尺、径约八寸的瓦坛子。打开坛口，飘出一阵清香。酒保将坛子所盛之物倒进比酒杯大、比饭碗小的茶盏里。佛印看见，那倒在盏里的东西，其状如汤如汁，其色微青微灰，间有少许饭粒，确像米汤。

苏轼说："此米汤非饭非菜，专为禅师而备，且今日又与八妹重逢，诚为难得，禅师务必多喝些才好。"

听苏轼这么一说，使佛印直觉得喝这米汤之事难以拒绝。

苏轼端起茶盏，与佛印来了个双盏相碰，然后仰脖喝下大半碗，便笑眯眯地盯着佛印："请！"

佛印无奈，也将盏中之汤喝下一半，只觉得这东西微酸微甜，便问："莫非酒乎？"

苏轼摆了摆手说："非也。岂能让禅师喝酒？在我故里，此物有醪糟之名，确系糯米之汤。"说罢将碗端起，邀着佛印将盏里剩下的米汤一饮而尽，酒保紧接着又从坛子里倒进了大半盏。

苏轼的随员也邀着佛印连喝了几次这米汤，佛印觉得这东西似酒非酒，微微带甜，并不难下咽，又不便推辞，便一一喝下。

苏轼又说："这八妹聪明伶俐，声音甜润，唱得一口好曲，让她唱一曲如何？"众皆欣然赞同，佛印不置可否。

八妹略定了定神，便选定一首词亮开了歌喉，乃是晏殊的《浣溪沙》：

> 一向年光有限身，等闲离别易销魂。酒筵歌席莫辞频。
> 满目山河空念远，落花风雨更伤春。不如怜取眼前人。

八妹把整首词唱得淋漓酣畅，情意如酥如酒。尤其是后半部分，更是如呼如喊，撼人心魄。最后一句"不如怜取眼前人"更是直抒胸臆，千情万绪凝结于歌唱之中，分明是在为自己求助、呐喊。

一曲唱完，苏轼已匆匆在纸上写出一词，递给八妹说："这词，你且唱来，让大家一起欣赏吧。"

八妹接词在手，看了几眼，又清了清嗓子，便放声唱了起来：

> 明月几时有，把酒问青天……

这是苏轼在密州任官时的一个中秋日写就、寄给弟弟子由的一首词，词名《水调歌头·中秋》。这首词情意深切，文词精美，却无一般词曲的脂粉之气，一字一词饱含兄弟亲情，透出洞察万物的眼力，显出俯视人生的胸襟。

这八妹看过词后，若有所思，似乎深得这词中要义。唱起来，回肠荡气，把对明月的歌吟，对亲情的依恋，对人生的慨叹，直唱得丝丝入扣，催人泪下。最后那两句"但愿人长久，千里共婵娟"，似是撕心裂肺的狂喊之声，亦像是灵魂的呼啸之响。当唱完这首词时，八妹泪如泉涌，显然这词深深地打动了她，也勾起了她对自己人生的慨叹，更涌起了对亲情欲求不得的无限悲凉。

满座肃然，有叹息声响起。

苏轼为调节座上气氛，又端起茶盏，对佛印道："来，我等一起感谢八妹的精彩演唱。"

佛印似是本能地端起了茶盏，他显然也被词曲的动人和演唱的动情所感染，将半盏米汤喝了下去。此刻，他好像很难辨出这米汤为何味了，水乎？汤乎？酒乎？

苏轼又对八妹道："佛印禅师于你有救命之恩，何不借此机会敬恩人米汤三盏，以示谢意？"

八妹轻声应诺，便提坛斟汤，既而捧盏在手，先是情真意切地向佛印连连道谢，然后举盏过眉，向佛印连敬了三个半盏。佛印没有拒绝，似乎也不想拒绝，全都呼噜噜喝到肚里。

苏轼抬眼向佛印看去，但见他脸上泛红，在灯下如搽了脂粉一般，平时多是微闭的双眼这时更是难以睁开。

苏轼便说："今日歌宴到此，大家歇息吧。"

佛印似是不由自主地应和着："歇息，歇息，歇息。"

这时苏轼对佛印说起了上午庞员外索银之事："我画的那把扇子今日作了妙用，平息了一场风波，只是由此亏了禅师一把扇子。若今日事成，我当送禅师两把扇子作贺。"

佛印口齿不清地答道："子瞻，山中少暑热，扇子你且留着自用可也。"

苏轼没再开口，便和八妹一起，把佛印扶进了早已备好的客房里。苏轼和八妹交换了一下眼光，然后离去。

这一切乃是苏轼的精心安排。他用心有二：一为救八妹于苦海之中，并使她从良之后身有依靠；二为引那佛印跳出佛门之外，只要他破了戒律，自然便会弃僧衣而着俗装了。

今晚喝的名为米汤，实为米酒，虽远不如烧酒性烈，但后劲却是十足，倘若喝得多了，那酒力丝毫不弱于烈酒。那佛印被安置在床上后，酒力一阵紧似一阵地发作，脑袋里如腾云驾雾，身体如朽木烂泥，很快便沉沉睡去。

八妹坐在床头，看着佛印，心中卷起波澜：这佛印躺在床上，身材更显高大，实一美男子也。和尚本当禁性禁欲，竟不知佛印醒来后，将会发生什么？她的心忐忑着。这时，谯楼的钟声响起，已是二更天了。

床具作响，那佛印翻了个身，随之坐起来了，但他却似乎没有感知到八妹的存在。他起身如厕，返回床边时，八妹忍不住喊了一声："禅师！"

那佛印似是有豆塞耳，未作任何反应，倒头续睡，并很快又有了鼾声。八妹心想，这佛印果然修持得超乎异常，她不由得产生了敬意。若是从良真的嫁了这样一个还俗的和尚，亦算是人生之幸事，她陷入了少有的甜蜜想象之中。这时谯楼传来时报三更的钟声。

已是更深夜阑，八妹有些困倦了，开始打盹。但她很快警醒过来，万一自己一觉睡去，直到天亮，未成苏轼嘱办之事，那就错失人生一大机缘也。她强打精神，又看了一眼如豆的油灯，不由得想起了自己可怜的人生之路，自小成为弃婴，一路坎坷，最后竟落得如此境况，不觉伤心起来。好在久旱逢甘霖，眼见得可以苦尽甜来，命运可能从今日始便可如枯木逢春了，她又不由得心里漾起了希望之浪。此时，谯楼的钟声已报四更。

这时，她意识到，按寺规和习惯，僧人很快就当起床做早课了。这佛印是一位高僧，决不肯贪恋床榻。不能再等待了，更不能再犹豫了。她将纤纤细手放在佛印的身上，用力地摇动佛印的身体。

佛印醒了过来，翻身坐起，带几分惊诧地问："八妹，你怎么会在这里？"

"我一整夜都在这里。"八妹低声而语。

"在这里何为？"

"求师父救我。"八妹眼里已有泪光。

佛印反问道："山僧如何救你？"

八妹便说："此乃苏太守之安排。他答应赎我从良，然后依傍于你。"

佛印这时微微一笑："这个子瞻，不知这心肠是好是坏。"又对八妹说："我乃僧人，你如何依傍？"

八妹又说道："苏太守已想好了，请禅师还俗，他举荐你入朝做官，还可先到杭州做他的幕僚。"

佛印忍不住"扑哧"一笑。

八妹吓了一跳，忙问："禅师为何发笑？"

"这子瞻想得倒好，一石两鸟。但这僧人还俗、艺人从良岂是他人能随心安排的，岂不好笑？"佛印答道。

八妹一听，看来这和尚不愿还俗，那自己的终身大事又成浮萍枯叶了。不觉悲从中来，便嘤嘤地哭了起来，边哭边恳求道："禅师若不还俗，我便无计从良。愿禅师再动慈悲之心，再度怜我救我。"

佛印问道："这山僧还俗与你从良之事相干乎？"

八妹便说道："相干。苏太守已明确示我，若得禅师破戒……还俗，他便出钱赎我。"

原来如此。佛印从桌上抄起纸笔，迅速写成半张文字，交给八妹，说："八妹将这交给苏太守，事便妥也。"

此时，室里正由暗转亮，窗户纸已经发白。八妹退出房间，见苏轼正在驿舍院子里踱步，其实是在等待消息。见八妹过来，迎了上去，关切地问："事如何？"

八妹无语，只把佛印的信交给了苏轼。

苏轼展开一看，那信笺上前半部分乃是一首诗：

无　题

昨夜醉卧梦境远，不觉有花开榻边。

香气重重鼻阃闻，叶瓣艳艳手未拈。

学士真心诚足贵，孤女薄命实堪怜。

若得救人出苦海，胜似沙门修十年。

苏轼看了，忍不住一笑，接着叹曰："真高僧也。"

纸上后半部写的则是书信之语："子瞻之意，亦为善也。若学士肯入佛门，山僧则可出寺院。这样，佛门内外便两不亏欠也。不知大学士意下若何？"

苏轼感叹道："真情妙语也。"又细品那诗的后两句，心想，这大和尚真有高招，居然又把救助这八妹之事信手推给我了。不觉又是放声一笑。

八妹不知苏轼为何连连发笑，竟不知自己的命运何归，便问："太守，八妹当如何？"

苏轼说："这佛印真乃金刚不坏之身。你虽有心，只是无缘。不过，我仍会将你赎为自由之身，休得忧戚。"

八妹连连道谢。

回杭州后，苏轼解囊救赎，八妹便很快离开了勾栏院。但从良却非易事，有人把她看贱，不肯相纳。而她眼界本就甚高，在与苏轼、佛印有了交往之后，更是如此，一般人全不放在眼里，不肯委身等闲人家。不久便生计无着，思索良久，她便到一个尼庵削发为尼。后又在养育过自己的妙音庵遗址处，搭起一草庵，悉心修行。并脚步不停地四处化缘，历时二十余年，修起殿宇楼阁，使妙音庵得以重光。

第八章

带笑跨鹤西

李公麟为师写照，师令画笑容……元符正月四日与客语，有会其心，猝乐，一笑而化。

——《故宫周刊》一九二九年第六期

沙弥还俗

佛印在驿舍与苏轼道别后，返回金山寺。刚在方丈室坐定，便有人推门而入。佛印一看，又是那个庞员外，此人又来何干呢？

庞员外一本正经地说："自禅师随同苏太守离寺后，我便一直在寺中等候，真是望眼欲穿。"

"欲为何事？"

庞员外郑重其事地道出了缘由：苏太守馈赠的字画之扇，实乃思之难求、求之难得的珍品。不料却遭人诓骗，以五两银子便买了去。

佛印淡淡地说道："买主得了扇子，员外收了银子，不是各得其宜？"

"非也。那扇子当值五两金子，在下可是巨蚀大亏也。"

佛印暗暗摇头，此人实在是贪财好货，便行劝导："把玩之物，价高价低，本无定数，全在自己的喜好与认知，并不似买衣买菜，可有定价。以这扇子论，换个人或许会认为只值百十文而已。施主对此大可不必计较。"

"这本是我手握之财，被人掠去，心有不甘哪。岂能坦然而不计较？"庞员外直言不讳。

"那又当如何？"

"在下只想烦请苏太守再赐墨宝。"员外又晃了晃手中的纸卷，接着说，"我连纸都已备好。"

佛印心想，天下真是多可笑之人。但依然耐着性子道："苏太守已回杭州，若要找他只能去杭州太守的衙门了。"

员外立即变得沮丧。心想，那杭州不但路途遥远，即便到了杭州，太守衙门如何进得去？连连说道："亏了，亏了，亏大了。"

就在他要转身离去的时候，他又有主意萌生，说："既然苏太守已离润州，那就只能恳请佛印大师成我之愿了。"

佛印答道："山僧不会绘画，字亦幼拙，难慰员外之望。"

"不，不不。在下已听闻，禅师虽不绘画，但书法却是功力不凡，我只求请法师赐字一幅。"

"山僧的字卖不出价钱的。"

"我求禅师墨宝，不为售卖换钱，只为悬挂于厅堂，以图佛光照耀身心，以求佛陀保佑老小。"员外说得十分恳切。

佛印又一次起了仁善之心，也希望这员外快点离开，便道："那山僧就看在佛陀的面上，为员外书写数字。"

佛印说罢，便提起毛笔，略一思索，然后运气用力于笔端，在纸上快速写下四字：

善缘缘善

庞员外看了，这字确是别有风采、独具韵味，只是字体太小，字数太少，字大纸满才更值钱。想不到这出家人也如此吝啬，多写几字，字写大些，又能多费力气几何？以此而言，僧人和俗人似无甚差别也。但既然字已写就，便不好再强求。在这一霎间，他已经想好了这字的用场。

庞员外回到家里后，立即把佛印的字展示给家人，并道："这不只是善缘，更是财源。"

家人都大惑不解，一个和尚的寥寥数字能值几文？

庞员外把他已经思谋好的发财计划亮了出来：既然有苏太守字画的扇子能卖钱，就有这大和尚字的扇子亦能卖钱。我欲请当地的画师绘画一幅，和这佛印的字配上，再移植到扇子上，见者便会认为这字画皆出自佛印之手，便定有买主了。虽然价格可能不如苏大学士画的扇子高昂，但当不会太低，就算一把扇子赚个一二两银子，哪怕是半两银子，卖他个三千五千之数，便是一笔赚钱的大买卖。

赚钱之事不宜迟。庞员外迅即请人作小画一幅，画的是金山寺模样，然后连同佛印写的字，一起刻在木版之上，印制成纸质扇面，再交由一个专做扇子的作坊，加工制作成扇子。先制作了一百把，试试行情。他想好了，先不到市场去交易，就在附近的几座寺院里售卖。

庞员外的想法很快奏效。扇子上画的是寺院，又是佛印的手笔，果然有香客掏钱购买。一为遮阳驱热，二为用作纪念之物，三为求得菩萨保护。于是，一百把扇子一个上午便售卖一空。虽没能卖出很高的价钱，但价格至少是市面上同等扇子的十倍以上。

庞员外心中大喜，财路初通，且很快就是炎炎夏日，当是扇子热销的季节。他一番思索之后，采取了一个赚大钱的大动作，在润州所有的制扇作坊定制扇子，还在家里腾出一间屋子用作放置、储存扇子的仓库。于是，各个作坊赶制的扇子如归仓的稻麦，源源而来。

但万万没想到的是，接下来却是风向大转，扇子销量大降，乃至无人问津。他连日寝食不安，苦思其中原因。连连自问：为何？为何？

原来，那为扇子作画的画家，见庞员外用自己的画和佛印禅师的字合为一体，印制在扇子上出售，甚是厌恶、恼怒。觉得这是庞员外对自己的欺骗利用，也是对佛印禅师的极大不敬。便和好友说起此事，于是这话传到市井，并很快传遍润州。真情披露后，买者大呼上当，未买者自然不肯掏钱。这样，大量的扇子便积压在家。

扇子的季节性极强，秋风临窗，暑热散去，扇子便被弃置一旁，任是一再降低价格也无人购买。庞员外便想着明年换地方再卖，甚至还想到远去袁州，让他弟弟庞三售卖，因为袁州比润州夏日更热，亦有好几座名闻遐迩的佛家寺院，当有买主。但祸不单行，算盘又一次落空，这一年夏季过后，秋风裹着秋雨，缠缠绵绵，下个不停。那些扇子制作时，为赶工期，为增数量，庞员外默许作坊减少工序，粗用材料，以致质量不精，很多扇子入库后便开始回潮发霉，纸做的扇面与竹木制的扇骨脱开，遂成了一堆废品。

庞员外眼睁睁地看着这次赚钱的妙计成为了赔本的买卖，心痛不已。他紧盯着扇面上佛印写的"善缘缘善"四字，想了整整一日一夜。最后似乎想通了个中原因，看来这四字乃是一句偈语，译成俗语便是"善果全靠善行"。他不由得对佛印禅师产生了敬畏之心，好一个厉害的和尚，真一个无边的佛法。

第二日清晨，太阳尚未露脸，雾气尚未消散，庞员外便又去了金山寺。他要去找到佛印大师，向他求教，向佛忏悔。但这一次他又失望了，寺里僧人告诉他，佛印离开金山寺已多日了。

庞员外便在佛像前烧了三炷香，然后怅然而回，但他嘴里一直不停地念叨着：善缘缘善。

那佛印现在何处呢？他到了云居山中，真如寺前。

佛印不曾想到的是，在山门前，迎接他的竟然是释智法师。释智去年便从承天院来到了真如寺，并担任知客之职。释智来此，为的是追随佛印学佛修行，因为他早已得到消息，佛印会到真如寺任住持。

佛印住进方丈室的第二日清晨，便闻窗外似有人语，推窗一看，是白猿，并且不是一只，是四只。他立即明白了，那只他熟识的白猿已组成一个家庭了。那脖子上有一圈黑色的白猿，显得比过去更加壮硕了，很像人的青壮年时期。他双手合十，向白猿致意，那白猿也双手合十还礼，脸上露出高兴之色，良久才领着另外三只白猿返回山林。

佛印便交代侍者，天亮时便把寺院通往山林的门打开，让那些白猿随意出入寺院。但想不到，第二日就因这白猿入寺闹出了一个小小的意外。

晨曦之中，佛印在寺院中巡看。他发现，一个小僧人正口中大声吆喝，手中拿一根长约一丈的竹棍左遮右拦，驱赶那四只已进寺院的白猿。那小僧一脸稚气，虽顽皮却很有些可爱。看那长相，十五六岁模样，佛印不由得想起了自己入寺时，也正是这个年龄。

佛印看到，那些白猿面对挥舞着的棍棒不停地跳跃躲闪，却不肯离寺而去。小僧人便把竹棍重重地朝白猿身上打去，打得一只白猿连声尖叫，惊跳疾跑。小僧依然不肯罢休，快步追赶，又把一只小猿打得在地上痛苦翻滚，嗷嗷叫唤。

佛印见状，立即不轻不重地喝了一声："住手！"

那小僧人停下手来，朝佛印看了看，从没见过这老和尚，料想是来挂单的云游僧人，便不加理会，举起竹棍又要向白猿挥去。

佛印加重了声音喝道："不得无礼！"

那小僧这才停下手来，把竹棍拄在地上，笑嘻嘻地解释道："这几只猴子实在让人生厌，一年多来经常窜入寺院，有时还蹲在方丈室门口，不肯离去。这佛门本是清净之地，怎能容这些猴子随便出入，还拉屎撒尿？"

佛印听了，不觉心里一动，他明白了，这些白猿每每进入寺院，并到方丈室附近游走，显然是为探看自己，猿通人性也。便问小僧人："这白猿进寺院有何不可？"

"这寺院是僧人念经、俗人拜佛的地方，不是猴子老虎出没的山林。"

"对僧家而言，这寺院与山林本无区别。你可知道，是先有山林，后方有寺院。追根溯源，僧人是先在山林参悟，后来才入寺修行。"

小僧人觉得奇怪了，这老和尚有点糊涂了吧，寺院与山林怎么无区别，那山林无遮无盖怎能修行？便顽皮地一笑，说："那老法师到山林里挂单、念经好了。"

"亦无不可。只是你不得随意驱赶、殴打来寺院之生灵。"

这老和尚太爱管闲事了，小僧人便噘着嘴，装得一本正经却是不太客气地问："老法师从何处而来？"

"山僧来自哪里并不重要，只要是佛门中人，便当有好生之德，为善之心，并时时自加约束。"

"说得好。但，老法师最好回您住的寺里去讲这些道理。我们真如寺方丈的一大特点是从不管闲事。"小僧人说着，又嘻嘻地笑了。当然，他从没有见过真如寺的方丈。

"难道你认识真如寺的方丈？"佛印发问。

"当然认识。"小僧人歪着脑袋回答。

"长何模样？"

"跟大雄宝殿的如来佛像相差无几。"

"那你看山僧像么？"佛印问。

"看来老法师你还想当真如寺的方丈？僧人不可妄言诳语，老法师继续云游去吧。"小僧人说得很认真，但脸上依然一脸天真。

这时，释智走了过来，恭恭敬敬地对佛印说："方丈，执事们已经到齐。"

小僧人一听，顿时傻眼了，这才知道眼前的和尚是谁，原来是新来的方丈。立即扔下棍子，动作像猴子般敏捷，先走了几步，然后跪倒在佛印面前，连连喊道："师父恕罪，师父恕罪。"

佛印没有训斥小僧人，只是说："小僧当好好熟记和恪守戒律。"

然后离去。

佛印进入议事室，和执事们商议寺里有关的事务。议事毕，佛印想起刚才见到的小僧人，便问起了他的身世和来历。有执事告知：这小僧俗名常福，一年多前入寺，乃是父母为了还愿而将他送到寺院。他出家前本是一个聪明而又顽皮的农家子弟，入寺后，秉性一时难改，他驱赶那白猿乃是觉得有趣、好玩，也许寺院生活对他来说，显得单调而枯燥。虽作过多次劝谕、训诫，但还是依然如故。

佛印便说："若与佛无缘，又何必留在寺院？"

佛印让释智把那小僧人叫到了方丈室。那小僧人心里害怕，整个身子蜷缩着，这时很像风雨中的猴子。

佛印说："今日山僧有事问你，你当从实道来。你刚才也已经说过，僧人不可妄言诳语，就是俗人也当如此。"

小僧人轻轻点头。

"你家有几人，为何入寺？"

"家有父母，另有一姐一妹。因小僧父亲病重，到佛寺中求佛保佑，许下心愿，若得痊愈，便舍我入寺为僧。后来父亲的病果然好了，为了还愿，便把我送进了真如寺。"

"你自己可愿出家？"

小僧人犹豫着。

"但讲心中之语。"佛印眼中流露出来的是充满慈爱的光芒。

小僧看了佛印一眼，便壮着胆子，认真地回答："小僧只是遵从父母之命。"

"山僧问的是，你自己是何意愿？"

"小僧……小僧并不喜欢在寺为僧。"小僧人说得吞吞吐吐。

"那你何不还俗？"

小僧人瞪大了眼睛，接着是一连串探问："进了寺院还可以离寺回家么？那佛祖怪罪怎么办？那我父亲的病可会复发？"这时，他脸上满是认真、思虑与担忧，全没了孩童之气。

"学佛当有缘，无缘何必入空门？故你可以还俗，佛祖不会怪罪于你，你父亲的病也不会因此而复发。"

"那……"小僧人欲言又止。

"你如果愿意舍戒还俗，明日即可脱去僧衣，恢复俗名，离开寺院。"

"谢谢师父，我愿意舍戒还俗。"小僧人说着，又跪下磕头。

佛印接着说："无论在寺在家，都当尚善为善。像那猿猴之类，本乃自然之生灵，一如人类，不可妄加虐待，更不可任意杀害。行善者方有善果。"

"我一定牢记师父的教诲。"小僧人这时显得别样地虔诚。

第二日日出时分，小僧人拜别佛印禅师和自己的依止师，僧名已换作俗名常福，又换下僧装，向寺门口走去。但走到寺门口时，有僧人把他挡住了，不肯放他出寺。常福有点急了，便问："方丈都允我离寺还俗，你等为何阻拦？"

守门的僧人乃告："你走错门了。"

常福觉得很是奇怪，每回都是从这山门进出，今日怎么错了？便问："进门出门还有对错之分？"

"是也。离寺还俗的僧人不得从正门出寺！"

"那当从何门出寺？"

门僧指了指不远处的旁门。

常福点了点头，便向那旁门走去。跨出寺门之时，他若有所悟：自己确实是走错门了。

佛印从这小僧人身上感到，这真如寺的管理已有松弛，有的僧人已不严守戒律。便又重申戒条，整饬秩序，并惩处了几个犯戒僧人，寺风得以好转。

过了一段时光之后，佛印心想，应当请苏轼来访真如寺，便以书信向苏轼发出邀约，信中写道：

> 山僧已移住真如寺。这云居山真如寺山青水碧，树绿云白，值得参游。况且我们曾经有约，对弈一局。这云居山作为弈棋之处，不输华山。敬候早日驾临。

佛印信中特别提及弈棋之约，为的是能使苏轼早日来到云居山。

发信之时，他又想起松风道人，过去他总会适时出现，为他和苏轼传递信件，传告消息，可是又几年过去了，依然没有他的下落，他现在到底在哪儿？

发出给苏轼的信以后，佛印便等待着苏轼的到来。但迟迟不见苏轼的身影，却等来了一件不测之事。

仰山历险

这一日下午，释智来报：有外寺僧人求见。随后引进来一僧人，佛印一看，来的是师兄了空。

原来那了空到归宗寺后，去邪归正，对清规戒律恪守不移，发无上执愿，求无上正果，还常在山野寂静处坐禅苦修，佛学修为日益精进，名声在丛林鹊起，因而三年前到袁州仰山栖隐寺充任方丈。

双方坐下之后，了空开言道："听闻师弟已到真如寺，令师兄我欣喜之至，此地离我修持的山寺近矣。"

"善也。这样可近便地得到师兄指教也。"

了空轻轻摇了摇头，说："真是学识越高，越是谦虚，恰似那仰山之竹，高入云天，依然虚空。"接着话锋一转："师兄此来，一为拜访师弟，二为求请师弟助我一臂之力。"

"师兄有何事需山僧助力？"

"请师弟去栖隐寺讲经。"

讲经，对住持、法师而言乃寻常之举，而了空却说得恳切而急迫，个中看来另有原因。

确有原因。经佛印追问，了空便将缘由细细道出：

了空现在修持的栖隐寺，位于袁州的仰山。这仰山大有山水之胜，因山势如梯竖壁立，一般人难以登攀，只能在山下仰视，由此得名。然山高路险，却挡不住僧人步履。唐武宗年间，有一姓叶者，十三岁时发愿出家，但双亲不允。却仍然苦读经卷，心向佛门，后竟断左手无名指及小指，跪在父母面前，誓愿皈依沙门，父母无奈，只好应允。这叶氏几拜名师，苦学苦修，遂有大成，得僧

296

名为慧寂。这慧寂到仰山后，伐木斫竹，结棚为舍，在山中修行，后在仰山建成栖隐禅寺。慧寂在此创立了沩仰宗，这是禅宗"花开五叶"中的第一宗，一时大盛。但这沩仰宗传了几代后，便逐渐趋于式微。不过依然有僧人欲求振兴此宗，一些寺院依然在顽强地生存，致力于承继沩仰宗的叶脉，那栖隐寺作为沩仰宗的第一寺更是如此。

仰山佛教在晚唐以后逐趋衰微，与这一带的民众崇拜和信仰山神大为有关。

相传在东晋，袁州仰山一客商，从扬州买舟南归，路经鄱阳湖时，有两位白衣青年请求搭乘顺道船回返仰山。这二人上船后，虽未加桨添帆，风向水流未变，舟速却突然变快，若游鱼冲浪，如飞鸟掠空，这让船主甚觉惊奇。船到袁州仰山附近后停泊，二青年道别后倏忽不见踪影。客商却见有两条龙在水中嬉戏，立即明白，自己搭载的是两条龙的化身。此事播扬开去，人们便在仰山设庙，供祭二龙山神。因龙乃治水之神灵，每逢大旱，便有许多民众祭山神求雨，且多见灵验，因而信者日众。

时间到了唐代。那韩愈因谏阻迎佛骨而被贬为潮州刺史后，第二年转为袁州刺史。他一直认为佛乃外来，神系内生，当重内而轻外，所以抑佛僧而扬山神。他也有过祈求仰山山神施雨之举，并亲撰《仰山祈雨文》和《谢雨文》。以韩愈为开端，后世州守县令也纷纷效法，凡有水旱灾事便祭山神以求护佑。还上表乞求皇帝敕封山神，以至唐懿宗曾封仰山之神为"文昌郎"。由是，仰山的佛教连同禅寺便不断受到信仰山神者的挤压。近来，此事愈甚，栖隐寺已在危难之际。故了空欲借佛印之名之力，以抵御山神信仰之进逼，从而维系和光大仰山佛教。

佛印听完，沉吟半晌，说："信佛信道信神，当是信众自定自择之事，诸教当互不侵扰，各奉其宗为好。"

"师弟所言极是。但现在的情势是，那山神庙节节侵逼，佛寺则步步退避。若如此下去，我佛必将被逐出仰山矣。"

佛印又是沉默。

了空乃说："弘扬佛法，乃僧人本有之责任。固不可侵凌他教他神，而对他教他神之欺凌一味退缩闪避，亦失其责也。"

这些话触动了佛印，他不觉点了点头。

了空便接着说道："师弟不妨先到仰山一看究竟，再做定夺，如何？"

佛印倒是赞成这个主意，他心里的对策是"和为贵"。

佛印便随了空来到仰山。进得山来，但见峰峦层叠，直上云端，古木参天，遮云蔽日，路若蛇行，荆棘满道。远远见林木深处有一庙宇，规模宏大，灰瓦黄墙，气势不凡。近前一观，见庙中之人皆穿着长袍，袖口镶有八卦图案，头戴官帽式样的帽子，似僧似道似官还似巫。

了空告曰："这便是山神庙，那穿戴古怪者，是这庙中神职人员。这神庙本在仰山深处，后庙祝等神职人员移住此处。这里原本是栖隐寺的别院，是被神庙生生地强占了去的。"

佛印只是点头，并未回言。

又走了一阵，佛印随了空走进了栖隐寺，寺里只有十几个僧人，香客无几。那山神庙就在寺前十几丈开外的山腰上，使这佛寺处于仄逼之地。那山神庙里的人，有时还在路边堆木垒石，堵塞道路，阻碍香客入栖隐寺求佛进香。

佛印很快感觉到了事情的严重与棘手，如此下去，栖隐寺难存矣。但若与山神庙交涉、论争，势必引发冲突。他想的是，暂且不改现状，互不相扰，山僧且躬行本分，礼佛讲经。于是，他让栖隐寺点亮灯烛，敲响法器，自己穿上袈裟，正襟危坐，开讲《楞伽经》。

有些信众已听闻过佛印的大名，当获知这位受过帝王封赐的禅师来到了栖隐寺后，便纷纷慕名而来，要一睹这位佛学大师的风采，并听佛印讲经说法。听着听着，直觉得这佛印真的是口若悬河，舌吐莲花，便不愿离去。由是，来听经的人日渐增多。随着口口相传，远远近近的信众都争相前来，拜佛听经。栖隐寺顿时人气大旺，呈现出从来未有过的生机。

了空为此暗暗高兴，看来，这栖隐寺重兴有望。

但世界上的事往往是有人欢喜便有人愁，这寺与庙之事也是这般道理。那山神庙的庙祝一看栖隐寺日见兴旺，来山神庙烧香的人却逐渐减少，又急又恼。这还了得，如此下去，此消彼长，则山神庙必然困顿。于是便将此情况告知自己的信众，包括他的拜把子兄弟，一场风雨便在酝酿之中。

这一日上午，佛印又在讲经。讲者用心，听者入神。正讲到精彩处，却如山洪突发，呼隆隆冲进来一百多人。

为首的人大喊："野和尚住口闭嘴！"

佛印停止了讲经，回答道："山僧乃佛印是也，你等何人？入寺何事？"又放眼看去，那为首的人他一眼认出，就是当年在润州庞员外家要让他食用禁忌之物的人，这人也曾随庞员外到金山寺要求悔捐，想不到今日竟又在这仰山栖隐寺出现了。佛印这下似乎明白了，当年这人为何在他哥哥庞员外家对自己有非礼之举。

这人确是庞三。他从润州到袁州定居已二十多年，笃信山神，且在信奉山神的人中，是个放声一呼便大有人应的大头目，那庙祝乃是他的结拜兄弟，今日正是奉庙祝之意率众来栖隐寺寻事的。

庞三嘿嘿笑了一声："嘿，又是你呀。"接着他便把其兄为孙子捐银给金山寺建妙高台，孙子却未得佛陀保佑，反而夭折的事，添枝加叶地告诉了同来的人。然后问大家，"对这个又来行骗的野和尚怎么办？"

"赶走他。这里没有外来野和尚放蒲团的地方。"许多人喊着，有人还去扯佛印的袈裟。

佛印嘴里念着："阿弥陀佛！"

了空见状，正色道："若有言有语有道理，但请说来，不可动手施暴！"

"这佛印离开这里便是道理，否则连你一起像山猪一样赶走。"庞三大声喊道。

那些来的人一个个怒目相对。栖隐寺的僧人，还有来听讲经的信众见状也不由得心头冒烟起火，还担心佛印受到伤害，便向佛印靠近，并动手将庞三带来的人推开。双方剑拔弩张，形成对峙。

佛印担心酿成事端，便对庞三说："山僧来此寺，只为讲经传道，别无目的。"

"寺和庙各有其主，且已有其主。佛印来这里，纯属招惹是非。"庞三喊道。

"立寺为僧人修行传道，僧人在寺中可长住亦可短住，此乃朝廷允准，你等有何理由要将山僧赶出佛寺？"佛印语调不高，却是义正词严。

"我们山神也有皇帝封敕。你一来，便让我等山神信众受害，故当必须滚开。"庞三大喊，又转脸问山神信众，"大家意下如何？"

激愤的山神信众喊着："野和尚必须滚开，并且当快快滚开！若赖着不走，就把他的腿和身子两相分开，着他的腿先走！"

信仰佛教的人则大喊："佛印乃禅宗大师，不容他人从佛寺中撵走！"

佛印见事态有如干柴，溅个火星便会燃起冲天大火，当务之急乃是熄火灭烟，决计先行离开栖隐寺。便对庞三说："你等就是要山僧离开这佛寺，是乎？"

"然。只要你出这寺门，便一切好说。"庞三一声冷笑。

"可。你说话当以诚信。"佛印说道。

"无须多费口舌。一言为定。"那庞三想，只要你佛印和尚离开寺院，便无法讲经，也无人听经了，那栖隐寺也迟早要关门大吉。

佛印便抬腿向寺外走去。出到寺门不远处，见有一棵大樟树，树干有如水桶般粗细，树冠如巨伞般张开，便在树下盘腿坐下，开始打坐。许多禅修大师都曾在树下修炼悟道，连佛祖释迦牟尼也是最后在菩提树下觉悟成佛的。佛印已经想妥，就在这大树下坐禅、讲经。

庞三见状，心想：奇也。这和尚耍的什么戏法，难道要在这樟树下打坐念经？这也不能允可。可想着刚才已经允诺：佛印离开寺院即可。他确实已不在寺院了，不便阻挠。他又看了看天上，正有乌云翻滚，还有雷声隆隆，一阵大风过来，树叶唰唰作响，片片树叶飘落尘埃。看来，天将大雨，真是天助我也，且看你这和尚在风雨中如何动作，现在只要不让他进寺即可。

一声霹雳滚过天空，闪电的金鞭抽开了聚积如山的乌云，也如刀斧劈开了锁闭雨水的闸门，接着便是大雨倾盆。信佛教的跑进了栖隐寺，拜山神的躲进了山神庙。只有那佛印依然端坐于树下，如石雕木刻，纹丝不动。那樟树的浓密枝叶开始还起一些遮风挡雨的作用，但随着雨越下越大，那雨滴便和本凝聚在树叶上的水珠，直往下掉，"啪啪"地打在佛印的头上、身上，转眼间袈裟湿透，他变得像从水里捞出来一般。但他依然似是风中的山岳，雨中的巨木，水中的大石，又似是殿中的梁柱，寺中的佛像，纹丝不动，他甚至在狂风暴雨中入定了。

了空本想给佛印打伞，但见他正处在入定的状态，不便相扰。

直到一个时辰后，风雨停歇，了空才拿起引磬，在佛印的耳边摇了几次，将佛印唤醒，随后又把自己的袈裟给他换上。

这一幕，让双方的信众都看得目瞪口呆，暗暗称奇。

此时，天色将晚，双方信众皆有家有业，当离山返家。庞三留下十几个山神信众，在山神庙里住下，轮流看着佛印。并严词交代，只要他进寺，便毫不客气地强行阻止，若有伤残之事，乃是这和尚自取其祸。只要他不入栖隐寺，可暂不去管他，且看这和尚风雨中在一棵树下能待几时几刻。

那佛印打坐过后，见风停雨止，便以这大樟树为殿宇，以树下石块为经坛，开始说经。一些佛教信徒纷纷从寺里跑了出来，围着樟树听经。

尽管入夜后，佛教徒们纷纷散去，但第二日又有人爬上山来，并且还带来斋饭，甚至带来竹棍、木板、草席、草绳，搭成一个简易的棚子，为佛印抵御风雨。

庞三见状，脸色大变，心中不安。如此下去，佛教信众必然越聚越多，这还了得？他便找一些山神信众暗作商议，最后定下一计：要在深更半夜无人之时，让那佛印永远离开这仰山。

是日夜半时分，庞三带着三人，拎着麻袋绳索，悄悄向佛印靠近。这时佛印正在那大樟树下酣睡，粗重的鼻息声声传来。庞三心想：这和尚真是功夫了得，我在家中的大床上，室内关门闭户，床上有垫有盖，每晚都难以入睡，这和尚在这荒郊野外，无被无褥，竟然还睡得如此香甜，真叫人既羡慕又嫉妒。不过，你这多事的和尚，明日晚上就恐怕要到西天睡去了。

这四人冲上前去，抖开麻袋，不由分说，按住佛印的脑袋，抓住佛印的胳膊大腿，塞进麻袋。捆紧扎牢后，用一根竹杠抬起，向山崖边走去。他们已合计好了，要把这佛印扔下山崖。

从麻袋里传出佛印的声音：“你等何人？欲把山僧抬往何处？”

庞三嘿嘿一笑：“我等乃是积德行善人，要把法师送往西天，免你路途劳顿。”

“阿弥陀佛。你等如此作恶，既悖佛法，又侵人道，亦违王法。”

“你真是一个顽固不化的秃奴，死到临头还不忘讲佛说法。”庞三喝道。

“阿弥陀佛，阿弥陀佛！”麻袋里的声音依然不停，依然响亮。

四人把佛印抬到悬崖边放下，擦了擦汗。庞三又对着麻袋开口了："嘿嘿，佛教讲因缘，你无端跑到这仰山来，是你的缘分；在此上西天，也是你的缘分。"

说罢每人抓住麻袋一角，便要向山崖下抛去。

归还佛寺

但就在这时，周围忽地现出了十几条人影，有人大声喝道："你等是何人？"

"我们是仰山神庙的。"庞三回答，不由得停下手来。

那领头的一声断喝"统统拿下"，庞三等四人便一个个被双手背剪着绑了。

领头的又见旁边放着一个麻袋，估摸着可能是抢掠的财物，便问庞三："麻袋里何物？"

未等庞三回答，佛印便在麻袋里喊着："我乃一僧人。"

那领头的觉得很奇怪，便把麻袋打开，在朦胧夜色之下，看见的是一个光亮无发的大脑袋。

"你们到底是何人，来此何事？"庞三壮着胆子问。

"袁州捕快是也，我乃捕头，为公事而来。"那领头的回答，声音洪亮。

庞三听了，将信将疑，在夜色中，又隐约见这些人手里还提着刀枪棍棒。心想，看来这些人或是捕快，或是强盗。这可如何是好？若真是强盗，倒无大碍，尚有脱祸之计；若真是做公的，今夜之事败露，怕是要有牢狱之灾了。只愿山神保佑，安然无事。

那捕头也不再作什么问话，只是对众捕快说道："管他信神的，信佛的，皆一并带走。"他们还有更重要的事情要办，逮住这几个人只不过是正餐前的一碟小菜。

捕头让手下的人把这佛印一并绑了，然后带着众捕快疾步向山神庙扑去。敲开门以后，直奔庙祝的卧室。庙祝见有人进屋，翻身起床，惊问何人无端闯入山神庙来。

灯被点亮。捕头亮出一个牌子，喝道："奉袁州太守之命，因山神庙的庙祝私通强贼，特来将案犯捉拿到案。"

那庙祝似乎并不惧怕，亮开嗓门喊道："此乃奉祀山神之圣地，不是寻常百姓的瓦屋草堂，你等岂可擅入？"

那捕头嗓门更大："寺也好，庙也好，皆属大宋朝廷管辖之地。有话到大堂上说去。"

"凭何拿我入衙上堂？"庙祝带气地诘问。

"这恐怕你比我等更清楚。有话大堂上说去。"捕头一挥手，几个捕快走上前去，把庙祝来了个五花大绑。接着将这山神庙内内外外搜查了一遍，起获若干金银财货，还找到两名年轻女子，然后连人带物押往袁州城。

原来，这仰山幽深险峻，山林小径之中，时有强人出没，劫掠过往客商，谋财害命。因山神信仰者甚众，强人头领便和庙祝暗中勾结。那些强盗常以山神庙为窝点，伪装成信众在庙里歇息、隐藏，抢得财物后也往往把山神庙作为窝赃之所，庙祝则坐地分赃。这庙祝自恃信众人多，势力遮天，所以有恃无恐，甚至有强人被捕下狱时，他也以种种手段打通关节，贿买官府，让那些强盗逍遥法外。

但情况陡变。不久前，新来了一个叫张商英的太守，了知情况后，勃然大怒，如此这般，王法何存？决心整治。便着捕快精心布置，快速下手，很快擒住了一伙强盗，并审出了山神庙庙祝私通强盗的实情。张太守便连夜派捕快入山，提拿庙祝。众捕快正好在山上撞见庞三欲加害佛印，便一并押解到官。这样，押到公堂的，除了要抓的主犯庙祝等之外，还有庞三一干人等。

通判升堂。一看众人犯中还有一和尚，好生奇怪，这劫案与山神庙有关，难道还有僧人卷入其中？且待审理后再作决断。

先行审问庙祝。初始这庙祝还百般抵赖，通判便让在押的强人出庭对质，并出示了查获的赃物。庙祝这才如遭闷棍，低下头来。

通判又对押在堂上的人一一审问，记录在案。最后问到的是佛印："和尚所犯何罪？从实招来。"

佛印便把自己在仰山的遭遇一一陈述。

通判便问捕头："这和尚说的可是实情？"

"与我等所见倒是一致。"捕头回答。

通判便转向庞三说："如此说来，你不仅与山神庙相勾结，为非作歹，还欲将这和尚抛下山崖，这已构成谋杀之罪。"便喝令将庞三收押入牢。

这样，除了庙祝和庞三及其帮凶外，其余人等皆当庭开释。

那些判定无罪的人立即像鸟脱牢笼般地快速离去，佛印却不肯走。

通判问："和尚还有何事？"

"山僧欲见太守张大人一面。"

通判问："为何？"

"拜会，亦有事相商。"

通判暗想：这和尚口气还真不小，不仅要见太守，还有事，并且这事不是相求、相告，竟然是相商。便问："法师与太守相识乎？"

"曾经结缘。"

通判想起来了，那新任的张太守信佛，想是与这和尚熟悉。便说："法师稍候，待本官着人通报。"

约摸过了半个时辰，通判派人来告佛印："太守有请。"

佛印便跟着一个衙役进到了太守衙署。

张太守已等在门口，当佛印进门时，热情相迎。原来这张商英太守笃信佛教，素与苏轼交厚，并在黄州看望苏轼时巧遇佛印，因而相识。他便是苏轼第一次款待佛印、黄庭坚等人时，几个临时入席者中的一位，半年前被朝廷任命为袁州太守。既然佛印已到袁州，他自当热情相待，并为能见到佛印而感到喜悦。

叙礼叙旧之后，佛印郑重地说道："仰山栖隐寺原本香火旺盛，但由于山神庙的无端挤压侵夺，地盘日蹙，佛教亦大受影响，烦请张太守关注民望，力主公道，救栖隐寺于困顿之中。"

这正合张太守的心意，便问："佛印禅师有何想法？"

"那山神庙现据有之屋宇，本乃栖隐寺之别院，只是后遭山神庙强占。求请将山神庙所占屋宇归还栖隐寺，仍为佛教之寺。"

张太守没有立即回答，心里想道：佛印之论与他的想法相合。他还有更深的考虑，这山神之教已成袁州安定之患，长此下去，可能祸及更广地域、更多民众，当借此机会，严加整肃，改山神庙为佛寺乃是极好的一招，还可弘扬仰山佛法，且这山神庙所占的本是佛教寺院的地盘，于理无碍。但当办得顺当稳妥。于是便说："此议甚好，我想趁着佛印大师在此，作速办理此事。"

佛印又道："事还当办得稳妥为好。"

"然。如何方得稳妥，还望法师指教。"想不到佛印想的和自己不谋而合，这使张太守更坚定了自己的想法，也想进一步听取佛印的主张。

"这需有两端。一者官方出面，由官方裁定山神庙强占之地盘屋宇归还栖隐寺，并制成文书，以永作凭证；二者神庙改为佛寺，当广听民众之声，征询百姓意愿，使此事有民心民意为凭。"佛印娓娓道来。

张太守连连叫好："我与禅师想的完全相同。想不到佛印禅师颇具治理州县之才也。"

"山僧只知兴寺读经之事。"

张太守又补充了一项："还要祷告山神，叩问神明之意，由山神来定夺改与不改。"

于是一切按二人商定的办理。了空代表寺方以争讼方式要求归还神庙占去之土地屋宇，州府裁定同意所请。州府又召集各方代表，商议改庙为寺之事。因庙祝已入狱，又有佛印讲经形成的影响力，那信山神的人便不敢无端阻挠。

张太守又亲自召集多方信众代表，点烛燃香，祭告于神庙，述说理由，请山神明示。如何知晓山神之意呢？张太守倒有办法，乃是在一签筒里放置两枚签牌，上面分别写着："允可""不允"。最后由信众代表抽出其中一枚，上面写的是"允可"。信众尽皆认可，因为这乃神明之意也。

为使改庙为寺之事更为稳妥，那办事缜密的张太守还做了一件事情。他亲自提笔，作《仰山庙记》，附会民间传说逸闻，写出了"施山建寺"故事：当年开山祖师慧寂禅师溯溪入仰山，夜晚在一棵大树下打坐。有两位白衣青年求见，叩问大师何往。慧寂大师称："欲在这仰山建造佛寺。"白衣青年答道："我等乃这仰山之神，愿将此山布施给大师建寺传道。"慧寂大师便施礼致谢："你等能发欢喜心、广大心、无障碍心，信众之幸也。贫僧乐愿接受施主的施舍，建寺奉佛。"

张太守撰写此文，乃是为将庙改寺寻找依据，收揽人心，以求改寺之事顺利。可谓用心良苦。

于是一切进展顺达。佛印便在这面貌一新的栖隐寺里修持三月，讲经布道，寓"三月等于三年"之意，然后回返云居山。

这次冲突，虽然佛教方面暂时占得上风，但信仰山神的势力依然强大。十数年后，双方争执又起，且时断时续。那庞三流放期满回返仰山后，也依然纠集山神信众，寻衅不断。最后的结果是：佛教势力不断减弱，沩仰宗终至趋于沉寂；那山神信仰也逐渐衰微，最后归于泯灭。乃是一个两败俱伤的结果。盖彼此争斗而致互损互伤，失去了民心民意也。

再后来，又有人欲图这仰山佛教再兴、山神之教重光，但那是一千年以后的事情了。

佛印从仰山回到真如寺，继续带领众僧修行。春夏秋冬不停不歇地轮换，云居山草木无休无止地荣枯交替，佛印有时会觉得身生莫可名状的疲倦之感。他意识到自己已渐入老境，于人于僧，这本为常态，不足生忧生虑，所以依然起居如常。那白猿还会常常入寺，甚至一连几日游息在方丈室边，这给他平添许多愉悦。不过，现在只有一只猿进来了，就是他最初认识的那一只，但毛色已不如过去那般光泽外溢，四肢亦不及过去灵活矫健，已明显变老了。不由得心生感慨：僧老猿也老。想是那两只小猿已然长大，便去往别的山头，过自己独立的生活去了；那另一只大猿应是这只白猿的伴侣，或是已经老死，或是已经失踪了。于是他和这只已成孑然一身的白猿更亲近了。

一日，那白猿对着佛印手舞足蹈。佛印想：这白猿定有话想说，只是它缺了人的语言能力，看它那全身充满愉悦的神情，当是有令人喜悦之事。

不一会儿，释智来报，有客人来访。

有客人来便会带来新的消息，还会获得新知。所以佛印总是乐意有客人出现，便问："客人其谁？"

想不到，释智回答的是一个足以让他喜上心怀的名字："苏东坡。"

佛印高兴得立即站起身来，拔腿向山门走去。那白猿也四足着地，一路小跑跟在后面。

在寺门口，佛印和苏轼见面后，双方热情施礼、问候，又是一别多年。

苏轼便道："禅师的信札我早收到，很早便想来看望禅师，只是公务如网缠身，近日才得脱身践约，甚是歉疚。"

佛印道："子瞻远道而来，让山僧大喜过望。"他又看了看苏轼，关切地问："那黄庭坚呢？此次为何没有同来？"

苏轼叹了一口气说："这鲁直对儒释道皆深信力行，近几年来迷上了炼丹之术，而且服用自己炼就或是道人方士送来的仙丹金液。这使他常常生病，他却依然执着地不肯停歇，甚至乐此不疲。"

佛印有点遗憾地说："若鲁直来，可增许多欢悦与趣事也。"同时他不由得暗暗为黄庭坚的健康担心。后来，黄庭坚刚刚年逾六十便溘然辞世，这与他吞食金丹大有关系。

苏轼几年前已由杭州太守改任扬州太守，并将调回京师任职，所以便有了时间来游览云居山，探访佛印。他总是觉得在朝为官远不如在京外任职适然，还常常担心朝中风云有变，新党再度得势，那必然又是争斗再起，朝野不宁，自己也难以安泰。但又觉得不必杞人忧天，天崩地陷自己无法遏止，便由他去了。不过，这次来访他还有一个重要的目的，那就是自己与佛印意欲互化对方之事当有个了断。

"子瞻跋山涉水，风尘仆仆数百里来此，可谓有心有缘之人，这云居山确乎值得一来。"

苏轼答道："寺为僧住，我因缘来。"

苏轼此次与佛印再会，大别往常。他与佛印的交往有了一个完美的结局，也在云居山留下了胜迹与千古美谈。

石床谈心

佛印边说边引着苏轼进了方丈室。刚刚坐下，苏轼便一眼瞥见墙上挂有白居易作的一首诗，题为《游云居寺》：

乱峰深处云居路，共蹋花行独惜春。
胜地本来无定主，大都山属爱山人。

苏轼细加品味，连连点头，对最后两句尤加赞赏。是呀，星移斗转，人生匆匆，世界上无一物恒有其主。山川永存，但只有爱山乐山者才是山川的真正主人。

佛印笑道："那香山居士已为真如寺留下诗作，你这东坡居士岂能空过？"

苏轼也不推辞，凝眉沉思，又向窗外纵目，然后便在佛印的书案上铺纸运笔，很快草成《赠云居山真如寺佛印》一诗：

天连碧水水连天，烟锁青山山锁烟。
树绕翠萝萝绕树，川通巫峡峡通川。
酒迷醉客客迷酒，船送客人人送船。
此会应难难会此，传今自古古今传。

佛印看了，连声叫好。这诗的难点在于文词，每句皆有三字相同，且每句顺念倒念皆可。倒念时，先念三字顿句，即可顺畅自然，了无僵硬拼凑之感，不害文意。虽属即兴之作，不乏文字游戏的意味，但细加吟读，亦是诗意浓烈，禅意暗藏，满纸情趣。

苏轼这时把笔递给佛印，说："我抛砖在前，禅师当掷玉于后，亦当有一首方好。"

佛印不由得接笔在手，又把目光落在"此会应难难会此"之句上，心生感触，略一沉吟，便靠近书案，在纸上纵笔着墨，第一行文字写的是《步苏东坡原韵》，接着写道：

> 渺渺茫茫水接天，霏霏忽忽雨含烟。
> 苍苍翠翠山堆石，白白黄黄花满川。
> 古古今今成全局，来来去去似行船。
> 精精巧巧丹青手，世世生生做话传。

这佛印实在也是出手不凡，不仅诗步苏轼原韵，文字上每句前面四字皆为叠音字，并且诗意与苏轼之诗意呼应暗合，别有一番意趣。两诗放在一起，各有其妙，珠联璧合。

佛印这时说道："山僧先领子瞻看看这真如寺的殿宇及山水云树吧。"说罢，领着苏轼出了方丈室。

与其他寺院有所不同，这真如寺的第一进建筑叫赵州关，很似一座有门洞的单体城楼，成为整个寺院的屏障。这赵州关始建于唐代，乃为纪念有名的赵州和尚而建，亦寓"过关入寺"之意。

苏轼见到这造型别致、承载佛理的建筑，便随口吟道："一片楼台耸天上，数声钟鼓落人间。"

佛印不觉赞叹：果真是天下才子，满腹锦绣，出口成诗，且诗句精巧，诗意无限。

接着迈步进入三门。寺院的三门亦称山门，这三门乃是指三解脱门：空门、无作门、无相门。修行者莫不由此而入，故这山门之谓便大有修行的意味。随后走进天王殿、大雄宝殿、藏经楼、禅堂、禅关房，一一看过。虽然这些建筑与一般寺院大致相同，但由于这真如寺地盘阔大，建筑错落有致，布局严谨，因而显得别有气势，风格独特，这与真如寺的地位有关。禅宗之一的曹洞宗本是唐代高僧在曹山和洞山所创立，但曹山这一支系传四代后而沉寂，只剩这洞山一支系在真如寺传承下来。因而真如寺直接承继的是曹洞宗的法脉，地位极不一般，鼎盛时曾有僧众一千五百余人，因寺院占地广大，传说僧人要骑着马去关山门。现在虽然逊于过去，但古风犹在，那灰墙青瓦、老树古藤透着别样的古色古香与静穆庄严。

看完寺里建筑之后，佛印并没有让苏轼停下歇息，而是引着苏轼继续在院子里行走。寺院甚大，北面山峰相拥，南面则有低丘相接。

苏轼随佛印来到了南面山丘边。忽听耳边有流水之声，如琴声轻响，原来脚下是一条小溪。这溪虽然宽不过丈，却清澈如泉，状如飘带，缓缓远去，溪边小草繁滋，溪中鱼虾嬉戏。溪名如其水色，唤作"碧溪"。碧溪上修有一石桥，被后人称作"佛印桥"。桥面虽然不长，数步便可走过，但却具备桥的所有构件和功用，并且极为精致。桥跨两岸，不仅平添了寺里美景，还别有意味。

跨过石桥后，凡数十步，在低矮的山林边，有一长约六尺、宽约三尺、高约一尺的石块，平整如砥，恍如禅床。佛印常常在这大石上打坐、念经，或仰望蓝天、俯看碧溪，或远眺群峰、近观山林。这山林、碧水、石桥、大石组成了极为难得的风景之链。山林幽幽生禅意，碧溪悠悠如人生，石桥越溪如渡河，石床坐卧悟天地，实在是人间不可多得的好去处也。

佛印与苏轼在石床上并排坐下。恰有一阵轻风从身后的山林拂来，令人心清气爽。苏轼抬眼北望，寺院的格局更为了然，寺院建在四周山峦起伏、中间状如盆地的山坳之中，幢幢建筑，宛如莲花出水。寺的东西北三个方向排列着高低俯昂、苍翠如染的座座山峰，有的形似童子，有的毕肖睡佛，有的状若狮首，有的宛如象鼻，好一个佛僧世界。

苏轼临风纵目，远远近近看了一番后，点头赞道："这青山碧水白云，晨钟暮鼓响板，妙也。在此修行若不能得道成佛，真枉费了这清胜之地，幽静之境。"

佛印便接口道："那子瞻何不抛却人间的无边烦恼，别下似实似虚的荣华富贵，来此修行？"

苏轼："我亦有过此念，只是……"

"只是妻妾难弃，金屋难舍哟。"佛印有意打断了苏轼的话。

"非也，当初在黄州我们相见时，禅师曾说过为人有八苦，是么？"

"是也。"佛印不知苏轼为何此时此地要提起这件旧事。

只听苏轼又徐徐说道："在我看来，若为人有八苦，为僧亦有八苦。"

"为僧亦有八苦？愿子瞻示我。"看来佛印似对这个话题大有兴趣。

苏轼便如剥茧抽丝，细加罗列：

一曰情苦。离家别业，抛却父母及亲人，有病不能服侍于床前，死后不能奉葬于墓地。情何以堪？

二曰心苦。一生一世，专心在一，只苦志于读经打坐，从无停歇之时。心中得不疲惫生苦乎？

三曰口苦。终日终生口念经典，且言语有许多禁忌，欲说而不能说，当语而不得语。口受苦累也。

四曰耳苦。只听经声梵音和钟鼓之响，天下的美声妙音、丝竹之乐，皆不入耳。耳便受枯燥之苦。

五曰舌苦。素食清汤，量少味淡，世间万千美食不闻其香，不知其味。舌何苦也。

六曰眼苦。眼神眼力只专注于经卷佛像，万般风景皆推却，诸般美物不得见。眼受累亦受苦矣。

七曰胃苦。只食米谷果蔬等物，那山珍海味、鱼肉美酒俱不得用。本可容天下珍馔美味的肠胃，实在大受其苦。

八曰脚苦。为化斋结缘、传经布道，四处奔走，纵有险水峻岭，亦举步向前；虽疲虽劳，也往往不得停歇。脚何苦也。

佛印和苏轼的话一开始，便用意明显。尽管双方原本不想太快谈及这个话题，但心动便意动，意动便口动，不知不觉间，心与口又落在了这个他们谈了已近半生的话题上。

佛印心想：好一个东坡，山僧当年说过人有八苦，你今日则来了个僧有八苦，真乃用心良苦也。山僧当好好回应，便说："欲，为人生百苦之源。人有八苦，乃因贪欲所致。僧人却是无欲无求，故无生苦之根源也。"

"僧亦有欲有求。"苏轼对曰。

"何欲何求？"佛印睁大了眼睛反问。

"成佛。"苏轼的话落地有声。

佛印一时无语，过了一会儿乃答道："人之欲求乃是为己为私。若说成佛系僧人之欲求，则乃是为人为众也。"

这一答又使苏轼哑然。是也，普通人与高僧的欲念，确是大相径庭。良久后说道："我所言当然乃是俗界的眼光，俗人的评说。竟不知禅师如何看待僧人这些苦行？"

佛印乃言："诚如子瞻所云，你之所称八苦，确系世俗之眼光，或是一己之体悟。在僧人看来，这些不仅不是八苦，而是八乐。"

"此话怎讲？"

"苦中皆有乐也，并有大乐。"佛印回答得十分肯定。

"不仅不苦，还有大乐？请禅师明示。"

"山僧先略举一人一事。若寒山子，本为诗人，少时亦有冲天大志，曾在诗中曰'去家一万里，提剑击匈奴'。但最后还是为脱却人间之苦而入佛寺，于是便有了以他名字命名的寒山寺，继而又有了张继在寒山寺写下的《枫桥夜泊》诗。一生若能成就这一寺一诗，滋养众生，留存人间，何乐堪比？"佛印列寒山子其人其事，对僧人的苦中有乐，作了堪称雄辩的回答。

但佛印话语刚落，苏轼便道："我亦有一人一事说与法师。乃那晚唐贾岛，早年入寺为僧，后又还俗为诗为文，诗有大成，被誉为'清奇雅正'。他留下了'鸟宿池边树，僧敲月下门'这样的千古名句，还留下了'推敲'这样脍炙人口而又涵养众生的为诗故事。人一生有此功业，亦不算虚度也。"

佛印不由得轻轻地点了点头，这苏轼所举之人之事，亦是精当。略作停顿后说道："这二人之事莫不说明，是故有了佛寺、有了僧人之后，便有诗僧了，便有诗艺之精进了。"

苏轼对曰："诗僧的前提是有诗，若无诗，何来诗僧？若不学诗，何来诗艺精进？且欲求作诗读诗之乐，不入寺亦可也。看那白居易，习诗坐禅，亦诗亦禅，诗名天下，诗中禅意盎然，悦己怡人，不亦大乐乎？"

"若无禅，得有香山居士之诗乎？"佛印反问，未待苏轼回语，佛印又道，"不惟诗家如此，画家亦是如此。且看那吴道子，可谓一代画师，亦一代禅师。然他画有大成，出神入化，乃因得益于寺、获益于禅也。"

于是双方各陈己见，直抒胸臆。

苏轼说道："是哟，画之与禅同诗之与禅很有相似之处。且看那王维，诗、画、禅一体，是诗家也是画家。他甚至称自己'宿世谬词客，前身应画师'，被人称'诗画双绝'。他诗称禅诗，自不待言，他的画亦是禅意无尽。他画得最多的是人像，其中最钟情、最下工夫，也画得最好的却是佛中高僧及罗汉像。他常焚香独坐，以禅诵为事。然而，他只做居士，不入佛寺，这或许更有助于他的画艺之精湛和画作之品位。"

佛印接过关于王维的话题，说道："子瞻刚才说到王维自谓'宿世谬词客，前身应画师'，这分明讲的是佛三世说，称自己本乃佛中人也。"

苏轼乃应道："但他终是居士，足证为诗为禅、为画为僧皆不必离开世间。故六祖慧能在《坛经》里说：'法原在世间，于世出世间，勿离世间上，外求出世间。'"

夜色四合。双方谈佛论禅，说诗道画，如身旁之碧溪，流淌不息而了无倦意。他们谈的往往是同一人、同一僧、同一诗、同一画，每每有相同的评述和赞语，但结论却又往往大异其趣，用意更是迥然有别。

佛印在于论证：入寺为僧不废为诗为文，甚至可相得益彰。

苏轼旨在说明：为儒在官可兼读经修禅，大可互补互济。

二人言词滔滔，如波相逐。看天空，北斗七星已横位向南，夜风已有几分凉意，二人不知不觉背靠背而坐。这时到了僧人歇息、俗人睡眠的时候，二人又不知不觉地竟都酣然睡了过去。直待有鸟鸣啾啾，晨风拂面，方才苏醒过来。一看天色已明，朝云绚丽，二人相视一笑，接着便在碧溪里洗漱一番。

这时，释智已送来饭食，二人便在石床上草草用过。苏轼又该离去了，但他没有忘却在金山寺的约定：双方对弈一局。便带笑提出了当年之约。

佛印以笑相应，然后着释智去取来棋盘棋子，摆在那石床之上，准备对弈。

行将开棋，佛印忽然问道："今日棋局如决出胜负便当如何？"

苏轼便说："我等无华山可赌，但赌一比山河更重之物如何？"

佛印问："可也。究竟欲赌何物，且听子瞻道来。"

苏轼说："禅师与子瞻相交相知半生，便赌半生心愿、一腔情怀，可乎？"

佛印只一字作答："然。"

此刻二人可谓心有灵犀，所赌何物，了然于胸，无复多言，更无需明言。

于是棋盘放正，棋子摆妥，双方端然对坐，开枰对弈。

苏轼猜得先手，他深深地吸了一口气，随着棋盘上发出"啪"

的一声轻响，他郑重地投下了第一颗棋子。

佛印则将双目轻合片刻，收心定意，然后将眼皮徐徐放开，表情肃穆地把手中的一颗子放到了棋盘上，也是一声轻响。

棋子在棋盘上轻重作响，黑白相交，你来我往，数十子落下后，都明白了，自己不是棋中高手，对方也不是枰上良才，可谓旗鼓相当，谁要赢下这局棋都绝非易事。

伴着他们蹙眉、伸手、落子，棋盘上的子越来越多。太阳升得越来越高了，石质的棋子有了微热的感觉，棋局更是热度大增，已经快到终局。此刻那碧溪的流水似乎凝固了，水中的鱼虾停止了游动，天上云朵不再飘荡，树上的鸟儿也寂然无声，都似乎在等待一个重要时刻，要见证这古今未见棋局之输赢。不知什么时候，那只白猿也蹲坐在棋盘边不声不响地看着，它也好像亦懂棋道，在专注地关心人类儒冠与僧人的旷世对弈，在等待一个无与伦比的结局。

双方只剩一子，依然胜负未定。苏轼满脸凝重，沉思良久，毅然决然地将子投下，他认定这是一着妙棋。只剩佛印的最后一颗子了，这是决定胜负的一子，他在计算着正误，思考着落子的最佳位置。这颗子他反反复复地想了许久、许久，犹如是对经文的探究，对禅机的参悟，对人生的思考。终于，他想好了点位，这是唯一的一个制胜之点。他不由得心里说道：子瞻，今日对不起你了，你该褪去朝服换袈裟了。便带着几许暗喜、几分兴奋，举重若轻地将手中的最后一颗子向棋盘上投去，但就在棋子要接触棋盘的一刹那间，似是那白猿用前肢轻轻地碰了一下他的肋边。佛印略一分神，竟在不经意间，把那最后一颗棋子放错了位置。这样，棋局的结果立即改变：本可决出胜负的棋局，成了无赢无输的和棋。

苏轼连连说："天意天意。"

佛印则道："善哉善哉。"

他们一生唯一的对局有了一个结果，一个堪称完美的结果：和局。二人相视一笑，那碧溪之水、浪里之鱼、林中之鸟也发出了悦耳的和声，天上的白云又在悠然地飘动。

苏轼叫释智去取来笔砚，取碧溪之水磨成浓墨。苏轼提笔在手，屏气用力，在他和佛印对谈对弈的大石块上写下斗大的"石床"二字。后来，又有人把这石块叫作"谈心石"，这成了真如寺永远的风景和标志性的物象。

不知什么时候，太阳隐去，山风阵阵，林涛作响，浅浅的碧溪也有了层层波纹。远处，有灰中带黑的阴云涌动。苏轼又一次道别佛印，向那风云翻卷的远处走去。也许他们谁也不知道，这是彼此的最后一次道别。

会高丽僧

苏轼走后，佛印觉得心有微澜，便以打坐入定来调适自身，心境逐渐趋于正常。

这一日，朝廷发来公文，告知有高丽僧人来访，着佛印好生接待。

早在南北朝时期，佛教即由中国传入朝鲜半岛、日本等地。唐代国势鼎盛，多国来朝，中国的文化包括宗教文化传到海外，盛况空前。日本僧人空海先后到汴梁、长安学习佛经，返回日本后，开宗立派，还用汉字草书的偏旁，参以梵文音符，创制了日文字母平假名；朝鲜有僧人师从玄奘法师学经、译经。那朝鲜从中国传入的门宗教派，都尊中国的相关寺院为祖庭，视中国的高僧为大师。四大菩萨中的地藏菩萨更与朝鲜密切相关，唐代有一名叫金乔觉的朝鲜半岛新罗国王子，出家后来到中国九华山修行，长达七十余载，至九十九岁圆寂。后人便认定这朝鲜王子是地藏菩萨的化身，称他作金地藏。那金乔觉去世后，肉身不坏，寺院便建肉身塔以供养。故历朝历代，朝鲜每每会有僧人来中国参访、交流、学佛。

此时朝鲜称作高丽，这次高丽来的僧人却是非同一般，名叫义天，亦官亦僧。他本是应当继承王位的王子，但他却崇尚佛祖，舍却王位而进入佛门。学佛当然必到中国，他游历了中国许多名刹古寺，最后明确而又真诚地提出要面见佛印禅师。这除了佛印的大名早已传到朝鲜半岛外，还有一个重要原因是，他要看看那神宗赐给佛印的衲衣和金钵，因为这两件宝物本系高丽国王，亦即他的祖父所进献。

朝廷对高丽义天和尚的来访很是重视，专派一姓杨的侍郎陪同，所到之处，杨侍郎皆要求各地以王子之礼相待。

这一日，义天和尚一行来到佛印面前。那义天大和尚一见是心仪已久的佛印，便视为上师，按佛门之规向佛印行礼参谒。佛印略作谦让，然后还礼。

杨侍郎一见，心中不快，他觉得这失礼了，有王子身份、身为僧官的僧人，怎能跪拜一座寺院的住持？且这位住持居然受之，还好像显得心安理得。

双方坐下，在礼仪之词后，便转入到佛教义理的讨论。义天问道："那禅宗创于天竺，盛于中国，传于高丽，然则禅宗在这三地有不同乎？"

佛印微笑答道："恕山僧先要就一事略作解释。天竺有禅修之法，但禅宗并非创于天竺，而是创于中国盛唐，然后传至高丽诸地。"

佛印这段话让杨侍郎心中更加不快：怎么可以这样直截了当地纠正域外贵宾的差池失误呢？这岂不是又一次失礼？

义天似乎略为有些尴尬，但很快释然，说道："啊啊，后学深谢佛印禅师指教。但禅教在三地有异乎？"义天这时循佛教之礼，自称"后学"了。

"有同亦有异。"佛印答道。

"但请详解。"

佛印便加解释：以基本经典、基本教义、基本仪规而论，大致相同，特别是诵读之经卷及其释义，一直传续，少有殊异。但历经时光变迁，世事更迭，更因文化交融，不同地域的佛教在许多方面便有了不同。今日之中国佛教从多方面深深地渗入了儒道等中国之学，所以与昔时、与在天竺大不同矣。佛教在天竺已近匿迹，在中国却是枝繁叶茂，盖因有中国文化深厚土壤的养殖也。

义天轻轻点头，表示赞同。

佛印接着说道：佛教自东汉传入中国后，得中国文化之滋养，至隋唐遂成天台、三论、净土、唯识、律、华严、密、禅宗等。这禅宗论其源，传自域外，但究其本，却创自中国。达摩初祖自天竺来到北魏，提出和传授了一种新的禅定方法，又经慧可、僧璨、道信、弘忍的传承和延展，后又传至慧能。慧能集前代祖师之大成，加以造化创制，禅宗得以最终形成。所以慧能乃禅宗创始之祖，亦称"六祖"。

义天接话，问了一个与慧能相关的问题："后学知道，慧能在继任六祖之前，曾作过一首有名的诗偈，想听听禅师对这诗偈的讲解。"接着他背出了诗偈：

> 菩提本无树，明镜亦非台。
> 本来无一物，何处惹尘埃？

看来，这义天和尚的佛学修为不浅。佛印便讲起了这诗偈的由来和意涵：五祖在选择传人时，很关注弟子们所作的诗偈，慧能作的便是义天法师刚才念的这一首。慧能是自己口念，请他人代为书写在墙壁上的。但五祖另有一个叫神秀的弟子，在慧能题壁之前已作了一首诗偈，趁夜深人静时写在了廊壁上，内容是：

> 身是菩提树，心如明镜台。
> 时时勤拂拭，勿使惹尘埃。

佛印略作停顿，似是要给义天和尚一点将两首诗偈加以比较的时间，然后接着说道：这两首诗偈，文字相近，但文义内涵差别极大。神秀认为，人的心性是镜子，出家人当修身明性，以免镜子蒙尘；慧能则认为，人之自性本来洁净，保持即可。且出家人四大皆空，不会有积灰蒙尘的镜面。五祖赞同慧能之论，故最后选定慧能作为传人，禅宗也由此逐步形成了"见性成佛"的顿悟禅。

"谈到禅宗，自然要谈到禅和禅修，后学实在觉得这个问题奥妙无穷，难得要领。请问，这禅和禅修的要义是什么？"义天和尚问了一个他一直至为关心的问题。

佛印娓娓道来：禅的本义是静虑，禅修就是让人的心归于宁静。人的心就像一泓湖水，只有平静如镜，才能照见万物，映照真实的世界。禅修旨在让信佛者心中的湖面无涟无漪，如同光洁、平滑、至静的镜面，从而能映照世界，观悟万物，并得其本来面目。

义天和尚频频点头，又很真诚地问："坐禅可有什么秘诀乎？"

"心念不起，谓之坐；内见自性不动，名之禅。"佛印认真作答。

义天和尚连连称善，但他意犹未尽，接着又问："佛教宗派甚多，禅宗最大特点何在？禅宗博大精深，能否请禅师总括为三言两语以开示？"

佛印回答：禅宗最大特点在于主张以禅定之法，修心见性，以觉悟众生本有之佛性，故亦自称"传佛心印"。其要点约略可概括为"净性自悟、顿悟成佛"。盖因为性善的清净之心属于每个人的本心，故只要以无念为宗，内求于心，自在解脱，便可去迷转悟，见真性而成佛也。

义天和尚一阵沉默，似乎在心中咀嚼佛印这一段话的精妙。过了好一会儿，才又开言相问："在禅师看来，官与僧，关系如何？"他提出此问的原因是，官与僧的关系在高丽多有讨论。他本人则既是僧人，又是掌管僧侣寺院事务的僧官，难以回避这个问题，故很想了解中国禅师对此的识见。

"可以皮毛相喻也。"佛印迅速作答。

"此喻何意？"

"国家、官府乃皮，寺院、僧侣乃毛。中国有成语曰：'皮之不存，毛将焉附？'"佛印解释道。

义天和尚连连点头，接着又问："国法佛法，关系如何？"

"网笼之喻。"佛印又答。

"此话又怎讲？"义天再问。

"国法乃网，可收罗天下；佛法乃笼，只收束寺与僧。"佛印再答。

义天和尚又是连连点头，今日的拜访，使他觉得大开眼界，大有所获，这时他想到了一件重要事情，问："昔时神宗皇帝赐禅师之衲衣与紫金钵，乃是后学祖父所献，不知现在何处？"

佛印回答："已送适者。"

这让义天和尚微微有些吃惊，便说："那衲衣与紫金钵弥足珍贵，后学本想以千金赎买，迎请回至高丽供奉。"

"如尚在山僧处，定可奉送，不需一文之资。那金钵当时即已送人，袈裟送人亦有多年矣。"

这让义天和尚很觉遗憾，要是提前二十年来访佛印，或许至少可以轻而易举地取回一件无价之宝了。

当佛印送别义天和尚时，杨侍郎特意在佛印耳边轻语道："禅师今日待客之礼，略有不妥。"

佛印回答："山僧只把义天和尚当成一般僧人无二，谨以佛门之礼相待也。"

320

杨侍郎还想再说什么，却见那义天和尚忽地转过身来，对着佛印，咚地跪下，接连三拜，并说道："今日得遇佛印禅师，大有拨云去雾、心中大悟之感。且受后学三拜，聊表敬仰与感激之情。"

　　面对高丽僧王的如此礼仪，佛印依礼将义天和尚轻轻扶起，口中说道："善哉善哉！"但并未另有过谦之词。这让杨侍郎心中的气恼中多了愠怒之意。

　　这杨侍郎回京后，把佛印如何接待高丽僧人之事奏报了朝廷，特别提及了佛印的失礼之处，不过朝廷未置可否。但后来，这件事却给佛印惹来了麻烦。

　　佛印对杨侍郎的话却并不介意，他的想法简单而明确：此乃寺院，我乃僧人，对方亦是僧人，所以以僧人之礼相待最为适当。倒是高丽僧人提及那衲衣金钵，使他想到了这两件僧家宝物的受赠者，苏轼和松风道人。不知他们现在情况如何？尤其那松风道人，不闻消息已过十年矣。江湖传闻虽然无稽，不可相信，但为何却至今无踪无影，这使他惦念深深。他又莫名其妙地想起：拥有这两件宝物的人皆命运坎坷，凶险相随，生死难测，何也？

松风再现

这一日，睡至半夜，释智前来敲门，并道：刚才有人路过寺门前，举目朝寺里连看了三眼，然后离去，那模样很像松风。

"待我一看端详。"佛印急急起身，随释智走出寺门。果见前面有一人，挂一拐杖，虽只有一腿，却是灵巧快捷，行走如飞。佛印大步追了上去，大喊："松风！"

那人一回头，看了一眼，未加理会，继续前行。佛印这下已看分明，确是松风，只是已失去一腿了。为何呼而不应？佛印继续向松风靠近，不料这时已近悬崖，那松风竟然腾身而起，道袍鼓满山风，犹如鸟翼，竟朝崖下飞去。佛印大叫："不好！"却一下惊醒，原来做了一梦。他不知这梦是凶是吉，由此对松风想念更切。

数日后，释智来报，有一个衣冠不整、似僧似道的人求见。

佛印立即判定：松风道人来也。

果不其然，进来的是松风道人，只是他蓬头垢面，形销骨立，一副疲惫不堪的样子，连走路也显得有点摇摇晃晃，全没有了过去那仙风道骨。他那从不离身的大斗笠已经换了不知几回，这一顶亦已是十分破旧，有几个地方篾条松脱，箬叶移位，露出破洞来了。

佛印赶忙让松风坐下。

松风喊着："水！"

佛印递过水，松风一连朝喉咙里倒下三大碗，抹了抹嘴，这才好像有了点精神。但依然双眉紧锁，这和往昔的言语甚多且诙谐风趣判若两人。

"这些年来，你匿身何处？"佛印今日说话的语速比往日显得要快。

"今日贫道不为自己而来，专有要事相告。"

"乃是何事？"佛印又变得像往日一般，不紧不慢地问。

"报丧报悲来也。"

佛印心里一紧，赶忙问："谁之丧与悲？"

"东坡是也。"

佛印大惊，急急地问："东坡离人世乎？"

松风没有立即回话，这使佛印有些发急，又问："东坡到底是否已离人世？"

"尚未。但已为期不远矣。"松风慢慢答道。

佛印略略松了一口气，又平静地发问："既然尚且活着，何来丧与悲？"

"乃人心之丧，天地之悲也。"松风话中，带着明显的愤懑和无限的感慨。

"究竟何事？你且道来。"佛印这时语速语调变快变重了。

于是松风道人便将实情细细道出：那苏轼离开云居山后，几经转任，职至兵部尚书。但随着新党得势，朝廷风云骤变，大势对苏轼极为不利。他便想离开京师，远离是非，便上表辞职。政敌更认为苏轼心虚畏惧，于是攻讦更甚，打击更力，后来他被由京师调任定州太守。接下来便是官职屡变屡降。苏东坡曾有过八个月官升三次的煌煌经历，这次却变成了四个月官职四降的黯淡日子。最后革除太守之职，被贬京外，且贬谪地连换五次，现在的贬所是岭南惠州。

苏轼经过太多的荣辱进退，所以对受贬南地并不太在意。在惠州，他开始炼丹，并钻研医术，但凡有病，皆自医自治。他料定，政敌的打击不会到此歇手，不知道下一步将去何处。让他比遭受流放更痛苦的是，陪伴他多年的第三任妻子朝云在当地流行的瘟疫中死去，现在苏轼只是孤身一人，且是一个年近花甲的老人。

佛印听完，顿生悲凉，出家人本不该大喜大悲，但此时他的悲怆之情，却如狂风频吹，暗浪涌动。世俗的争斗及胜负他本不该评说、过问，但这苏轼的境遇与命运却让佛印难以释怀。

佛印先让侍者弄来些饭菜为松风充饥。松风已两日未进饭食，把几碗饭菜吃了个风卷残云。

佛印自己则在收拾包袱。

松风用饭完毕，佛印也已把包袱收拾停当，便对松风说："山僧随你去一趟惠州，看望东坡。"

松风看着已显老态且面有病容的佛印，说："山水重隔，旅途劳顿，只怕你难胜其力。"

佛印奋然起身："纵然骨断筋裂，山僧也要去往惠州，看望子瞻。"他操起拐杖，背起青布包袱，走出了方丈室，走过了山门，走上了通往惠州的道路。

释智见状，在后随行，并要把佛印的青布包袱背在自己肩上。但佛印摆手阻止，说："山僧随松风同去即可，不劳释智法师陪同。"又要过包袱，实在觉得有碍行走，便交给了松风。

释智无奈，只好停下脚步。但他料定方丈此行必然有碍，在思索补救之计。

佛印走得很慢，他觉得浑身乏力、双腿沉重。刚走了不到三里地，便气喘吁吁，既而大汗淋漓，便坐在路边歇息。歇了一会儿，起身再走。这次只走了不到一里，复又坐下。松风想：似这等走法，恐怕一年半载也到不了惠州。

佛印又站起身来，倚杖而行。就这样走走停停，停停走走，眼见得红日已磕着西边的山林，那真如寺却尚在视野之中。佛印在又一次歇息后，再使出周身力气，继续挪动脚步。但这次没能走几步，便觉得胸中波涛汹涌，有如蛇如鳝之物从腹内直冲咽喉，他忍不住一张嘴，"呼噜"的一声喷出一股鲜血。他只觉得天旋地转，双脚犹如衰草败絮，软绵无力，身体摇晃了几下，倒在了地上。

松风见状，大吃一惊，竟不知如何是好。自己单薄的身子背不动身材高大的佛印，时近天黑，路上不见行人。松风大有叫天天不应，叫地地不灵的感觉。但就在这时，一个身体健硕的和尚快步走了过来，松风一看，心中惊喜，是知客释智。原来这释智看着佛印上路后，放心不下，便一直悄悄跟在了后面。

释智急急地将佛印背起，脚下生电挟雷，转身往寺院方向奔去，松风则紧紧相随。好在这大半天的时间，并未走出多远，三人很快便又回到了真如寺中。

众僧把佛印送进方丈室，请来僧医诊治。佛印慢慢苏醒过来，他看了看众人，说："不碍事了，先前是气躁心急，以致火气攻心也。"

此时，夜色沉沉。佛印着大家照常去做晚上功课，只留下松风。他徐徐说道："山僧去看望子瞻之愿怕是难遂了。如之奈何？"

松风想了一下说："那就写一封书信，见字如面，我为你面达东坡。"

佛印觉得这个主意甚好，便费力地坐起，来到桌前开始写信。信的开头是炽热的关切之词：

> 石床边一别，每每念及，朝夕祈子瞻安吉。孰料风云又起，大学士竟远行岭南，令人心悸难安。

接下来，便是劝慰之语：

> 人生一世，如白驹过隙，三二十年功名富贵，转眼成空，何不一笔勾销，去寻自家本来面目？万劫常住，永无堕落。纵未能到得如来地，亦可骖鸾驾鹤，翔三岛为不死人也。

因为棋局已有结果，佛印不再明劝苏轼出家为僧，但还是动议他自求解脱之道，免受人间之苦。

最后一段话是：

> 山僧本当亲往探望，争奈力不从心。伏愿子瞻自加保重。至嘱，至嘱！

佛印写罢，又快速看了一遍，然后交给松风，说："烦请从速送到东坡手中，并代山僧面致慰藉。"

松风接过，以少有的认真之态说道："交贫道办理之事，定可放心。"他的眼睛变得有光泽了，似乎又有了一些过去松风的模样。

佛印忽然想起，今日心思全在苏轼身上，竟然忘了问一问松风这十来年的行藏，特别是关于他的传闻究竟真相如何？于是问道："关于你的生死去向，曾有传闻。山僧也一直牵挂，竟不知是真是假？"

松风沉默无语，他似不愿提及往事。

佛印说道："山僧和东坡一直放心不下，还曾到你故里，掘墓求证，还见到那墓中有一根木头。"

话到此处，让松风大为感动，于是他道出了不愿启齿的一段往事：

十几年前，他正云游在江州一带，听街边巷间，有人争相议论一件乡间逸闻：那在边关曾任副将的樊雄因治军不力，被革去军职，遭返故乡养老。后因妻舅犯案牵连，旧罪新罚，被充军边地。获赦后，在洪州住了一段时间，近日回到了樊家村自己的庄院，这真个是"叫花子做官，叫花子团圆"。松风一听，心里不由得如大石入水，激起波浪，善恶有报，这恶人终于受惩罚、遭报应了。仕途终结，削职为民，充军蛮荒之地，实在是罪有应得。但松风又想，祁通已遭极刑，罪当其罚，而这樊雄作恶太多，罪孽深重，已受的处罚则完全不足以当其罪过。

他不由得想起自己的悲惨遭遇。本是人生风光，事业顺达，足堪光宗耀祖。想不到，竟遭樊雄和祁通的恶意加害，结果是家破人亡，自己几近成为冤魂。虽然得遇苏轼，自己侥幸存命，却也是成了孤身一人，形影相吊，被迫出家，浪迹四野。想到这里，不觉心中愤慨，愤慨转而化作了怒火，他想极力克制在心中熊熊燃烧的怒火。但却无济于事，胸中的怒火直烧得他全身颤抖，眼珠发红，双手攥拳。这愤怒燃烧的火焰和一直潜藏在心底仇恨的火种，终于交织成了喷发的火山：复仇。

在一日深夜，松风带着火种进了樊家大院。他已谋算好了，以牙还牙，以火还火，要将樊家在大火中变为瓦砾场，焚作灰烬堆。他摸进了樊家大院，当他看到那平地崛起的精美楼宇和台阁，心里又不觉如木鱼敲响：这些花了匠人无数心血、耗去许多银两的房子很快就会变成废墟，诚为可惜；更有甚者，屋里的人可能会被烧死烧残，不伤不残也将无家可归，自己不就是因为失去了家而四处漂泊。然而烧掉这些房子，除了泄自己之愤、出一口恶气而外，对自己失去的财富和亲人并无任何补益，且这屋里的人除了樊雄之外，全都是无辜之人，于心何忍？所以，尽管他已把手中的小蜡烛点着了，准备投到厨房的柴草垛上，但还是死死地扼住了自己罪恶的念头，把蜡烛紧紧地抓在手中。就在这时，听屋里有人大声喝问，他判定这是樊雄的声音，便把蜡烛扔到地上，又一脚踏灭，然后夺门而逃。这时听到身后有拉动弓弦的声音，接着是"嗖嗖嗖"三箭从后面飞来，其中有一箭落在了他的左肩上。

中箭以后，松风进到了一个道观，有道士为他拔箭疗伤，伤势不重，很快痊愈。但心里却山压般沉重：不忘旧怨，铭记仇恨，以恶对恶，拼死报复，这不是出家人应当有的。思之再三，为遮人耳目，免受官府追拿，也为了却自己的一桩心愿，他请人在故里为自己堆了一座假坟。

佛印听到这里，遂问道："那墓穴中有一根写着你名字的木头，这是何意？"佛印对这根木头印象极深。

"贫道乃以此告别过去，埋葬仇恨，一切从头开始，重加修炼。为此我的名字也改为了三风，你今后叫我三风是了。"

"三风，这个名字看来大有深意。"佛印道。

"道的最高境界是三清，乃玉清、上清、太清。三风意为三清之风，表示坚贞无贰地恪守道规道德道风，再造自己也。"三风解释道。

"自知自明复自新，善莫大焉。"佛印说完接着又问，"后来呢？"

"我发愿重新入炉，开造新生。于是便到了四川青城山这道家发源地，足不出山，苦修了五年；还到东海边的崂山，修行了三年。然后又开始云游，并寻访苏东坡，这次是追踪到惠州才找到他的，想不到他又遭厄运，再入险境，因而特来向你报信。"

二人多年未见，话语难尽，一直谈到半夜，方才就寝。

第二日拂晓，三风向佛印道别。佛印未作挽留，因为他希望自己的书信早些到达苏东坡手中。不过，他像想起了什么，对三风说："山僧很快要去饶州浮梁，下次若找我，径去浮梁宝积寺可也。"

三风跨出寺门。他比昨日来时精气神好多了，脚步也变得轻快有力了。佛印一直目送他消失在山道边的绿树翠竹之中。

佛印又开始收拾行李，其实也就是整理那个一生不曾离身的青布包袱。他已有某种预感，并又一次梦见已圆寂多年的日用禅师叫他再回宝积寺。是啊，那宝积寺是他出家的地方，也是他继嗣云门宗的道场；那浮梁县是他的故乡，父母、师长的坟墓在彼，昌江常常流进他的梦里。他心里连接着那寺那山那水，进入老暮之境，此心更切。

释智又一次要求随行，佛印这次没有阻止，并把青布包袱递给了释智。这次相伴而行的，还有那只经几番劝阻并加驱赶却不肯离去的白猿。

佛印已难作远途跋涉，便决定取水路而行，但至最近的牛角湾码头，也有五十里路程。要在往昔，佛印用半日多一点的时间即可步行到达，但今非昔比，对于老病中的佛印而言，这是一个极为遥远而艰难的旅程。随行的释智担心佛印病倒路边的情景再现，想雇一辆轿子抬着佛印去码头。佛印摆手拒绝，并道："有僧人坐轿出行之例乎？"

释智无计，只好跟在佛印后面缓缓而行。

佛印走得缓慢，三五百步便要停下喘息一会儿。又不肯让释智背着前行，这样便如蜗牛爬行一般。太阳跃出山背，由大变小，由红变白；又由小变大，由白变红，贴近山背，也只走了十几里路程。这时，佛印实在走不动了，便在路边大声喘气，不停地擦汗。释智想，天色将晚，可是进也难，退也难。如之奈何？有一路人见两个和尚坐在路边，便关切询问。这让释智很是感谢，心想着：碰上好心人了，可否求请这人背佛印一程？可万万没想到的是，这人趁释智不备，一把夺过释智肩上的包袱，拔腿便跑。释智立即奋力追赶。释智虽然身体壮硕，但毕竟年岁不小，又担心佛印会有意外，连喊带追了一阵之后，只好停下脚步，返回佛印身边。

佛印此时心如斧削，肠若刀绞，脸上抽动，痛苦不堪。这个包袱对他而言，如同性命，一生相随，想不到今日被歹人劫掠。他双腿盘起，双手相合，双眼微闭，以此来调整自己翻江倒海般的心绪。释智在一旁看得心痛而又心急，加之天色正一点点暗将下来，这可如何是好？

"吱呀吱呀"，有几辆手推车行到近前，其中有一辆车在佛印身边停下，推车的人恭敬地对着佛印施礼，并说道："佛印方丈，阿弥陀佛。"

佛印睁眼一看，站在面前的是一个身材高大的年轻人，似曾相识，却又并不认识。

那人又说道："我乃五年前从真如寺还俗的常福也。"

佛印和释智顿时心中一喜，当年瘦弱一男孩，已长成威武的汉子了。

接着常福告诉佛印和释智：自己还俗后，便随父亲劳作，两年前参加了一个手推车运输队，往来洪州和牛角湾码头运送货物。刚才行至附近，听见有人大喊有劫匪抢掠，又见一人手提一青色包袱急急奔逃，他一眼认出，逃跑者手上拿着的是当年佛印方丈常常背着的包袱，便加阻截。劫掠者扔下包袱，仓皇而去。

佛印见包袱复回身边，立即紧紧抱住，连喊："善哉，善哉！"

常福明了佛印的去处后，立即说道："真是有缘，我送方丈去牛角湾码头可也。"

佛印没有推辞，由释智搀扶着在车上坐定，常福操起车把，大步流星，推车疾行，夜半时分便到了牛角湾码头。

第二日一早，佛印和释智与当年的小僧人道别，登上了一条客船。客船穿越鄱阳湖到达饶州，换船后经昌江回到了宝积寺。

宝积寺现任方丈率众弟子出迎，并把佛印妥为安顿。佛印已年高体弱，苏轼的遭遇也使他心上有如蒙尘积垢，精神大受抑挫。入寺后，他很少走出房间，每日除了诵经、打坐外，便是整理自己的诗作和偈文。一日晌午，他若有所思，漫笔写下一偈：

> 寒！寒！风撼竹声干，水冻鱼行涩，林疏鸟宿难。早是严霜威重，那堪行客衣单，休思紫陌花千朵，且拥红炉火一攒。放下茱萸空中影，倒却迦叶门前竿。直下更云不理会，算来也太无端。参！参！

众僧都不明了这段长长的偈语是何意思，只有释智和宝积寺方丈微微点头，似是知晓其中深意。

佛印时时盼着三风的出现，因为这便会带来苏轼最近的消息。但一等数日、数旬、数月，还是不见三风的影子，也没有听到任何消息。这让他有些着急，既而渐渐有些失望，失望使他更为着急。他每日都要向山门瞭望好几回，希望能看到有背着或戴着大斗笠的人的身影，或是有其他捎信者出现。但却是一次次双眼望穿，一次次不见人影。

带笑而化

就在佛印越来越失望，身体也变得越来越虚弱的时候，山门边有人影出现了，他心中一喜：三风来也。但释智轻声地相告："看样子来者不是三风。"

"为什么不是三风呢？"佛印很是愕然而失望地问释智。释智无言以对。

对别的人来寺，佛印似乎已没有任何兴趣。但让他意想不到的是，来的不仅不是三风，而且是他很不想见却又不得不见的人。

共来了二人，是受朝廷监察部门派遣而来。为首的来者亮明了身份，自称姓章名同。

佛印很不明白，朝廷这时专门派人找自己这样一个僧人何干呢？

"听闻法师与苏轼交厚？"章同问。

佛印顿时明白了，这二人乃是为苏轼事而来。

原来，那佛印送给苏轼的袈裟，苏轼曾在京城的官署穿过，并告知他人，乃佛印所赠，这使许多人知道苏轼与佛印交情非同一般。加之上次杨侍郎陪高丽僧人义天见佛印时，对佛印的接待甚是不满。这些，便促成了朝廷监察部门着人来找佛印。

佛印缓缓地回答："山僧乃佛门中人，广结善缘，交往者众，交厚者亦多也。"

"苏轼定有诗文示赠法师，法师也必定多有收藏？"章同又问。

佛印答道："苏轼乃一代文宗词圣，相会时每每会有诗文唱和。"

这一回答让章同很是高兴，因为他来此的目的就是搜寻苏轼的诗文，搜检苏轼攻击新政、诽谤朝廷的证据，进而对苏轼严加处罚。

"苏东坡之诗文、书法天下无双，天下人皆一睹为快，更以能收藏为幸。法师收藏的定然不少？"章同一环扣一环地追问。

但他听到的回答是："只是我等僧人四大皆空，未曾收藏片语只字，诚为憾事。"佛印这时已完全洞明章同二人的来意。

这些话让章同很是失望，他本来还打着小算盘，如真能从这佛印手中找到几件苏轼的诗文手迹，交给朝廷便是大功，私加藏匿则是得宝，看来俱成泡影，但他不肯轻易作罢，便又问："苏轼在与法师言谈之中，可有诋毁朝廷之语？"

"何谓诋毁朝廷之语？"佛印抬眼轻声反问。

章同乃答："诸如，称新政招致农人怨恨、农田减收，国家财政亏欠，以致民变屡起；朝中新党交结营私，滥施冤狱，遂致国基不稳，危机日甚；等等。"

"似这等诋毁朝廷之言，只是今日从章大人口中听得。"佛印语速不快，却是说得十分认真。

章同听闻此言，大惊失色。他猝然意识到，刚才自己一番话语，实在是大为失言，若被人稍加演绎，告到朝廷，定获罪也。便赶忙换了话题："法师刚才称，并未收藏苏轼片言只字，这叫本官如何相信？"

"大人欲如何方信？"

"法师可细加回忆后，写成文字，本官便可回京复命。"这章同此时想的是，只要佛印写下与苏轼有关的文字，定能找到可资利用的内容，鸡蛋里都可挑出骨头哩。

佛印乃曰："山僧乃出家之人，每日只是诵经上香。纸上所留文字，可在朝廷作证词乎？"

"可也。寺院不是化外之地，故叫法师写，便当写也。"

这种逼迫威胁之词，使佛印很有些不耐烦了，因而出语变得从未有过地刚硬："山僧若不写呢？"

"那你便是抗拒官府，同情奸邪，便当追究。那就休怪我等不客气了，今日便收你度牒，将你押往京城，交刑部查办。"

佛印振作起精神，声调略略提高，说："寺院所建，乃朝廷所许，无端侵扰，有悖王法。本僧佛号乃神宗皇帝所赐，官家还曾赐本僧衲衣金钵，章大人一语便可收山僧之度牒乎？"

章同一听这话，微微一惊，想不到这和尚还如此强硬无惧？且他言之有理有据也，实在是个不好惹的菩萨。看来得给他点硬的，便说："本官乃奉皇命而来，法师真欲违抗皇命、庇护苏轼乎？"

佛印不由得暗想：这章同似要把僧人列作苏轼的同党了，何其阴险也。党争之残酷，由此亦可见一斑矣。不过，他很快有了应对之策。

这时佛印徐徐说道："山僧身在空门，万千之事皆亦真亦幻、亦可亦否。如一定要写，亦可。"

章同一听此言，大为高兴。但这种高兴只持续了眨几下眼睛的工夫，只听佛印又说道："山僧还当把今日之事一并详加罗列陈述。"

章同一听这话，高兴化作忧虑，忧虑变成恐惧，额头上顿时冒出汗来。坏了，如这大和尚把我刚才提示的诽谤朝政之词道出，诉诸文字，呈送朝廷，那极可能被人说成是借题发挥，那自己不但官帽不保，恐怕连小命亦休矣。他只好赶紧退让，说："佛印法师，我等乃为朝廷效命，有言失当，还请包涵。既然禅师不曾听闻过苏轼诋毁朝政的言论，本官便据此上报了。"

然后匆匆向佛印告辞。

佛印说了声："阿弥陀佛，恕不远送。"说完闭目养神，刚才与章同的对话耗去了他许多精力。

那章同走后，佛印的心绪略为平定。

几日后，释智告曰："有人求见。"

"可是三风？"

释智摇头。

"山僧已体力难支，若不是三风，就不见了，可好生同施主解释。"

释智答应着出去了，但很快又回来了，对佛印道："这人定当要见。"

佛印问道："何许人也？"

"乃一女施主，自称寒芸。"

佛印立即说道："请。"

释智很觉奇怪，佛印禅师此时为何乐见一位女子？不便多问。一会儿便把寒芸带到了佛印面前。

寒芸看了佛印一眼，才开口道："自宝积寺别后，常常念及。禅师可好？"

佛印回答道："好也。阿弥陀佛。"

寒芸又细细看了佛印好一会儿，直觉得佛印重病压身，只是在强行支撑，便有点忧虑地说道："禅师看上去已大不如前。莫非是身有病患？"

佛印淡淡一笑："天有春夏秋冬，人有生老病死，僧人亦有今生往生，不必忧心焦虑。"

这一番话，更让寒芸心中焦虑，今日第一眼看见佛印，就觉得他全身虚弱，犹如一根枯枝衰草，一阵风便会折裂倒下，不由得心生悲戚。便真诚地说："我能为禅师做些什么？"接着明确提出：如能使佛印健康长寿，她愿尽捐家产给宝积寺，甚至她自己也可以皈依佛门，她愿以自己能做的一切报答佛印。

佛印微笑着说道："在佛家看来，死生皆在常数，不足惧、不足悲，甚至不足道。死，不过是换了一种生存形式，进入了另一段生命旅程。"

寒芸无言以对，对待生死，僧人和俗人大有不同，自己并非信徒，无法理解其中的奥秘，此刻她只是暗暗垂泪。

佛印长长地吸了一口气，显得有些吃力地说："对僧人而言，俗世只是匆匆经过，为的是救世度人，而真正追求的是往生到西方的极乐世界也。故释迦牟尼佛祖圆寂时，弟子有哭者，亦有笑者，那笑者才是知佛者也。"

寒芸不由得想，如此看来，僧人不仅不惧生死，而且认为正常离开人世、进入极乐世界并非悲伤之事，因而淡然以对，甚至带着期待。她又看了佛印一眼，他已极显疲态，气息不匀。不能再打扰了，便洒泪而去。

她没有回家，而是走进了大雄宝殿，卸下佩戴的所有饰物，尽行捐献佛前。尽管她不信佛，她想以此求得佛印在人世间多留一些日子。

寒芸走后，佛印又在不停地朝山门纵目，朝朝暮暮，风雨无阻，终于又见有人走进寺门，这下定是三风无疑。

但，依然不是三风道人。不过，这个人的到来，使他变得高兴，因为他带来了苏轼的消息，并且这人还是自己尊敬的、乐见的友人。这人是谁呢？

画家李公麟来也。但他带来的却不是好消息。

李公麟告诉佛印：苏轼被贬惠州后，虽然感到压抑和屈辱，但他心胸开阔，进退荣辱不萦于心，照样地读书写诗，有酒便喝，有肉便吃，甚至还以超然乐观的态度写下了"日啖荔枝三百颗，不辞长作岭南人"这样的诗句。他痴迷于陶渊明的诗歌，几乎每日抄写一首；还不停地与陶渊明对语，写了许多唱和陶诗之作。也许陶渊明能与他作心灵的沟通，陶县令的诗文能给他极大的抚慰，使心灵遨游于天地古今之间，从而忘却屈辱与困苦，也忘却那些给他施加屈辱的人。

但他的政敌却一直没有忘记他，仍然在用猎鹰一样的眼睛盯着他。听说他在岭南的生活居然还过得有滋有味，特别是苏东坡为刚竣工的白鹤新居写了诗篇，后两句的文词是"报道先生春睡美，道人轻打五更钟"。在朝的政敌更认定他活得很惬意，于是恶意又起，决定贬他到更偏远荒凉的地方。由岭南至海南，由惠州至儋州。再贬地点确定在儋州，说起来很是滑稽可笑，竟然是因为苏轼字子瞻，那"瞻"字与"儋"字形似。

听到这里，佛印直摇头："实在荒唐无伦。"这位极少使用这类言词的禅师，表达了自己难以克制的情感。

李公麟又告知佛印：苏轼已见到禅师的信件，很感欣慰，便写就回信，准备着三风送回。正在这时，朝廷让苏轼流放儋州的敕令已下。于是三风决定陪着苏东坡渡海南行，苏东坡的回信则由李公麟送达，只是由于种种原因，他在路上耽搁了一些时日。

这时，李公麟取出了苏东坡的手札，递给佛印。

佛印迅即展阅，无比熟悉的书体，极为精美的文字。第一段写的是：

　　惠书收到，深谢关切。岭南虽瘴疠之地，但亦多可爱之处，故无大的不适。况且此行又多一层经历。人与境遇，若不能逆，便顺之矣。

一副达观的神态，一副乐天派的样子。信中接着写道：

　　禅师在大札中劝我求"万劫常住，永无堕落"，我曾想过，亦曾试过。然而终是父母赋予的血肉之躯，孔孟造

334

就的儒生之身，难脱人伦纲常。

接着信中抄录了他来惠州不久后写的一首诗：

> 我今身世两相违，西流白日东流水。
> 楼中老人日清新，天上岂有痴仙人。
> 三山咫尺不归去，一杯付与罗浮春。

信中的"三山咫尺不归去"之句，显然是对佛印信中"翔三岛为不死人"的回应。信写到这儿似是结束了，但又有接续之词：

> 近日忽得京师之命，着我徙海南。海天茫茫，前途未卜。然，山石雷电俱已经过，即使再入炼狱，亦无所惧也。但请法师珍重。

佛印看明白了，第一信写就尚未发出，便有朝廷着遣发海南之命到达，苏轼便又写就一信，然后将两封信合在一起寄发。佛印要迅速回信，于是笔锋落纸，很快草就一札：

> 又闻子瞻再向南徙，令人恸然。然学士志如坚石，义薄天云，叫山僧稍得宽慰。子瞻胸中有万卷书，笔下无一点尘，虽陷如此境地，竟不虑生命所归，不惮人生之苦，亦大悟大彻，算得上三世诸佛中的一个血性汉子。珍重，珍重。山僧将日日为您祈福。

搁下笔，佛印依然心有波澜：要是当年劝子瞻入佛门之事成，自己会亲自为他剃度，东坡便也不会有今日之厄矣。然人事佛事，皆有定数，又常无定数也。

李公麟收好信，准备辞行。佛印想起一件事来，说："请龙眠且在寺里过夜，山僧与画师还有一件因缘未了。"

李公麟看了一眼佛印，见他已是一副力竭衰疲的样子，没有拒绝，也不便细问何事，当夜便在宝积寺住下。

翌日早饭毕，佛印着侍者将李公麟请进了方丈室，说："龙眠，你我当初在一涨水的河边见面时，曾经有约，请龙眠为山僧画像一张。想不到我们在这宝积寺又见面了，果有因缘。"

李公麟明白了佛印的话意，便说："若大师方便，龙眠愿今日践约。"便取出随身携带的画笔画纸，准备为佛印画像。

佛印轻轻点了点头。

李公麟端详了一会儿佛印，问："人的姿态有坐、卧、立、跪、行，禅师喜爱何种姿态？"

"打坐最为僧人经常之态，就画坐像吧。"

"人的表情有哭、笑、怒、惧、喜，禅师欲画何种表情？"画家又问。

"无论在家还是出家，笑为最好。"

李公麟正要挥笔时，佛印指了指挂在锡杖上的青布包袱说："请将那包袱画上。"

"画实画虚？"画家不由得问。

"亦实亦虚。"

"包袱画成空耶，实耶？"画家又问。

"亦空亦实。"

李公麟点了点头，凝神定目，以画家特有的慧心明目，将佛印全身上下细细看了好一阵，心里一阵赞叹：好一个如佛似儒的大和尚也，他绘过的佛像、僧人无数，极少见有如此神韵、如此风度的高僧，即使是衰老之时，重病之身，亦是风采出众。便以尊崇之心，真挚之情，驱动画笔。

佛印犹如平日诵经，又如坐禅参悟，一副心定气闲之态，但任李公麟时而目光注视，时而笔落画笺。画着画着，佛印隐隐觉得，自己的灵魂像一缕青烟，冲出了躯体，升腾到空中，跨越关山，巡游大海，飘飘忽忽地到了海南。他看到，苏东坡面黑骨瘦，衣衫褴褛，头戴一顶竹笠，脚蹬一双木屐，缓缓地走在高高的槟榔树下，既而弯腰钻进了一座低低的茅草屋中。

屋里，有一个破旧的铁釜，里面正煮着食物。但煮的不是米面、鱼肉，而是竹鼠、木薯，甚至还有蜘蛛一类的东西。苏轼弓着腰，坐在一个木墩上，不时往灶里添柴，灶里的火光照着他瘦削而坚毅的脸，他犹如一尊铁打铜铸的塑像。灶里冲出的浓烟，让他不时扭身闪避并掩面揉眼。在苏轼的身旁，还有一个由几根树枝搭成的支架，支架上放置一个黑魆魆的瓦罐，瓦罐下有火苗蹿起，正在熬制药物……

"几近画成。禅师看看，如此可乎？"

李公麟的话让佛印清醒过来。佛印看了看画像，似是很满意地点了点头。他特地注视了那画的包袱，画面上不见有包袱的形状，只有若隐若现的一根带子，斜过胸前；在过肩处，包袱带轻轻地陷进了袈裟之中。这包袱画得确乎是若实若虚，似空似实。妙也！

一缕清风带着清香吹进了方丈室。佛印已有点神思恍惚，似见一片菩提树的叶子像一朵云彩向自己飘来，那叶片上有亦真亦幻的文字，他见上面写的是：

四九可就，六七则成。

他记起来了，这是当年离开宝积寺时，日用禅师送给自己的偈语。

在这一瞬间，如朝日破雾，天门中开，他豁然明白了这偈语的意思：第一句乃是说他这一生会四任方丈、九坐道场，确实如此，他已担任过四个寺院的方丈，在九个寺院读经修持；第二句是说他的俗寿当是六十七岁，今岁正值此年庚。于是，他在心中默默念道：未免生死，今免生死。未出轮回，今出轮回。未得解脱，今得解脱。未得自在，今得自在。未得真笑，今得真笑。

这时李公麟又在对画像的细微处再作最后的修改。他发现，佛印竟然没来由地连笑了三次，他不解佛印为何连连发笑。

是也。这三次发笑，无人能解能释，天地之中，只有佛印自己知晓：

一笑是善意的哂笑。笑天下可笑之人，如樊雄、祁通，还有庞员外、章同等辈。

二笑是赞许的喜笑。笑的是苏轼，学问冠于天下，满腔家国情怀，却是蒙冤受屈，一生饱经磨难。但苏轼却泰然自若，如风中劲松，浪中砥柱，大志不磨，真情不移，真君子也。此生与这等人为友，大幸也，足慰平生。

三笑是自我的嘲笑。笑的是，自己竟然一次又一次想劝引苏轼出家为僧。如此千古难得一见的儒者，智慧如海，心志如山，岂会动恒常之心？这时，他联想到了当朝的硕儒周敦颐，他曾筑书堂于庐山莲花峰下、濂溪之旁，研习儒佛两家经典，并常参访东林寺的长老，还练习坐禅。忽有一日，作诗偈送长老后，得到激赏。周敦颐便当即请求剃度，以便专心在佛门悟道，早日证得无上菩提。东林寺长老略作沉吟，对周敦颐说道："若世间没有真正的儒生，也就很难有真正的佛子。孔孟至今世，合当中兴。而中兴之大任，已然落在敦颐你身上。所以敦颐不应出家，而应住世弘扬儒学。"周敦颐遂回心转意，更加勉力勤修儒学，并于门下出了程颢、程颐两位儒学大师。佛印觉得，这实在是于儒于佛皆有功德的好事幸事。如此想来，自己一心想度东坡出家，虽也知晓不可能如愿，但却一直倾心费力，孜孜以求，诚可笑也。

李公麟对自己的画作很是满意，停下笔对佛印说："禅师，画已就。"但佛印并无反应，画家又说了一遍，依然毫无反应，他的表情已永远定格在了笑意之中。李公麟明白了，这位传奇式的大师已跨鹤西去。这一日，是大宋元符元年正月初四。

此时，有一人急匆匆地推门而入，是三风道人。他是特地赶来探视佛印的，并带来了苏轼在海南专为佛印配制的药物。为了赶送药物，大年三十他都在风寒中赶路。当他看到眼前的一切，不由得"啊"地惊叫了一声，手中的药包"咚"的一声掉在了地上，药物散落一地。

僧人圆寂后，当行荼毗。佛印法体被装在了一个木龛中，释智把佛印那用了一生的青布包袱放在了佛印身边，或许，这包袱会随着佛印的涅槃再次背在佛印的肩上，伴着佛印一路西行。

在庄重的诵经、供香中进行着应有的仪式。七日后，木龛移入化身窑。化身窑架满了木柴，诸般法器奏响，在法器的伴响中，诵经声变得洪亮、高亢。精心架设好的木柴被点着，腾起的火焰像霞光般绚丽，和此时出现在天空的几朵祥云上下呼应，把装有佛印法体的木龛紧紧裹住。柴火啪啪作响，似是敲击木鱼的声音，也是生命节律的跃动。

释智手里端着苏轼送给佛印的铜盆，里面装的是佛印写满字词的石子，释智将那已如同莹珠润玉的石子一个一个地投向火中。释智知道，佛印一定愿意携着这些珍爱的石子，还有石子上的偈语，进入西天，在永生的极乐园继续把玩小石，并不停地在石上镌刻诗文偈语，以特殊的形式与永远的苏轼对语。

那只白猿已七日没有进食。此刻它蹲在化身窑旁，一动不动，犹如一尊石雕，对着火堆悲怆地凝视。在火光的映照下，它白色的身体犹如披了一件云衣霓裳；它的眼睛显得湿润、血红，似乎只要眨一下便会淌出带血的眼泪。突然，它收起前腿，将全身的重心集中于后腿，然后昂起头，拼尽所有的力气，向上向前纵身一跃，宛如一条白虹，横过众僧面前。最后，那道白虹落在了化身窑中，依偎在了佛印法体之旁。转瞬间，白猿那白雪一样的身躯，融入了那灼天映地的红色火焰之中，它要伴随佛印禅师，去往那遥远的西方极乐世界……

正是：

　　　　生死若无定数，善恶当有因缘。

2017 年 8 月初稿于伊春

2017 年 11 月二稿于景德镇新枫园

2018 年 10 月定稿于北京四边居室

附录一：佛印手迹影印件（原件藏故宫博物院）

附录二：苏轼与佛印相关的诗文选辑

戏答佛印偈

百千灯作一灯光，尽是恒沙妙法王。
是故东坡不敢惜，借君四大作禅床。

戏答佛印

远公沽酒饮陶潜，佛印烧猪待子瞻。
采得百花成蜜后，不知辛苦为谁甜。

金山妙高台

我欲乘飞车，东访赤松子。
蓬莱不可到，弱水三万里。
不如金山去，清风半帆耳。
中有妙高台，云峰自孤起。
仰观初无路，谁信平如砥。
台中老比丘，碧眼照窗几。
巉巉玉为骨，凛凛霜入齿。
机锋不可触，千偈如翻水。
何须寻德云，即此比丘是。
长生未暇学，请学长不死。

怪石供（节录）

齐安小儿浴于江，时有得之者。戏以饼饵易之，既
久，得二百九十有八枚。大者兼寸，小者如枣、栗、菱、

芨。其一如虎豹，首有口鼻眼处，以为群石之长。又得古铜盘一枚，以盛石，挹水注之粲然。而庐山归宗佛印禅师适有使至，遂以为供。禅师尝以道眼观一切，世间混沦空洞，了无一物，虽夜光尺璧与瓦砾等，而况此石；虽然，愿受此供，灌以墨池水，强为一笑。使自今以往，山僧野人，欲供禅师，而力不能办衣服饮食卧具者，皆得以净水注石为供，盖自苏子瞻始。时元丰五年五月。黄州东坡雪堂书。

与佛印禅师二首

阻阔，忽复岁暮。忽枉教翰，具审法履佳胜。久不至京，只衰疾倦于游从，无有会晤之日，惟冀良食自爱。烦置白挂，甚愧厚意。赐茶五角，聊以将意。余冀倍万保练。

又

人至，承诲示，知𠃌装取道，会见不远，岂胜欣慰。向冷，跋涉自爱。

与佛印禅师三首

专人来，辱书累幅，劳问备至，感怍不已。腊雪应时，山中苦寒，法体清康。一水之隔，无缘躬诣道场，少闻馨欬，但深驰仰。

又

萝想高风，忽复披奉，欣慰可知。但累日烦扰为愧耳。重承人船相送，益用感怍。别来法体何如？后会不远，万万保练。

又

专人来，复书教并偈，捧读慰喜。且审比日法体安稳，幸甚！幸甚！今闻秀老赴召，为众望，公来长芦，如何！如何！某方议买刘氏田，成否未可知。须更留数日，携家入山，决矣。殇子之戚，亦不复经营，惟感觉老，忧爱之深也。太虚已去，知之。

与金山佛印禅师

辱书，伏承道体安佳，甚慰驰仰。见约游山，固所愿也。方迫往筠州，未即走见。还日如约，匆匆布谢。

磨衲赞并叙
（节录）

长老佛印大师了元游京师，天子闻其名，以高丽所贡磨衲赐之。客有见而叹曰："呜呼善哉！未曾有也。尝试与子摄其斋祆，循其钩络，举而振之，则东尽嵎夷，西及昧谷，南放交趾，北属幽都，纷然在吾针孔线蹊之中矣。"佛印听然而笑曰："甚矣，子言之陋也。吾以法眼视之，一一针孔有无量世界，满中众生所有毛窍，所衣之衣篆孔线蹊，悉为世界。如是展转经八十反，吾佛光明之所照，与吾君圣德之所被，如以大海注一毛窍，如以大地塞一篆孔，曾何嵎夷昧谷交趾幽都之足云乎？当知此衲，非大非小，非短非长，非重非轻，非薄非厚，非色非空。一切世间，折胶堕指，此衲不寒；铄石流金，此衲不热；五浊流浪，此衲不垢；劫火洞然，此衲不坏。云何以有思惟心，生下劣想？"于是蜀人苏轼，闻而赞之曰：

匣而藏之，见衲而不见师。衣而不匣，见师而不见衲。惟师与衲，非一非两。眇而视之，蚍虫龙象。

（录自启功等主编的《唐宋八大家全集·苏轼集》，国际文化出版公司出版）